JUSTE UNE INTUITION

lemasque.com

CYRILLE LEGENDRE

JUSTE UNE INTUITION

éditions du Masque
17, rue Jacob 75006 Paris

Maquette de couverture : Louise Cand.

ISBN : 978-2-7024-5092-5

Cyrille Legendre est journaliste à la Ligue de Paris Île-de-France de football. Passionné par les questions de géopolitique et de société, il a reçu le prix du premier roman du Festival de Beaune pour *Quitte ou double* (Le Masque, 2013), le prix du Masque de l'année pour *Derrière la lumière* (Le Masque, 2017) et le prix du Roman d'aventures pour *Juste une intuition* (Le Masque, 2021).

À ma mère, qui oublie de plus en plus,
mais jamais de nous aimer.

I

1

— Monsieur Bastogne, levez-vous, s'il vous plaît.

La voix du président lui sembla moins râpeuse. Elle avait toujours cette tonalité sourde, comme si elle venait des profondeurs d'un abîme, mais avec, cette fois, une teinte de commisération.

Ou, plus exactement, de compassion.

C'est ça, il le plaignait.

Le juge éprouvait de la peine pour lui alors qu'il l'avait démoli. Le verdict du jury était entre ses mains. Cherchait-il tardivement à s'excuser de l'avoir tourmenté ou le ménageait-il en laissant affleurer une once de cette humanité dont il s'était soigneusement départi pendant le procès ?

Éric Bastogne s'encombrait la tête de mille questions afin de repousser le moment fatal des réponses. Ou plutôt de la réponse. La seule qui comptait. Coupable ou non coupable ?

Il se perdit dans l'examen de l'attitude de chacun des six jurés. Il avait lu des tas de choses à ce sujet, souvent contradictoires, et son esprit de professeur en avait fait la synthèse. À ce moment précis, il avait besoin des rares certitudes sur lesquelles s'appuyer.

La vieille dame effrontée, le quinqua à la pilosité débordant de la chemise et la mère de famille éreintée avaient la tête baissée, contemplant la longue console en demi-cercle derrière laquelle ils avaient pris place pour encadrer les trois juges. Au contraire, la jeune femme, qui devait avoir l'âge de Justine, levait exagérément la tête, comme pour défier la salle entière. Elle n'avait cessé de le scruter pendant le procès. Il avait cru déceler dans son regard non pas de l'interrogation mais une étrange excitation, alors que le dégoût aurait été plus adéquat au vu de ce qui lui était reproché. Elle lui adressa un demi-sourire qui pouvait aussi bien signifier : « Bien fait pour ta gueule, tu vas croupir en prison pendant de longues années » ou « Tu ne pouvais pas avoir fait ça à cette pute ».

Identification ou répulsion ? Peut-être les deux.

L'autre Éric Bastogne, le professeur arrogant et fin psychologue, aurait su. Là, il était perdu, largué. Comme il l'avait été pendant les vingt-neuf mois de préventive durant lesquels il avait partagé sa cellule avec des individus dont les comportements irrationnels l'avaient bousculé. Certains lui avaient jeté à la gueule leurs déviances pour le terroriser. D'autres s'étaient confiés sur le ton de la confidence, ce qui lui avait fait vraiment peur. Les pires s'étaient tus.

Le premier de la classe, cravaté, calqua son attitude sur celle du président. Il se sentait magistrat. Pour quelques minutes encore. Il jouissait une dernière fois de ce statut éphémère. L'utilisation du pouvoir ne versait que très rarement dans la mansuétude. Avoir l'ascendant sur les autres, c'était les faire souffrir. Bastogne le sentait néanmoins contrarié.

Le visage éclairé du dernier juré lui donna une indication plus juste. C'était le chef de meute, lui avait expliqué son avocat. Il avait demandé à Bastogne de regarder cet homme droit dans les yeux lorsqu'il s'adressait à la cour. L'accusé s'était exécuté et, en retour, il n'avait reçu que mépris et suffisance. « Je ne suis pas comme toi », lui avait-il renvoyé silencieusement pendant leurs échanges visuels. À quelques secondes du verdict, cet individu éduqué paraissait prendre plaisir à l'idée de l'envoyer pour vingt-cinq années derrière les barreaux. C'était la peine réclamée par l'avocat général.

Éric Bastogne appuya ses deux mains sur le rebord en métal noir qui retenait la vitre le séparant des acteurs de cette comédie. Chacun avait joué son rôle à la perfection. Les gentils, qui demandaient réparation pour la victime, avaient été très méchants. Les méchants, qui défendaient le monstre, avaient été très gentils. Et Bastogne n'avait été que ce qu'il pouvait être encore. Dur, détaché, presque léger. Sans cette distance, il serait déjà mort. Sous les coups des détenus qui avaient vu en ce professeur égaré une victime idéale. Ou de sa propre initiative. Mais Éric Bastogne avait une trop haute opinion de lui-même pour céder à cette facilité. Il était inenvisageable qu'il se fasse du mal.

À la demande du président, Bastogne se leva énergiquement et planta ses pieds dans le parquet. Il fit jouer ses quadriceps sous son costume trop large. Il avait perdu beaucoup de poids mais pris du muscle. Il avait profité de son enfermement pour s'occuper de ce corps qu'il avait négligé.

Debout, il toisa le jury et profita de l'instant. Il était au centre de toutes les attentions. Ce qu'il avait toujours recherché. Tout se déroula alors comme dans un songe. Un rêve qu'il avait déjà fait. Loin d'être le plus effrayant. Il vit la bouche du magistrat s'ouvrir pour énoncer le verdict. Il ne l'entendit pas. Il garda les yeux braqués sur ses juges. Le président se tut. Il perçut alors les réactions parmi le public sur sa gauche. Il se tourna dans sa direction. Les uns paraissaient crier, les autres pleurer. Certains faisaient les deux. Bastogne était devenu sourd. Il ne sentait plus le froid de l'acier sous ses doigts. Son précieux cerveau tentait de le préserver de toute cette agitation, de cette violence.

Plus par jeu que par envie, Bastogne tenta de deviner ce qu'ils avaient décidé de faire de lui. Les membres de son comité de soutien, dont il ne connaissait personne, hurlèrent dans sa direction. La famille et les proches de la victime aussi. Les policiers s'interposèrent devant sa cage de verre.

Bastogne chercha son ami, se rappela qu'il s'était débiné, prétextant ne pas pouvoir supporter pareille épreuve.

Il chercha sa mère, se rappela qu'elle était morte de chagrin.

Il chercha sa femme et son fils, se rappela qu'ils l'avaient abandonné.

Son avocat se tourna vers lui. C'était la première fois qu'il le voyait sourire. Alors il sut. Le son lui arriva, décalé. Le président et le jury lui tournaient déjà le dos lorsqu'il entendit :

— À la question numéro un, « L'accusé Éric Bastogne est-il coupable d'avoir volontairement donné la mort à Justine Fréger ? », la Cour et le jury réunis ont répondu non à la majorité de six voix au moins. En conséquence, la Cour et le jury réunis, après en avoir délibéré et voté conformément à la loi, vous déclarent non coupable des faits qui vous étaient reprochés. Aucune charge n'est plus retenue contre vous. Vous êtes libre. L'audience est levée.

Il était libre et il ne savait foutre rien de ce qu'il allait pouvoir faire de cette vie démembrée, au rabais, rapetissée par la suspicion qui l'accompagnerait désormais partout. Il avait tout envisagé sauf être libre. Pour la première fois depuis le surgissement de cette affaire, il avait envie de mourir.

2

Éric Bastogne raya d'un trait de feutre rouge rageur l'ensemble du paragraphe. Il fut tenté d'ajouter un « abruti » qui lui sembla encore trop mesuré dans la marge. Il se contenta d'un « NON » à peine déchiffrable afin de marquer lui aussi le peu d'importance qu'il accordait à cette diarrhée d'inepties. Un flux mou et continu de conneries qui s'étalaient sur deux pages. Une tache marron sur l'histoire contemporaine. Le manque d'appétence de ces gosses de riches pour sa matière le mettait en rogne. Il se dévalorisait en tentant de leur enseigner des notions de géopolitique dont ils se fichaient bien. Dans cette prestigieuse école de commerce, la première chose qu'on leur avait fait entrer dans le crâne, c'était que le business prendrait toujours le pas sur les autres considérations, notamment la politique. La guerre n'avait jamais empêché personne de vendre. Après tout, Lafarge avait dealé avec l'État islamique en Syrie alors que les hommes du Califat coupaient des têtes et traînaient les corps attachés à leur 4×4 Toyota sous les fenêtres de l'usine et des bureaux du cimentier.

Éric Bastogne méprisait ces mômes comme une pute méprisait son client. Ils lui donnaient leur argent et, en échange, il cautionnait leur cursus à 50 000 euros par an avec son nom et son titre de professeur et de docteur. Ils n'acceptaient de faire semblant de l'écouter que par goût pour ce qui brillait.

Et le CV d'Éric Bastogne était étincelant. « Ce fils de pêcheur et d'une gouvernante est un pur produit de la méritocratie et d'une école républicaine qui a aujourd'hui perdu ses repères », aimaient à commenter bêtement les biographes. Bastogne savait qu'il n'était le fruit que de son intelligence, qu'il n'avait certainement pas hérité de ses parents – des gens respectables mais terriblement limités. Cela ne l'avait pas empêché de les aimer. Surtout sa mère.

Il n'enviait pas le fric de ses étudiants. Il était bien plus digne d'intérêt qu'ils ne le seraient jamais. L'argent ne pouvait pas tout et ne l'intéressait que dans la mesure où il lui permettait encore de passer pour le bon père de famille qui faisait bouillir la marmite. Sa femme gardait ainsi une illusion d'estime à son égard. Et lui acceptait cette soumission. Parce que Élisabeth lui avait tout donné et qu'elle était surtout en mesure de tout lui reprendre. La compréhension, la complicité, l'aisance financière d'une héritière et, plus important encore, un fils dont il ne s'expliquait toujours pas la force de l'amour qu'il lui portait alors qu'il n'aimait principalement que lui-même. Il n'en voulait pourtant pas, de cet enfant. Élisabeth avait insisté. Elle désirait de nouveau se sentir utile à quelqu'un. Il n'avait pas été en mesure de lui refuser ce cadeau. Il était déjà coupable de lui avoir échappé.

À travers la grande baie vitrée de son bureau, son regard se fixa sur le trampoline qui gisait dans le tas de sable comme l'épave d'un bateau. Il l'avait monté de ses propres mains pour son fils. Une épreuve pour un type dont les dix doigts se bornaient normalement à écrire, boire, manger et plus récemment... caresser. Il avait réappris, auprès de Justine, la délicieuse sensation de découvrir un corps. Ses courbes, ses aspérités, sa chaleur. Celui de Justine avait la perfection de ses vingt-cinq ans. Il ne l'avait plus touchée depuis presque dix jours et ses longs cheveux bruns, sa peau mate, sa bouche charnue et ses formes généreuses lui manquaient. Les copies attendraient. Il était excité.

Il ferma les yeux et ce ne fut pas l'image de Justine qui se forma derrière ses paupières. Encore moins celle d'Élisabeth qu'il ne touchait presque plus.

La jeune fille avait le regard noisette légèrement bridé, des pommettes hautes et un sourire espiègle. Il en était tombé éperdument amoureux. Il avait treize ans. Il n'avait aucun goût pour la nostalgie, il aurait fallu pour cela avoir des souvenirs à regretter. De son enfance, il n'en avait aucun. Ni bons, ni mauvais. Seulement quelques bribes et cette fille mi-femme, mi-enfant qui le poursuivait encore dans ses rêves. Du collège il n'avait retenu que les instants où il avait essayé de l'approcher sans qu'elle semblât s'en offusquer. Elle l'utilisait pour rendre jaloux les nombreux petits amis qui se succédaient. Du moins se l'était-il imaginé. Il avait toujours eu une certaine propension à se torturer.

Le goût du baiser le soir de la cérémonie de la remise des diplômes du Brevet, ça, il ne pouvait pas l'avoir inventé. Pas plus que la déchirure ressentie après qu'elle s'était évaporée. Il ne l'avait plus jamais revue. Le choc l'avait jeté à terre et il ne s'était pas relevé, sombrant dans une profonde dépression que ses proches avaient, par facilité, qualifiée de crise d'adolescence. C'était tellement plus. Une crise existentielle. Il avait voulu se tuer cent fois, s'en était tiré par maladresse ou par lâcheté. Il était ressorti de cet essorage en devenant, à quinze ans, l'homme qu'il était encore aujourd'hui. Sa vie n'avait pas avancé d'un pouce, ni reculé. Il n'avait plus bougé, plus évolué. Il l'avait décidé ainsi, jamais plus il ne souffrirait.

Par le biais d'une page Facebook des anciens du collège, il avait retrouvé sa trace. C'était il y a tout juste un an. Il l'avait demandée en amie. Elle avait accepté. Sa beauté orientale ne s'était pas altérée. Ils avaient échangé deux trois banalités, elle ne paraissait pas se souvenir de lui. Il avait épluché son profil. Mariée, un travail ennuyeux, une vilaine maison dans la grande couronne de la région parisienne. Il aurait pu lui offrir tellement mieux. Ça l'avait mis en colère. Il lui avait proposé de se voir. Il voulait lui faire du mal. En attendant, il se contentait de Justine. Elle lui ressemblait tellement.

Le commandant Étienne Mougin était un homme précieux dont le dos et l'odorat sensible s'accommodaient mal de la banquette arrière de la vieille 308 de fonction et de l'odeur qui imprégnait l'habitacle. Dans un dialogue avec lui-même, il s'interrogea :

« Est-ce un être humain ou un animal qui avait laissé ces traces olfactives ? » « Sans doute les deux », conclut-il.

Il craignait, de retour chez lui, de devoir jeter son pantalon.

Au volant, Garcia, le jeune et méticuleux lieutenant, vérifia une nouvelle fois l'adresse. À son côté, le capitaine Revelle ne prit pas la peine de vider sa bouche pour l'interpeller, laissant échapper quelques miettes de thon sur le pare-brise.

— Ce mec ne peut pas habiter là. Tu t'es forcément planté.

Garcia douta et se retourna vers Mougin, qui l'encouragea d'un sourire bienveillant à tenir tête à son vieux ronchon de coéquipier. Il reprit de l'assurance.

— Aucun doute possible, j'ai vérifié !

Après vingt-cinq ans, Mougin savourait toujours cet instant suspendu qui précède l'action. Une joie amplifiée par la présence de ses deux collègues qu'il appréciait. Si le matériel et le fonctionnement de la police l'irritaient souvent, il n'avait jamais été déçu par les hommes, parce qu'il connaissait trop bien les qualités qu'il fallait pour s'engager, ce qui, à ses yeux, gommait leurs défauts. Il en avait croisé des biens, des moins biens, des pourris, des consciencieux, des sympathiques, des antipathiques, des courageux, des pleutres, mais c'était tous des flics. Rien que pour cela, il les avait toujours respectés. À quelques années de la retraite, il n'aurait pas pu espérer meilleurs compagnons pour éclairer ce crépuscule. Le gamin était drôle, volontaire et efficace. Revelle jouait à la perfection son rôle de désabusé. Il le connaissait trop bien pour le prendre au sérieux. Il remettrait sa vie entre leurs mains s'il le fallait.

Mougin fut aussi étonné par l'allure de la bâtisse. Elle était construite tout en longueur. Avec son premier étage, il estimait qu'elle devait frôler les trois cents mètres carrés. C'était un rectangle parfait, blanc, sans aucune aspérité, seulement traversé par les rayons du soleil. Les immenses baies vitrées laissaient entrer la lumière et les regards des curieux. Mais ils n'étaient pas nombreux dans ce quartier résidentiel de l'ouest parisien où la tranquillité avait un prix. Au bas mot trois millions d'euros. Ici, l'étranger était vite repéré. Ils ne devaient plus perdre de temps.

Le commandant donna le signal et les trois hommes de la brigade criminelle de Paris se dirigèrent vers le grand portail blanc. Malgré leur apparente décontraction, ils étaient aux aguets. Le profil de leur client était atypique. Son casier était vierge. Même pas une petite contravention. Presque une anomalie. Ils savaient cependant que derrière les mots rassurants d'un fichier de police pouvaient se tapir les pires déviances. Mougin avait décidé d'opter pour la simplicité et la souplesse. Sans renforts. Le type vivait avec sa concubine et son gosse et, selon leurs infos, ils étaient tous présents à la maison aujourd'hui. Le mercredi n'était certainement pas le meilleur jour pour l'arrêter. Mais différer l'opération, ne serait-ce que de vingt-quatre heures, aurait signifié prendre le risque de voir le suspect leur filer sous le nez. Mougin réajusta son blouson en daim. Il sentit le renflement de la crosse du Sig Sauer contre son flanc droit. Revelle et Garcia le suivaient un pas derrière, en scrutant le moindre mouvement à l'intérieur de la maison. La hauteur du portail et la rangée de troènes n'empêchaient pas d'avoir une vue d'ensemble de l'habitation légèrement surélevée.

Mougin appuya sur le carillon du visiophone. Il entendit la sonnerie retentir à l'intérieur. Trente secondes s'écoulèrent. Pas de réponse. Une surveillance légère par les policiers de Rueil-Malmaison avait été décidée depuis que le nom de cet homme était apparu sur les radars. Il devait être là. Il appuya une seconde fois et une voix cassante de femme leur demanda à travers l'appareil le motif du dérangement. Mougin improvisa et s'adapta au quartier et à son interlocutrice.

— Bonjour madame, pardonnez-nous de vous déranger. Nous appartenons au service de la mairie. Nous réalisons une enquête sur le tri sélectif des déchets. Pouvez-vous nous accorder quelques minutes ?

Une petite seconde d'hésitation puis le ton se fit plus conciliant.

— Un instant.

La porte d'entrée s'ouvrit sur une grande femme aux cheveux blonds coupés court. Elle emprunta l'allée qui descendait vers le portail. Elle marchait comme sur un fil et sur la pointe de ses escarpins pour éviter que l'ourlet de son pantalon de tailleur blanc ne touche le sol. Au milieu du chemin, elle fut rejointe par un petit garçon qui se précipita dans ses jambes.

— Qui c'est, maman ?

— Des gens de la mairie, mon chéri. Allons leur ouvrir !

Le garçonnet était tout le portrait de sa mère. Il ne devait pas être âgé de plus de huit ans malgré sa grande taille. Il avait les mêmes yeux d'un vert émeraude très intense avec une tignasse frisée plus foncée. La femme déverrouilla la porte et accueillit ses visiteurs avec un sourire forcé. L'enfant se mit devant, comme pour faire barrage.

— Alors messieurs, que puis-je pour vous ?

Elle fut étonnée de l'allure de ces employés municipaux. Surtout celui qui se tenait devant elle. Il était distingué, habillé de vêtements de marque, bien que démodés, et sa petite moustache fine lui donnait des allures d'Errol Flynn.

— Pourrions-nous voir votre mari également ?

— Mon concubin, rectifia la femme. Je crains qu'il ne soit pas disponible. Il travaille et je ne vais pas le déranger. Je peux m'occuper de vos problèmes de poubelles.

« Même avec un sac à ordures à la main, elle devait être toujours aussi classe », vagabonda Mougin. Le commandant chassa ces pensées parasites. D'autant qu'il ressentit la pression derrière lui de ses deux acolytes prêts à retourner la maison.

— Nous devons le voir quand même, ajouta Mougin. Vous permettez ?

Joignant le geste à la parole, le policier écarta délicatement du bras la femme et son enfant pour laisser le passage à ses deux collègues. Surprise par l'intrusion, la mère eut comme premier réflexe de protéger son fils.

— Mais que faites-vous ? Vous n'avez pas le droit !

Garcia et Revelle détalèrent, ajustèrent en courant leur brassard orange siglé Police. Mougin se tourna alors vers la femme et déclina sa véritable identité.

Revelle décida de prendre l'étage, Garcia s'occupa du rez-de-chaussée et du jardin. Le capitaine grimpa l'escalier en bois d'ébène de Madagascar. Arrivé sur le palier, il s'engagea dans le couloir de droite plongé dans une semi-obscurité. Alors qu'il cherchait l'interrupteur, la porte du fond s'ouvrit. Dans la pénombre, il devina une silhouette lourde qui se dessinait près de l'encadrement de la porte. Un homme. Tenant un objet effilé à la main. « Un couteau », songea Revelle. Il n'hésita pas, dégaina et mit en joue l'ombre en hurlant :

— Police ! Ne bougez plus ! Les mains en l'air !

La forme parut hésiter, avança d'un pas. Revelle accentua la pression de son index sur la gâchette. Il descendit sa ligne de tir pour viser le bas du corps. L'homme lâcha alors son stylo et leva les bras. Revelle tâtonna de sa main gauche, trouva enfin l'interrupteur et l'actionna. L'individu à l'autre bout du couloir avait de larges épaules, une barbe noire fournie et un léger embonpoint. Aucun doute, il s'agissait de leur suspect, le professeur Éric Bastogne. Revelle gueula :

— Garcia, je l'ai trouvé !

L'arme toujours à la main, désormais pointée vers le sol, le capitaine effectua la vingtaine de pas qui le séparaient de Bastogne. Il lui ordonna de baisser les bras. Bastogne obtempéra. Il était hébété, comme étranger à ce qui lui arrivait. Le policier le saisit par le col et lui colla le nez contre le mur en appuyant fort son avant-bras sur sa nuque. Le suspect émit un léger cri de douleur. Revelle remisa son arme dans son étui et lui passa les menottes. Bastogne n'opposa aucune résistance. Garcia fit alors son apparition à l'étage.

— Un coup de main, capitaine ?

— Comme si j'avais besoin de toi.

Revelle se dirigea vers les escaliers en cornaquant le professeur toujours aussi incrédule. Il n'avait formulé aucune protestation, n'avait pas dit le moindre mot. Ils regagnèrent le rez-de-chaussée où les attendaient, au pied de l'escalier, Mougin et Élisabeth Klein. Le commandant jeta un bref coup d'œil à sa montre.

— Éric Bastogne, il est 12 h 33 et vous êtes officiellement en garde à vue.

3

Alors que la plupart de ses collègues exécraient ce lieu, au nom d'une tradition et d'une histoire auxquelles il n'avait jamais été sensible, Mougin se sentait bien au « Bastion », le nouveau siège de la direction régionale de la police judiciaire situé dans le quartier des Batignolles. Il aimait sa modernité, sa fonctionnalité, son efficacité et son humanité. Tout était pensé pour que personne, policiers comme prévenus, ne subisse plus la pression physique et psychologique d'un bâtiment inadapté.

Le mythique 36 quai des Orfèvres n'était plus, sur sa fin, qu'un ramassis de vieux souvenirs dont les locaux délabrés, bureaux exigus, four l'été, glacière l'hiver, ne favorisaient pas la recherche et l'expression d'une vérité dénuée de contraintes.

Le fameux escalier et son filet de protection, qui rappelait que des hommes désespérés s'étaient jetés dans le vide, dégoûtaient Mougin. Il ne l'empruntait que par obligation, sans s'y attarder.

Le fait d'avoir ramené le numéro 36 et de l'accoler à la rue de Bastion, nouvelle adresse de la PJ, en plus de quelques vieilleries symbolisant le passage d'un commissaire de télévision qui n'avait jamais existé, suffisait amplement. Il avait délaissé sans regrets les fantômes du passé à la Seine.

« Ce sont les hommes qui font la réputation des pierres et non pas l'inverse », se persuadait Mougin. Il ne doutait pas que nombre d'hommes et de femmes de valeurs imprégneraient de leur volonté et de leur courage les huit étages de surfaces vitrées dont il ne filtrait rien grâce à l'opacité du verre et à l'insonorisation des cloisons.

Mougin appréciait de travailler dans cette atmosphère calme et tranquille. Éric Bastogne sembla y retrouver également un peu de sérénité. Durant le trajet de son domicile à la Porte de Clichy, il n'avait pas décroché un mot mais il avait beaucoup transpiré. Mougin en avait été incommodé.

Ils avaient pris place à présent dans l'une des salles d'audition flambant neuves. Une salle de réunion impersonnelle comme il en existait des milliers dans les entreprises. Rien d'oppressant. Rien qui ne présageait une confrontation. Un souffle d'air tiède apaisant, sorti de la climatisation, commença à assécher le front du professeur assis sur une chaise à roulettes, au milieu de la pièce, encadré par trois bureaux qui paraissaient se rapprocher inéluctablement de lui. Il eut la sensation qu'il allait finir broyé entre ces montures de fer chevauchées par des cavaliers aux regards cruels. Éric Bastogne tentait de retrouver un rythme cardiaque, sinon normal, au moins l'éloignant du spectre de la crise cardiaque.

Les flics lui avaient retiré les menottes et il s'empêcha de prendre son pouls à la carotide. Ce serait montrer sa faiblesse. Il se fustigea mentalement. En quoi ce serait un problème, puisqu'il n'avait rien à se reprocher. Il ne savait pas ce qu'il faisait là. Cela ne pouvait être qu'une erreur, une méprise. En attendant, il respirait de plus en plus difficilement. Il essaya, comme le lui avait appris son thérapeute, de visualiser cette vague verte apaisante, sa couleur préférée, qui remontait depuis ses pieds jusqu'à la tête. Inspirer. Respirer par le ventre. Se calmer. La vague s'arrêta aux chevilles. Il fut soudain pris d'un spasme qui le plia en deux et il vomit sur la moquette grise toute neuve. « *Putain de sophrologue à la con.* »

Le commandant nettoya ses cochonneries avec une éponge, de l'eau chaude et une cuvette. Il ne l'avait pas frappé, pas engueulé. Il craignait cependant de recevoir le contenu du récipient en plein visage. Il avait cette image des policiers, brutaux et stupides. Brutaux, ils ne l'étaient sans doute pas. Même s'il se méfiait de ce flic bourru qui l'avait arrêté et qui n'avait pas manqué de faire une remarque acerbe lorsqu'il avait dégueulé avant de se replonger sur son portable. Le troisième, le plus jeune, était resté dans le grand *open space* qui jouxtait la salle d'interrogatoire.

Après quelques minutes, Bastogne se sentit mieux. Vomir l'avait soulagé. Le commandant l'avait rassuré. C'était normal d'avoir peur mais, s'il collaborait, il ressortirait très rapidement de ces locaux.

Mougin posa la cuvette sur le bureau inoccupé et regagna le sien, face à Bastogne. Il sortit d'un tiroir un petit flacon de solution hydroalcoolique dont il s'imprégna abondamment les mains jusqu'aux poignets. Il alluma son ordinateur et la caméra qui enregistrerait l'interrogatoire. Il sortit de sa sacoche un épais dossier qu'il posa droit devant lui avec des gestes méthodiques. Le commandant Mougin était d'une nature rigoureuse, qui confinait à la maniaquerie. Malgré son vocabulaire recherché et ses bonnes manières, son attitude faisait généralement peur. Un effet habituel de sa personnalité. Alors il souriait beaucoup, comme pour assurer à son interlocuteur qu'il n'avait rien à craindre et que les apparences étaient trompeuses. L'autre flic continuait à jouer à Candy Crush. L'interrogatoire semblait être le cadet de ses soucis.

Mougin inspecta, satisfait, le plateau du bureau. Tout était à sa place. Il rapprocha le fauteuil, croisa les mains et lança l'un de ses fameux sourires désarmants de bienveillance au prévenu. Garcia entra à son tour dans la salle et vint s'asseoir à côté de Mougin. Il taperait la déposition.

— Alors, monsieur Bastogne, vais-je enfin avoir l'occasion d'entendre le son de votre voix ? demanda Mougin, affable.

Éric Bastogne ne souhaitait qu'une chose : savoir pourquoi il était là. Vieux réflexe d'ancien anarchiste ou plutôt trouille paralysante, il n'avait pas parlé. Il n'avait pas demandé ce qu'on lui reprochait. C'était le bon moment, en essayant d'y mettre, si possible, les formes. Un peu d'assurance et beaucoup de morgue. Ça, normalement, il savait faire. Il tenta. Il aimait les mots. Mais il ne trouva pas les bons. Il ânonna, désespéré par sa soudaine médiocrité :

— Je ne dirai rien avant de connaître les raisons de ma présence ici !

Revelle souffla bruyamment, sans même se donner la peine de lever les yeux de son écran. Mougin afficha ostensiblement sa déception en avalant sa lèvre supérieure et en secouant la tête. La défense banale du malfrat de base.

« J'espérais autre chose d'un homme réputé intelligent », semblait-il signifier. Bastogne, sous ses airs falots, était bouffi d'orgueil. Il avait refusé de se faire assister par un avocat. Mougin s'appliquait à saper sa confiance.

— Vous voilà bien impatient, interjeta Mougin comme s'il s'adressait à un enfant de quatre ans. Nous allons faire le chemin ensemble tranquillement, à notre rythme. Nous avons tout notre temps. Faisons d'abord connaissance, si vous le voulez bien.

Le commandant ouvrit son volumineux dossier. Il fit mine de chercher la bonne page et passa en revue tous les documents, lentement, afin que Bastogne apprécie la somme de renseignements qu'ils avaient collectés à son sujet. En réalité ils n'avaient pas grand-chose, si ce n'est leur vérité et quelques preuves la corroborant. La plupart de ces feuilles n'avaient aucun rapport avec l'affaire. Mougin continua cependant à les inspecter avec soin. Quelques photos de format A4 s'étaient intercalées. Le commandant les rassembla. Son sourire se figea et ses traits se durcirent. Il savait que Bastogne ne perdait pas une miette de son petit numéro. Probablement était-il même conscient qu'il s'agissait d'un numéro. Peu importait, ça fonctionnait toujours. Mougin classa les clichés et les déposa face tournée, hors du dossier. Leur proximité comme une menace.

— Le voici ! exulta Mougin.

Il s'empara d'un feuillet et se mit à lire son contenu.

— Vous êtes Éric Bastogne. Vous êtes né le 31 décembre 1985 à Paris. Vous vivez en concubinage avec Élisabeth Klein. Vous avez un enfant âgé de huit ans prénommé Samuel. Ces renseignements sont-ils exacts, monsieur Bastogne ?

Bastogne ne répondit que par un signe de tête affirmatif.

— Nous venons d'évoquer votre fils, reprit Mougin. Qui est sa mère ?

La question désarçonna Bastogne. Il se tassa puis, dans un même mouvement, bomba le torse. Il comprit que l'autre voulait le provoquer. Il toisa le commandant, le méprisa ouvertement en concédant un léger rictus. Mougin ne sembla pas s'en offusquer et fixa à son tour le professeur. Un lourd silence s'installa. Aucun des deux ne voulut baisser les yeux. Bastogne craqua le premier. Il était furieux mais réussit tout de même à se contenir.

— Vous n'avez pas cette information dans votre énorme dossier ?

Mougin s'amusa de la remarque.

— Il nous indique qu'il s'agit d'Élisabeth Klein. Confirmez-vous ?

Bastogne acquiesça. Mougin s'en contenta.

— Depuis combien de temps êtes-vous avec Mlle Klein ?

— Dix ans.

— Comment vous êtes-vous rencontrés ?

Bastogne avait envie de lui rétorquer que cela ne le regardait pas mais il savait qu'il ne le lâcherait pas. Il voulait retrouver son fils et sa vie au plus vite et en finir avec ce malentendu. Alors il répondit, en étant le plus concis possible.

— Nous étions tous les deux étudiants à Nanterre.

— Ah, la vie d'étudiant, souffla Mougin, nostalgique. On drague, on prend du bon temps et entre deux on révise.

Bastogne ne voyait pas où il voulait en venir.

— Pardon, je m'égare, s'excusa Mougin.

Il reprit.

— Si je calcule bien, Samuel est arrivé assez vite. Vous ne vous connaissiez que depuis peu de temps. Était-ce un accident ?

Bastogne encaissa mais Mougin put lire pour la première fois sur son visage ce qui ressemblait à de la colère. Il commençait à débusquer la bête. Ses certitudes s'en trouvaient encore renforcées. Bastogne prit le temps de respirer et rétorqua, glacial :

— Mon fils est tout sauf un accident.

Mougin esquissa un semblant de *mea culpa*.

— Je voulais dire par là qu'il n'était pas forcément attendu.

Bastogne resta tendu et ne répondit pas. Mougin enchaîna comme si l'incident était clos.

— Comment avez-vous fait pour assumer cet enfant alors que... (Il fit une nouvelle fois semblant de consulter ses notes)... vous terminiez tout juste vos études et que votre concubine ne travaillait pas. Elle n'a pas été jusqu'au bout de son cursus universitaire. N'est-ce pas ?

— Élisabeth s'est arrêtée pour élever le petit.

— Pourquoi elle ? Vous n'avez pas envisagé de le faire ?

Bastogne respira un grand coup. Il voulait le faire dégoupiller. Mais il était beaucoup plus intelligent que ce flic.

— J'étais simplement plus avancé qu'elle.

— Finalement, vous avez eu raison de le faire. Vous êtes devenu un brillant professeur et votre conjointe s'est occupée de votre fils. En attendant, les débuts ont dû être difficiles. Qui faisait bouillir la marmite ?

Quel rapport pouvaient avoir toutes ces questions avec sa présence ici ? s'interrogea Bastogne. Il était totalement perdu. Probablement était-ce l'objectif du policier. Il essaya de retrouver son calme. Il n'avait rien à se reprocher. Il se le répéta une nouvelle fois. « Tu n'as rien à te reprocher. » Il choisit d'adopter le ton le plus neutre possible.

— Le père d'Élisabeth nous a aidés.

— Il est riche ?

— Il était aisé.

— Il est décédé ?

— Oui.

— Et la mère de votre compagne ?

— Élisabeth l'a perdue avant de me connaître.

— Pratique d'avoir un beau-père blindé !

Une première saillie signée Revelle.

Bastogne ne cilla pas. Mougin fit mine de ne pas l'avoir entendu. Le commandant continua comme si de rien n'était.

— Cette situation de dépendance a-t-elle modifié votre relation avec Mlle Klein ?

— Non.

— Dix ans, la lassitude et la routine ont eu le temps de s'installer. Comment ça se passe aujourd'hui avec Mlle Klein ?

Bastogne estima, cette fois, que c'était trop. Il crut pouvoir encore poser les limites et contrôler les choses comme il en avait l'habitude.

— Cette question est déplacée. S'il vous plaît, dites-moi où vous voulez en venir ?

— Ah non ! Si je peux me permettre, s'insurgea Revelle en semblant enfin s'intéresser à ce qui se passait autour de lui. Si nous vous avions demandé si vous baisiez encore, combien de fois par semaine, et si madame aimait se faire sodomiser, dans ce cas ça aurait été déplacé.

Garcia cessa de taper. Bastogne ne put s'empêcher de tourner la tête pour voir si ce connard de flic plaisantait. Le capitaine le narguait.

— Bon, je crois que nous nous sommes un peu égarés, tempéra Mougin.

Il devait, à présent, laisser reposer, couper. Il se leva, s'étira et posa les fesses de l'autre côté du bureau pour se rapprocher du suspect.

— Laissons tomber cet aspect-là de votre vie, nous y reviendrons plus tard. Pouvez-vous nous parler de votre travail ?

— Je suis professeur d'histoire contemporaine.

— Histoire contemporaine, c'est le XXe et XXIe siècles ?

— Depuis la Révolution jusqu'à nos jours, rectifia Bastogne.

— Enregistré, fit Mougin comme un bon élève. Et où enseignez-vous ?

— Principalement à l'université Paris X de Nanterre.

— Merde, on est tombés sur un rouge.

Revelle était enfin entré dans le jeu et il était bien décidé à y rester. Mougin adorait les improvisations de son collègue. Sous son aspect rugueux, il était capable de se montrer créatif. Surtout, il connaissait sa redoutable efficacité. Pourtant Bastogne ne broncha pas. Alors Revelle insista.

— C'est vrai, quoi ! Prof et en plus à Nanterre, c'est signé. T'as la faucille et le marteau tatoués dans le dos, mec. Tu ne dois pas aimer beaucoup les flics, toi ! Putain de gauche caviar. Tout ce que je déteste.

Bastogne resta droit, les mains à plat sur les genoux. Il fixa une petite tache noire sur le mur immaculé derrière Garcia. Le gentil flic et le méchant flic. Pathétique. Il avait envie d'en rire. Jusqu'ici, ces types n'avaient cessé de le sous-estimer, le prenant certainement pour l'un de ces petits voyous sans vocabulaire ni cervelle. Les QI réunis de ces deux policiers n'atteignaient certainement pas la moitié du sien. Gonflé par ce constat, les coups qui résonnaient dans son cerveau se firent moins intenses. Son cœur ralentit. Son intellect prit le dessus sur son corps. Ils pouvaient y aller au bazooka, il se sentait enfin prêt.

— Pardonnez mon collègue, il souffre d'un complexe. Il n'a pas fait d'études, ponctua Mougin. Continuons.

Le commandant, assis sur le bureau, balança ses jambes et plaça la droite entre celles de Bastogne. Il releva le pied, attrapa le bord du fauteuil et tira vers lui. Bastogne fut surpris par la manœuvre mais se laissa faire, passif. Il se retrouva à quelques centimètres seulement de Mougin. Cette proximité le mit mal à l'aise. Mougin poursuivit comme si de rien n'était.

— Alors, ce travail de prof à la fac, en quoi consiste-t-il exactement ?

Bastogne inclina le dossier de son siège en arrière au maximum pour se laisser un peu d'air.

— Je suis maître de conférences et j'ai le statut d'enseignant-chercheur.

— Qu'est-ce que vous faites le plus ? Chercher ou enseigner ?

— Les deux. J'encadre une équipe de recherche ainsi que des étudiants.

— Uniquement ceux de Nanterre ?

— Non, j'interviens également au sein d'une grande école.

— Quelle école ?

— HEC.

— HEC ! s'exclama Mougin. Intéressant. Pas forcément le même public qu'à la fac, n'est-ce pas ?

— Ils ne sont pas si différents que ça.

— Quelles sont vos relations avec vos élèves ? Vous êtes à peine plus âgé qu'eux. Vous parvenez à être crédible ?

— Je le crois.

Mougin décida alors d'accélérer. Le rythme était primordial dans un interrogatoire. Les coups de boutoir faisaient mal au prévenu.

— Sont-ils admiratifs de votre parcours ?

— Non, pas particulièrement.

— Impressionnés ?

— Peut-être.

— Pensez-vous avoir un ascendant psychologique sur eux ?

— Je ne crois pas.

— Vous avez de bonnes relations avec eux ?

— Globalement.
— Vous n'êtes pas marié ?
— Je vous l'ai déjà dit.
— Vous sentez-vous libre ?
— Dans quel sens ?
Mougin décocha sa flèche.
— Dans le sens où vous vous donnez le droit de sortir avec vos élèves.

Bastogne fut cueilli. Il avait besoin de réfléchir. Vite. Il ne pouvait nier sa liaison avec Justine. Malgré ses recommandations de discrétion, elle s'en était vantée auprès de ceux qui voulaient bien l'entendre. À commencer par ses camarades de classe. Mougin ne lui laissa pas le temps d'organiser sa réflexion.

— Pouvez-vous nous parler de Mlle Fréger ?

Le déclic s'opéra alors dans le cerveau de Bastogne. Il sut enfin pourquoi il était là. Comment avait-il pu ne pas y penser plus tôt ? Il se sermonna. Évidemment. Harcèlement ?

Agression sexuelle ?

Il savait cette fille dangereuse. Depuis le début. Elle l'attirait tellement. Il avait été au-delà de ce que recommandait la plus élémentaire des prudences. « *Me too* » était passé. Mais il ne se sentait pas concerné. Il était bien au-dessus de cela.

Et maintenant, elle l'accusait.

Pourquoi faisait-elle ça ?

Elle ne faisait jamais rien par hasard. Un statut de victime ? De l'argent à se faire ? Un dédommagement de l'école ? Un diplôme donné comme indemnisation du préjudice subi ? Toutes ces hypothèses tournaient dans la tête de Bastogne pour aboutir à la même conclusion. « La petite salope. » Il allait la détruire pour ses fausses allégations. Ses camarades témoigneraient en faveur de leur professeur. Personne ne pouvait la blairer. Trop retorse, trop prétentieuse, trop belle. Bastogne ne nia pas l'évidence, ça aurait été stupide.

— Nous nous fréquentons, admit-il.

— Soyez plus précis s'il vous plaît, demanda Mougin.

— J'ai une aventure avec elle. Ce n'est pas interdit.

— Le prof et son élève. Tu te prends pour Brigitte Macron, envoya, goguenard, Revelle.

Mougin se leva.

— Très bien. Si vous décidez d'être franc avec nous, nous allons gagner du temps.

— C'est ce que je veux aussi.

— Alors nous sommes sur la même longueur d'onde.

Mougin se saisit des deux photographies qui traînaient sur le bureau. Il les regarda, dubitatif, et colla les clichés sous le nez de Bastogne.

— Puisque vous voulez que nous soyons rapides, vous ne ferez donc aucune difficulté pour nous dire ce qui vous a poussé à mettre cette jeune fille dans cet état.

À la vue des photos du visage martyrisé de Justine Fréger, Bastogne sembla d'abord ne pas comprendre qu'il s'agissait de son amante. Il blanchit, vacilla sur sa chaise, puis s'écroula sur la moquette telle une poupée désarticulée. Pile à l'endroit où il avait vomi. Revelle éclata de rire.

4

Il faisait nuit lorsque la levée d'écrou prit fin. Éric Bastogne avait fourré dans un sac de sport noir le peu d'affaires qu'il possédait. Le directeur de la maison d'arrêt de Nanterre avait tenu à être présent pour son départ. Ce petit homme distingué, ancien professeur lui aussi, portait son éternel nœud papillon. Il gratifia Bastogne d'un franc sourire et, tel le propriétaire d'une maison d'hôte, lui demanda maladroitement si son séjour s'était, malgré tout, bien déroulé. C'était la formule de politesse d'usage lorsque quelqu'un vous quittait ? Bastogne hésita à lui répondre qu'en dehors de la bouffe infâme, des codétenus sociopathes qui ne pensaient qu'à le planter ou l'enculer, des gardiens au mieux démotivés, mais le plus souvent dépressifs et agressifs, et d'une cellule qui aurait fait la joie d'un entomologiste, il avait plutôt passé un agréable moment. Il se retint. Il avait de l'estime et même de la reconnaissance pour le directeur qui avait fait son possible pour le soustraire aux difficultés de la détention. Il avait été le seul à comprendre qu'il n'était pas à sa place dans cet univers. Il n'y était pour rien si le système carcéral l'avait brisé.

La lourde porte verte se referma derrière lui. Il était enfin dehors. Pourtant, il se sentait plus que jamais prisonnier d'une vie qui n'avait plus aucun sens. Il avait tout perdu. Son travail, son fils, sa femme, sa mère et par-dessus tout cette estime de lui-même qu'il pensait inébranlable. Éric Bastogne était vide, seulement traversé par un sillon de colère qui lui donnait encore la force de se tenir debout et tout juste d'avancer. Il frissonna. La veste en jean qu'il portait ne constituait qu'un frêle barrage au froid mordant d'une nuit brumeuse de décembre. Le calme et le silence le saisirent. Il sortait de deux années et demie de vacarme. Il constata avec étonnement que les cris ne passaient pas les hauts murs. Les gens au-dehors ne pouvaient pas entendre et par conséquent pas comprendre. Ceux à l'intérieur, mâtons comme prisonniers, subissaient, culpabilisaient, avaient peur. La trouille était partout et source de violence des deux côtés. Pour y échapper on cognait, on s'indifférait, on se planquait, on militait, on gueulait, on se suicidait ou on rejoignait le groupe de crânes rasés qui allait encore plus vous déshumaniser, vous avilir et vous protéger.

Sur le parking plongé dans l'obscurité, toutes les voitures se rejoignaient à hauteur de toit. Seule une silhouette dépassait. Elle slaloma entre les véhicules et se dirigea vers Éric Bastogne. Le professeur attendit. Il n'avait fait que ça depuis son enfermement. La passivité était devenue une seconde nature. Les pans du grand manteau se soulevaient au rythme du pas énergique de l'homme. Il avait des ailes et fondait sur sa proie consentante.

« Il ne pourra pas me faire plus de mal », se dit Bastogne.

Il l'accueillit. Il le vit sortir les mains de ses poches alors qu'il n'était plus qu'à une dizaine de mètre de lui. Un visage se dessinait au-dessus de la cape de laine. Il n'avait pas changé physiquement mais Bastogne perçut dans son attitude qu'il n'était plus le même. Une précipitation. Une impatience. Peut-être même une frustration. À tout le moins un déséquilibre. Lui qui semblait si aligné lors de leurs longs entretiens. Étienne Mougin ne dissimula pas son hostilité. Le commandant avait été le plus véhément des accusateurs lors de sa déposition au procès. Il avait cherché à défendre son enquête et sa qualité de policier aux états de service irréprochables. Bastogne se souvint s'être dit que cet individu lui ressemblait. Un orgueil démesuré simplement camouflé par le flegme et les bonnes manières. Le vernis avait commencé à craqueler pendant son audition lorsqu'il avait haussé le ton, soumis au contre-interrogatoire offensif de son avocat. Bastogne ne l'avait jamais vu s'énerver au cours de ces heures de garde à vue.

— Vous ne vous en sortirez pas si aisément.

— Je suis déjà sorti.

— Je ne vais pas vous lâcher.

— La justice a tranché.

— Elle s'est trompée et je vais le prouver.

La menace fut réconfortante. Bastogne avait peur de disparaître, de ne plus compter pour personne. Au moins quelqu'un s'inquiétait de son sort. Il sourit. Mougin prit ce rictus pour de la provocation. Le ressentiment lui faisait perdre son flair. Bastogne n'était plus le même homme et le commandant ne parvenait pas à l'envisager. Pourtant plus de deux ans derrière les barreaux! Bastogne repensa aux gens du dehors. Et il se dit que les policiers et les gendarmes feraient bien d'effectuer des séjours en prison. Cette expérience les aiderait à mieux appréhender la psychologie de ceux après lesquels ils couraient. La présence de Mougin lui faisait du bien. Il aurait aimé prolonger le tête-à-tête mais une voiture surgit au bout de l'allée E. La BMW accéléra puis freina brusquement à la hauteur des deux hommes. Bastogne ouvrit la portière et grimpa à contrecœur à l'intérieur du bolide, plantant là Mougin.

Marc Delvain conduisait comme il vivait. Vite. Boire, manger, parler, réussir, aimer, se marier, divorcer. Il avait besoin de se sentir en permanence en mouvement. Dans le tunnel de la Défense, il accéléra encore. La série 8 filait à plus de 120 kilomètres-heure. Il jetait de temps à autre des coups d'œil à son passager. Éric Bastogne ne cillait pas. Il scrutait la route. Il n'avait pas ouvert la bouche depuis leurs retrouvailles. Il n'était déjà pas très disert avant. Avant cette terrible accusation et ces années de prison.

Delvain avait géré l'incarcération de son meilleur ami à sa façon. En se démenant. Mais lorsqu'il avait fallu s'arrêter pour assister au procès assis sur un banc, l'épreuve avait été au-dessus de ses forces. Il le regrettait. Il ne s'était jamais beaucoup attaché. Ni à ses parents, dont il était pourtant le fils unique et adoré, ni aux femmes. Encore moins aux hommes. Sauf à Éric Bastogne. Son négatif. Son complément. Il en était comme tombé amoureux. Un amour platonique, une admiration. Il portait aux nues son intelligence, son détachement, son cynisme, son air permanent de ne pas s'en laisser conter. Le côtoyer le rendait meilleur, pensait-il. Il était particulier. À son contact il se sentait invulnérable. Il était de bon conseil car il ne s'embarrassait pas de conventions sociales qui pouvaient être des freins aux ambitions. À cette époque, Marc Delvain en était pétri. Il était encore engoncé dans une éducation bourgeoise dont il tentait timidement de se départir. Éric Bastogne l'y avait aidé. Éric Bastogne était un voyou.

Les deux hommes s'étaient rencontrés à la fac d'histoire de Nanterre. Delvain y était de passage, cherchant une voie, si possible, déplaisante pour son père qui le destinait à de hautes études commerciales. S'ils étaient très différents, ils s'étaient trouvé quelques points communs. Les femmes notamment. Ils avaient été tous les deux séduits par une superbe blonde frigorifiante qui assistait à leurs travaux dirigés. Elle n'avait vu que Bastogne. Comme une évidence. Delvain s'était incliné sans rechigner. À deux, ils étaient encore plus attirants, plus inquiétants, plus dangereux. Delvain se délectait de les voir se stimuler. Le couple l'acceptait à leurs côtés comme un trublion qui mettait de la fantaisie, de la vie, du charnel dans leur quotidien intellectualisé. Leurs rapports ambigus, sexualisés, amusaient Éric et Élisabeth et leur esprit tordu.

Delvain avait finalement quitté l'université pour entrer dans une école de journalisme. Journaliste, il l'avait été pendant tout juste deux ans, avant de créer sa propre revue, Politics, qui était devenue, en l'espace de trois trimestres, une référence en matière de politique étrangère. Il l'avait revendue au pic de son succès. Pour passer à autre chose. Marc Delvain avait créé et présidé le comité de soutien d'Éric Bastogne dès que celui-ci avait été écroué. Sa libération, Bastogne savait qu'il la devait davantage à son ami qu'à son avocat. Il lui en voulait de tant lui devoir.

Le silence était trop lourd. Delvain, bloqué par un feu rouge à proximité de l'Étoile, se mit à parler fort :

— Maintenant on va les faire cracher. Crois-moi qu'ils vont raquer pour cet emprisonnement injustifié. J'ai vu Me Lombard. Il est confiant. D'après lui le parquet ne fera pas appel de la décision. Il sait qu'un second procès serait perdu d'avance. On a gagné.

Delvain accompagna ses paroles d'une tape sur le genou de Bastogne, qui lui consentit un regard en retour. Ça lui suffit largement. Il ne lui avait jamais beaucoup demandé. Leur relation avait toujours été déséquilibrée. Il n'avait été que son vassal. Il s'en fichait. Il lui faisait du bien. Mais aujourd'hui le désarroi et la souffrance épaisse et poisseuse de son roi le bouleversaient. Éric Bastogne était un être torturé, flippant. Il le retrouvait éteint. Delvain essaya de se convaincre que c'était normal, qu'il sortait de prison, qu'il irait très vite mieux. Il l'aiderait en l'ensevelissant sous mille projets communs auxquels il avait réfléchi. Mais à ce moment, dans l'habitacle de sa voiture, son enthousiasme se heurtait au mutisme d'Éric. Il réussit tout juste à lui demander :

— Comment tu te sens ?

Bastogne lui mit, à son tour, une main sur l'épaule, un geste inhabituel pour lui qui fuyait les contacts physiques.

— Bien, je suppose.

Encouragé par cet effort, Delvain retrouva un peu de sa verve.

— Tu vas voir, l'appartement et le quartier vont te plaire.

Il se lança dans la description mètre carré par mètre carré du F4 qu'il mettait à sa disposition. Il avait tout anticipé. L'appartement était la propriété de ses parents. Il avait fait des pieds et des mains pour virer au plus vite le dernier locataire afin qu'il soit libre lorsque Éric sortirait. Parmi les investissements immobiliers familiaux, il avait choisi celui-ci car il était assez grand, sans l'être trop, et surtout idéalement situé entre Pigalle et le Paris romantique des Abbesses et de Montmartre. Delvain était parti dans sa logorrhée mais Bastogne ne l'écoutait déjà plus et l'interrompit en plein milieu d'une phrase :

— Je veux voir Samuel.

Delvain arrêta son monologue.

— Bien sûr que tu vas le voir…

— Dès demain.

Delvain ne sut quoi répondre. Il marmonna :

— C'est peut-être un peu tôt.

— Ça ne le sera jamais assez.

Tout en engageant la BMW sur le rond-point de l'Étoile, Delvain pesa le pour et le contre. En réalité, il réfléchissait à la façon dont il pourrait s'organiser pour satisfaire son ami. Il savait qu'il ne le ferait pas changer d'avis. Il tenta toutefois, sans y croire, de l'en dissuader.

— Je ne connais pas son emploi du temps. Je ne sais même pas à quelle heure il quitte l'école.

— 16 h 30. Et il rentre désormais seul à la maison. Je ne verrai pas Élisabeth.

— Tu crois que c'est une bonne idée de le rencontrer sans elle ? Si elle l'apprend, elle sera furieuse.

— Je m'en contrefiche, je ne lui laisse pas le choix. Samuel est mon fils et j'ai le droit de le voir.

Fin de la discussion. Les deux hommes n'échangèrent plus un mot jusqu'à ce que le véhicule se gare devant le numéro 13 de la rue André Antoine.

— Nous sommes arrivés.

Delvain coupa le contact et balança les clés de la voiture et celle de l'appartement à Bastogne.

— Garde la caisse, tu pourras l'utiliser pour aller à Rueil demain. Je vais rentrer en métro.

Ils sortirent du véhicule et Delvain clama tellement fort le numéro du digicode que le travelo du coin de la rue pourrait désormais se réchauffer la nuit entre deux passes. Bastogne l'enregistra. Delvain tournait déjà les talons lorsque son ami l'interpella.

— Hé, Marc !

Delvain fit volte-face.

— Merci pour tout.

Il s'en contenterait. Ce bref échange n'échappa pas à l'homme stationné quelques mètres plus loin dans son Audi.

Le hall d'entrée était à l'image des façades extérieures des immeubles du quartier. Il était loin d'être luxueux, mais pas défraîchi non plus. La lumière se déclencha automatiquement au passage d'Éric Bastogne. Sur le mur de droite, les boîtes aux lettres en métal beige n'avaient pas une bosse. Le sol carrelé noir et blanc était immaculé. La femme, qui essayait de se dissimuler derrière le rideau de sa loge, y veillait. Bastogne feignit de ne pas la voir et ouvrit la seconde porte, celle-ci vitrée, qui débouchait au pied d'un vieil et minuscule ascenseur en bois et fer forgé. Bastogne l'évita et emprunta un escalier si étroit que deux personnes ne pouvaient pas se croiser sans se toucher. Les marches étaient en partie recouvertes d'un tapis rouge élimé. Il avait l'avantage de réduire au silence les pas lourds. Arrivé sur le palier du troisième, Bastogne hésita. Appartement de droite ou de gauche ? Marc le lui avait certainement indiqué. S'il fallait qu'il écoute tout ce qu'il débitait… Il jeta un coup d'œil aux sonnettes. L'une d'elles indiquait un nom. L'autre pas. Il opta pour ce dernier. Il introduisit la clé. Un tour vers la droite et la serrure à trois points céda. La minuterie s'éteignit au même moment. Dans le noir, Éric Bastogne tâtonna jusqu'à trouver un interrupteur. Il l'actionna. Il se retrouva dans une petite entrée où étaient simplement disposés une tablette de rangement et un miroir psyché qui lui renvoya son image. Il détourna les yeux. Il poursuivit la visite après avoir fermé la porte derrière lui. Sur sa gauche, il trouva un salon double avec une partie salle à manger et un coin plus cosy où trônait un canapé trois places en velours gris souris qui faisait face à une table basse en verre et à un écran géant accroché au mur. Confortable, mais pas ostentatoire. Il fit l'impasse sur la probable cuisine qui devait jouxter cette pièce, il y mettrait rarement les pieds, pour aller directement vers les chambres à coucher. La première comportait un grand lit deux places et une porte-fenêtre qui donnait sur la rue. Il déposa son sac au pied du *king size* et ouvrit le placard en bois blanc contigu. Il y trouva, côté penderie, des chemises, deux costumes de marque et deux manteaux d'hiver. Sur les étagères s'entassaient des sous-vêtements, des chaussettes, des t-shirts, des pulls et des jeans. Il jeta un coup d'œil aux étiquettes. Tout était à sa taille.

La seconde chambre avait été transformée en salle de sport. Le sac de frappe, le banc de musculation, le tapis de course et l'appareil de levée, Marc avait pensé à tout. Bastogne retourna dans la chambre à coucher. C'est alors qu'il ressentit les prémices de la déferlante. Il ouvrit vite la porte-fenêtre. Le froid mordant ne l'effleura même pas. Il commençait à suer abondamment. La respiration saccadée, il se précipita vers le dernier endroit où il n'était pas encore allé : la salle de bains. Elle avait les dimensions de sa cellule. Il se dirigea directement vers la vasque et passa sa tête sous l'eau froide. Il ne parvint pas, cette fois, à échapper à son image dans le miroir. Une barbe noire lui mangeait la moitié du visage. Ses yeux bleus ressemblaient à deux petites billes de couleur encastrées dans des orbites creusées. Ses cheveux bruns, autrefois en désordre, étaient coupés ras. Un mort vivant. Ou, au mieux, en sursis. Attendant que la vague l'emporte. Un jour il en mourrait, il en était certain. Peut-être même dès ce soir. Il ne pensait qu'à son fils. Alors, après une brève tentation de se laisser submerger, il décida de lutter. Son cœur s'emballait. La bouche grande ouverte, il cherchait désespérément de l'air. Sa trachée s'était réduite à une mince paille mâchouillée qui ne lui dispensait que le minimum vital. Pas assez toutefois pour que ses jambes le maintiennent debout. Il s'assit sur le bord de la baignoire puis entreprit de s'y allonger entièrement. Il retira, avec difficulté, son pantalon, sa veste, son sweat, ses chaussettes et ses chaussures. Torse nu et en caleçon, il saisit la pomme de douche, dirigea le mitigeur au maximum vers le chaud. L'eau, d'abord tiède, se réchauffa rapidement. Elle était brûlante lorsque Éric Bastogne s'aspergea. D'abord saisi, il hurla de douleur. Il continua pourtant à arroser chaque parcelle de son corps. Ébouillanté, il dirigea alors le jet en dehors de la baignoire. Il n'avait plus la force de fermer le robinet. Sa peau écarlate le faisait atrocement souffrir. Pourtant, il respirait à nouveau normalement. La crise s'éloignait. À quoi avaient servi les paquets d'anxiolytiques qu'il s'était envoyés en prison et les dizaines d'entretiens avec les psys ? À rien. Sinon à comprendre le dénuement de la psychiatrie carcérale incarnée par des incompétents ou des paresseux et parfois même les deux. Pour s'en sortir, il avait su trouver sa propre thérapie. Il avait compris que seule la douleur physique pouvait prendre le pas sur ses angoisses. Épuisé, Éric Bastogne éteignit l'eau et passa sa première nuit d'homme libre dans une baignoire.

Le contact froid de la fonte avait apaisé sa peau rougie. Éric Bastogne n'avait pas bien dormi, il ne l'avait plus fait depuis plus de deux ans, mais au moins avait-il trouvé, dans cette solitude nouvelle, une certaine tranquillité. Il n'avait plus à se soucier que de lui-même. Une tâche encore énorme. Ses jambes, où des petites cloques s'étaient formées, le démangeaient. Des stigmates de la veille qui rejoindraient les scarifications et autres cicatrices qui parsemaient aujourd'hui son corps meurtri. Il trouva la force de s'extirper de son lit de fortune et glissa sur le carrelage mouillé de la salle de bains. Il se retint au bord de la baignoire. Il retira son caleçon trempé qu'il jeta avec le reste de ses vêtements dans le panier à linge sale et ouvrit la colonne à côté du lavabo à la recherche de serviettes. Il en trouva toute une pile, elles étaient grandes et moelleuses. Il en étala quatre par terre en guise de serpillières et passa la cinquième sous l'eau froide avant de se frictionner le visage, les bras, le torse, le bas-ventre, les jambes et les pieds. Il décida que cette toilette sommaire suffirait. Face à la vaste penderie, il n'eut que l'embarras du choix. Un choix qu'il devait réapprendre à faire. Il opta pour une chemise blanche et un jean noir. Il était presque midi lorsque Éric Bastogne, habillé, s'assit sur le bord du lit. Il fouilla dans son sac et en sortit l'iPhone que Marc lui avait fourni la veille dans la voiture. Il mit quelques minutes à trouver le bon bouton pour l'allumer. Le code pin et son nouveau numéro étaient inscrits sur un papier scotché au dos. Il mémorisa l'un et l'autre. Sur l'écran une petite bulle clignotait. Il avait un nouveau message. Marc, évidemment. À l'écrit il était plus concis.

« Salut, j'espère que tu as bien dormi. Appelle-moi après avoir vu ton fils. »

Son fils. Que pourrait-il bien lui dire ? Allait-il seulement le reconnaître ? Il s'allongea sur le lit. Il disposait de trois bonnes heures pour y penser.

5

La pluie giflait les fenêtres du bow-window. La mer, transformée par la tempête en vaste étendue blanche d'écume, se confondait avec les falaises de craie. En Bretagne, on appelait cela un jour blanc comme à la montagne. Un jour où l'eau, le ciel et la terre ne faisaient plus qu'un. Même les mouettes, clouées au sol par le vent, y perdaient leurs repères. Étienne Mougin, lui, y retrouvait les siens. Il venait régulièrement se ressourcer dans cette modeste longère qui avait appartenu à ses grands-parents. Il y prenait le temps de réfléchir aux grandes décisions. Les éléments déchaînés l'apaisaient. Pour mieux s'en imprégner, il avait fait construire cette avancée vitrée, seule modification qu'il avait consentie à l'authenticité originelle de la demeure. Étienne Mougin aimait sentir autour de lui les odeurs du passé. Le fauteuil en velours, sur lequel il était assis, était encore empreint de la rusticité d'un grand-père paysan. Il n'avait plus que ça pour maintenir le maigre lien familial. Ses parents étaient morts d'ennui, plus que de vieillesse, dans leur bel appartement du 11e arrondissement de Paris qu'ils avaient acquis en développant, sept jours sur sept, leur petite chaîne de magasins de bricolage. Ils comptaient huit boutiques dans Paris et la région parisienne lorsqu'ils avaient décidé, à plus de soixante-dix ans, de prendre un repos bien mérité. Deux années d'inactivité et la vente du fruit de leur travail à une grande enseigne avaient eu raison de leur vitalité. S'ils ne lui en avaient jamais fait explicitement le reproche – on ne se disait pas les choses ouvertement –, les parents auraient rêvé que leur fils leur succède à la tête de ce qui était, pour ces modestes enfants d'ouvriers agricoles, un véritable empire. Étienne Mougin avait choisi une autre voie et il ne s'en sentait pas coupable. Il aimait ses parents mais ils lui étaient étrangers. Ils avaient trop travaillé pour le connaître. Alors il s'était élevé seul en s'occupant de sa petite sœur. Il avait tracé son chemin détaché des autres, de ses camarades de classe, de ses professeurs, détaché de son environnement. Personne n'avait jamais eu d'influence sur lui. Il avait découvert le beau, l'amour, l'aventure, les turpitudes de l'âme humaine, dans les livres. Et un jour il avait décidé qu'il serait un grand flic. Pour absorber la misère humaine. Il se considérait comme une éponge. Dans son esprit cartésien ce n'était pas métaphorique. Il était vraiment cette éponge. Sec et rêche à l'origine, il se gonflait et prenait du volume en s'imprégnant des tracas des autres, en se les appropriant. Une fois délesté du poids d'une enquête, il redevenait cet objet rabougri et racorni. Il avait besoin du malheur d'autrui pour se sentir utile et vivant. Il n'était pas altruiste par nature mais par besoin. C'est ainsi qu'il avait toujours fonctionné. Il prenait, traitait et rejetait sans que cela ne laisse de trace sur lui. Du moins jusqu'à aujourd'hui. Il se sentait sur le fil, prêt à basculer, comme cette maison qui, inéluctablement, était condamnée par l'érosion à tomber un jour dans la Manche.

Préoccupé, Mougin sentit à peine les deux longs bras graciles l'entourer. Il leva la tête et fut cueilli par le sourire de sa femme. Après vingt ans de mariage, il était toujours époustouflé par ce visage lumineux. Certes, Audrey avait aujourd'hui quelques rides en plus. Mais elle avait conservé le merveilleux éclat de sa chevelure flamboyante et ses taches de rousseur qui l'avaient fait craquer lors de leur première rencontre dans un pub bondé du quartier Saint-Germain. Ils étaient amoureux comme au premier jour. Un amour exclusif qui n'avait pas trouvé de place pour un enfant. Qu'aurait-il pu lui donner ? Il n'était pas un transmetteur, juste un réceptacle. Ils avaient trouvé ainsi un équilibre et un sentiment de plénitude qui ne ressemblait pas forcément au bonheur mais était gage de sérénité. C'était tout ce qu'ils recherchaient. Ils ne se préoccupaient que de l'un et de l'autre. Ils n'étaient attentifs qu'à l'un et à l'autre. Audrey avait donc vite perçu ce trouble qui envahissait son époux. Et, faisant fi de toutes les règles qu'ils s'étaient imposées, elle lui demanda :

— Tu veux m'en parler ?

Il leva la tête et déposa un baiser sur sa joue.

— Ne t'inquiète pas, juste une affaire un peu plus prenante que les autres.

Audrey fit semblant de le croire. Elle jeta un œil au petit guéridon où était posé le dossier vert qui ne quittait plus son mari. Il le prenait, le reposait, regardait par la fenêtre. Elle décida de le laisser encore seul et d'aller préparer le dîner.

Durant toute sa carrière et dans chaque brigade où il avait officié, Mougin avait été confronté au pire parce qu'il était le plus solide. Les putes tabassées à mort, les règlements de compte du milieu à coups de kalach ou d'explosif, les crimes sexuels les plus pervers, les infanticides, les parricides, il avait réussi à tout malaxer, tout avaler, tout digérer. Il avait construit une cloison étanche entre son métier et sa vie privée. Il y avait bien eu parfois des petites fuites au cœur de cet édifice. Une journée, deux au plus, voilà ce qu'il fallait pour qu'il redevienne égal à lui-même, un homme doux, pondéré, raffiné et cultivé, tout le contraire de l'archétype du flic désabusé, alcoolique, à la mine de papier mâché. Lui était grand et encore beau malgré la cinquantaine dépassée. Les cheveux gris lui allaient bien et il avait gardé la ligne. L'acquittement de Bastogne menaçait tout ce qu'il était.

Trois ans après les faits, il n'avait rien oublié du calvaire de cette gamine de vingt-cinq ans retrouvée attachée à un lit avec, à la place du visage, une bouillie infâme où les os, les cartilages et les chairs s'enchevêtraient de façon anarchique. Un tableau de Picasso. Même à quelques centimètres, Mougin avait été incapable de distinguer les yeux du nez ou de la bouche. Il avait juste pu identifier des bouts de dents qui gisaient sur le lit. La jeune femme avait été scalpée et sa longue chevelure brune reposait sur l'oreiller à côté d'elle. Un contraste saisissant avec ce corps offert, intact, dénudé, insolent de perfection. C'était comme si un artiste facétieux et dérangé avait confectionné un masque d'horreur pour pimenter les jeux érotiques d'un couple aux pratiques perverses. Cette image, mélange de grâce et de terreur, le hantait encore. Peut-être aussi parce qu'il avait eu honte de ressentir une pointe d'excitation face à cette macabre mise en scène.

Mougin n'avait, d'abord, pas cru à la culpabilité de Bastogne. Il n'avait pas le profil. Trop normal. Il fallait non seulement être détraqué, mais aussi savoir cogner pour infliger un tel supplice à cette jeune femme. Bien qu'enragé, le meurtrier s'y était pris très méthodiquement. Défonçant le bas du visage et remontant jusqu'en haut pour finir par le scalp. L'auteur de ce massacre avait obligatoirement des antécédents de violence. Bastogne n'était pas cet homme. C'était un professeur qui ne s'était probablement jamais battu de sa vie. L'étude de son passé en attestait. Le meurtre de Justine Fréger n'était pas qu'un coup de folie. C'était un message.

Malgré tout, Éric Bastogne restait le principal suspect car il était établi qu'il était en compagnie de Justine Fréger le soir du meurtre. Il n'avait pas cherché à le nier. Il était le dernier à l'avoir vue vivante et il avait un mobile. Il s'était entiché de cette fille volage et manipulatrice qui ne lui avait ouvert son lit que par défi. Se faire le prof le plus brillant de l'école, voilà une gageure à la hauteur de cette jeune femme fière, ambitieuse, provocatrice et revancharde. Dès qu'elle avait été en âge de le faire, Justine Fréger n'avait cessé de régler ses comptes avec les autres hommes, à défaut d'avoir pu se venger de celui qui lui avait fait tant de mal dans son enfance. Retirée à la garde de ses parents, elle était passée de famille d'accueil en famille d'accueil, laissant derrière elle de la colère, de la haine, des doutes et des suspicions. Ainsi avait-elle tracé son sillon, une terre brûlée, jonchée de victimes, comme elle. Elle était trop intelligente pour ne pas se rendre compte de ce qu'elle faisait. Elle l'assumait. C'était son carburant. Et elle avançait. Vite. L'argent n'avait jamais été un problème. Étudiante brillante, elle avait bénéficié de bourses d'études et, à l'occasion, du soutien financier de quelques hommes mariés, riches ou non, qui n'avaient eu d'autre choix que de l'aider. Justine Fréger s'était fait, tout au long de sa jeune existence, beaucoup d'ennemis.

Étienne Mougin s'empara de nouveau du dossier vert, qu'il connaissait pourtant par cœur, comme s'il aurait pu y dénicher la preuve ultime de la culpabilité de Bastogne. Son opinion avait évolué au contact de cet homme. Si, lorsqu'il l'avait cueilli chez lui, il doutait que cet individu ait pu accomplir l'acte qui lui était reproché, il avait décelé, durant la garde à vue et pendant l'enquête qui s'en était suivie, une personnalité bien plus complexe que ce qu'il pouvait laisser paraître. Éric Bastogne n'était pas simplement brillant, hautain, orgueilleux, dédaigneux. Il était aussi pervers, manipulateur et surtout dissimulateur. Mougin relut le premier profil réalisé après l'étude de la scène de crime par les spécialistes de la brigade criminelle. Cette pseudoscience du profilage, Mougin n'y croyait pas. Comment pouvait-on prétendre établir une typologie comportementale des criminels alors que dans 90 % des homicides le passage à l'acte ne tenait qu'à un petit détail qui faisait basculer monsieur Tout-le-Monde dans la spirale du meurtre ? Leurs élucubrations, c'était tout juste bon pour les tueurs en série et, en France, ils n'étaient pas légion. Mougin n'en avait tout simplement jamais croisé. Pourtant il devait bien admettre que, dans cette affaire, les experts, comme il les appelait ironiquement, avaient fait un travail étonnant. Leur rapport était si précis que cela le rendait presque absurde. Ils avaient brossé le portrait d'un tueur à coup sûr de sexe masculin, plus âgé que la victime. Selon eux, il s'était acharné sur le visage de la jeune fille afin d'effacer l'image même de l'humiliation et de la culpabilité qu'il pouvait représenter. L'individu exerçait probablement une autorité morale sur la victime. Il connaissait intimement l'étudiante. La scène de crime leur évoquait un jeu sexuel qui aurait pu mal tourner. L'ego du bourreau, malmené par la jeune femme, pourrait être à l'origine de ce déferlement de violence. Le crime n'était, toujours selon les psys, pas prémédité. Ils formulaient l'hypothèse d'une crise de rage. Peut-être parce que Justine Fréger avait tenu tête à cet homme. Alors il s'était acharné. Il n'avait cependant pas touché au corps, preuve d'une dualité de sentiment entre un désir fou et une haine incontrôlable.

Éric Bastogne.

Comme une évidence.

Si évident que Mougin se méfia de cette concordance trop parfaite. Pourtant, les éléments techniques de l'enquête de terrain, auxquels il se fiait plus volontiers, allaient également désigner un seul et même coupable : Bastogne. Toujours.

Les camarades de Justine avaient évoqué une relation déséquilibrée. Justine profitait et faisait tourner en bourrique son professeur. Ils révélèrent également que Bastogne était loin d'avoir l'exclusivité du corps de la jeune fille. Elle avait d'autres amants.

Une mouette plus téméraire que les autres prit son envol et se fracassa contre la vitre du bow-window. Elle ne détourna pas l'attention de Mougin, qui poursuivit sa lecture. Il passa au rapport du légiste. Dans un premier temps, le médecin n'avait pas pu établir l'heure exacte de la mort. Il avait déterminé sur place, en fonction du poids de la victime et de sa température rectale, une première fourchette allant de 19 à 23 heures la veille au soir. Un constat conforté par l'état du corps, pas totalement rigide lorsqu'il avait été découvert. La rigidité complète n'intervenait, dans un environnement intérieur, que douze heures après la mort. Or, le cadavre avait été retrouvé le mardi matin à 7 heures par la meilleure et seule véritable amie de Justine. La jeune femme avait souvent des pannes d'oreiller et sa binôme, qui avait les clés de son appartement, était passée pour s'assurer qu'en ce jour de partiel elle était bien réveillée. Le légiste avait ainsi pu affiner son estimation. Justine Fréger avait été tuée entre 21 heures et 22 h 30. Avant de mourir, elle avait eu une relation sexuelle dont il n'y avait aucune raison de penser qu'elle avait été forcée. Il n'y avait aucune trace évoquant la contrainte. Les résidus de sperme correspondaient à l'ADN de Bastogne que la police avait prélevé après son arrestation. Face au juge d'instruction, il n'avait fait aucune difficulté pour admettre qu'il était ce soir-là avec la jeune fille et qu'ils avaient fait l'amour. Seulement, il affirmait aussi que, lorsqu'il était sorti à 21 h 15 de l'appartement situé dans le 19e arrondissement, l'étudiante était bien vivante.

Mougin et son équipe avaient effectué un travail de fourmi pour identifier et interroger les deux autres individus qui entretenaient une relation plus ou moins suivie avec la jeune femme à l'époque. Ils avaient de solides alibis pour le soir du meurtre. Tout ramenait à Bastogne et Mougin était désormais persuadé que derrière ce professeur respectable se dissimulait un être bien plus dangereux. L'instruction allait ainsi toucher à son terme et il ne faisait plus aucun doute dans son esprit que Bastogne serait déclaré coupable. Le procès ne serait qu'une formalité. Du moins le pensait-il.

C'était sans compter sur l'aide dont disposait le très respectable professeur Bastogne. Son ami, Marc Delvain, un homme d'affaires riche et touche-à-tout, s'était mobilisé et avait créé un comité de soutien. Il avait réuni autour de lui une équipe de choc. Pour sa défense, un ténor du barreau, Me Glombard, et sur le terrain, des détectives privés à l'américaine, payés cinq cents euros de l'heure. Ils feraient passer les meilleurs flics de France pour des amateurs. Et ça, Mougin ne l'avait toujours pas digéré. Il devait bien admettre pourtant qu'ils avaient merdé et il en éprouvait encore une profonde blessure de son égo. Ils étaient passés à côté d'une malheureuse boîte de pizza pliée en quatre au fond d'une poubelle. Les détectives au service de Bastogne, d'anciens flics à la retraite, avaient eu accès, grâce à leurs relations dans la maison, aux photos de la scène de crime et donc au contenu de cette poubelle. Mougin n'avait jamais pu mettre la main sur l'enfoiré qui avait joué les taupes et filé les clichés. Une trahison qui allait tout changer. Grâce à cette fameuse boîte de pizza, les enquêteurs à la solde de Bastogne avaient pu déterminer que Justine Fréger s'était fait livrer une Margarita le soir du meurtre. Le livreur avait été identifié et retrouvé. C'était un gamin de dix-sept ans à mobylette. L'un de ces kamikazes du bitume qui prenaient des risques inconsidérés au guidon de leur pétrolette. Le jeune garçon résidait dans la cité du Chêne-Pointu à Clichy-sous-Bois. Il travaillait pour Pizza 30 depuis six mois. Youssef El Moutari bossait pour financer ses études. Il était en terminale scientifique et espérait intégrer, via une prépa, une prestigieuse école d'ingénieur. Il était l'aîné d'une famille de quatre enfants. Son père était ouvrier à l'usine PSA de Poissy, sa mère rendait à l'occasion quelques services aux voisins. Aucun casier. Il avait, jusqu'ici, soigneusement évité les emmerdes. Le résultat d'une éducation stricte, parfois distillée à coups de ceinturon. Mais le vieux s'était épuisé à la tâche. Il était fatigué. Youssef avait naturellement pris la suite et s'appliquait à remettre dans le droit chemin son cadet, qui semblait suivre une trajectoire oblique. Youssef tentait de le persuader d'abandonner les mauvaises fréquentations avec lesquelles il avait grandi. Lui l'avait fait. Dans son bâtiment, ses anciens copains et les nouveaux caïds le regardaient avec circonspection. Il n'était pas gênant pour leur business, mais ils se demandaient tout de même pourquoi il ne voulait pas sa part du gâteau. Il aurait pu intégrer une petite équipe de deal et se faire facilement 3 000 euros par mois au lieu de trimer comme un crevard sur une mob. C'était son choix. Mais, qu'il le veuille ou non, Youssef ne pouvait pas éviter tous les écueils. Et affirmer avoir parlé le soir du meurtre à 22 heures à une Justine Fréger toujours vivante et seule dans son petit appartement allait lui attirer ces tracas qu'il mettait pourtant beaucoup d'énergie à fuir. Car à cet horaire, il était établi qu'Éric Bastogne était déjà rentré chez lui. Sa compagne, Élisabeth Klein, loin d'être son principal soutien pendant l'instruction, avait confirmé sa présence à cette heure-ci à leur domicile. Il était rentré à 21 h 55 exactement, avait-elle affirmé, se repérant à la fin du premier épisode de la série américaine de TF1 qu'elle regardait et qui l'anesthésiait si bien. Elle avait profité de la pause publicitaire pour préparer un petit encas à son compagnon. Ce témoignage, plus celui du gamin, disculpait Bastogne. Le jeune garçon avait été mis sur le gril par Mougin et son équipe. Il n'avait pas bougé d'un iota de sa déclaration initiale. Le vendredi 7 janvier, il avait bien livré, à l'appartement 32 du 16, rue des Bois à Paris, une Margarita à Justine Fréger. Il l'avait identifiée sur photo, une jolie fille qu'on n'oublie pas, avait-il souligné. S'agissant de l'heure, il n'y avait aucun doute possible puisque cette livraison était la dernière. Il avait appelé, dans la foulée, son manager pour lui signifier qu'il rentrait garer la mobylette. Il y avait une trace de cet appel à 22 h 05. Dans une enquête les témoignages pouvaient s'avérer fragiles et parfois contradictoires.

Celui-ci était objectif et solide. Il avait instillé le doute. Et le doute avait profité à l'accusé. Pourtant Mougin était persuadé que le surgissement de ce témoin de dernière minute était une anarque, un contre-feu monté de toutes pièces. Il avait fonctionné. Bastogne s'en était sorti grâce à ses relations et à leur fric et ça, Mougin ne pouvait l'accepter. Il referma le dossier, se leva de son fauteuil et alla rejoindre son épouse dans cette petite cuisine à l'ancienne où il avait vu si souvent s'affairer sa grand-mère et sa sœur. Cette sœur adorée qui les avait quittés trop tôt, victime, elle aussi, de la violence d'un homme. Le mur se fissurait de plus en plus.

6

Éric Bastogne avait peur. Pas cette sourde angoisse qui venait le cueillir n'importe quand et n'importe où, s'amusant à lui faire croire qu'il allait mourir, mais une bonne vieille trouille qui lui triturait les intestins et le faisait, au contraire, se sentir vivant parce qu'elle signifiait qu'il existait encore quelque chose d'important dans sa vie. Face au portail encore fermé de l'école primaire, il se répétait le discours qu'il tiendrait à ce gamin de dix ans qu'il ne connaissait pas, qu'il ne connaissait plus. Mais au-delà des mots, il y avait surtout les gestes. Allait-il seulement le reconnaître ? Si oui, devrait-il l'embrasser ou le serrer simplement dans ses bras ? Il regarda sa montre pour la dixième fois en une minute. Il était 16 h 17. Les mères de famille, confinées à la maison, commençaient à arriver par grappes, le petit dernier, pas encore scolarisé, dans la poussette ou dans les bras. Elles retrouvaient avec plaisir les autres femmes soumises à cette même condition et à ces journées de stakhanovistes toujours identiques, passées dans leur jolie maison où elles patientaient jusqu'à 16 h 15 pour parler enfin à une personne mesurant plus d'un mètre. Et encore, lorsqu'elles se retrouvaient pour discuter, c'était évidemment de leurs enfants. La varicelle du bébé, les bons résultats scolaires du cadet, l'entrée au collège de l'aîné. Elles étaient aliénées, elles le savaient, elles s'en satisfaisaient. Une contrepartie nécessaire au confort dont elles jouissaient. Prison dorée dans une banlieue aisée. Entre les mères désespérées, les nounous fatiguées, qui ne faisaient même plus semblant d'aimer ces gosses qui n'étaient pas les leurs, et les jeunes baby-sitters hypnotisées par l'écran de leur téléphone portable, Éric Bastogne attendait avec un foutu mal de ventre.

La sonnerie retentit enfin. Une dame de service sortit du bâtiment où se trouvaient les salles de classe. Petite et boulotte, elle portait une blouse bleue et des sabots. Elle tenait à la main un gros trousseau de clé. Les enfants, jamais en manque d'imagination lorsqu'il s'agissait d'être cruels, l'appelaient Passe-Partout. Les parents la connaissaient sous le nom de Nicole. La traversée de la grande cour d'école constituait sa minute de gloire quotidienne. Les mères de famille, impatientes de revoir leurs rejetons, ne la lâchaient pas des yeux et semblaient l'encourager à marcher plus vite que son physique le lui permettait. Trois longues heures, depuis le déjeuner, sans voir leur progéniture, autant dire une éternité. Des femmes de devoir, voilà ce qu'elles étaient, et le premier d'entre eux était d'aimer toute leur marmaille. Et pourtant il leur arrivait de haïr ce fichu môme qui, comme son père, avait tendance à la prendre un peu trop pour la boniche. Une honte, un péché qu'elles n'oseraient même pas confesser au curé en attendant la fin du cours de catéchisme.

Nicole atteignit enfin son objectif. La clé dans la serrure, les femmes se bousculaient presque pour avoir les meilleures places. Éric Bastogne demeura en retrait. La porte s'ouvrit et Nicole adressa un large sourire à l'ensemble de son public. Représentation terminée… Pour aujourd'hui. Elle remarqua, à l'écart des autres, un homme à l'attitude étrange. Elle ne le connaissait pas. Elle le tint à l'œil. Elle se sentait responsable de ces gamins qui étaient un peu les siens. Les enfants du cours préparatoire sortirent les premiers. En courant et en traînant derrière eux leurs énormes sacs à roulettes qui les faisaient ressembler à des businessmen qui auraient sniffé trop de coke. Ils avaient surtout l'air de gros bébés. Le contraste était saisissant avec les autres gamins des cours élémentaires et surtout des cours moyens. Ces derniers étaient déjà des préadolescents. Les garçons avaient, pour la plupart, les cheveux mi-longs, la mèche de devant collée sur les yeux, ils paraissaient fabriqués dans le même moule. L'un d'eux les dominait tous d'une bonne tête. Le cœur d'Éric Bastogne se serra. Plus il grandissait, plus il ressemblait à sa mère. Élancé, fin, le gamin, le sac sur le dos, salua ses deux copains en checkant poing contre poing. Bastogne attendit qu'il fende la foule des retrouvailles pour l'interpeller, un peu à l'écart.

— Samuel.

Le garçonnet se retourna instantanément, surpris. Depuis sa plus tendre enfance, tout le monde l'appelait Sam. Tout le monde, sauf son père. L'homme qui lui faisait face aujourd'hui lui ressemblait pourtant assez peu. La barbe noire, les cheveux courts, le buste large et même la taille – il lui semblait petit comparé au géant qu'il gardait dans son souvenir – n'évoquaient rien chez lui. Puis il y eut ce regard. Ce regard humide empli d'amour et de tendresse. Ça, il ne pouvait pas l'avoir oublié. Son papa était de retour. Il se précipita dans les bras de ce quasi inconnu. L'étreinte sembla ne jamais finir. Éric Bastogne ne voulait plus jamais le lâcher. C'était pour lui, et grâce à lui, qu'il était toujours vivant. Il s'imprégna de sa peau, de son souffle, de son odeur. La grande tignasse de son garçon lui chatouillait le menton. Il avait tellement grandi. Il sentait bon le shampoing à la camomille, le même qu'utilisait sa mère. Alors la digue céda. Il pleura. Sans retenue. Des sanglots continus accompagnés de spasmes. Samuel le protégea en le serrant encore plus fort. Sans savoir ce qu'il avait enduré – sa mère avait tout fait pour le préserver –, il comprit intuitivement qu'il était la dernière bouée de sauvetage de cet homme. À dix ans, il prit conscience de sa responsabilité. Nicole, qui mettait la protection de « ses enfants » au-dessus de toute pudeur, interrompit brutalement ces retrouvailles. Elle s'approcha, l'air inquisiteur, en faisant tournoyer son trousseau de clés dans sa main, et demanda, sur un ton qu'elle voulut aimable mais ferme :

— Vous êtes de la famille de Sam ?

Le garçon, qui était plus grand qu'elle, retira ses bras de la taille de son père, se retourna et fièrement annonça à la dame de service.

— C'est mon père.

Nicole stoppa net tout mouvement. Elle officiait au sein de cette école depuis moins de deux ans. Elle pensait que Sam n'avait plus de père. C'était du moins ce que lui avait affirmé Élisabeth Klein sans plus de précisions. Nicole tenta de ne pas montrer sa surprise et de justifier son intrusion.

— Je vous demandais cela parce que je sais que sa maman ne veut pas qu'il parle aux inconnus et elle insiste bien pour qu'il rentre tout de suite après l'école…

Bastogne l'interrompit sèchement.

— Merci, mais désormais je m'occupe de lui. Je le ramène à la maison.

Élisabeth Klein avait les atours d'une jeune femme de bonne famille. Elle était la fille unique d'un marchand d'art réputé et d'une artiste peintre qui aurait aimé l'être. Elle s'était élevée toute seule sous le regard mi-amusé, mi-excédé de parents qui l'avaient conçue comme on réalise une performance artistique. Françoise Klein n'avait jamais su ce qu'était l'instinct maternel. Les neuf mois de gestation avaient constitué un véritable calvaire même si elle avait tenté de limiter les nombreux désagréments en ne changeant que très peu ses habitudes. Elle avait continué à fumer ses deux paquets quotidiens de Peter Stuyvesant rouge et à finir ses soirées abrutie par l'alcool sur le grand sofa de leur appartement parisien de la place des Vosges. Si elle avait beaucoup peint, pendant cette période, son génie créatif s'était évaporé avec la naissance de cette petite chose sortie de sa matrice. Le fœtus l'avait sucée, éreintée, ponctionnée et laissée exsangue sans plus aucune force, ni inspiration. Il y avait eu un avant et un après la naissance, s'était-elle persuadée. Avant, Françoise Klein se considérait comme le digne successeur des Miro et Pollock, la représentante contemporaine la plus brillante de l'école de l'abstraction lyrique qui se caractérisait par une expression directe de l'émotion individuelle. Mais des émotions, elle n'en avait plus depuis l'arrivée de cette gamine. Tout le contraire de ce qu'elle avait imaginé. L'expérience de la maternité aurait dû exacerber ses sens, la propulser dans des sphères émotionnelles auxquelles elle n'avait jamais eu accès. Avoir un enfant serait le coup d'accélérateur décisif pour sa carrière. C'était du moins de cette façon qu'Auguste avait vendu le projet à son épouse, dont il connaissait le dégoût profond pour les enfants. Il désirait tant un enfant. Et Élisabeth s'était montrée, dès son plus jeune âge, à la hauteur de son désir. Elle n'avait même fait que ça. Se montrer digne d'être sa fille. Se montrer digne de son sacrifice. Celui de son épouse devenue une véritable loque, alcoolique et dépressive, incapable du moindre coup de pinceau.

Auguste Klein ne travaillait pas. Il ne faisait que s'extasier et partageait ses éblouissements avec des clients. Ce n'était pas un travail mais un devoir de porter à la connaissance du plus grand nombre des trésors artistiques. Son investissement reposait sur la subjectivité. Il honnissait les tendances du moment pour imposer ce qu'il considérait comme essentiel et même vital. Il se serait sacrifié pour une œuvre. C'était ce qui faisait son talent et sa richesse. Mais l'argent n'avait aucun sens pour Auguste Klein. Il le prenait comme un échange nécessaire et imposé par les codes de la société marchande et le laissait au bon soin de son banquier, qui en disposait comme il l'entendait.

Auguste Klein ne vivait qu'à travers l'art. Au XVIIe siècle par le biais d'un tableau méconnu de Simon Vouet. Au XIXe siècle avec une sculpture Netsuke en ivoire période Edo. Élisabeth était sa seule attache à la réalité. Il l'aimait comme il aimait le beau. Et Élisabeth était belle. Un joli mobile qu'il avait la chance de pouvoir contempler à tout moment. Auguste Klein n'avait aucune notion d'éducation. Intuitivement, il pensait que les valeurs de travail, de droiture morale et surtout d'ouverture sur le monde seraient importantes à inculquer à sa fille. À cet égard, elle en savait déjà bien plus que lui. Elle avait appris très tôt à déchiffrer les gens comme son père déchiffrait les œuvres. Elle était devenue experte à sa manière. Son père était un homme bon, c'était tout ce qu'elle avait besoin de savoir. Pour le reste elle s'en débrouillait. La petite Élisabeth poussait toute droite malgré l'absence de tuteur et en dépit des nounous d'occasion au mieux débonnaires, au pire tyranniques. Elle s'était débarrassée des plus encombrantes en cachant, là dans un sac, là dans un manteau, des objets qu'elle les accusait d'avoir volés. Dès l'âge de dix ans, elle avait informé son père que, désormais, elle n'aurait plus besoin de ces femmes qui ne lui apportaient que des désagréments. Elle serait plus heureuse seule. Et comme Élisabeth était déjà très déterminée, Auguste avait cédé. Après tout, son Élisabeth était exceptionnelle. Elle avait d'excellentes notes à l'école, grandissait plus que la normale, et s'occupait même des contingences matérielles. Elle palliait l'absence d'une mère qui effectuait des séjours de plus en plus fréquents et de plus en plus longs dans ce qui était pudiquement appelé maison de repos. C'était d'ailleurs pour se rapprocher de l'une de ces cliniques psychiatriques, où Françoise avait désormais ses habitudes, qu'Auguste Klein avait acheté cette grande maison familiale de Rueil-Malmaison. Il avait eu le coup de cœur pour cette bâtisse lumineuse qui disposait en plus d'un grand jardin où la petite pourrait s'amuser. C'était important pour une jeune fille de son âge. Pourtant il ne se souvenait pas l'avoir jamais vue jouer dans ce jardin.

Élisabeth venait d'avoir dix-huit ans lorsqu'un méchant cancer du foie emporta sa mère. Elle n'avait ressenti aucune peine pour celle qu'elle n'avait finalement que très peu connue, mais avait été inquiète pour son père, qui semblait profondément affecté par cette disparition. Élisabeth s'était alors occupée de lui. Vieillissant, il avait levé le pied sur les affaires et s'était entiché de ce grand jardin arboré où, quel que fût le temps, il passait des heures à bouquiner. Ce furent les plus belles années de la vie d'Élisabeth. Elle faisait enfin la connaissance de son père. Le matin, elle lui préparait son petit déjeuner avant de partir à la fac. Elle laissait dans le micro-ondes son repas du midi. Elle se dépêchait ensuite de rentrer afin de passer la soirée en sa compagnie à discuter politique, littérature et histoire de l'art. Elle n'avait pas d'amis. Elle n'en voulait pas, ou plutôt elle n'en voulait plus. Au collège puis au lycée, elle avait été très liée avec une jeune fille, Valérie Dupailler. Comme elle, Valérie était à l'écart. Elles s'étaient naturellement rapprochées. Valérie avait été la première personne à laquelle Élisabeth avait osé confier ce profond sentiment d'abandon et de solitude qui la dévorait. Valérie se distinguait par son look gothique. Ses vêtements, ses ongles, sa bouche, son âme étaient noirs. Elle tranchait avec le style très classique d'Élisabeth. Mais elles étaient complémentaires et se suffisaient à elles-mêmes. Elles n'avaient pas les mêmes centres d'intérêt que les ados de leur âge. Des gamins, pour la plupart, élevés sur écran. Élisabeth ne possédait pas de poste de télévision. Valérie avait cassé le sien. Une relation amoureuse s'était instaurée entre ces deux filles à la sexualité encore incertaine. Des baisers volés et des attouchements furtifs avaient suffi à Élisabeth pour comprendre qu'elle était profondément hétérosexuelle. Elle se savait attirée par les garçons même si, jusqu'alors, aucun ne s'était montré à la hauteur de ses très hautes exigences. Pourtant, malgré son statut assumé de marginale, de nombreux jeunes types avaient tenté leur chance auprès de cette jolie blonde aux yeux en amande vert émeraude. Une belle fille, un peu siphonnée, disait-on. Élisabeth était aussi ravissante que Valérie était terne et laide. L'amour fantasmé d'Élisabeth était une grâce d'un Dieu auquel Valérie n'avait pourtant jamais cru. Un miracle. Comment considérer ça autrement ? Ce genre de fille ne pouvait pas s'intéresser à elle. Élisabeth était devenue le centre de son existence, sa seule justification. Elle noircissait désormais ses carnets des projets qu'elles évoquaient à longueur de journée. Arrachées les pages où elle listait les manières les plus violentes d'en finir. Avec un peu de chance, ses parents, qui se fichaient bien d'elle, la laisseraient vivre dans la belle et grande maison d'Élisabeth en compagnie de son père. À défaut d'obtenir leur accord, elle les contraindrait. Mais en grandissant, Élisabeth s'était peu à peu éloignée de Valérie, effrayée par l'ascendant qu'elle avait sur celle-ci. Elle pouvait tout lui demander. Valérie s'exécutait. Élisabeth avait alors préféré la solitude à sa compagnie. Valérie en fut détruite. Mais elle était incapable de lui faire du mal. Elle l'aimait trop. Alors elle s'en était fait à elle. Une profonde dépression l'avait clouée au lit. Elle n'avait plus que la force d'absorber les somnifères de sa mère. Tant pis pour le spectaculaire. Elle s'était ratée. Élisabeth avait changé d'établissement afin de couper toute relation.

Pour les amis, Élisabeth était vaccinée. Pour l'amour, c'était autre chose. Ce beau ténébreux de la fac d'histoire avait réussi à démolir pierre par pierre la forteresse dans laquelle elle s'était enfermée. C'était son premier amant. Il l'avait prise comme elle était et avait su composer avec son histoire, ses blessures, ses tourments. Il avait pris son temps, ne l'avait pas bousculée. Il n'était pas canon, même s'il était agréable à regarder. Son copain, le petit blond qui lui collait sans cesse au train, avait plus de charme. Mais ce Bastogne avait quelque chose de différent. Un charisme indéniable, une part de mystère, le sens de la transgression et un mélange de légèreté et de gravité qui l'avait tout de suite attirée. Elle l'avait aimé passionnément, négligeant même son père, qui se laissa glisser lentement vers la mort. Oui, elle l'avait aimé presque autant qu'elle le détesta lorsqu'elle le vit, par la fenêtre de la cuisine, sortir d'une BMW noire en compagnie de son fils.

Élisabeth Klein détacha lentement son tablier de cuisine, elle venait de préparer un gâteau au chocolat pour le goûter. Elle s'efforça de ne pas courir pour rejoindre la porte d'entrée. Avant de l'ouvrir, elle se mordit la lèvre inférieure jusqu'au sang, c'était sa façon de composer. Elle allait faire ce qu'elle maîtrisait le mieux : semblant. Elle devait penser avant tout à protéger son fils. Lorsqu'elle apparut sur le perron, Éric et Sam étaient déjà devant le portail. Elle déclencha l'ouverture automatique. Elle hésita à le faire entrer mais elle était bien décidée à lui montrer qu'il n'était plus chez lui. Si elle n'avait pas assisté au procès, elle savait évidemment qu'il avait été acquitté. Elle s'attendait donc à voir resurgir Éric dans sa vie. Mais pas si tôt et encore moins en compagnie de Sam. Elle allait lui faire comprendre que si des jurés crédules l'avaient lavé de tout soupçon, elle n'était pas dupe et que sa condamnation, à elle, était sans appel et sa peine incompressible.

Sam affichait un sourire radieux. Une joie qui remua les tripes d'Élisabeth. Certes, lors de ces deux dernières années, elle s'était abstenue de dénigrer Éric devant son fils. Mais au moins espérait-elle que, ne lui ayant jamais permis d'aller le voir en prison, Sam aurait compris que son père n'était pas un type bien. Au même âge, elle l'aurait su. Mais il n'était pas elle. Et si physiquement il lui ressemblait, il n'avait pas son caractère. Elle n'en était pas fâchée car Élisabeth n'avait qu'un seul but dans la vie : le bonheur de Sam. La semaine suivant l'arrestation de son père, elle avait rencontré la directrice de l'école pour lui demander de changer le nom de son fils et de lui accoler désormais le patronyme de la mère. Cela n'avait pas posé de difficultés et, en dehors de deux ou trois parents d'élèves trop curieux, Sam n'avait pas été ennuyé. Le petit n'avait pas eu le temps de poser trop de questions quant à l'absence de son père. Élisabeth avait anticipé en s'en tenant aux faits.

La police accusait son papa d'avoir fait quelque chose de mal – elle n'avait jamais spécifié quoi – et des gens jugeraient bientôt si c'était vrai ou pas. Il fallait leur faire confiance.

Elle était alors certaine qu'Éric serait condamné. Elle songea qu'il serait aujourd'hui difficile de faire machine arrière, mais elle y mettrait toute son énergie. Éric Bastogne était un salopard. Sam n'était plus un enfant. Il comprendrait.

Elle les laissa venir à elle en affichant un sourire de façade. Élisabeth évita le regard d'Éric et prit Sam par le bras. Elle l'attira doucement vers elle afin de l'embrasser. Comme si Éric était parti la veille, elle questionna le garçonnet.

— Comment s'est passée ta journée, mon chéri ?

Le gamin parut surpris par la question.

Évidemment qu'elle avait été bonne cette journée ! Il avait enfin retrouvé son père. Ses grands yeux s'agrandirent, il était tellement excité.

— Tu as vu qui est venu me chercher ?

Un voile sombre passa sur le visage d'Élisabeth. Elle se reprit immédiatement.

— Bien sûr que j'ai vu. Tu ne monterais pas dans ta chambre pour faire tes devoirs ?

C'était tellement incongru comme proposition.

Non, il ne souhaitait pas monter faire ses fichus devoirs. Il voulait profiter de son père. Le gamin allait protester lorsque Éric intervint.

— Vas-y mon grand, fais ce que ta mère te dit, nous avons plein de choses à nous dire avec maman. Nous avons tout le temps devant nous désormais. Je ne pars pas sans te faire un bisou.

Sam rechigna mais s'exécuta. Il avait lu l'expression sur le visage de sa mère. Elle ne céderait pas. La tête basse, il s'engagea dans l'escalier qui menait à l'étage. Puis soudain revint sur ses pas et se rua sur Éric, l'entourant de ses bras.

— Je suis vraiment heureux de te revoir.

Éric lui caressa la joue.

— Moi aussi, mon fils. Ne t'inquiète pas, je suis là maintenant.

En relevant la tête, Éric surprit le regard mauvais de son ex posé sur eux. Il redoutait ce moment. Il s'y était préparé, rejouant la scène des centaines de fois dans sa tête. Élisabeth l'invita d'un simple geste à passer au salon. Tout avait changé. Les meubles, la disposition. À croire que quelqu'un avait voulu imposer son style. Éric avait discrètement interrogé son fils pendant le court trajet en voiture de l'école à la maison. Il savait qu'aucun homme n'habitait avec eux. Il conclut donc que ce changement était une initiative d'Élisabeth. Curieux. Le grand canapé blanc sur lequel il prit place ne lui ressemblait pas. Il était… voyant. Élisabeth s'assit dans un fauteuil coque vintage en plastique rouge. Le dossier courbé remontait au-dessus de sa tête. Elle pivota de façon à ne pas être face à lui, mais légèrement de trois-quarts. D'une voix glaciale, elle lui demanda sans ambages :

— Que fais-tu là ?

Éric décida qu'il ne pourrait rivaliser sur le terrain de l'agressivité. Alors il opta pour l'ironie.

— Je vais bien, merci ! Et toi, comment te portes-tu ?

La mâchoire d'Élisabeth se crispa.

— Ne joue pas à ce petit jeu avec moi, s'il te plaît. Encore une fois, qu'est-ce que tu fiches là ?

Rien que l'utilisation du mot « fiches » était significative. En presque dix ans de vie commune, Éric ne l'avait jamais entendue jurer une seule fois, même lorsqu'elle semblait très en colère. Semblait seulement. Car comme aujourd'hui, si elle l'était, elle ne le montrait pas. En toute situation, elle se contrôlait. Elle détestait aussi que les autres se laissent aller à utiliser un langage ordurier. Éric leva les mains en signe de reddition pour montrer sa bonne volonté. La dernière chose qu'il souhaitait, c'était la provoquer.

— Je voulais simplement voir Sam et…

Elle l'interrompit.

— Et tu ne t'es pas dit que ce serait une bonne idée de passer par moi, sa mère, celle qui s'occupe seule de lui depuis plus de deux ans ?

L'allusion était claire, mordante, à l'image d'Élisabeth. Dans une attitude de contrition, Éric baissa la tête avant de marmonner.

— Tu as raison, j'aurais dû être moins impatient et t'appeler pour te demander si je pouvais voir le petit. J'ai agi sur une impulsion.

— C'est bien ton problème, tes impulsions et tes pulsions.

Elle n'eut pas besoin d'en rajouter. Éric ne répliqua pas. Mais il prit toutefois l'initiative de fixer Élisabeth. Il attrapa son regard fuyant. Il fit le pari de la sincérité.

— Tu sais, il n'y a pas un jour sur les huit cent soixante-trois que j'ai passés en prison où je n'ai pas rêvé de serrer Sam dans mes bras. C'est la seule chose qui m'a aidé à tenir.

Élisabeth acquiesça. C'était entendu. Éric adorait son fils et c'était réciproque. Elle n'en avait jamais douté. Comme elle ne doutait pas non plus qu'elle se devait aujourd'hui d'évincer son ex de leur vie. Pour son bien à elle. Et elle considérait que tout ce qui était bon pour elle était bon pour son fils. Sa soif de vengeance était intacte. Une condamnation aurait pu l'apaiser. En partie. Mais il était libre. Cette idée lui était insupportable. Et, en plus, il voulait se refaire une place dans leur vie. Parfaitement inacceptable. Si la justice ne le punissait pas, elle le ferait. Elle avait tout sacrifié pour cet homme. Son père, sa carrière. Elle avait foulé aux pieds la promesse qu'elle s'était faite de ne jamais dépendre de personne. Et lui n'avait rien trouvé de mieux que de la tromper avec une petite garce plus jeune qu'elle. Si encore il n'avait fait que la tuer. Mais il l'avait baisée et peut-être même aimée.

— Pour me reconstruire, j'aurai besoin de Samuel.

La réponse claqua.

— Lui aussi avait besoin de toi, mais tu n'y as pas pensé quand tu as décidé de casser notre famille en mille morceaux. Maintenant c'est trop tard.

Élisabeth ponctua sa phrase en se levant, comme pour signifier qu'après cela tout était dit et qu'il était inutile de poursuivre la discussion. Éric ne céda pas. Il resta assis et ravala sa fierté. L'heure du *mea culpa* était venue. Élisabeth le dominait à présent du haut de son mètre soixante-quinze. Le dos courbé, la tête basse, il articula avec peine.

— Je sais que je vous ai fait du mal et je le regrette tellement. Mais je crois avoir suffisamment payé pour ça.

Elisabeth le regarda à son tour droit dans les yeux.

— Un peu plus de deux ans pour ce que tu as fait, ce n'est pas grand-chose.

Il s'y attendait mais le choc fut toutefois violent. Comme à chaque fois qu'il flanchait, Éric Bastogne se rebiffa. Il se leva à son tour, les poings serrés, la gorge sèche. Il sentit cette colère sourde si familière monter en lui. Sa voix n'avait plus rien d'hésitant.

— Tu veux dire que pour t'avoir trahie je méritais la prison ou…

Il laissa sa phrase en suspens. Il voulait qu'elle le dise, qu'elle l'exprime enfin. La femme de sa vie, la mère de son fils n'avait pas levé le petit doigt pour l'aider et cela dès le premier jour de son incarcération. Elle ne lui avait rendu visite qu'une seule fois en prison, trois semaines après son arrestation, pour lui dire qu'il ne les reverrait plus et qu'elle ne voulait plus rien avoir affaire avec lui. L'entretien avait duré à peine une minute. Elle lui avait tourné le dos, appelé le gardien, et était partie, laissant Éric groggy, sonné. Il avait d'abord voulu croire à la réaction d'une femme bafouée, blessée. Mais les journées sans nouvelles s'étaient succédé. Éric se souvenait du moment où cette réalité, qu'il enfouissait au fond de lui, avait fait surface, emportant avec elle ce qui lui restait de combativité. Il était allongé sur son lit, c'était après le repas de midi, son 94e jour de détention, le soleil brillait au-dehors. Il réfléchissait à la situation inextricable dans laquelle il était englué.

« Élisabeth croit que je suis coupable. »

Il l'avait enfin formulé. À partir de cet instant, plus rien n'avait eu d'importance.

Élisabeth sembla hésiter une seconde, mais elle ne voulait pas perdre son avantage. Elle écarta les bras en signe d'interrogation.

— Je ne sais pas ce que tu as fait. Plutôt si, tu as entretenu une liaison de plusieurs mois avec une de tes élèves. Pour le reste…

Éric respira très fort par le ventre. La proximité avec Élisabeth l'incita à poser ses mains sur ses épaules, essayant de recréer une complicité passée. Cette fois-ci, elle ne pourrait pas se dérober.

— Tu as vraiment pensé que j'avais pu commettre une telle atrocité ?

— Je me suis aperçue que je ne te connaissais pas aussi bien que je le pensais.

— Et aujourd'hui tu le crois toujours.

— Je n'en sais pas plus et pour tout te dire cela n'a aucune importance.

— J'ai été innocenté.

— Pour l'instant.

— Le parquet ne fera pas appel.

— Tant mieux pour toi.

Éric recula. Il devait reprendre de la distance, ne serait-ce que pour éviter un geste malheureux. Il était devenu impulsif. Il se frotta le visage avec ses mains. Il se dirigea vers la porte. Élisabeth n'avait pas bougé d'un centimètre. Son regard était plus perçant que jamais. Éric revint un peu sur ses pas. Il ne pouvait pas capituler de cette façon. Il secoua la tête.

— Qu'est-ce qui peut te faire croire que je suis un tel monstre ? Les faits sont là, je suis innocent.

Il était temps pour elle de porter l'estocade et de le faire sortir de leurs vies. Définitivement.

— Pratique ce témoin de dernière minute. Je n'ai rencontré ton avocat qu'à une seule reprise. Et c'était pour me demander, sinon de mentir, du moins d'arranger la vérité. Il a ajouté que je devais le faire pour le père de mon enfant. Et ce grand ténor du barreau, à la fin de notre entretien, m'a affirmé, essayant évidemment de me manipuler, qu'il n'était pas certain non plus de ton innocence. Il souhaitait probablement me faire croire qu'il partageait mes doutes. Il m'a clairement sous-estimée. Il a conclu en soulignant que si aujourd'hui il ne possédait pas de preuve pour t'innocenter, il en aurait avant le procès. Il disposait des moyens nécessaires pour cela. Il espérait peut-être me rassurer. Il n'a fait qu'entretenir le doute. Crois-moi, malgré leurs sourires et leur apparente confiance, je ne suis pas la seule dans ton entourage à ne pas avoir de certitude quant à ce que tu as réellement fait. Simplement moi, j'ai l'honnêteté de te le dire en face.

Éric Bastogne ne répondit pas. Il en était désormais incapable. La tension céda à l'accablement. Sa volonté de se battre s'était évanouie. Élisabeth avait toujours su comment lui faire mal. Elle était la seule à avoir ce pouvoir sur lui. Le coup avait porté. Il se sentit fourbu comme au sortir d'un combat de boxe où il serait allé au tapis dès la première reprise. Avant de partir il se retourna.

— Embrasse Samuel pour moi.

7

Casaniers par nature et conservateurs par conviction. Les magistrats du parquet avaient du mal à changer leurs habitudes. Sans même chercher, ils avaient décrété qu'ils ne trouveraient pas aux Batignolles, nouveau siège du Palais de justice, un endroit pour se restaurer qui soit aussi agréable et pratique que le Saint-Louis. Aussi continuaient-ils – c'était leur manière à eux de résister – à venir déjeuner dans cette brasserie sélecte de l'île de la Cité où, avant le déménagement, tout le parterre judiciaire parisien se retrouvait pour commenter, argumenter, négocier et transiger. Grâce à ces fidélités, et en proposant un nouveau service de voiturier, l'établissement continuait à faire le plein le midi et avait pu conserver ces prix prohibitifs et, à sa carte, ce risotto aux truffes qui faisaient sa réputation. Étienne Mougin hésita avant d'entrer puis se lança.

Le commandant avait été « convoqué » au Saint-Louis à plusieurs reprises par des procureurs qui désiraient lui exprimer leur façon de voir les choses. Ces moments avaient rarement été agréables et il n'avait pas pu profiter pleinement de la gastronomie. Les plats perdaient de leur saveur lorsque vous vous faisiez engueuler parce que vous n'étiez pas prêt à vous coucher. L'endroit était à l'abri du tumulte. On pouvait y manger seul ou au maximum à quatre dans de petits boxes séparés, propices aux confidences ou aux menaces. Étienne Mougin fut accueilli par un individu sans âge et statufié qui, malgré son mètre soixante-dix, réussit à le prendre de haut.

— Monsieur bonjour, vous avez réservé une table ?

Si le verbe était affable, tout dans l'attitude du chef de rang en costume noir montrait à Mougin qu'il n'était pas le bienvenu. Il n'était pas un habitué et on le lui faisait sentir. Venir seul était un handicap. Il fallait se faire coopter. À son allure, il n'avait certainement pas la qualité de magistrat. Mougin passa outre cette réception sélective et annonça :

— Je viens voir le procureur Langlois.

— Vous devez déjeuner avec lui ?

— Non, j'aimerais juste l'entretenir d'une affaire importante quelques instants.

— Alors je crains que M. Langlois ne soit pas présent.

Mougin conserva son sang-froid. D'où il était, il pouvait voir le procureur en compagnie d'un autre homme. Le maître d'hôtel, aux velléités de videur de boîte de nuit, se déplaça légèrement sur sa droite pour cacher la vue de Mougin. Il se surestimait. Mougin le dominait de quinze bons centimètres.

— Ce n'est pas lui que je vois assis là-bas ?

— Peut-être, répondit le chef de rang sans même se donner la peine de se retourner. Puis il réitéra sa question comme si de rien n'était avec cette fois une pointe d'agacement.

— Avez-vous réservé une table, monsieur ?

Mougin n'eut plus envie de jouer. Il rompit la distance de bienséance qui séparait les deux hommes et murmura à l'oreille de son interlocuteur.

— Écoutez-moi bien, cher ami. Je suis commandant de police et en mesure de vous créer un tas d'ennuis. Votre couperose me laisse à penser que vous ne buvez pas que de l'eau. Peut-être pour oublier que vous êtes un vieux garçon esseulé qui n'a pour seule aptitude que de se montrer désagréable. Outre votre physique désavantageux, c'est certainement la principale raison de votre célibat. Vous faites appel au service tarifé d'une professionnelle pour combler votre solitude ? C'est interdit. À moins que vous ne préfériez les petits garçons ou les petites filles ? Si c'est le cas, je le saurai. Si vous n'êtes pas un contribuable exemplaire, je le saurai. Si vous n'avez pas payé vos amendes, je le saurai. Alors auriez-vous l'obligeance, je vous prie, de me conduire à la table du procureur Langlois ?

L'homme fit un pas de recul et sembla évaluer la réalité de la menace. Il décida de ne pas prendre de risque.

— Suivez-moi, s'il vous plaît.

Le procureur Langlois était un petit homme bedonnant qui tentait de dissimuler sa calvitie avec une grande mèche qu'il rabattait sur le dessus de son crâne. Sa bonhomie apparente cachait un caractère acrimonieux. Il se rêvait en ténor du barreau, et même s'il ne manquait pas de pouvoir, il était resté, toute sa carrière, dans l'ombre, à tirer les ficelles. Il leva son quadruple menton de son dossier lorsqu'il sentit la présence des deux hommes. Gilbert, le chef de rang, s'adressa à lui, terriblement gêné.

— Ce monsieur a beaucoup insisté pour vous voir.

Langlois reconnut le visage d'un commandant de la brigade criminelle à qui il avait eu affaire à quelques reprises. Mais il était bien incapable de lui donner un nom. Il esquissa un sourire qui tenait plus du rictus de douleur puis congédia d'un simple geste de la main le pauvre Gilbert. Le procureur ne proposa pas à Mougin de s'asseoir.

— Que puis-je pour vous commandant ? J'ai très peu de temps à vous consacrer. Avec mon substitut, nous devons étudier une affaire avant de rentrer au palais.

Un homme d'une trentaine d'années aux cheveux châtains mi-longs et à la barbe de trois jours, qui contrastait avec un costume hors de prix, fit un signe de tête affirmatif comme pour confirmer les propos du procureur. Mougin le regarda. Un nouveau substitut, il ne le connaissait pas. Il comprit qu'il devait faire vite.

— Je viens vous voir à propos de l'affaire Bastogne.

Langlois eut l'air de réfléchir. Une posture, car non seulement le procès venait de s'achever par un cinglant désaveu pour l'accusation, mais en plus il avait été très médiatisé, ce qui constituait un critère de choix supplémentaire à l'intérêt que le procureur pouvait porter à ce verdict. Langlois haussa les sourcils en signe d'interrogation. Mougin poursuivit.

— J'aimerais savoir si le parquet va faire appel de la décision.

Le procureur se redressa sur la banquette et fixa Mougin, de manière à lui faire comprendre que le dérangement et, plus encore, sa question étaient tout à fait inappropriés. Mais la curiosité l'emporta et il lui demanda.

— Quel rapport avez-vous avec cette affaire ?

— Pardonnez-moi, je ne me suis pas présenté. Je suis le commandant Mougin.

« Mougin, évidemment », se dit le procureur.

Le commandant qui avait arrêté Bastogne. Le principal responsable de ce fiasco judiciaire. S'il y en avait bien un qui devait faire profil bas… Et pourtant il s'exposait devant lui. Qui plus est en dehors de toute procédure. Cette démarche l'intrigua. Il décida donc de ne pas le faire mettre dehors tout de suite.

— Pourquoi cette question ? Vous en serez informé en temps voulu.

— Écoutez, monsieur le procureur, ma démarche va vous sembler étrange et c'est la première fois que je prends une telle initiative mais je suis certain que Bastogne est coupable et…

Langlois l'interrompit.

— Un jury populaire en a décidé autrement.

— Parce qu'il n'avait pas tous les éléments.

— Tiens donc, gronda Langlois. L'avocat général n'aurait pas bien fait son travail ?

— Je ne dis pas ça, simplement nous ne sommes pas allés au bout de nos investigations.

— Vous voulez donc dire que c'est vous qui avez mal fait votre boulot et vous désirez vous rattraper. Je pencherais effectivement plus pour cette hypothèse.

Mougin n'avait ni l'envie ni le temps de s'engager dans des justifications qui ne le dédouaneraient pas aux yeux du procureur. Il alla donc au fait.

— C'est ce témoignage de dernière minute qui a changé le sens de ce procès.

Langlois eut un rire sarcastique.

— Je ne le sais que trop bien. Un témoin clé dont même la fameuse brigade criminelle ignorait l'existence. Je comprends, commandant, que vous soyez déçu, voire inquiet de cette bourde dont vous êtes le principal responsable. Il n'est plus temps de vous raccrocher aux branches. Le mal est fait et je dois bien vous avouer que je n'ai pas été le dernier à vous critiquer.

« Enfoncer » serait le terme exact, songea Mougin. Mais l'important n'était pas là. C'était une tache dans son parcours. Mais il n'avait pas d'autres ambitions que de rester commandant. Il voulait faire éclater la vérité. Il le devait à cette gamine. Surtout, il ne supportait pas l'idée que Bastogne s'en tire à si bon compte. Cela lui donna le courage d'insister.

— Écoutez monsieur le procureur, je sais parfaitement que nous nous sommes plantés en beauté sur ce coup. Même si nous sommes passés à côté de cette boîte de pizza, je suis persuadé que l'irruption, au dernier moment, de ce livreur n'est pas claire.

— Une manipulation ? Un témoignage arrangé ? Pourtant, vous l'avez interrogé ce jeune homme et vous n'avez pas pu remettre en doute sa version. Alors que voulez-vous faire de plus ?

— Le réinterroger.
— Dans quel cadre ?
— De l'appel, si vous le faites.
Les traits de Langlois se durcirent encore.
— Entendez-moi bien, commandant. Pour ma part, je ne ferai pas appel de cette décision. Nous nous sommes assez ridiculisés dans cette histoire. Mais le procureur général, lui, dispose d'un délai pour le faire. Si d'ici là vous pouvez lui apporter des éléments qui permettent de relancer l'enquête à notre avantage...
Il laissa sa phrase en suspens avant de poursuivre.
— Mais vous risquez votre carrière avec votre entêtement. Si vous bousculez encore leur témoin clé, la défense, Me Glombard en tête, hurlera au harcèlement et créera une campagne de presse dont vous ne vous relèverez pas. D'autant moins que vous ne pourrez pas compter sur notre soutien. Bien au contraire, vous porterez le costume sur mesure du franc-tireur qui a agi seul pour redorer son image.
— Je prends le risque.
— À votre guise, je vous aurai prévenu.
Langlois se replongea dans son dossier, signe que l'entretien était terminé.

L'homme s'avachit dans son confortable fauteuil en cuir. Le risotto lui restait sur l'estomac. Il avait de plus en plus de mal à le digérer. À son âge, c'était suspect. Il mit cela sur le compte du stress. Il fixait depuis deux bonnes minutes le téléphone portable à carte posé sur son bureau, comme si cet objet pouvait lui apporter la réponse à ses questions. Mais avait-il vraiment le choix ? Il s'empara de l'appareil et sélectionna le seul numéro préenregistré du répertoire. Au bout de trois sonneries une voix métallique, dépersonnalisée, répondit.

— J'écoute.

L'homme crut un instant qu'il avait affaire à un répondeur.

— Allô ?

— Je vous entends, parlez !

— Le commandant Mougin semble ne pas vouloir lâcher l'affaire.

— Pourquoi dites-vous cela ?

— En attendant de savoir si le procureur général va faire appel ou non, il compte cuisiner de nouveau le témoin.

— Fâcheux !

— C'est pour cette raison que je vous ai appelé.

— Vous ne pouvez rien faire à votre niveau ?

— Rien, nous risquerions d'attirer l'attention.

— Très bien, on s'en occupe. Nous vous ferons parvenir un nouveau téléphone. En attendant débarrassez-vous de celui-ci.

— Entend…

L'interlocuteur avait déjà raccroché. L'homme se cala de nouveau dans son fauteuil, les mains sur le ventre. Il farfouilla dans la poche intérieure de la veste de son coûteux costume et sortit deux comprimés de Maalox qu'il laissa fondre lentement sous sa langue. C'était fait. Il avait mis le doigt dans l'engrenage. Il ne pourrait plus reculer. Bien au contraire, si tout se passait bien, il avancerait très vite. Il ne resterait pas longtemps un simple substitut.

8

Éric Bastogne emprunta pour la troisième fois le boulevard de Clichy. Il tournait depuis plus de vingt minutes pour trouver une place où garer son véhicule. Il était presque 19 heures, la nuit était tombée et Pigalle allait se transformer. Rampe de lancement le jour vers Montmartre et le Paris romantique de carte postale, la place et ses alentours se fardaient de rouge, la couleur des néons des peep-shows et des bars à hôtesses. Le Sexodrome, le plus grand sex-shop d'Europe, clignotait tout au bout de la place comme un paquebot en détresse. Sur les trottoirs du boulevard, les rabatteurs s'échauffaient pour leur grand numéro, tandis que les travelos se faisaient éjecter pour la nuit par les dealers soucieux de retrouver leur bout de bitume. Tout était en place, la grande pièce, à ciel ouvert, pouvait débuter. Les spectateurs, à la recherche de sensations, ne tarderaient plus. Touristes étrangers, étudiants parisiens, dépendants de tout poil et jeunes de banlieue se croiseraient, se parleraient, s'aimeraient, s'invectiveraient et se déchireraient. Éric Bastogne était hermétique à ce spectacle. Il cherchait une place. À cette heure de la journée, c'était un défi.

Élisabeth l'avait anéanti. Une fois de plus. Après leur entretien, il était resté prostré pendant plus d'une heure derrière le volant de sa voiture. Sur le chemin du retour, il s'était arrêté porte Maillot au bureau de Marc Delvain. Son ami lui avait remis une carte bleue à son nom avec dessus de quoi voir venir pendant six mois. Il n'avait pas évoqué de somme exacte. Les membres de son comité de soutien s'étaient montrés généreux, une dernière fois, avait-il cependant spécifié. Delvain lui avait également fourni cinq cents euros en liquide pour ses dépenses courantes. Il l'avait interrogé sur ses projets immédiats. Bastogne était resté évasif et s'était bien gardé d'évoquer sa discussion avec Élisabeth. Il n'était pas d'humeur à entendre les conneries que Delvain lui débiterait immanquablement.

« Laisse-lui un peu de temps. »

« Elle reviendra à de meilleurs sentiments. »

« Je la connais, tout finira par s'arranger. »

Il pensait effectivement bien la connaître. S'il avait su la piètre opinion qu'elle avait de lui. Leur proximité n'était que façade, comme c'était souvent le cas avec Élisabeth. Elle n'avait confiance en personne.

Bastogne avait tenté de donner le change en racontant les retrouvailles émouvantes avec son fils puis il était reparti en remerciant.

Encore.

Il n'avait plus aucun amour-propre. Il n'était plus bon qu'à se faire assister ou humilier.

Marc et Élisabeth étaient les deux visages de cette déchéance. Il aurait aimé ne plus jamais les revoir.

La BMW s'engagea dans la rue André Antoine. Toujours pas de places disponibles. Le véhicule regagna le boulevard de Clichy par la rue Houdon avant de prendre à gauche dans la rue des Martyrs. Première à gauche encore, Bastogne revenait sur ses pas et décida de retenter sa chance dans la rue des Abbesses. Enfin, à l'angle de la rue Lepic, il vit un clignotant se mettre en marche. Il pila presque à sa hauteur. L'homme au volant d'une grosse Volvo break lui fit signe qu'il s'en allait.

Bastogne avait du mal à se frayer un chemin parmi la foule compacte qui attendait l'ouverture du Moulin Rouge. Il dut bousculer un ou deux petits vieux, dont l'excitation leur avait fait oublier le poids des années, tout en veillant à ne pas les envoyer au tapis. Une centaine de mètres plus loin, le premier rabatteur, cheveux longs gominés en arrière, tenta de le convaincre de venir boire un verre. Bastogne traça la route, signifiant de la main qu'il ne désirait pas être abordé. Les yeux dans le caniveau, il réitéra ce geste à quatre reprises. C'était le parcours du combattant pour regagner l'appartement. La trentaine, seul, il était une cible. On pouvait légitimement penser qu'il cherchait du sexe. Il ralentit le pas et releva peu à peu la tête. Il attendait un déclic. Un visage, un néon animé plus suggestif que le traditionnel mouvement de hanche du petit bonhomme rouge.

Le Paradisio ferait l'affaire. Le jeune garçon, à l'entrée, ne semblait pas à sa place. Il n'avait ni la gouaille ni l'assurance de ses collègues, mais un accent slave très prononcé et une moue timide lorsqu'il s'approcha de lui.

— Tu veux rentrer? lui demanda-t-il du bout des lèvres.

Bastogne jeta un œil rapide à l'entrée du bar à hôtesses. Des posters en pied de très jolies filles déshabillées, qui n'avaient évidemment jamais mis un orteil dans ce genre de boui-boui, faisaient office de publicité mensongère. Le reste de l'établissement demeurait invisible. Impossible de se faire une idée de l'ambiance. Une volée de marches, encadrée par de gigantesques néons rouges, descendait vers un grand rideau noir. De telle sorte que le client avait l'impression d'être happé par une grosse bouche au rouge à lèvres débordant. Bastogne se demanda si l'effet était désiré ou involontaire. C'était la première fois qu'il fréquenterait un endroit où l'amour était tarifé. Il ressentit un léger stress. Jusqu'ici sa vie sexuelle s'était résumée à un dépucelage maladroit avec une fille du lycée. Puis il y avait eu Élisabeth. Leur complicité était essentiellement intellectuelle. Le sexe, même s'ils n'y rechignaient pas au début, n'avait jamais constitué le centre de leur relation. Avec le temps et l'éloignement, les rapports avaient été de moins en moins fréquents. Il aurait été trop facile de prendre cette excuse pour justifier l'attirance que Bastogne avait éprouvée pour Justine Fréger. Des tentations avec de jeunes élèves, il en avait eu des tas. Il n'y avait jamais succombé. Avec Justine, c'était différent. Elle l'attirait car elle était belle, mais surtout parce qu'elle semblait dangereuse, venimeuse. Il ne s'était pas trompé. Même s'il était son aîné, elle lui avait fait son éducation. Elle s'en amusait, s'en moquait et parfois même l'utilisait pour le ridiculiser. C'était Justine. Il pensait encore très fort à elle lorsqu'il entendit le jeune garçon l'interpeller de nouveau.

— Monsieur, vous voulez... (Il hésita sur le mot.) ... visiter ?

Ce n'était pas le bon, mais cette maladresse finit de convaincre Bastogne.

Le décor était aussi glauque qu'il se l'était imaginé. Derrière le grand rideau noir, Bastogne fut accueilli par une mère maquerelle à la tignasse rougeoyante presque aussi écarlate que ses grosses joues et que le canapé, sans ressort, sur lequel elle l'installa. Il était seul. Il était encore tôt et le jeune garçon dehors n'avait pas l'air d'une efficacité redoutable. L'hôtesse retourna derrière son bar en contre-plaqué et, tout en appuyant sur un bouton, lui adressa le regard le plus coquin qu'elle avait à disposition. Et elle en avait tellement usé qu'elle était presque en rupture de stock. Son triste numéro de séduction prit fin avec l'entrée de trois jeunes filles, presque nues, qui prirent position sur des tabourets installés devant le bar. Bastogne était dans la peau du maquignon. Il devait jauger la bête. L'entremetteuse l'invita d'un geste de la main à s'approcher et à venir tâter. Bastogne resta assis. Il n'était pas fier de lui mais l'énorme érection qui tendait son pantalon était plus forte que la culpabilité. Il voulait juste baiser et cet endroit, malgré ses défauts, était fait pour cela.

Tout de suite, il sut. Ce serait elle. La fille de droite, une petite brune aux cheveux longs et à la peau mate. Elle lui ressemblait. Le charme en moins. Il la fixa dans les yeux alors que son string et son soutien-gorge en résille avaient bien du mal à contenir ses formes généreuses. Il y décela de la fragilité. C'était ce qu'il recherchait. Les deux autres prostituées, une fausse blonde anorexique et un garçon manqué au crâne rasé, pouvaient aller se rhabiller. Éric Bastogne se leva, contourna la table basse et se dirigea vers celle qu'il avait choisie. Il lui tendit la main, l'aida à descendre du tabouret sans se briser une cheville avec ses talons de quinze centimètres. Ce fut au tour de la jeune fille de le guider vers le canapé. Ses copines d'infortune s'éclipsèrent sans cacher leur satisfaction de ne pas avoir été retenues. La tenancière apporta deux coupes de champagne et mit le reste de la bouteille dans un seau à glace.

— La maison offre le premier verre. Le reste est à vos frais, précisa-t-elle.

La jeune femme se précipita sur sa coupe et l'avala cul sec en minaudant comme une princesse.

— J'avais très soif. Tu m'en offres un autre ?

Elle avait un accent prononcé. Les Balkans. Probablement.

La ficelle était énorme. Il savait que les prestations ne seraient pas gratuites. La rougeaude, qui était restée, tel un chaperon, à leurs côtés, s'empressa de servir à nouveau sa protégée. Bastogne, malgré sa gêne, se résolut à lui demander le tarif. Elle était là pour ça.

— Pour la prochaine demi-heure passée avec la jeune fille, ce sera cent euros.

Bastogne trouva le prix exorbitant. La tenancière essaya de faire passer la pilule en souriant puis ajouta :

— Payable d'avance, évidemment.

Bastogne farfouilla dans sa poche de pantalon et sortit trois billets de cent. Il en sélectionna un qu'il tendit à la maquerelle, hypnotisée par le papier numéroté.

— Si vous voulez bien me suivre.

La grosse femme, à la démarche de pingouin, siffla comme une locomotive à charbon et conduisit le nouveau couple vers une porte dissimulée par un tissu mauve. Elle les gratifia d'un « amusez-vous bien » pervers avant de refermer.

La pièce était ronde et surtout très exiguë. Elle avait presque la même dimension que le lit circulaire qui devait accueillir leurs ébats. Le plafond bas n'aidait pas à se sentir moins oppressé. Depuis son passage derrière les barreaux, Éric Bastogne n'était plus claustrophobe et, de toute façon, il aurait fait l'amour dans un conduit d'évacuation s'il avait fallu. Ce n'était pas non plus l'affreuse couverture orange tachée qui allait le rebuter. La fille s'allongea sur le dos en se cambrant pour mettre encore plus en valeur ses atouts. Bastogne prit le temps d'ôter ses vêtements et se lova contre elle. Cette proximité avec la peau d'une femme lui procura une sensation incroyable de réconfort. Elle était douce et sentait bon. Il la questionna.

— Quel est ton nom ?

— Je m'appelle Adana.

— D'où viens-tu ?

— Tirana.

Délicatement, il dégrafa son soutien-gorge et commença à lui lécher les seins. Elle avait de gros tétons, comme il les aimait. De sa main droite il ôta son string tandis que de l'autre il caressait ses cheveux. La fille gémissait en fermant les yeux. Bastogne chercha ses lèvres et l'embrassa tendrement. La jeune albanaise prit alors les choses en main. Elle le fit basculer sur le dos et l'enfourcha. Elle donnait presque l'impression d'être excitée.

Elle se pencha et s'empara, dans une petite niche dissimulée dans le mur, d'un préservatif. Elle déchira l'emballage en lançant des regards de feu à Bastogne. Il bandait tellement que c'en était douloureux. Elle déroula le préservatif sur son sexe dressé, finissant de l'installer avec la bouche. Elle le suça avec application. Tandis que sa langue allait et venait sur sa queue, ses longs cheveux noirs lui chatouillaient le bas du ventre. Elle se releva et, tout en le branlant, commença à lui lécher le nombril, remontant jusqu'à la poitrine. À califourchon sur lui, elle mit ses petites mains dans les siennes et lui releva les bras en hauteur dans une position de domination. Ce fut alors comme une décharge électrique. Paniqué, Bastogne dégagea ses bras et renversa sa partenaire sans ménagement, la surmontant à son tour. Il lut alors dans ses yeux un mélange de peur et de résignation.

Elle allait encore se faire frapper, pensa-t-elle.

« Pourvu que celui-là ne lui fasse pas trop mal. Il avait pourtant l'air gentil. »

Elle espérait qu'il épargnerait son visage.

Conscient de la trouille qu'il lui avait inspirée, Bastogne respira profondément et lui caressa le visage pour la rassurer. Il l'embrassa de nouveau et la pénétra.

À peine dix minutes plus tard, Bastogne sortit du cagibi, suivi de la jeune Adana qui rejoignit immédiatement la pièce où ses copines attendaient le client. Une table, discrète, à droite du bar, semblait désormais occupée. Elle était plongée dans le noir. Bastogne crut deviner le bas d'un treillis et des rangers. Personne ne paraissait s'occuper de ce nouveau client. Peut-être était-ce le propriétaire des lieux. Bastogne cessa de s'interroger. Il avait eu ce qu'il était venu chercher et il ne comptait pas s'éterniser dans ce bouge. La patronne s'approcha de lui avec un sourire carnassier.

— Monsieur a été satisfait ?

Bastogne ignora la question. Alors la femme alla droit au but.

— Pour la bouteille, c'est trois cents euros supplémentaires.

Bastogne la fixa, incrédule.

— Vous plaisantez ?

— Jamais dans les affaires, fit-elle d'une voix traînante qui se voulait typiquement parisienne.

Elle n'avait pourtant rien d'Arletty.

Bastogne sortit alors un nouveau billet de cent et le jeta sur le bar.

— C'est déjà bien payé pour ta piquette.

Il prenait la direction de la sortie lorsqu'il entendit la femme aboyer.

— Pablo.

Un type, large comme une armoire normande, et visiblement amateur d'anabolisants, barra le chemin de la sortie. Il se planta devant Bastogne et fit jouer ses muscles sous son t-shirt blanc moulant. Même en taule, où les gars passaient leur temps à soulever de la fonte, Bastogne n'avait jamais vu un tank pareil. Il évalua la situation. Il ne faisait clairement pas le poids. L'individu avait même appris à parler.

— Tu vas la lâcher ta tune, connard. Mme Édith m'a dit que tu en avais plein les fouilles.

Son vocabulaire était cependant restreint.

Bastogne songea que Mme Édith, en plus d'être moche et vulgaire, était trop intrusive. Il leva les mains comme pour signifier qu'il ne voulait pas d'ennuis mais il persista.

— Je n'ai rien d'autre à vous donner.

Il reçut en réponse un coup de coude dans l'estomac qui le plia en deux.

— Et comme ça, tu te rappelles que tu as des biffetons, fils de pute ?

Le buffet sur pattes se rapprocha de Bastogne pour lui faire les poches lorsqu'il fut cueilli par un coup de rangers qui lui brisa net le tibia. Pablo s'affala et la rangers lui écrasa le visage. Un craquement suivi d'un cri. Le nez. Ou plus sûrement la mâchoire. Pablo aurait désormais encore plus de mal à s'exprimer.

Édith, ratatinée derrière son bar, était violette et à deux doigts de la crise d'apoplexie. Son petit gars venait de prendre une rouste. Bastogne s'approcha d'elle. Elle leva les bras pour se protéger des coups. Elle devina que cet homme, qui avait pourtant les allures du pigeon idéal, pourrait lui faire très mal et même mettre une fin prématurée à sa carrière d'entremetteuse. Bastogne ne fit que récupérer son billet de cent euros.

— Finalement, je le reprends. Le service est déplorable dans cette boîte.

Il se tourna vers l'homme aux rangers pour chercher son approbation.

— N'est-ce pas, André ?

L'homme chauve, habillé en surplus de l'armée, s'était baissé. Il passait un Kleenex sur sa chaussure de l'armée sur laquelle du sang avait giclé. Il se releva tranquillement et s'indigna d'une voix grave.

— Tu m'étonnes. Même en prison les matons s'occupaient mieux de nous.

9

Quand son père l'avait vu sortir à 23 heures, il lui avait demandé des explications. À bientôt vingt ans, il avait encore des comptes à lui rendre. Ce serait le cas tant qu'il vivrait sous son toit. Où pouvait-il bien aller à cette heure-ci ? Youssef avait répondu qu'il avait un rencard avec une fille. Il savait que c'était le mot-clé pour que son daron le laisse tranquille. Que son fils s'intéresse aux filles, rien de plus normal. Mais le « vieux » restait vigilant. Il était traumatisé. Il ne supporterait pas l'humiliation d'aller chercher encore une fois sa progéniture au commissariat. Il l'avait déjà fait avec le cadet. Il avait encaissé les reproches des policiers.

« Il ne s'occupait pas correctement du petit », l'avaient-ils tancé.

Mais qu'en savaient-ils ?

Mohammed El Moutari avait éduqué ce gamin comme ses autres enfants, avec autorité et même plus. Mais le gosse avait le cuir épais, il encaissait, n'avait peur de rien et n'écoutait personne. Il continuait à traîner avec des types bien plus âgés, des dealers notoires. Il avait tout essayé. Les coups, le confinement, les menaces de l'envoyer au bled, même les récompenses.

Rien n'y avait fait.

Alors Mohammed El Moutari s'était confronté aux voyous qui détournaient son fils du droit chemin. Ils lui avaient ri au nez et l'avaient molesté. Avec trente ans de moins, il leur aurait fait regretter leur geste. Aujourd'hui, il était impuissant. Heureusement, il pouvait compter sur Youssef. Il était le seul à avoir un peu d'influence sur le petit. Youssef était un élève brillant. Il avait décroché son bac scientifique avec la mention « Très bien ». Il avait ensuite intégré, grâce à une bourse d'étude, une grande école d'ingénieurs. Dans deux ans et demi il serait diplômé. Il trouverait un bon travail, gagnerait de l'argent, épouserait une gentille fille et s'achèterait un joli pavillon. Il pouvait lui faire confiance. Alors il l'avait laissé sortir. Même à 23 heures.

La friche industrielle était située à huit cents mètres à vol d'oiseau de l'entrée sud de la cité du Chêne-Pointu. Youssef avait envisagé de s'y rendre à pied. Mais ce soir-là, il était crevé. Il avait quitté l'école à 19 h 30 et avait mis, comme chaque jour, plus d'une heure pour rejoindre l'appartement familial. Il s'était reposé avant de repartir sur son vieux scooter pour son rendez-vous nocturne.

Les cinq grands hangars, qui avaient accueilli autrefois le fleuron de la mécanique de précision *made in France*, n'étaient plus que des ruines. Toit en tôle arraché, mur de briques à terre, carreaux cassés, il n'y avait plus qu'à tout raser. Sauf qu'il aurait fallu aussi se débarrasser des carcasses de voitures et des deux-roues calcinés qui complétaient le décor. Le moteur du petit cinquante centimètres cube pétaradait dans la nuit. Youssef passa au ralenti devant la première allée, puis la deuxième, avant de s'engager dans la troisième. Il longea les restes des bâtiments jusqu'à l'autre extrémité. Il s'arrêta à hauteur de l'Audi garée le long du seul mur d'enceinte qui tenait encore debout. Il coupa le moteur et retira son casque. Une petite lueur s'alluma à deux mètres sur sa droite. Le temps que ses yeux s'habituent à l'obscurité et il distingua une silhouette frêle. L'homme portait un complet sombre, une cravate noire, un chapeau mou, style stetson, noir également, et des gants. L'individu tira une taffe qui fit rougir le bout de sa cigarette. Il s'approcha de Youssef et lui tendit une main ferme.

— Bonjour Youssef, comment vas-tu ?

Sa voix était douce, en accord avec son physique fluet. Il ressemblait à un adolescent qui se serait déguisé en homme. Sous le chapeau, Youssef distingua, grâce à la lueur de la cigarette, de grands yeux bleus prolongés par des cils interminables. Ces traits étaient féminins. Youssef s'aperçut qu'il serait bien incapable de lui donner un âge.

— Je vais bien, merci monsieur.

— Appelle-moi Pollux.

« Pollux ? Ce n'est pas un prénom », pensa Youssef.

Mais au-delà du patronyme, c'était surtout l'allure générale de son interlocuteur qui l'intimidait. Youssef chercha ses mots.

— Vous vouliez me voir.

— Nous avions envie de prendre de tes nouvelles, savoir si tu profitais de notre petit coup de main. Tu travailles bien à l'école j'espère ? Tu sais, nous n'aimons pas jeter l'argent par les fenêtres.

— Je me débrouille, bredouilla Youssef.

Il ajouta :

— Et merci pour mon petit frère.

Pollux chassa le remerciement d'un revers de main.

— C'est bien normal. Nous t'avions promis de prendre soin de toute ta famille et c'est ce que nous faisons. N'est-ce pas ?

— Oui, monsieur.

— Pollux.

— Pardon, Pollux.

— Tu as été remarquable au tribunal et tu as tenu bon devant les flics. Il était juste de te récompenser. C'était bien le moins que l'on puisse faire. En revanche, l'attitude de ton frère est un problème. Nous avons réussi à le sortir des pattes de ces malfrats. Mais s'il lui reprenait l'envie de les arnaquer une nouvelle fois, nous ne pourrions plus faire grand-chose pour lui. Il devrait en assumer les conséquences.

— Ne vous inquiétez pas, je prends soin de lui. Je le surveille.

— Oh, je ne m'inquiète pas. Je sais que tu es un garçon remarquable. Nous ne doutons ni de ton implication auprès des tiens, ni de ton sérieux dans tes études.

L'homme écrasa sa cigarette et décréta :

— Eh bien, je crois que nous nous sommes tout dit. Nous voulions simplement que tu saches que nous sommes à tes côtés, avec toi. Nous n'oublions pas ce que tu as fait pour nous.

Youssef fut surpris par la brièveté de l'entretien.

— Tu as sur toi le téléphone que nous t'avions donné ?

— Oui, je l'ai amené comme vous me l'avez demandé.

Youssef le sortit de la poche de son bomber. Pollux s'approcha pour le lui prendre. Il esquissa un sourire et mit ses deux mains sur les épaules de Youssef. Il dut lever les bras, il était bien plus petit que lui.

— Tu es vraiment un chic type.

Youssef sentit à peine la piqûre dans son cou. Sa vue se brouilla instantanément puis ce fut le noir complet. Il s'écroula aux pieds de Pollux. Ce dernier rangea la petite seringue dans son veston, détruisit le portable, et mit le feu au scooter.

Youssef fut pris d'une furieuse envie de se gratter la joue. Mais ses mains étaient entravées. Ses poignets et ses chevilles étaient plaqués contre la table sur laquelle il était allongé. Sa tête était immobilisée par une large lanière de cuir qui lui mordait le front. Il était étrangement calme, reposé, probablement l'effet de l'anesthésiant qui lui avait été injecté. Youssef se demanda même si on n'y avait pas ajouté un calmant. Il aurait dû crever de peur et au lieu de cela il était presque bien. Tout juste avait-il un peu froid. Il se rendit compte qu'il était nu. Il tenta de prendre possession de son environnement. Il fit rouler ses yeux pour pallier le manque de mobilité de sa nuque. En dehors d'un petit cercle de parquet, sur sa droite, éclairé par le reflet de la lune à travers un hublot, la pièce était plongée dans un noir absolu. Il tendit l'oreille. Pas un bruit. Il n'avait aucune idée du temps pendant lequel il était resté inconscient.

La flamme d'un briquet mit fin à ce sentiment d'abandon. Le visage de Pollux s'éclaira. Il portait encore son étrange chapeau et affichait son doux sourire. La source de lumière vacilla un instant et la lueur d'une grosse bougie rejeta l'obscurité dans le fond de ce qui ressemblait à une coursive. Pollux se leva de sa chaise et fit une dizaine de pas. Son déplacement était léger, aérien, gracieux. Youssef se surprit à le contempler juste avant que l'obscurité ne l'absorbe de nouveau. Le jeune homme sentit un léger déplacement d'air tout près de son visage, le deuxième tiers de la cabine lui apparut alors, puis la totalité. Pollux avait allumé, de chaque côté de la table, deux autres grands cierges. Youssef fut saisi par leur hauteur.

Au moins un mètre, estima-t-il.

Dans leur base, taillée en creux, s'introduisait un pic en fer lui-même fixé dans le bois du parquet. Youssef était un garçon logique. Tout ceci ne ressemblait pas à une installation de fortune. La table sur laquelle il était allongé était au centre d'un triangle équilatéral formé par les trois sources de lumière. Il se sentit alors dans la peau de la victime d'un rite sacrificiel. Du revers de la main, Pollux caressa le visage du jeune garçon, pour le rassurer, comme s'il avait senti la frousse qui commençait à poindre. Il s'approcha et lui murmura à l'oreille :

— Surtout n'aie pas peur. Tout va bien se passer.

Youssef eut toutes les peines du monde à déglutir pour évacuer la salive stagnante dans sa bouche. Il parvint enfin à articuler :

— Pourquoi ? J'ai fait tout ce que vous m'aviez demandé.

Pollux le fixa, l'air véritablement contrit.

— Tu sais, ce n'est pas ma décision. Si ça ne tenait qu'à moi, je t'aurais laissé vivre. Moi-même je vais devoir expier ma faute.

Ces mots explosèrent dans son crâne.

Il voulait donc le tuer.

Youssef aurait pu supporter la douleur, la torture.

Mais la mort ?

Non, ce type voulait juste l'intimider, s'assurer qu'il se tairait. Après tout, s'il avait voulu le supprimer, il aurait pu le faire avant, dans la friche, pendant qu'il était inconscient.

Le stress le faisait cogiter encore plus vite que d'habitude.

Il était trop jeune pour mourir. Il en avait trop chié pour s'en sortir.

Alors qu'il s'apprêtait à supplier, à gueuler son désespoir à son bourreau, Youssef aperçut le scalpel dans la main droite de Pollux. Il tenta de secouer la tête pour échapper à la lame. D'un coup sec, Pollux lui sectionna l'oreille droite.

Deux secondes d'étonnement, puis l'effroi et enfin la douleur.

Youssef ne put se retenir de hurler.

La main gauche de Pollux, jusqu'ici dissimulée, s'engouffra alors dans sa bouche. Youssef sentit le goût de métal de la pince. Il ne réussit pas à refermer sa mâchoire assez rapidement.

Pollux tira et lui trancha la langue.

Le sang envahit la gorge de Youssef. Il ne pouvait plus respirer. Paniqué, les yeux révulsés, le corps tendu, il était sur le point d'étouffer.

Pollux lui passa délicatement la main dans les cheveux pour l'apaiser et déposa un baiser sur sa joue.

— Chut ! C'est mieux ainsi. Je ne fais pas cela pour te faire souffrir. Lorsque tu te présenteras devant notre Créateur sans ta langue, tu ne pourras plus rien Lui révéler. Peut-être alors aurai-je la chance d'échapper à Son courroux. Crois-moi, ce n'est pas de gaieté de cœur que je t'inflige ça.

Pollux se signa frénétiquement sept fois de suite. Sept, le chiffre sacré par excellence. Référence aux sept dons chrétiens du Saint-Esprit, aux sept sacrements dans la religion catholique. Un chiffre qui apparaît soixante-dix-sept fois dans la Bible.

Il commença à prier.

— C'est pour toi, Youssef. Récite cette prière dans ta tête avec moi et tu seras soulagé :

Ô Jésus, en cette dernière heure,

Ne permets pas que je sois séparé de toi,

Que les souffrances de ta passion et le sacrifice de ton sang ne soient pas perdus pour moi.

Père éternel,

Je te remercie pour tous les bienfaits dont tu m'as comblé tout au long de ma vie

Par les mérites de la mort de Jésus-Christ,

Fais que je meure dans ton amour et ta grâce pour avoir le bonheur de t'aimer éternellement.

Pollux fit de nouveau le signe de croix avant de planter sa lame dans le ventricule droit de sa victime.

Lorsqu'il sentit le froid de l'acier s'insérer dans sa poitrine, Youssef El Moutari pensa au chagrin qu'il allait infliger aux siens et à la déception de son père.

10

Ce cri, André l'avait entendu des centaines de fois. Lorsqu'il vit la lumière de la cuisine s'allumer, il s'extirpa du canapé. Il trouva Éric Bastogne courbé sur l'évier, essayant de boire un verre d'eau. Il fixait sa main tremblante. Lorsqu'il parvint enfin à la maîtriser, il avala d'un trait le contenu du verre. Il sursauta lorsqu'il vit la silhouette qui s'encadrait dans la porte.

— Je t'ai fait peur ? demanda André.

— Tu sais bien que tu m'as toujours fait peur.

André inspirait la crainte bien au-delà de son physique particulier, de son visage rond, de son teint blafard et de l'absence totale de cheveux et de poils qui lui valait le surnom d'Homme-Lune. Un surnom que l'on ne faisait que murmurer dans son dos. Pas question de le lui dire en face. Ses yeux noirs enchâssés dépourvus de cils vous transperçaient jusqu'à l'âme si vous aviez l'imprudence de soutenir son regard. Son corps fin, noueux et nerveux, qui tranchait avec une placidité apparente, finissait de dissuader les plus vindicatifs de lui chercher querelles.

André était économe de ses mots. Son attitude parlait pour lui. Il avait accueilli l'arrivée de Bastogne dans sa cellule avec une indifférence dont ses interlocuteurs espéraient qu'il ne se départirait jamais. Pourtant son cerveau était sans cesse en ébullition. Ça ne s'arrêtait jamais, ça l'empêchait même de dormir. Ce nouveau colocataire l'avait intrigué. Il ne ressemblait à aucun des types avec lesquels il avait jusqu'ici partagé son intimité. Il avait décidé de lui laisser une chance. En un an, il s'était débarrassé de trois détenus dont il considérait qu'ils n'étaient pas compatibles avec lui. Sans jamais leur faire de mal, du moins physiquement, tous avaient craqué, suppliant l'administration pénitentiaire de les changer de cellule. Le premier était trop crade pour la maniaquerie maladive d'André. Son odorat délicat ne l'avait pas supporté. Le deuxième était fou. Comme beaucoup d'hommes en prison. Sa manie de se taper la tête sur tout ce qu'il pouvait trouver, les murs, le lit, le lavabo, la cuvette des toilettes avait incommodé André, qui avait su lui arracher une dernière lueur de lucidité afin qu'il implore un déménagement express. Quant au dernier, un jeune gars, il se l'était joué racaille en essayant de prendre possession de l'espace sans aucune considération pour André et même en le provoquant. André s'en était amusé avant de le recadrer et de finalement l'évincer.

L'individu qui venait d'arriver n'était pas ce genre de petite frappe, encore moins un gangster chevronné, ni même un délinquant en col blanc, malgré son apparence de bon père de famille. Il avait l'air sain d'esprit. Il ne semblait pas perdu, anéanti ou révolté, juste pas concerné. Il n'avait pas tenté de rouler des mécaniques, ni essayé d'attirer une quelconque pitié. Il n'avait pas crié à l'injustice, il n'avait même pas parlé. André avait d'abord trouvé ce changement appréciable, reposant. Mais après deux jours de mutisme et d'indifférence, André avait commencé à s'agacer. C'était lui qui élaborait ce petit numéro d'habitude. Au terme du cinquième jour, il n'avait entendu qu'une seule fois le son de sa voix, lorsqu'il avait demandé un livre au gardien. Sinon, il n'était sorti que pour se laver, s'était à peine alimenté, et n'avait donc que très peu chié. Un bon point pour lui.

La première semaine de cohabitation venait de passer lorsque André craqua. Il ne put s'empêcher de l'apostropher en lui demandant quel métier il exerçait. C'était une question qui l'obsédait. Pendant cette longue semaine de calme, il avait échafaudé bon nombre d'hypothèses. Mais désormais il fallait qu'il sache. Éric Bastogne lui avait répondu qu'il était professeur. Gagné. Prof apparaissait dans le tiercé de tête de son palmarès, juste après antiquaire et architecte.

De bribes de mots en phrases courtes, les deux hommes avaient commencé à s'apprivoiser. Au détour d'une conversation, qui avait duré cinq longues minutes, Bastogne, poussé par la curiosité d'André, avait évoqué ses études d'histoire contemporaine. Il avait découvert qu'André était incollable sur les conflits armés les plus récents. Éric aurait juré qu'il y avait participé. Les rues de Sarajevo, terrain de jeu des snippers serbes, le désert irakien et sa chaleur écrasante, les montagnes de l'Hidu Kush en Afghanistan. Il les décrivait comme s'il s'y était battu. Sans jamais donner le moindre indice sur le camp auquel il aurait pu prêter ses évidentes compétences. André semblait rentrer d'un interminable voyage dont il ne pouvait pas parler. Éric se projetait en Homère mais invariablement son Ulysse se taisait lorsque ça devenait intéressant. Il ne ferait qu'imaginer son odyssée, porté par cette intuition étrange que cet homme, dont il ne savait rien et qui lui fichait la trouille, lui sauverait la vie.

André reprit place sur le canapé. Il était allongé, une main repliée sous la nuque. Dans l'autre il tenait une bouteille de bière. Il était habillé. Il était toujours prêt à s'échapper. Il toisait Bastogne, mutique, assis dans le fauteuil en face de lui. Il ne tremblait plus. Mais son visage était traversé par des microspasmes. Son regard ne parvenait pas à se fixer.

— Je suis content de voir que tu n'as pas changé, lança André de sa voix rauque et nonchalante. J'avais peur que la liberté ne t'ait transformé en espèce de pipelette boute-en-train.

— Sinistre un jour, sinistre toujours, rétorqua Éric.

— T'es sûr de ne pas vouloir m'accompagner ? insista André en levant sa bouteille.

— Je ne bois pas.

— Et tu ne manges pas non plus.

Éric Bastogne ne portait qu'un pantalon de pyjama. Son torse nu laissait apparaître des pectoraux et des abdominaux ciselés. Il n'avait plus un poil de graisse. Il était sec à l'extérieur autant qu'à l'intérieur. Le résultat d'un ascétisme strict décidé dès son arrivée en prison. Son corps le lui avait réclamé. Il n'avait rien intellectualisé, juste suivi son instinct. Tout l'inverse de ce qu'aurait fait le professeur Bastogne, l'intello aux cheveux mi-longs emmêlés, au corps massif et à la démarche pataude. Les séances de musculation quotidiennes avaient fini par dessiner cette enveloppe qu'il souhaitait désormais conserver parce qu'elle faisait peur aux gens. Et il aimait ça. À défaut. Son statut et son esprit n'impressionnaient plus personne.

— Je devrais peut-être penser à commercialiser mon régime perso. Certains se font des couilles en or avec ce business.

— T'as vu ça où ?

Éric réfléchit un instant.

— Je crois que c'était en couverture d'un magazine chez ma femme.

— T'es allé la voir ?

— C'était mon fils que je voulais voir. Et malheureusement l'un ne va pas sans l'autre.

— Ça ne s'est pas bien passé, j'imagine.

— Avec le gamin, si. (Éric esquissa un sourire.) On ne peut pas en dire autant avec sa mère.

— Elle t'a pourri ?

— Même pas. Elle m'a juste dit qu'elle pensait que j'étais un assassin.

— Pas vraiment une surprise.

— Non, mais de l'entendre le dire, je dois avouer que ça pique un peu. Je ne suis pas sûr que son attitude m'aidera à renouer avec mon garçon.

— Elle va te mettre des bâtons dans les roues ?

Éric se leva brusquement du fauteuil, percuté par cette évidence. Il se planta devant la fenêtre. La rue était déserte.

— Je ne la laisserai pas faire. Je n'ai plus que lui. Je vais me battre.

— De quelle façon ?

— En lui prouvant que je suis innocent.
— La justice l'a déjà fait.
— Ça ne semble pas suffisant.
— Pour elle ou pour toi ?
Éric se retourna et fixa André.
— Je comprends mieux pourquoi je rechignais à aller voir les psys en prison. J'en avais un sous la main. Et celui-là ne me racontait pas des conneries comme quoi tout était la faute de ma pauvre mère. S'ils avaient connu mon père...
— Tu commences enfin à comprendre que je te suis indispensable.
Éric soupira en hochant légèrement la tête de bas en haut.
— À priori, je ne suis pas encore prêt à vivre seul.
— C'est comme tu le sens.
— Tu crèches où depuis ta sortie ?
— À droite, à gauche.
André n'avait pas de domicile fixe. C'était un nomade. À Paris, il allait de chambre d'hôtel minable en squat. Lorsqu'il avait besoin de respirer, il quittait la capitale. Il lui arrivait parfois de dormir à la belle étoile lorsqu'il ne faisait pas trop froid. Il ne quittait jamais la France, comme s'il avait peur de ne plus pouvoir y revenir. André n'avait pas besoin d'une maison à lui, il utilisait celle des autres. C'était dans une résidence secondaire en Sologne, délaissée par ses propriétaires parisiens, que les gendarmes l'avaient cueilli. Pour la deuxième fois et avec dans les mains un sac rempli des effets de valeurs de ses hôtes. Il avait pris trois ans ferme en comparution immédiate avec un aller simple pour la maison d'arrêt

de Nanterre. Derrière les barreaux, sans jamais lever la main sur quiconque, il s'était forgé une solide réputation. Des rumeurs couraient à son propos. C'était un psychopathe qu'il ne fallait surtout pas emmerder et encore moins caresser. Éric Bastogne, sans rien demander, avait bénéficié de sa protection.

— Je serais heureux que tu restes avec moi, murmura Éric.

André sembla peser le pour et le contre, puis décida.

— Je crois que c'est une bonne idée. Tu as besoin de quelqu'un pour s'occuper de toi. D'ailleurs j'ai une idée. Sape-toi, on va faire un tour.

Éric jeta un œil à la pendule du salon.

— Tu sais qu'il est quatre heures du matin.

— Là où je t'emmène c'est du 24/24.

11

Il ne savait pas depuis combien de temps il marchait. Il avait la sensation que ses petites jambes ne lui permettraient jamais de quitter cette inquiétante forêt. Les cimes des arbres, de chaque côté du chemin, ployaient sous le poids du givre et se rejoignaient au sommet, empêchant toute source de lumière de pénétrer cette cathédrale végétale. Dans cette quasi-obscurité, le garçon aux courtes pattes et à la barbe fournie continuait d'avancer sans bruit. Ses pas étaient étouffés par un épais tapis blanc. Dans sa tête résonnait toujours cette grosse voix qui l'invitait à venir la rejoindre sans perdre de temps.

S'il marchait vite et tout droit, il parviendrait à s'en sortir, lui avait-elle dit.

Il était fatigué. Il avait faim. Il avait soif. Il était surtout terrorisé.

Que faisait donc son père ?

Il aurait dû être présent pour le protéger de cette créature qui le poursuivait.

L'enfant-homme hâta encore le pas, jetant ses dernières forces dans une bagarre contre son ennemi invisible. La voix lui avait bien dit de ne surtout pas courir.

Mais lorsqu'il sentit le souffle chaud sur sa nuque, il ne put s'en empêcher.

Il accéléra et trébucha. Le choc fut amorti par le sol neigeux.

Lorsqu'il voulut se relever, ses jambes se dérobèrent et il fut tiré violemment en arrière. Il se sentit soulevé de terre et finit le nez dans le matelas de son lit.

Les draps sentaient bon l'assouplissant. L'odeur de vanille était agréable.

Le contact de l'énorme main sur son cou l'était beaucoup moins.

Cette force le maintenait plaqué sur le ventre. Il ne pouvait plus bouger. Il n'avait d'autre choix que de se laisser faire. Il sentit alors une deuxième main remonter le long de sa jambe dénudée. Contrairement à l'autre, celle-ci était douce, chaude, caressante et apaisante. Il était tout près de s'endormir lorsque la voix retentit de nouveau dans sa tête.

« Défends-toi ! N'abandonne pas ! Tu n'as pas le droit ! Chez nous on ne se rend pas ! »

Pourquoi avait-il fallu qu'elle ressurgisse ? Juste au moment où tout allait bien se passer. Il devait de nouveau se débattre et il mourait de peur. Comme à chaque fois, il allait se pisser dessus. Il profita que la pression sur sa tête était moins forte pour se retourner. Il se trouva face à face avec la chose. Elle avait le visage de Jésus. Un Christ noir aux traits déformés par la haine. Un jet de salive grisâtre sortit de sa bouche et l'atteignit aux yeux. Le liquide était brûlant. De nouveau il n'y voyait plus.

Il lança alors ses deux bras en avant pour se défendre et ses mains furent englouties par un magma de chair. En les retirant il fut aspergé de sang.

Il en avait partout, même dans la bouche.

Il devait se débarrasser de ce liquide visqueux.

Il se débattit, hurlant tant qu'il pouvait. Il fallait qu'il se sauve, qu'il se lave de ces souillures. Mais deux bras musculeux le maintenaient.

Quand Éric Bastogne revint à la réalité, il était assis. André était derrière lui et l'enserrait calé contre un mur au papier peint seventies. Il essayait de le calmer en lui parlant doucement.

— Qu'est-ce que c'était ? cria Bastogne.

André tenta de le rassurer en relâchant progressivement son étreinte.

— Je crois que ta descente a été plus brusque que prévu.

Éric Bastogne reprit peu à peu conscience de son environnement. Il se souvint. Cette petite piaule à la station de métro Strasbourg-Saint-Denis. La vieille Africaine en boubou et cette saloperie, comment André l'avait-il appelée déjà ? L'ikhathazo. Une plante que l'on trouve principalement en Afrique du Sud. Son ami lui avait assuré que fumer la racine permettrait de clarifier ses rêves et ses cauchemars. Une façon comme une autre de s'en débarrasser ou de les transformer en les portant à sa conscience. Éric Bastogne avait tiré trois ou quatre fois sur le joint improvisé avant de partir. Ce qu'il avait vu le pétrifiait. C'était donc cela qui le faisait hurler la nuit. Pour la première fois, il se souvint de tout. André sentit son trouble et l'interrogea :

— Le truc n'a pas fonctionné ?

Éric ne sut quoi répondre. Il était encore bouleversé. Il bredouilla.

— Je pense que si, en partie du moins. J'ai enfin vu, mais c'est incompréhensible. Ce cauchemar me semble totalement étranger. Il n'a aucun sens.

André se remit sur ses pieds et tendit la main à Éric pour l'aider à se relever.

— Ne t'inquiète pas, la recherche du sens c'est la prochaine étape.

Les deux hommes quittèrent la pièce et se retrouvèrent dans un petit vestibule où l'Africaine en boubou somnolait derrière son bureau. Elle leva une paupière. André lui balança deux billets de cent euros.

— Voilà pour toi, *Ugogo*, ce qui signifiait grand-mère en zoulou. Ta came était excellente.

Bastogne, dont la thèse de fin de cycle portait sur les chrétiens français et l'apartheid en Afrique du Sud, reconnut le dialecte et s'étonna :

— Tu parles zoulou ?

— Je n'ai pas fini de te surprendre mon ami.

Bastogne en était persuadé. Il ne chercha pas à en savoir plus. Il avait trop mal à la tête pour ferrailler. Les deux hommes descendirent un minuscule escalier en bois vermoulu et débouchèrent sur le boulevard de Strasbourg. Le jour s'était levé. Éric Bastogne regarda sa montre. Il était 8 heures du matin. Il n'avait plus de temps à perdre.

12

Castor passa sa main sur le bord de la table en Formica rouge. La baguette noire qui cerclait le meuble était décollée à plusieurs endroits. Il eut envie de tout arracher. Il aimait les choses nettes, faire table rase. Le reste de la pièce lui convenait. Elle était impeccable. Hors d'âge, mais impeccable. Elle faisait office de salle et de salon et ne devait pas dépasser les vingt mètres carrés. À sa gauche trônait un grand meuble vitrine-bibliothèque imitation Louis XV. Ça sentait le kitsch et le pas cher. Mais au moins le meuble était d'équerre, les livres et les bibelots à l'intérieur bien rangés. Il n'y avait pas un grain de poussière. Au fond, deux vieux fauteuils en tissu jaune faisaient face à un poste de télévision aux dimensions de Smartphone.

De l'autre côté de la table, Pollux avait les yeux fermés. Il manipulait son chapelet. La prière projetait sur son visage de la sérénité alors qu'ils poireautaient depuis plus d'une heure. Ils avaient beau être jumeaux, son attitude béate avait le don d'exaspérer Castor. À tel point qu'il se demandait s'ils étaient vraiment frères. Physiquement, ils étaient les exacts contraires. Pollux était petit et fluet alors que lui mesurait un mètre quatre-vingt-dix et pesait au mieux de sa forme cent dix kilos. Le style raffiné de son frangin tranchait avec ses vêtements purement utilitaires. Aujourd'hui il avait fait un effort sur l'habillement car ils rencontraient M. Smith, un gros client. Pour être juste, leur seul client. Il avait donc enfilé un pantalon en velours, il trouvait ça chic, des chaussures de ville à glands qui lui entaillaient les talons, et un imperméable beige tellement ajusté qu'il ressemblait à une grosse endive. Il aurait été plus à son aise en survêtement, mais Pollux lui avait interdit d'en porter en présence de M. Smith.

Ses leçons de maintien le gonflaient. Non, décidément, il n'avait rien de commun avec son frère. Mais il avait beau le maudire, il savait qu'il ne pourrait jamais travailler avec quelqu'un d'autre. Parce que cet autre serait incapable de partager cette communion et ce sentiment unique de plénitude qu'ils ressentaient lorsqu'ils torturaient ou tuaient ensemble. C'était comme s'ils retrouvaient leur complicité d'antan dans le ventre de leur mère.

L'image de leur maman tant aimée s'évanouit lorsque la porte d'entrée s'ouvrit. M. Smith était enfin là. Pollux bondit de sa chaise et se dirigea vers leur hôte. Castor avait eu à peine le temps de lever son gros fessier. M. Smith leur fit signe de la main qu'ils pouvaient se rasseoir. Il n'avait pas de temps à perdre.

— Faites-moi votre rapport, ordonna le nouvel arrivant. Dites-moi d'abord comment il va ?

Pollux prit la parole. Il était de loin le mieux outillé des deux pour cela.

— Il semble se réaccoutumer tout doucement à sa vie d'homme libre. Cela fait seulement une semaine qu'il est sorti de prison.

— Six jours, l'interrompit M. Smith. Soyez précis s'il vous plaît. Je vous paie pour cela.

Pollux baissa la tête docilement. Il reprit son rapport de sa petite voix douce.

— Il a emménagé dans un appartement de la rue André Antoine, près de la place Pigalle. Il n'en sort pas beaucoup.

M. Smith tournait le dos à ses interlocuteurs. Le nez collé à la fenêtre, il contemplait l'animation de la place des Bourguignons. Asnières n'était plus la ville qu'il avait connue. Les ouvriers avaient cédé la place à une population encore plus précaire, souvent issue de l'immigration. Il était à peine 17 heures et les enfants avaient déjà envahi le bitume.

« Ils n'ont donc pas de devoirs à faire ? », se demanda-t-il.

Au bout de la rue de Colombes, trois gamins faisaient rugir leur scooter juste pour embêter le monde. Il se garda bien de les juger. Il en avait fait d'autres. Il se concentra pour essayer de reconnaître des traits familiers sur le visage des vieilles personnes qui traversaient le carrefour. Cet appartement était la dernière chose qui le reliait à son enfance.

— Dès le deuxième jour, il a revu sa femme et son fils, poursuivit Pollux.

Cette information sembla enfin retenir l'attention de M. Smith.

— Comment cela s'est-il passé ?

— Apparemment mal. Il est resté un bon moment prostré sur son volant après sa visite.

M. Smith enregistra.

— Et Delvain ?

— Ils ne se sont vus que deux fois. Il lui apporte surtout le soutien matériel et financier. Pour le moment il tient sa langue.

M. Smith regarda sa montre. Il était là depuis moins de cinq minutes.

— Je dois partir.

Joignant le geste à la parole, il se dirigea vers la porte. Castor et Pollux le suivirent des yeux, étonnés qu'il ne demande pas plus de précisions. Avant de quitter l'appartement il se retourna, la main sur la poignée de la porte.

— Et pour le gosse ?

Le sourire de Pollux s'accentua.

— Je m'en suis occupé.

— Seul, comme je vous l'avais demandé.

— Oui, tout seul.

Pollux fixa alors Castor qui n'avait pas ouvert la bouche. Il voulait l'inciter à continuer de la boucler. Il savait qu'il avait mal vécu le fait de ne pas avoir participé « au travail » avec son frère. C'était le style de chose qu'ils faisaient ensemble d'habitude. Mais M. Smith avait bien insisté. Ce dernier demanda juste avant de partir :

— Il n'a pas souffert ?

Pollux crut voir les épaules de son client s'affaisser légèrement.

Lui qui portait si beau. Lorsqu'on abordait les affaires délicates, il quittait ses grands airs, se réjouit Pollux.

Dans ce domaine au moins, lui et son frère conservaient la main.

Pollux laissa passer intentionnellement un silence.

M. Smith se crispa.

Pollux savoura encore quelques instants, puis jugea qu'il était temps de répondre. Avec cet homme, il fallait savoir ne pas aller trop loin.

— Pas du tout, j'ai bien fait les choses.

— Parfait. Je vous recontacte.

M. Smith actionna la clenche et tira la porte.

— Vous fermerez derrière vous.

Le coup de sifflet retentit, aussitôt suivi d'un cri : « Chouf, chouf. »

Le commandant Mougin n'avait pas encore dépassé la rangée d'arbres qui marquait l'entrée de la cité et il était déjà repéré. Le policier vit le guetteur, il ne devait pas mesurer plus d'un mètre quarante, s'engouffrer sous un porche. Au fur et à mesure qu'il s'approchait de la première barre d'immeubles, Étienne Mougin sentait la pression monter. Il dépassa le premier parking où s'alignaient, sur plus de deux cents mètres, des automobiles souvent cabossées. Il leva la tête. Derrière les fenêtres orangées, encadrées de volets rouges, il imagina tous les regards fixés sur lui. Il eut l'impression que les 6 000 habitants de la cité du Chêne-Pointu de Clichy-sous-Bois l'observaient.

À ce moment précis, il eut la tentation de faire demi-tour. Un flic seul dans la cité où les émeutes de 2005 avaient débuté, et en plein milieu de la journée. Ce n'était pas raisonnable. Il arrivait à l'heure de pointe du trafic de cannabis. À la sortie des écoles. Il avait pensé à prendre quelques précautions en demandant à ses collègues de la BAC quelle entrée était la plus discrète, la moins surveillée.

« Aucune », lui avaient-ils répondu.

Mais à tout prendre, il valait mieux passer par le sud et la barre la moins haute des huit immeubles qui constituaient l'ensemble. À cet endroit il y aurait peut-être un peu moins de business.

Mougin se dirigeait vers le porche où avait disparu le jeune guetteur lorsqu'il perçut le bruit de moteur des deux-roues. Quatre engins sortirent de sous les arcades où ils étaient stationnés à l'abri des regards. Deux à sa droite et deux à sa gauche. À présent ils fonçaient droit sur lui. Mougin marqua d'abord un temps d'arrêt, avant de poursuivre son chemin comme si de rien n'était. Les deux premières motos lui barrèrent l'accès au porche. Les deux autres s'arrêtèrent en dérapage contrôlé à moins d'un mètre de lui. Il était cerné. Les quatre jeunes noirs le dévisageaient. Ils actionnaient la poignée d'accélérateur tout en appuyant sur le frein. Les pneus crachaient leur gomme dans un vacarme assourdissant.

Mougin songea à l'attaque de la diligence. Le western moderne.

Il commença à regretter sa décision d'être venu sans son arme de service.

Un mouvement de bras de l'un des assaillants et les bruits de moteur se turent instantanément. Celui qui semblait être le chef mit sa moto sur la béquille et s'approcha de Mougin, tellement près que le policier put compter les minicicatrices qui striaient son visage.

— Tire-toi bâtard ou on te fume.

Ce n'était pas comme s'il s'attendait à être le bienvenu.

— Je viens juste rendre visite à un ami.

Le balafré prit cette réponse pour un affront. Il se rapprocha jusqu'à toucher Mougin. Il était plus petit que le policier. Il leva la tête pour faire bonne mesure. Mougin reçut dans les narines son haleine fétide, mélange d'alcool, de cannabis et de Tic Tac à la menthe.

— T'as pas bien compris. Tant pis pour toi. T'as voulu jouer au bonhomme.

Le balafré sortit un calibre. Mougin fit un pas en arrière. Il se heurta aux deux autres individus qui étaient à leur tour descendus de leur moto. Le quatrième, le plus petit et probablement le plus jeune, était resté un peu en retrait, toujours juché sur son engin. Mougin comprit alors qu'il s'était trompé. C'était lui, le leader. L'autre n'était que son chien de garde. Il se retrouvait serré de près. Il n'avait pas le droit à l'erreur. Un geste ou un mot malheureux et ils n'hésiteraient pas à l'abattre. Il toisa le gamin et, ignorant la pression et la menace des trois autres, il s'adressa à lui directement.

— Je dois voir Mohammed El Moutari, tu le connais ?

Sans marquer la moindre émotion, le jeune homme fit claquer ses doigts et ses trois acolytes reculèrent. Mougin respira de nouveau. Si ces mecs avaient décidé de le tabasser, voire de le flinguer, flic ou pas flic, ils n'auraient pas fait de différence. Il avait pris un risque inconsidéré en venant seul. Il voulait vérifier une intuition avant de mettre Revelle et Garcia sur le coup. Le sergent de la BAC lui avait proposé de l'accompagner avec quelques hommes. Il avait poliment décliné la proposition, précisant que ce n'était qu'une prise d'informations. Le bloc de muscles en uniforme n'avait pas insisté, les mecs de la crim' étaient des types bizarres qui ne pratiquaient pas le même métier qu'eux. Il lui avait toutefois livré, au cas où, un schéma très précis de la hiérarchie de la voyoucratie locale. Avec un trombinoscope des acteurs concernés. Ils n'étaient qu'une trentaine à tenir l'ensemble de la cité. La police savait très exactement qui faisait quoi. Simplement elle ne pouvait pas, ou plutôt on l'empêchait d'intervenir et de casser une économie souterraine qui faisait vivre une grande partie de ce quartier où le chômage touchait près de 70 % de la population. Le topo du sergent Gomes venait peut-être de lui sauver la vie, songea Mougin. Grâce à lui, il avait pu identifier le jeune gars resté sur la moto.

Gio Nbezate était surnommé « Goldfinger » car il arborait une bague en or à chaque doigt.

Goldfinger était un gérant et à ce titre commandait une bande composée d'une dizaine de personnes. Il était surtout un ami d'enfance de Youssef El Moutari.

Nbezate regardait tourner le tambour de la machine à laver. Une chaise le séparait du commandant Mougin. La distanciation sociale entre flic et voyou était toujours valable même si le confinement avait pris fin. À l'entrée de la laverie automatique, le balafré faisait le guet. L'odeur de l'adoucissant tranchait avec celle d'urine qui avait jalonné les trois cents mètres parcourus sous les arcades. Sous bonne escorte, Mougin avait été étonné de découvrir, à l'ombre des piliers de béton, des petits commerces de proximité qui vivotaient.

Ils étaient notamment passés devant une boulangerie, une boucherie halal et un café avant de rejoindre la laverie. Au-delà de l'odeur agréable, le carrelage blanc au sol comme aux murs était immaculé. Les gars prenaient soin de leur bureau. Goldfinger n'avait toujours pas ouvert la bouche. Il jouait, depuis cinq bonnes minutes, avec ses bagues, les jambes écartées, le dos courbé comme si toute la misère du monde était tombée sur ses pauvres épaules de vieillard de vingt ans. Le jeune homme respira profondément et se redressa enfin.

Sans même regarder Mougin, il lui demanda :

— Qu'est-ce que tu lui veux, au vieux El Moutari ?

Son accent marqué de banlieue, qui tenait plus de l'aboiement que de la parole, ajouté à un léger zozotement et au bruit de la machine, rendait son propos presque incompréhensible. Mougin répondit en fonction des quelques bribes de mots qu'il avait saisies au vol.

— Je voudrais lui parler de son fils, Youssef. Je crois que tu le connais n'est-ce pas ?

— Eh Igo, t'es qui Kholot ?

Cette fois Mougin ne capta rien. Il hésita, puis décida de garder le silence.

Goldfinger réitéra sa demande dans des termes un peu plus intelligibles.

— Je te demande qui tu es, mec ?

Mougin décida de jouer franc-jeu.

— Je suis flic.

Goldfinger ne tiqua pas. Il était tout en contrôle. Il était entraîné à ne rien laisser paraître. Son statut l'exigeait, sa respectabilité aussi. Pour la première fois, il tourna la tête sur sa gauche et regarda Mougin comme s'il voulait vérifier qu'il avait bien une tête de keuf. Il en conclut qu'il ne ressemblait pas à ceux qui traînaient par là. Il avait des cheveux, une petite moustache fine et était sapé avec un blouson en espèce de daim marron. Ou du nubuck. Il n'en avait vu qu'à la télévision.

— Un schmitt seul au chêne. T'es en galère, mec.

Avec ses mots à lui et de l'intelligence, dont il n'était certainement pas dénué, Goldfinger avait compris que la visite de Mougin n'avait rien d'officiel. Il poursuivit sa réflexion à voix haute. Déjà les mots étaient moins jetés et l'accent à peine forcé. Goldfinger faisait des efforts pour s'adapter à son interlocuteur.

— Pourquoi tu cherches Youssef ?

— Tu sais où il est ?

— Comment je le saurais, je traîne plus avec lui depuis longtemps.

— Depuis combien de temps tu ne l'as pas vu ?

Mougin était passé en mode interrogatoire, c'était un réflexe. Audrey lui faisait souvent remarquer. Mais Goldfinger était bien moins compréhensif que sa douce épouse. Le jeune noir ouvrit les bras comme pour englober l'espace autour de lui.

— Ici, t'es chez moi et je pose les questions. Pourquoi tu t'intéresses aux El Moutari ?

Mougin capitula. Il avait raison, il n'était pas sur son territoire.

— Parce que je crois que Youssef a des ennuis.

— Tu parles du procès.

Goldfinger avait parlé trop vite et cela vint confirmer ce que pensait Mougin. Les deux mômes étaient restés en contact. Sinon, comment Gio aurait-il été au courant du procès ? En admettant qu'il lise la rubrique justice des journaux, ce dont il doutait, le nom du témoin principal, mineur à l'époque des faits, avait été caché. Et Youssef ne se serait certainement pas vanté auprès des caïds de la cité de sa collaboration avec les juges et la police. À moins qu'il ne s'agisse de son ami le plus proche.

Même s'ils avaient choisi des chemins différents, Gio et Youssef étaient restés très liés. Ils étaient comme des frères. Leur âge, leur condition, les heures passées ensemble sur les bancs de l'école ou sur le macadam du Chêne-Pointu à partager leurs rêves de gosses et leurs révoltes d'adolescents les avaient unis à jamais. En grandissant, ils n'avaient plus eu grand-chose à partager sauf une amitié indéfectible.

Ils avaient pris toutes les précautions pour continuer à se voir le plus discrètement possible, tels des amants maudits. Les types sous les ordres de Goldfinger auraient pris sa relation avec « cette fiotte » comme un aveu de faiblesse. Peut-être même le signe qu'il était homo, ce qui, dans la cité, était la pire des tares. Au mieux l'un d'eux aurait alors essayé de le déboulonner, au pire de le dessouder. Le statut de chef avait parfois ses contraintes.

— Je veux effectivement parler de l'affaire dans laquelle il a témoigné, poursuivit Mougin.

Goldfinger ne prit plus la peine d'avancer masqué. Jamais il ne collaborerait avec un condé. Mais il sentait que celui-là ne voulait pas de mal à Youssef et que, au contraire, il désirait l'aider. Il avait pris de gros risques en venant ici seul. Il éprouvait même un certain soulagement car il était inquiet de la disparition soudaine de son ami.

— Youssef, ça fait bien quinze jours que je l'ai pas vu.

— Aucune nouvelle ?

Encore un interrogatoire. C'était plus fort que lui. Cette fois Goldfinger laissa passer.

— Rien. Pourtant on a l'habitude de se voir deux ou trois fois par semaine. Je suis allé traîner dans les coins où on se donne rendez-vous d'habitude. Il est pas venu.

— Tu t'es renseigné auprès de sa famille ?

— Le vieux El Moutari il veut pas me parler, il me prend pour une racaille.

— Et son frère ?

— Son daron le séquestre pour l'empêcher de faire des conneries. J'ai réussi quand même à le coincer un soir, c'était il y a une semaine, il allait à la boulangerie.

— Et qu'est-ce qu'il t'a dit ?

— Il chiait dans son froc. Pourtant le gamin est d'habitude plutôt grande gueule. Tout l'inverse de son frérot. Il m'a simplement dit qu'eux non plus ils avaient pas de nouvelles de Youssef. La famille était en panique.

— Il a été capable de te dire de quand datait sa disparition ?

Goldfinger réfléchit.

— Je crois qu'il m'a parlé d'une soirée où il avait eu rencard avec une meuf.

— Tu lui as demandé le jour ?

— Bien sûr, mais le gamin fume pas mal et ça lui fait perdre des neurones. En tout cas il m'a dit que ça puait et qu'une nuit il avait même entendu son père chialer. Il m'a supplié de l'aider. Lui, il pouvait pas le chercher parce que son père le flique.

— À propos de flic, ils n'ont pas pensé à s'adresser à la police ?

Goldfinger prit un air dégoûté.

— C'est pas trop dans les habitudes ici. Surtout que le père El Moutari avait pris la leçon la dernière fois qu'il avait mis les pieds au commissariat.

— De ton côté tu t'es renseigné ?

— J'ai fouiné discrètement. Mais ce branleur là-bas, il désigna d'un geste du menton le balafré, qui au fur et à mesure s'affaissait le long de la vitrine de la laverie, il me lâche jamais d'une semelle, surtout dans la journée. C'était compliqué.

— Youssef t'a parlé de son affaire ?

Goldfinger eut l'air d'hésiter une nouvelle fois.

— Vite fait, ouais.

— Il t'a dit que son témoignage avait permis de rendre la liberté à un tueur de jeune fille ?

— Il me l'a pas présenté comme ça.

Goldfinger ne voulait pas en dire plus sur l'implication de son ami. Mougin se leva pour occuper la chaise la plus proche de Gio. Le balafré, qui paraissait pourtant roupiller, fit aussitôt irruption dans la laverie. Goldfinger se leva à son tour et s'adressa à son garde du corps.

— Vas-y, tu t'es pris pour ma reum. Dégage de là, va bédave si tu veux, mais casse-toi. Tu refermes la porte.

Le balafré afficha une sale tête mais s'exécuta. Mougin n'avait pas tout compris à ce qu'il lui avait dit, sauf l'essentiel, il devait les laisser seuls. À présent debout et face à face, le policier tenta de pousser son avantage.

— Dis-moi tout ce que tu sais, c'est super important. Youssef a pu être amené à dire des choses qu'il n'a pas vraiment vues.

Goldfinger retrouva immédiatement son calme. Il sembla peser le pour et le contre. Qu'est-ce qui était le plus inquiétant pour son pote ? Qu'il ait disparu ou que les flics découvrent qu'il avait menti ?

— C'est possible.

— Tu veux dire que Youssef t'a avoué qu'il avait fait un faux témoignage ?

— Quelque chose comme ça, ouais.

— Sois plus précis s'il te plaît.

— Je peux pas.

— Tu ne me fais pas confiance.

Goldfinger ricana.

— T'as rêvé ou quoi ?

Mougin ne s'en formalisa pas.

— Ok, je comprends. Tu peux tout de même m'emmener chez les El Moutari. Peut-être qu'ils me parleront à moi.

— Non.

Cette fois Mougin ne cacha pas son agacement.

— Pourquoi ?

— Parce qu'ils se sont tirés.

— Où ?

— J'ai entendu dire qu'ils étaient rentrés au bled. En Algérie.

— Youssef t'avait parlé de ce projet ?

— Il m'avait dit que c'était le rêve de son père mais qu'il pourrait jamais à cause de l'argent.

— Tu les as vus partir ?

— Non.

— Comment sais-tu alors pour cette histoire de bled ?

— Le petit frère en a parlé à un de ses potes. Il était dégoûté. Il voulait pas partir, lui.

Mougin allait poursuivre ses questions. Goldfinger l'interrompit.

— Maintenant ça suffit. Les mecs vont se poser des questions à force de te parler. Déjà tu me fous dans la merde. Maintenant pars, j'ai plus rien à te dire.

Mougin sentit qu'il était inutile d'insister. Il se dirigea vers la porte.

Goldfinger l'interpella.

— Eh, schmitt, balance ton num. Si j'ai du neuf je t'appelle.

Mougin se retourna et lui donna son numéro de portable. Goldfinger n'avait rien noté. Il pointa son index sur sa tempe.

— C'est enregistré. Ton escorte va te ramener à ta caisse.

Goldfinger appuya sur le bouton stop de la machine à laver. L'entretien était terminé.

13

Du canapé noir en cuir de vachette où il était assis, Éric Bastogne avait une vue imprenable sur la tour Eiffel. La première fois qu'il avait grimpé au sommet de ce monument, c'était en compagnie de sa mère. Il devait avoir huit ans et il découvrait Paris. Des moments précieux. Les déplacements dans la capitale s'étaient ensuite succédé régulièrement. Des souvenirs partagés avec sa mère adorée. Ils étaient bien ensemble. Ils n'avaient pas besoin de se parler pour se comprendre. Éric parvenait même à la faire rire et à faire disparaître temporairement les profondes rides du souci qui barraient son front.

Jeannine Blanchard avait dû se battre toute sa vie. Elle était née à la fin de la Seconde Guerre mondiale, dans une fermette à quelques kilomètres de Deauville, en plein cœur du bocage normand. C'était une enfant du rationnement conçue dans un accès de rage de son père, abasourdi par le départ soudain de l'occupant qui lui achetait généreusement le produit de ses récoltes.

« Il n'y avait pas meilleurs clients que les Allemands. Ils payaient cher et rubis sur l'ongle », affirmait-il.

Dans cette période de retour aux vaches maigres, il avait accueilli la naissance de sa fille comme une véritable catastrophe.

Une pisseuse qui ne lui serait d'aucune utilité pour les travaux des champs.

Il s'était fait son opinion.

« Ce sera une bonne à rien qui ne me rapportera jamais rien. »

Alors, dès ses quatorze ans, il s'était délesté du fardeau en plaçant la jeune fille au service d'une famille bourgeoise deauvillaise. Jeannine y avait appris les bonnes manières et un métier de gouvernante qui l'avait mise toute sa vie à l'abri du besoin. Indépendante, elle s'était mariée sur le tard avec un marin pêcheur de Trouville, Charles Bastogne, un type rugueux au teint rougi par les embruns, mais avec le cœur sur la main. Un mariage d'amour et une passion dévorante qui dura jusqu'à ce qu'ils projettent de faire un enfant.

Six mois, un an, deux ans passèrent et Jeannine Bastogne n'était toujours pas enceinte. Les médecins ne lui laissèrent guère d'espoir. Une annonce reçue comme un choc. Fonder une famille était le rêve de leur vie. Les rires tonitruants de Charles s'espacèrent. Les frêles épaules de Jeannine se voûtèrent. Bientôt ils n'eurent plus rien à se dire. Charles était de plus en plus taciturne. Entre les périodes de pêche, où il pouvait s'absenter pendant presque un mois, il n'était plus, auprès d'elle, que l'ombre de lui-même. Matériellement, le couple vivait bien. Ils possédaient une jolie maison sur les hauteurs de Trouville. Mais ils n'avaient plus de projet commun. Jeannine avait alors accepté une offre d'emploi de gouvernante générale pour une riche famille qui venait de s'installer sur l'île anglo-normande de Guernesey. Une occasion unique de gagner beaucoup d'argent et de prendre du temps pour faire le point chacun de son côté.

Charles lui avait rendu visite d'abord régulièrement, entre deux sessions de pêche. Il leur était même arrivé de refaire l'amour par plaisir. Les choses semblaient s'arranger entre eux. Pourtant Jeannine avait accepté de voir son contrat reconduit pour deux années supplémentaires. Elle faisait de l'excellent travail, notamment auprès des deux enfants en bas âge du couple. Elle adorait ces bébés.

Charles avait pris cette décision comme un affront, une volonté de séparation. Fier, il coupa les ponts et fit parvenir à Jeannine, quelques mois plus tard, les papiers du divorce. Il s'embarqua pour la pêche à la morue à Saint-Pierre-et-Miquelon. Personne n'eut plus de nouvelles de lui pendant six longues années.

Lorsqu'il rentra enfin au port, alors que tout le monde le croyait mort, il retrouva Trouville, son bocage et sa femme, Jeannine, qui n'avait jamais signé les papiers du divorce. Elle était accompagnée d'un petit garçon âgé de sept ans prénommé Éric. Charles n'avait pas posé de questions. Ils évitèrent l'écueil des explications et des récriminations. Aucun n'avait refait sa vie. Ils n'étaient plus très jeunes et le destin leur avait joué un drôle de tour en leur offrant si tardivement ce dont ils avaient toujours rêvé.

Une seule fois, Charles Bastogne avait osé demander à son épouse qui était le père de l'enfant.

Jeannine lui avait répondu que cela n'avait aucune importance puisqu'il était le sien.

Charles s'en contenta. Il fit de son mieux pour élever le gamin comme si c'était vrai. Il mourut d'un cancer à l'âge de soixante ans sans avoir jamais dit « je t'aime » à son garçon.

Éric Bastogne eut par la suite, à maintes reprises, l'occasion de remonter au sommet de la tour Eiffel. Mais il ne le referait jamais plus avec sa mère. Son incarcération avait eu raison de son cœur fragile. Aujourd'hui, pour la première fois, il remarqua que sur toute la périphérie du premier étage, des noms de famille avaient été gravés en lettres d'or. Il s'empara de son Smartphone et tapa dans Google « Noms sur la tour Eiffel ».

Il obtint la réponse à son interrogation. Gustave Eiffel avait souhaité rendre hommage à soixante-douze scientifiques, ingénieurs ou industriels qui avaient, par leurs travaux, honoré la France entre 1789 et 1889. Éric Bastogne finissait de lire l'article Wikipédia lorsque, pour la troisième fois en l'espace d'une demi-heure, la secrétaire l'interpella.

— Monsieur, êtes-vous sûr de vouloir attendre Me Glombard ? Je peux prendre un rendez-vous avec lui pour un autre jour si vous le souhaitez.

Bastogne releva la tête et dévisagea la jeune blonde assise derrière le comptoir en acajou. Au-dessus d'elle, accrochée au mur, trônait une reproduction du tableau de Pierre-Paul Prud'hon, *La justice et la vengeance divine poursuivant le crime*.

— Je crois vous avoir déjà dit oui, rétorqua sèchement Bastogne.

— Vous comprenez que nous ne savons pas exactement à quelle heure il rentrera du Palais ?

La secrétaire commençait à sentir une légère inquiétude face à l'attitude obstinée de cet homme. Elle tenta toutefois de composer en dessinant sur son visage ce qui pouvait se rapprocher le plus d'un sourire. Dans la foulée, elle décrocha le téléphone.

— Maître Carlson. Je suis en train de taper le compte rendu d'audience de votre dernière affaire. J'ai une hésitation. Puis-je vous voir ? Je vous attends.

Deux minutes plus tard, Me Carlson, jeune avocat à l'allure sportive, sortit du bureau situé près de la réception. Le nouvel associé s'approcha de la secrétaire et passa de l'autre côté du comptoir. Il se pencha sur elle. Le conciliabule ne dura pas plus d'une minute. D'où il était, Bastogne n'entendit pas ce qu'ils se disaient mais il était à peu près certain qu'il était le sujet de leur conversation. Carlson regagna son bureau aussi vite qu'il en était sorti. Éric Bastogne dut attendre encore une bonne heure avant de rencontrer enfin celui qu'il était venu voir. Glombard entra en trombe dans le cabinet. Il fonça droit sur sa secrétaire, lui adressant un regard noir, et lui demanda méchamment s'il avait du courrier. La jeune femme lui remit une pile de lettres. Tel Janus, il se retourna vers le canapé, un grand sourire aux lèvres, et tendit la main à son client.

— Monsieur Bastogne, ravi de vous revoir, je suis désolé de vous avoir fait attendre.

Éric Bastogne serra la main molle de son avocat. La dernière fois qu'il avait accompli ce geste c'était lors de son acquittement. Glombard l'invita à entrer dans le bureau qui se trouvait dans la continuité de la salle d'attente.

— Je vous en prie, monsieur Bastogne.

Puis s'adressant à sa secrétaire :

— Jessica, que l'on ne me dérange sous aucun prétexte.

Jessica n'avait pas marqué de points auprès de son patron.

À la grande surprise d'Éric Bastogne, l'antre de Jean-Jacques Glombard était d'une taille raisonnable et aménagé assez sobrement. L'avocat pénaliste se dirigea vers son bureau et invita Bastogne à prendre place sur l'une des chaises qui lui faisaient face. À son tour, il s'assit dans un très confortable fauteuil en cuir, le seul objet mobilier de la pièce qui semblait hors de prix. Il vérifia que ses beaux cheveux blancs étaient bien en place. Il ajusta ses petites lunettes rondes et se projeta vers l'avant.

— Alors, monsieur Bastogne, ces premiers jours de liberté ! J'espère que vous les savourez à leur juste valeur.

— J'essaie, maître.

Glombard parut contrarié. Il se recala le dos bien parallèle au dossier.

— Je sais, par expérience, que ce n'est pas toujours évident de reprendre le cours de sa vie d'homme libre.

— Le problème c'est que je ne me sens pas libre.

— Je comprends. Votre esprit est encore entre les murs de cette prison.

Bastogne sembla évaluer la pertinence de cette réflexion. Glombard avait dû la servir et la resservir à ses clients à de multiples reprises.

— Ce n'est pas le problème car mon esprit n'est jamais vraiment entré dans cette prison. C'est peut-être ce qui m'a sauvé la vie.

Glombard approuva d'un coup de tête vigoureux.

— Vous avez effectivement fait preuve d'une force morale assez peu commune et, croyez-moi, j'ai de l'expérience. En quoi puis-je vous aider alors ?

— Je souhaiterais consulter mon dossier.

L'avocat ne chercha pas à dissimuler sa surprise. Il l'accentua même. Il se retrouva dans le prétoire, en pleine représentation. Sauf que c'était son client qu'il devait convaincre. Il fronça les sourcils en jouant l'empathie.

— Dites-moi ce qui vous tracasse ?

— Le commandant Mougin. Il reste persuadé de ma culpabilité. Je crois qu'il peut encore me créer des ennuis.

Glombard gloussa et sembla rassuré.

— Si ce n'est que ça.

Il chassa cette hypothèse d'un revers de la main.

— Ce policier ne peut rien contre vous. La justice a tranché et le parquet ne fera pas appel. Je peux vous assurer que le procureur général suivra cet avis. Vous êtes définitivement un homme libre, monsieur Bastogne. S'agissant de ce policier, je vais m'occuper de lui. Je vous promets qu'il ne vous causera plus de tort. Et s'il avait le malheur de continuer à vous tourmenter, je me ferais un plaisir d'obtenir sa mise à pied. Vraiment, vous pouvez dormir tranquille.

Bastogne n'eut pas l'air de s'en satisfaire.

— Maître, vous évoquez sans cesse ma liberté, mais vous ne parlez jamais de mon innocence. Vous en doutez ?

Glombard se redressa brusquement. Il devait être persuasif. Sa tranquillité future en dépendait. Il le sentait. Il croisa les mains et chercha le regard de Bastogne. Il adopta le ton et l'air du vieux sage :

— Mon travail ne consiste pas à savoir si vous êtes coupable ou innocent. Je devais obtenir votre acquittement. Et c'est ce que j'ai fait.

— Et je vous en remercie Maître. Mais, tout à fait entre nous, vous m'avez cru lorsque je vous ai clamé mon innocence ?

— Évidemment.

Glombard avait répondu trop vite.

— Alors pourquoi avoir dit à ma femme que j'avais peut-être commis ce crime affreux ?

Le pénaliste se tassa. Il savait que ce type était potentiellement un emmerdeur. Le pire des clients. Celui qui se croit plus intelligent que son avocat. Pendant le procès, il était resté sage et malléable car il était persuadé qu'il finirait en prison. Maintenant qu'il était tiré d'affaire, il voulait des réponses. Mais Glombard n'était pas en mesure de les lui donner. Alors il tenta de le raisonner et de le persuader. Après tout, c'était son métier. Mais il fallait être précis. Alors il fit appel à sa mémoire.

— Si je me souviens bien je n'ai pas dit à Mlle Klein que je pensais que vous étiez bien le meurtrier, mais qu'il s'agissait d'une possibilité et que, quoi qu'il en soit, je vous sortirais de ce mauvais pas.

Bastogne opina.

— Ça n'a donc aucune importance pour vous de savoir si votre client est coupable ou innocent ? Je pensais qu'un as du barreau comme vous construisait sa formidable réputation sur des convictions.

Puisqu'il s'aventurait sur ce terrain, Glombard allait se faire un plaisir de lui donner une leçon.

— Je suis désolé de vous décevoir mais mon métier est avant tout-il chercha le mot-technique. J'ai un client à défendre. Je dispose pour cela de différents atouts dans mon jeu. C'est à moi ensuite de savoir les utiliser. La conviction d'un avocat a rarement pu emporter une décision. Même Badinter n'y est pas parvenu, échouant à sauver la tête de Bontems. S'il suffisait de croire pour convaincre, alors notre formation juridique et notre connaissance des lois n'auraient que peu d'importance. Écoutez, ne croyez pas que je ne sois pas ravi de parler de droit avec vous, mais je ne vois pas où vous voulez en venir exactement.

— Je cherche simplement à comprendre vos motivations.

— C'est si important que cela pour vous ?

— Disons que je me pose beaucoup de questions. Comme vous, je crois qu'il s'agit d'une déformation professionnelle. Je ne peux pas m'en empêcher, lança-t-il, sarcastique.

L'avocat fit mine de ne pas comprendre l'allusion et prit un air désolé.

— Je peux difficilement vous en dire plus.

— Mais aujourd'hui que tout est terminé. Alors, coupable ou innocent ?

Bastogne ponctua sa question d'un petit sourire ironique.

— Je n'ai pas très envie de jouer à ça.

Glombard se fit alors plus impatient et ajouta :

— Autre chose, monsieur Bastogne ?

L'avocat commençait à se lever de son siège pour accompagner son interlocuteur vers la sortie.

— Peut-être une dernière requête, Maître.

Glombard se rassit à contrecœur.

— Qu'est-ce qui a bien pu vous permettre d'affirmer à Élisabeth que, quoi qu'il arrive, vous trouveriez un moyen d'obtenir mon acquittement ?

— Nous avions déjà de nombreux faisceaux de preuves qui pouvaient vous innocenter.

— Mais vous sembliez très affirmatif.

— Parce que je voulais rassurer votre femme.

— Qui, je vous le rappelle, ne souhaitait pas témoigner en ma faveur.

— C'était aussi un argument pour la faire changer d'avis.

Bastogne prit en considération la remarque.

— Coupez-moi si je me trompe, mais à ce moment précis vous n'aviez pas encore en votre possession le témoignage du jeune El Moutari.

L'avocat reprit place bien au fond de son siège en esquissant une grimace. Son dos le faisait souffrir.

— Vous avez pensé à une reconversion dans la magistrature, monsieur Bastogne ?

— Je ne sais déjà pas ce que je vais faire demain. Pourquoi me demandez-vous cela ?

— Parce que votre interrogatoire est parfaitement mené. Croyez-moi, j'ai rencontré des avocats généraux qui m'ont donné beaucoup moins de fil à retordre que vous.

— Alors qu'est-ce que cela fait de se sentir dans la peau de l'accusé ?

La tournure prise par cette conversation commençait à incommoder Glombard.

— Rien, puisque je ne suis précisément accusé de rien.

Le silence se fit. Bastogne pencha la tête pour tenter de lire les intitulés sur la tranche des livres de droit rangés dans la bibliothèque derrière le bureau. Il poursuivit.

— Pourriez-vous me communiquer les coordonnées de Youssef El Moutari ?

— Même si je les avais, je n'en aurais pas le droit et vous le savez.

— Elles doivent être dans mon dossier. Je pourrais peut-être le consulter.

— Je vous ferai parvenir une version expurgée sans mes annotations.

— Je ne peux pas jeter un coup d'œil rapide à l'original ?

— Je crains que ça ne soit pas possible.

Éric Bastogne émit un petit grognement.

— J'ai le droit au moins d'avoir une copie des attendus complets de mon jugement.

— J'en ai remis une à M. Delvain, le président de votre comité de soutien.

— Il a malheureusement été incapable de me la fournir. Il pense l'avoir égarée.

— Si vous me laissez votre nouvelle adresse je vous enverrai une copie rapidement.

Bastogne hocha la tête négativement.

— Je crains que ce ne soit pas possible. Je vais m'absenter de Paris pour plusieurs jours, peut-être même des semaines. Il me la faut tout de suite.

Le ton n'était plus conciliant mais menaçant. Pour donner encore plus de corps à sa requête, Bastogne se leva de sa chaise et se pencha vers l'avocat en posant ses deux mains à plat sur le bureau. Cet homme était en colère et Glombard n'avait aucune envie de prendre des risques.

S'il avait dû vraiment se mouiller, il aurait dit « coupable ».

Oui, si on lui avait demandé son intime conviction, il aurait affirmé que ce type avait martyrisé cette gamine.

Il décida donc de ne pas jouer au plus malin. Il n'avait pas envie que cette jeune écervelée de Jessica le retrouve demain matin gisant, défiguré, sur le tapis persan. Elle serait bien capable de s'évanouir, la sotte.

Il s'extirpa, à contrecœur, de son fauteuil et se dirigea vers le fond de la pièce. Il décrocha du mur une petite aquarelle qui dissimulait un coffre-fort. Bastogne tourna la tête pudiquement pour ne pas voir la combinaison. L'avocat avait un dossier dans les mains. Il referma le coffre et tendit la pochette bleue à son client.

— Ce sont les originaux mais je vous assure que vous ne trouverez rien de plus que ce que vous ne savez déjà.

Bastogne comprit instantanément que l'avocat lui mentait. C'était dans sa nature. Il ne s'agissait pas de l'original, mais il n'avait pas de preuves. Il n'insista pas. Il ajouta toutefois.

— Je vérifierai par moi-même si vous le voulez bien.

— À votre guise.

— Merci pour votre diligence, Maître.

— Je suis à votre service, monsieur Bastogne. Je vous raccompagne.

— Ne vous donnez pas cette peine, je connais le chemin.

Bastogne se rappela alors :

— Suis-je bête. J'allais oublier la raison essentielle de ma visite.

Glombard blêmit d'un coup. Il se prenait pour Columbo ou quoi ?

— Mon ex-compagne me pose des problèmes pour voir mon fils. Vous comprendrez qu'il m'a beaucoup manqué et j'aimerais l'emmener en voyage pendant une petite semaine. Élisabeth ne me donnera jamais la permission. Vous pouvez faire quelque chose pour moi ?

L'avocat respira.

— Je peux vous obtenir une ordonnance du juge en vingt-quatre heures.

— Merci beaucoup, Maître.

Avant de partir, Bastogne adressa son sourire le plus chaleureux à cette pauvre Jessica.

À peine sorti de l'immeuble cossu, il décrocha son téléphone.

— André, j'ai un boulot pour toi. Ça ne peut pas attendre, c'est pour ce soir. On se donne rendez-vous dans une heure devant le pilier nord de la tour Eiffel. Viens avec ton matériel.

14

Debout sur les pédales, le visage crispé, Sam dépassa son père pour la dixième fois. Et ce coup-ci, il tiendrait. Il fallait lui montrer de quoi il était capable. Il devait comprendre qu'en son absence il était devenu un homme. Ou presque. Ses maigres jambes étaient en feu. Le garçon se rassit sur la selle de son VTT et son allure ralentit inexorablement. Éric le rattrapa de nouveau et l'encouragea d'une petite tape dans le dos. Bien mieux que n'importe quelle boisson énergisante. Sa présence et son soutien lui redonnèrent la volonté nécessaire pour affronter dignement les derniers lacets du col des Aravis. Éric Bastogne ne faisait aucun effort apparent malgré la pente raide. Il était dopé aux endorphines, dans un état de béatitude inconnu.

Ces trois derniers jours s'étaient déroulés comme dans un rêve. Le lendemain de la visite chez son avocat, Éric avait reçu un coup de téléphone de Delvain. L'ordonnance du juge avait été délivrée. Il avait un projet un peu fou. Partir quelque part, trois ou quatre jours, seul avec son fils, immédiatement et en dehors des vacances scolaires. Marc s'était proposé de jouer les médiateurs avec Élisabeth.

Le soir même, son ami l'appelait pour lui signifier que tout était réglé. Élisabeth avait certes eu du mal à avaler l'injonction du juge. Mais elle s'était montrée étonnamment conciliante quant au projet de son ex-conjoint. Sam était un gamin brillant. À condition de ne partir que le mercredi et d'être revenu pour le lundi suivant, ainsi il ne manquerait que deux jours d'école. Il rattraperait facilement. Seule condition à cette escapade, Élisabeth avait exigé qu'ils se retrouvent dans un endroit familier de son fils où elle pourrait le joindre à tout moment. Elle proposa le petit chalet familial que son père et sa mère avaient acheté au début de leur mariage. Sam y allait depuis qu'il était tout petit et Éric connaissait aussi l'endroit.

La petite commune de Savoie avait su conserver son authenticité. Le village était à l'écart de la station de ski au domaine de plus en plus bouffi et prisé par les touristes, notamment pour la qualité de l'enneigement. À cette époque de l'année la saison n'était pas encore lancée. Encastré dans la montagne, avec une lumière dégringolant dès le début de l'après-midi, La Giettaz pouvait avoir, à certains égards, des aspects lugubres. Mais pour Éric Bastogne il n'y avait pas plus beau paysage au monde puisqu'il le partageait avec son fils.

Au sommet du col, ils disposaient d'une vue imprenable sur le maître des lieux, le mont Blanc. En cette fin de matinée, le soleil brillait haut. Il faisait exceptionnellement beau et doux après un début de mois de décembre où la neige était tombée en abondance. Le pique-nique dans le sac à dos, le père et le fils attachèrent leurs vélos à un panneau de signalisation et s'engagèrent sur le sentier de montagne qui devait les mener jusqu'au chalet du Curé. Une ascension d'un peu plus de cent mètres de dénivelé à travers les névés.

Le voyage en voiture avait permis aux deux de s'apprivoiser. Depuis leur arrivée à La Giettaz, ils ne se taisaient plus. Ils parlaient, échangeaient, tout le temps, sur tout. Ils étaient intarissables. Sam racontait sa vie. Éric le relançait afin de rattraper ce précieux temps perdu. Ses copains, ses passions, ses chagrins, ses ennemis, ses envies et ses craintes. Tout, il voulait tout savoir. Sam se livrait, sans retenue, comme s'il se confiait à son meilleur ami. C'est à bout de souffle qu'ils atteignirent le chalet du Curé. Ils mangèrent des sandwiches, cette fois en silence, et se laissèrent happer par le paysage qui s'offrait à eux. Ils voyaient le village tout en bas et s'amusèrent à retrouver la maison.

La descente fut consacrée aux filles. Tel un vieux briscard, Sam évoqua la complexité de cette relation à son âge, un mélange entre attirance et répulsion, excitation et peur. Éric Bastogne comprit que son fils se délestait d'un poids. C'était un sujet qu'il ne pouvait pas aborder avec une mère trop exclusive. Malgré les angoisses et les incertitudes liées à cette période de la préadolescence, Bastogne fut saisi par l'évidence. Sam était un gamin équilibré et bien dans sa peau. Il en éprouva une petite pointe d'amertume. Il avait grandi droit. Sans lui.

Demain, ils devraient déjà rentrer. Avant de partir, Éric avait promis à son fils de l'emmener manger la raclette qu'il lui réclamait depuis le début de leur séjour. Ils passèrent le col des Aravis, cette fois en voiture, pour rejoindre La Clusaz et se remplir le ventre de fromage, de charcuterie et de pommes de terre. Éric Bastogne réalisa de nombreuses entorses à son régime alimentaire strict. Il se fit plaisir. De retour au chalet, les deux garçons s'installèrent sur le balcon pour profiter des derniers rayons de soleil de la journée. Assis côte à côte sur des chaises en bois, les pieds sur la rambarde, ils bouquinaient tranquillement. Sam finissait son manga, tandis qu'Éric était plongé dans le dernier numéro d'*Historia*. Son cœur se mit à battre fort, trop fort. Il sentit ce léger vertige caractéristique et sa respiration se fit plus saccadée. Pourquoi là, pourquoi maintenant alors qu'il était si bien ?

Éric Bastogne referma sa revue. Il tapota gentiment sur les jambes de son fils afin qu'il le laisse passer. Il essaya de garder le sourire, mais dans sa précipitation il renversa la bouteille de Coca que Sam avait laissée traîner au pied de sa chaise. Il s'excusa.

— Je t'en ramène une autre.

Sam leva la tête de son bouquin et s'aperçut que son père était blême.

— Quelque chose ne va pas, papa ?

Sans se retourner, Éric rentra à l'intérieur du chalet par la porte-fenêtre.

— Ne t'inquiète pas, fils, tout va bien.

Il gagna la salle de bains et ferma le verrou derrière lui. Il réfléchit un moment puis ouvrit sa trousse. Il se saisit d'une de ses lames de rasoir. Il descendit son pantalon et s'assit sur les toilettes.

Où pourrait-il le faire sans que Sam ne s'en aperçoive ?

Il releva le côté droit de son caleçon et attaqua la chair à l'intérieur de sa cuisse. Il se mordit les lèvres et prit la compresse d'alcool qu'il avait préalablement préparée. Il l'appliqua et laissa échapper, malgré lui, un petit cri de douleur. Il entendit alors frapper à la porte.

— Papa, t'es sûr que ça va ?

— Ne t'en fais pas, je crois que j'ai du mal à supporter l'eau de la montagne, si tu vois ce que je veux dire. D'ailleurs je ne te conseille pas d'utiliser les toilettes dans les deux heures qui suivent. C'est Hiroshima là-dedans.

À travers la porte il entendit Sam éclater de rire. Il se sentait déjà mieux.

Il était temps de faire les bagages. Chacun dans leur chambre, les garçons pliaient consciencieusement leurs affaires. Éric Bastogne prit le dossier jaune qui traînait dans le fond de son sac. Il l'avait « emprunté » à Me Glombard.

En compagnie d'André, ils avaient attendu le départ du jeune associé zélé, à 23 heures, pour s'introduire dans le cabinet. La triple serrure de la porte en bois – standing oblige, ils ne pouvaient pas mettre du blindé – ainsi que la neutralisation de l'alarme volumétrique n'avaient été qu'une formalité. Attentif, André avait laissé Bastogne agir. Le professeur avait appris à se servir de ses mains en prison. À l'atelier notamment, où il côtoyait des cambrioleurs professionnels qui lui avaient dévoilé quelques-unes de leurs astuces en échange de cours de soutien. Le petit coffre-fort ne leur avait pas beaucoup plus résisté. Finalement c'était avec la photocopieuse qu'ils avaient connu le plus de difficultés. Recto verso, en passe copie, André comme Éric ne comprenaient rien à ces termes. Ils étaient cambrioleurs, pas assistants de direction. Ils parvinrent tout de même à copier l'intégralité du dossier avant de remettre l'original à sa place.

Éric Bastogne avait lu la vingtaine de pages en diagonale. Il ne s'était pas trompé. La copie que lui avait remis Glombard n'était destinée qu'à l'enfumer. Mais elle était soigneusement préparée, ce qui supposait une préméditation. Il eut la sensation étrange et soudaine qu'il était manipulé et épié. Et pas simplement par Mougin. Que voulait-on lui cacher ? L'identité des membres de son comité de soutien, ainsi que les sommes versées le laissaient perplexes. Il ne connaissait personne en dehors de Marc. Ils lui avaient pourtant alloué des montants très conséquents. Apparaissaient également les honoraires de Glombard. Hors de prix.

Pourquoi ces gens avaient-ils décidé de se mobiliser pour un parfait inconnu dont l'innocence ne crevait pas les yeux ?

Il n'était pas Dreyfus.

Mais cela n'avait aujourd'hui plus d'importance. Éric Bastogne avait pris une décision. Il allait laisser tomber. Peu importe qu'il prouve au monde entier son innocence. Il pouvait être heureux autrement en essayant de reprendre sa vie là où il l'avait laissée. Sa quête de vérité n'était plus aussi vitale lorsqu'il avait son fils à ses côtés.

La BMW se gara devant la maison de Rueil-Malmaison. Éric et son fils échangèrent un regard empli de tristesse et de reconnaissance. Ils s'étaient fait tellement de bien. Sam fit un gros effort pour ne pas pleurer. Il ne voulait pas plomber son père. Éric Bastogne passa la main dans les cheveux de son gamin.

— On en fera d'autres des comme ça.

Sam avala sa salive avant de se jeter dans les bras de son père.

— Tu me le promets ?

— Un peu mon neveu !

Le garçon reprit sa place initiale et fixa intensément son père.

— Non, là, t'as pas le droit. Tu vas vraiment trop loin.

— Qu'est-ce que j'ai dit ?

— « Un peu mon neveu ! » T'as craqué. « Un peu mon neveu. » Même ma grand-mère ne le dirait plus !

Éric Bastogne éclata de rire. Ce petit jeu avait été le fil rouge de leurs longues conversations. Le père avait tenté de se remettre à la page en utilisant des expressions qu'il pensait encore usuelles chez les jeunes. Sam s'était moqué sans retenue, riant à gorge déployée à chaque saillie surannée. Éric avait adoré et il en avait rajouté, puisant dans sa mémoire tout ce qui pouvait se dire à son époque. Cette dernière plaisanterie aiderait à la séparation. Mais il ne fallait pas que ce moment se prolonge trop longtemps, il le sentait.

— Allez, va maintenant, sinon ta mère va se demander ce qu'on fabrique dans la voiture. Je suis sûr qu'elle est déjà en planque derrière le rideau.

— Et si tu m'accompagnais ?

La réponse fut instantanée.

— Non, je ne crois pas que ce soit une bonne idée, fiston. Tu sais, ta mère…

— Oui, je sais qu'elle t'en veut encore beaucoup. Je ne comprends pas exactement pourquoi mais…

— Ce sont des histoires d'adultes. C'est compliqué.

— Pourtant je suis certain qu'elle t'aime bien quand même. Elle ne t'a jamais remplacé.

Éric saisit l'occasion.

— Aucun homme n'est jamais resté dormir à la maison pendant mon absence ?

Une idée totalement saugrenue pour le jeune garçon.

— Trop pas. Tu connais maman. Sauvage. Si je l'écoutais, nous ne resterions que tous les deux et elle me ferait même la classe.

— Jamais personne n'est venu ici, même pour déjeuner ou dîner ?

— À part sa copine Valérie, moi en tout cas je n'ai vu personne.

Éric n'avait jamais entendu parler de cette Valérie.

— Valérie ? Elle l'a rencontrée récemment ?

Le garçonnet réfléchit.

— Askip elles étaient copines de classe. Mais elle est spéciale comme fille.

— En quoi ?

L'aveu fut spontané.

— On dirait un mec.

Sam se reprit immédiatement.

— Mais t'inquiète, c'en est pas un, j'en suis sûr.

Bastogne jugea qu'il n'avait pas besoin d'en savoir plus. Son fils tenta de finir de le convaincre.

— Quand t'es parti sans me dire au revoir, la dernière fois, maman a pleuré. Je vous ai entendus vous engueuler. Rentre avec moi et tu verras qu'elle s'en balek pas de toi.

— Balek ?

— Ben ouais quoi, elle ne s'en bat pas les c... !

Éric Bastogne était sur le point de reprendre son fils de volée pour cette expression qu'il jugeait, pour le coup, trop grossière, lorsqu'on frappa à la vitre du véhicule. Bastogne sursauta. Le visage sévère d'Élisabeth se dessinait à travers la buée.

— Vous venez où vous comptez rester là toute la nuit ?

Éric Bastogne n'en revenait toujours pas de l'invitation lancée par Élisabeth. Certes à sa manière et sans grande chaleur, mais il se retrouva, sans vraiment comprendre comment, sur le canapé avec un verre de Perrier à la main, expliquant à son ex, assise à ses côtés, combien leur séjour avait été formidable. Et elle semblait même heureuse pour eux. Il restait toutefois sur ses gardes, prêt à parer à toute attaque. Marc lui avait signifié qu'elle n'avait pas digéré l'injonction. Connaissant le sens de la litote de son ami, elle devait être carrément en rogne. Dès la fin de son récit, alors que Sam était monté prendre sa douche, elle ne put se contenir.

— Tu aimes tellement les juges, désormais, que tu les laisses faire les commissions pour toi ?

Touché. Éric fut obligé de faire une nouvelle fois amende honorable.

— C'est surtout que je n'étais pas sûr que venant de moi ça aurait le même poids. J'avais cru comprendre, lors de notre dernier entretien, que tu ne serais pas disposée à ce que je voie le petit.

Élisabeth parut dubitative.

— Tu as sans doute raison. Je t'aurais envoyé balader. Mais je t'ai connu plus combatif par le passé.

— Je ne suis plus tout à fait le même.

— Je le pense aussi et je crois que c'est une bonne chose.

Élisabeth se leva du canapé et se dirigea vers l'escalier qui distribuait le premier étage.

— C'est d'ailleurs ce qui m'a convaincue de ne pas refuser votre petite escapade entre garçons. Samuel, dépêche-toi de te doucher, nous allons bientôt dîner.

Éric Bastogne se demanda s'il avait bien compris le sens de la remarque d'Élisabeth. Elle était toujours si ambiguë. Il ne voulait pas prendre le risque d'une mauvaise interprétation. Aussi, lorsqu'elle regagna le canapé à ses côtés, il demeura muet. Elle le lui fit remarquer.

— Tu ne dis rien ?

— J'avoue être un peu pris de court. Est-ce que tu viens de me faire une sorte de compliment ?

Élisabeth décroisa les jambes. Elle était en jupe et il ne put s'empêcher de constater qu'elle était toujours très belle.

— Tu peux le considérer ainsi.

Éric se dit que c'était peut-être le moment d'en profiter. Mais il fut rattrapé par une soudaine timidité héritée de cette relation déséquilibrée qu'ils entretenaient déjà depuis plusieurs années.

— Et… Tu crois…

— Je t'écoute.

— Tu crois qu'il serait possible de remettre ça avec le petit ?

— N'exagère pas !

Elle jouait avec lui et il sentit la colère monter.

— S'il te plaît, sois plus explicite alors. Je crois que j'ai également perdu ma faculté à te déchiffrer.

— L'as-tu vraiment jamais eue ?

— Ok, j'abandonne.

Bastogne s'éjecta du canapé.

— On laissera donc les juges décider de tout puisque, comme tu le dis si bien, il s'agit de mes nouveaux amis.

Élisabeth le retint par le bras pour l'inciter à se rasseoir. Elle dirigeait. Comme d'habitude. Il se laissa faire.

— Tu as raison, je dois être plus claire.

— Alors vas-y, crève l'abcès pour de bon.

— Tu dois comprendre que moi aussi j'ai changé pendant notre séparation.

Bastogne en doutait.

— Je ne m'attendais pas à te voir. Du moins pas si tôt. J'ai peut-être surréagi. Je ne pensais pas tout ce que je t'ai dit.

— Ce qui signifie ?

— Qu'au fond de moi je sais que je n'ai pas pu me tromper à ce point sur l'homme que j'aimais. Cet… (Pour la première fois, elle hésita.)… Cet acte dont tu étais accusé. Je crois avoir toujours su que tu n'avais pas pu le perpétrer.

La douche glacée puis maintenant le bain chaud réconfortant. Cette femme était si complexe qu'il était incapable de dire si et quand elle était sincère. Il décida alors qu'il était plus sage de la laisser venir et de se taire. C'était ce qu'elle souhaitait.

— Tu m'as profondément meurtrie. Je t'en ai voulu d'avoir mis ce que nous avions construit par terre pour une simple histoire de fesses. J'aurais presque préféré que tu l'aies tuée, cette fille. Tu as crié ton innocence, tu as hurlé que tu n'aurais pas pu lui faire cela. Entre guillemets « tellement tu l'aimais ». Je t'ai haï à ce moment précis et j'étais prête à tout pour te briser en te faisant passer aux yeux de tous pour un monstre. Cela m'évitait un examen de conscience douloureux. J'ai dû me protéger et essayer de protéger Sam de toute cette affaire.

Cette confession soudaine, ce n'était pas elle. Cela ne lui ressemblait pas.

Était-ce un signe de sa sincérité ou était-ce encore un piège qu'elle lui tendait ?

Éric Bastogne était perdu et c'était probablement ce qu'elle souhaitait.

Qu'il soit paumé afin qu'elle puisse encore venir à son secours.

« Après tout, réfléchit-il, elle peut toujours croire qu'elle m'a à sa botte. Cela me facilitera la vie. »

Il décida donc de réagir comme elle l'escomptait. Docilement.

— Pourquoi me dis-tu ceci maintenant ?

— Peut-être parce que je commence à cicatriser.

Au même moment, Sam, en pyjama, dévala l'escalier et se jeta sur son père. Élisabeth sourit.

— C'est aussi pour cette raison que je le fais.

Le petit garçon entendit à peine ce que sa mère venait de dire. Il avait une idée précise en tête.

— Tu restes dîner avec nous, papa.

Éric chercha l'assentiment d'Élisabeth. Sam l'implora du regard.

— Mon chéri, ça va être compliqué. Ton père vient tout juste de me dire qu'il avait des obligations ce soir. Il a encore des tas de choses à faire pour finir son installation. Peut-être une prochaine fois.

Sam sembla désespéré mais Éric abonda dans le sens d'Élisabeth. Il ne fallait pas trop lui en demander. Elle avait déjà entrouvert la porte. Et derrière, Bastogne apercevait la possibilité d'une vie. C'était déjà énorme.

15

Lorsque Éric Bastogne sortit du bureau du directeur de l'université Paris X, il était persuadé qu'une pièce du puzzle de sa nouvelle existence venait de trouver sa place. S'il n'avait pas été formel, le directeur lui avait laissé plus qu'un espoir de retrouver une place parmi eux. Certes, il n'enseignerait pas. Georges Chairman jugeait pour le moins prématuré de remettre le professeur Bastogne au contact des élèves. Il avait dépassé les limites de l'acceptable en ayant une relation avec une jeune personne sur laquelle il exerçait une autorité. Mais Chairman craignait surtout que le retour de Bastogne en amphithéâtre ne constitue une attraction. Les étudiants voudraient voir de près celui qui avait été accusé d'avoir massacré une des leurs. Même s'il avait été acquitté, c'était suffisamment sulfureux pour exciter les esprits les plus faibles ou retors de l'université. Pour le bon fonctionnement du département Histoire de la fac de Nanterre, Georges Chairman avait décidé qu'Éric Bastogne se contenterait de la recherche. Et cela allait très bien au principal intéressé qui sentait que, de jour en jour, il retrouvait un semblant d'équilibre. Ses vieux démons étaient encore tapis mais il était mieux armé pour les combattre.

Et il comptait sur son entretien avec Marc pour continuer à avancer. Il lui avait donné rendez-vous sur le parvis de l'immeuble B du département. À l'endroit même où ils s'étaient rencontrés pour la première fois, quinze ans auparavant. Parmi la foule des étudiants, Marc Delvain, malgré son âge, ne dépareillait pas. Ses cheveux blonds mi-longs, soigneusement domestiqués, lui donnaient un air toujours jeune et il avait troqué son costume pour du sportswear. Marc Delvain était un caméléon capable de s'adapter à tout et à tous. Lorsqu'il aperçut Éric, il se précipita vers lui l'air enjoué et en sifflant.

— Laisse-moi te regarder. J'ai failli ne pas te reconnaître. Tu es métamorphosé.

Comme à son habitude, Delvain en faisait trop. Cela faisait seulement une paire de semaines que les deux amis ne s'étaient pas revus. Mais il était vrai qu'avec sa barbe rasée et son costume chic, Bastogne ne ressemblait plus vraiment au détenu que Marc était venu récupérer à sa sortie de prison. Le silence qui suivit l'incommodant, Delvain enchaîna sur ce mode léger qui lui permettait d'avoir toujours quelque chose à dire.

— En t'attendant, j'ai vu un tas de jolies filles par ici. Je crois qu'elles sont encore plus belles qu'à notre époque. Ou alors c'est qu'elles sont plus court vêtues. Et on est au mois de décembre. Je n'imagine même pas cet été. Je crois que je deviendrais fou. Tu sais que je pense avoir décroché un ticket avec l'une d'entre elles. Je l'ai bien vue se demander quel était ce beau mec qu'elle n'avait pas encore remarqué sur le campus.

Il éclata d'un rire sonore, surjoué. Bastogne s'obligea à sourire.

C'était sa façon à lui de cacher sa gêne, se dit le professeur.

Après ce qu'ils venaient de traverser, leur relation serait à jamais transformée. Bastogne songea qu'il serait impossible de retrouver une véritable complicité. L'une des innombrables conséquences de sa détention. Il lui était trop redevable. Mais avant de le perdre définitivement, Éric voulait dire à Marc combien il avait apprécié tout ce qu'il avait fait pour lui. Une dernière fois. Après, il ne le remercierait plus. Marc Delvain redevint sérieux et prit trois pas de recul.

— Vraiment, tu m'as l'air en forme.

— Et c'est en grande partie grâce à toi, ajouta aussitôt Bastogne.

— Allez, arrête.

— Non, je t'assure, Marc, je suis sérieux. Comment pourrais-je jamais assez te remercier ? Sans toi je croupirais encore en prison. Tu m'en as sorti. Tu m'as mis un toit sur la tête et, plus que tout, tu m'as permis de passer trois jours extraordinaires avec mon fils. C'est à moi de te rendre un peu la pareille. Je veux te dire combien je t'aime.

Marc Delvain fut séché par ces mots qu'il n'avait jamais entendus de la bouche de son ami. Bastogne ajouta, enthousiaste :

— Et ce soir nous sortons. La tournée des grands-ducs. Je t'invite. Même si c'est un peu avec ton argent.

Delvain ne pouvait pas être plus heureux.

— Quel programme nous as-tu concocté ?

— Tout ce que tu aimes. De l'alcool, du bruit, de l'excès, et bien évidemment des filles.

Bastogne mit le bras autour des épaules de Delvain et les deux hommes se dirigèrent vers le parking de l'université.

— Ne me dis pas que tu as gardé sous la main deux ou trois jeunettes du style de celles que j'ai croisées tout à l'heure.

Marc Delvain réalisa aussitôt la bourde qu'il venait de commettre. Bastogne ne s'en formalisa pas. Il répondit :

— Peut-être pas aussi juvénile. Même si, finalement, dans la tranche d'âge supérieure tu les aimes aussi. Non ?

Marc Delvain ralentit le pas.

— Tu me connais bien, mon ami. L'âge n'est pas un problème du moment qu'il y a du plaisir.

Bastogne s'esclaffa.

— Je te reconnais là. Cet irrésistible instinct de chasseur qui t'a amené à coucher avec Élisabeth.

Marc Delvain s'arrêta net. Il espérait qu'Éric plaisantait. Mais l'expression de son visage disait l'inverse. Il chercha à répondre quelque chose mais Éric Bastogne l'interrompit d'un signe de la main.

— Je t'en prie, Marc, ne nie pas. Tu m'offusquerais. Je ne te reproche rien. Qui serais-je pour le faire ? Moi, dont la trahison a tout foutu par terre. Je te demande seulement d'être sincère parce qu'on s'est toujours tout dit tous les deux. Pas vrai ?

Marc marmonna.

— Je crois, oui.

Dans le flot des centaines d'étudiants qui allaient dans un sens et repartaient dans l'autre, les deux amis, immobiles, se faisaient chahuter.

— Marc, je suis sérieux. Je ne t'en veux pas pour Élisabeth. Je comprends. J'étais en prison et ce n'est pas comme si vous ne vous connaissiez pas. Tu l'as même rencontrée avant moi.

Marc Delvain aurait voulu avoir la force d'affirmer qu'il se trompait, qu'il se faisait des idées. Il sut que c'était inutile. Il agita les mains devant lui comme si cela suffirait à effacer cette regrettable erreur. Il ne parvint qu'à esquisser maladroitement une tentative de justification.

— Je te promets que ça ne s'est passé qu'une fois. J'étais venu la prévenir de la date de ton procès avant qu'elle ne l'apprenne dans les journaux et…

— Marc, Marc, stop. Je ne veux même pas le savoir. Après tout ce que tu as fait pour moi, je ne t'en veux pas. Je t'ai fait venir aujourd'hui pour te le dire. Et notre soirée, nous allons nous la faire. On va tout déchirer. Je ne veux simplement plus que tu me caches des choses. Les cachotteries, ce n'est pas nous.

Joignant le geste à la parole, Bastogne prit Delvain dans ses bras. Leurs joues s'effleurèrent. Marc était crispé par la culpabilité. Puis, d'un coup, il se détendit jusqu'à se dérober. Bastogne, qui avait les yeux fermés, sentit un liquide chaud et visqueux lui asperger le visage. Il retint son ami de tomber. Il le coucha délicatement à terre et s'aperçut alors que la moitié de sa boîte crânienne avait été emportée. Éric Bastogne mit encore quelques secondes à réaliser et enfin hurla pour demander de l'aide. Ses cris firent tourner quelques têtes, mais n'interrompirent pas la chorégraphie des étudiants, parmi lesquels s'était glissé un assassin.

16

En ce jour de deuil, Victor Delvain n'aurait dû ressentir qu'une immense douleur. Pourtant c'était bien la haine qui l'emportait. S'il exécrait et méprisait toute forme de violence, il aurait voulu se jeter sur Éric Bastogne et lui crever les yeux avec ses pouces. Son regard froid, ses traits inertes lui étaient insupportables. En passant devant lui pour prendre place devant ce trou où son fils unique allait pourrir à jamais, il tourna ostensiblement la tête, serra la mâchoire et se rapprocha encore un peu plus de son épouse dévastée, frêle silhouette noire qui semblait condamnée à être emportée par les rafales de vent balayant le petit cimetière de l'île d'Yeu. Il en était persuadé : Éric Bastogne était responsable de la mort de son enfant, même s'il n'avait pas appuyé sur la détente.

Ce type avait toujours eu une influence néfaste sur son fils. Sorte d'éminence noire qui le poussait régulièrement à commettre des sottises. Il ne comprenait pas pourquoi son Marc, un être si solaire, s'était entiché de ce garçon taciturne. Il ne lui avait apporté que des ennuis. Ce n'était pourtant pas faute de l'avoir mis en garde. Il lui avait assez répété, dès son plus jeune âge, que l'amitié devait toujours être assortie d'un certain intérêt. Si petit soit-il. C'était comme cela que l'on progressait dans leur milieu. Comme à son habitude, Marc n'en avait fait qu'à sa tête, et aujourd'hui il était allongé dans ce cercueil, prêt à prendre la place réservée à son père dans le caveau familial.

Victor Delvain devait être le prochain à rejoindre ses ancêtres qui avaient pris pied, à la fin du XVIIIe siècle, sur ce petit caillou au large de la Vendée pour échapper aux persécutions faites aux Chouans. Simples pêcheurs de thon, avant de devenir les plus gros armateurs de la côte atlantique, les Delvain reposaient ici et attendaient d'accueillir les prochaines générations, à commencer par Victor. La mort de Marc avait contrarié ce bel ordonnancement. Victor serait le dernier des Delvain et cette idée de fin de lignée était insoutenable. Il s'était promis d'être digne et pourtant il se mit à pleurer de rage.

Le désarroi des parents de Marc ne l'émut pas. Deux semaines après l'assassinat de son ami dans ses bras, Éric Bastogne était coincé dans une hébétude proche de la catatonie. Il ne ressentait ni tristesse ni colère, même pas la peur d'être confronté à un tueur dont il serait peut-être la prochaine victime. Car il avait bien conscience que Marc était mort à cause de lui. Que, d'une façon ou d'une autre, il était la véritable cible. Pourtant, il ne parvenait pas à se sentir coupable, comme si un trou noir avait aspiré ce qui restait de son humanité. Pour la première fois depuis des années, ces dernières nuits avaient été calmes, sereines. Après avoir été entendu par la police, il était rentré dans son appartement comme un automate. Il avait retrouvé André. Sans échanger le moindre mot, son compagnon avait compris et était parti. Il savait que son ami devait rester seul pour absorber ce choc. André comprenait toujours tout. Comme s'il était dans la tête d'Éric Bastogne. Ce dernier s'était alors réfugié dans un profond sommeil dépourvu de rêves et de cauchemars. Il avait dormi pendant presque quatre jours d'affilée, ne s'échappant de son état de somnolence que pour humidifier sa bouche sèche. Cloîtré dans son appartement, il ne se serait pas rendu aux obsèques de Marc si Élisabeth n'était pas venue le débusquer. Elle avait utilisé le double des clés qu'il avait fait réaliser à l'attention de Sam. Elle avait eu toutes les peines du monde à le faire réagir. Il était comme un petit enfant incapable de se nourrir, de se laver et de s'habiller seul. Livré à lui-même et surtout livré à elle, Élisabeth, qui avait senti se ranimer cette petite flamme jusqu'ici étouffée par une indépendance revendiquée et un ressentiment tenace.

Élisabeth avait tout organisé, retenu les billets de train pour Saint-Gilles-Croix-de-Vie et les places pour le bateau qui faisait la navette entre le continent et l'île. Aujourd'hui encore, elle lui tenait le bras et lui permettait de rester debout dans la foule compacte qui avait envahi le cimetière de Port-Joinville. Marc Delvain avait beaucoup d'amis. Son dynamisme, son esprit d'entreprise, sa bonne nature, son argent et sa générosité avaient fédéré autour de lui une sorte de cour venue lui rendre un dernier hommage.

Beaucoup pleuraient l'immense vide qu'il laisserait dans leur portefeuille. Des larmes de crocodile qui sécheraient dès les dernières paroles du prêtre prononcées et les poignées de mains désolées échangées. À peine le port regagné, les cartes de visite valseraient. Si l'on devait bénéficier une dernière fois du réseau de Delvain, c'était l'occasion ou jamais. Les affaires sont les affaires.

Les gens laissèrent peu à peu la famille et les proches de Marc à leur recueillement. Éric et Élisabeth regagnaient la sortie du cimetière lorsque le professeur vit du coin de l'œil la grande silhouette qui se tenait immobile, un peu à l'écart, près de la tombe du maréchal Pétain. Sa présence l'électrisa. Éric Bastogne se délivra du bras d'Élisabeth. Surprise, elle releva la tête et vit dans les yeux de son ex-compagnon une lueur de vie. Elle aurait dû s'en réjouir et pourtant elle prit peur. Elle le connaissait si bien. Elle tenta de le retenir.

— Que fais-tu ? Reste avec moi.

Mais Bastogne était déjà engagé dans l'allée centrale. La colère l'aida à surmonter la lourdeur qui avait envahi son corps. Il avait l'étrange sensation de vivre son cauchemar éveillé lorsque, poursuivi par ce monstre, il ne parvenait pas à lui échapper. À la différence près que le monstre, cette fois, était devant lui. Il aurait voulu marcher plus vite, mais il n'y parvenait pas, en partie paralysé par le chagrin et l'incompréhension. Il eut du mal à suivre à distance l'individu, qui tourna à gauche et s'engagea dans les minuscules rues bordées des maisons blanches typiques de l'île. Il essaya d'accélérer la cadence pour le rattraper.

Il trébucha. Ses mollets étaient durs comme du béton. Ses cuisses aussi. L'acide lactique transperçait ses membres inférieurs alors qu'il n'avait même pas fait cent mètres. Après quelques pas supplémentaires, l'homme s'arrêta soudain, comme s'il avait senti que son poursuivant ne pourrait jamais le rattraper. Il ne se retourna pas pour autant. Il attendit que Bastogne se reprenne, se redresse et soit à quelques enjambées de lui pour enfin lui faire face. Ils se dévisagèrent et, cette fois, Bastogne vit dans le regard du flic bien plus que la simple ironie dont il était coutumier. Il n'y décela aucune peur, pas même de l'excitation ou de la défiance. Simplement le reflet aveuglant de sa propre culpabilité.

Le buste penché en avant, Bastogne était prêt à le cogner et à le cogner encore jusqu'à faire disparaître à jamais toute expression sur son visage. Il leva le bras, fit un pas supplémentaire et d'un coup tomba à genoux, laissant échapper une longue plainte grave.

La perfidie de Justine, le visage en bouillie de Justine, sa propre immoralité, l'amour d'Élisabeth, la haine d'Élisabeth, le manque de son fils, la solidité de ses barreaux, la perversité de ses codétenus, la mort de sa mère, la cruauté des juges, le regard accusateur des jurés, la perte de l'estime de soi et Marc mort dans ses bras. Une vague de désespoir le submergea. Il pleura et cracha sa détresse. Le corps secoué par des spasmes, il pleura, cria, rit comme un aliéné et frappa le sol avec ses poings. Et lorsqu'il fut enfin à bout de souffle et de force, il s'adossa au muret d'un jardinet.

Tout semblait petit à l'île d'Yeu. Tout, sauf sa peine. Il laissa le vent de la mer le caresser. Puis ce furent les doigts d'Élisabeth qui essuyèrent les dernières larmes sur son visage. Mougin avait disparu. Il aurait pourtant voulu lui hurler qu'il ne serait plus jamais une victime. Ni la sienne ni celle des autres.

17

Le trampoline avait disparu. Sa mère avait sans doute jugé que Sam était désormais trop grand pour s'adonner à ce genre d'activités, songea Bastogne. Élisabeth était faite pour régir la vie des autres. Depuis qu'elle avait repris en main la sienne, elle était particulièrement rayonnante et affable.

Pas question qu'il retourne seul dans ce grand appartement, lui avait-elle ordonné au retour de l'île d'Yeu.

Victor Delvain l'aurait de toute façon fichu dehors. Bastogne, docile, avait rassemblé quelques affaires dans son sac de sport et provisoirement emménagé dans son ancienne maison, sans enthousiasme, mais heureux toutefois de grappiller de précieux moments avec son fils.

Il était revenu au point de départ, mais il n'était plus le même. Sa relation avec son ex s'apaisait de jour en jour. Ils avaient retrouvé quelques brefs moments de complicité. S'il ne parlait guère, elle faisait la conversation pour deux. Elle n'évoquait jamais le passé mais se risquait à se projeter. Toujours au conditionnel. Elle riait facilement sans paraître se forcer. Elle évitait le contact physique.

Elle s'était cependant laissée aller une ou deux fois à lui prendre la main, comme pour le rassurer lorsqu'elle le sentait tanguer. Elle le réapprivoisait comme un petit animal sauvage blessé qu'elle devait protéger sans l'effrayer.

Elle aimait le voir si fragile, à sa merci. Bastogne avait retrouvé assez de lucidité pour le comprendre. Il la laissait pourtant revenir jour après jour vers lui, sans la repousser. Il savait que rien ne serait plus possible entre eux. Il parvenait tout juste à la supporter. Elle continua à l'entourer de délicates attentions, se servant de Sam pour lui arracher un sourire et même parfois un rire.

Pour le moment il se contentait de subir, il n'était pas en mesure de se confronter. Mais quand il irait mieux, il partirait et lui dirait ce qu'il ressentait réellement pour elle. Un reste de tendresse et surtout une grande méfiance. Il ne voulait plus recommencer à lui mentir. C'était ce qui avait entraîné sa perte la première fois.

En attendant, il la laissait le materner, le cajoler, le bousculer les jours de rechute. Seule petite victoire, il avait réussi à la dissuader de le gaver de tranquillisants. Le Lexomil le plongeait dans un brouillard qui obscurcissait son raisonnement. Or il avait besoin d'avoir les idées claires. L'assassinat de Marc avait tout changé. Il ne pouvait pas continuer à vivre avec cette épée de Damoclès au-dessus de sa tête et au-dessus de celles des êtres qu'il aimait. Il pensait particulièrement à Sam. Alors Bastogne avait tout repris depuis le début, en épluchant cette fois consciencieusement le contenu de son dossier, lorsque Élisabeth voulait bien lui laisser un peu d'intimité. Évidemment elle n'était pas au courant, elle l'aurait dissuadé.

La procédure, il la connaissait par cœur, il l'avait subie. Il s'était donc plongé dans les annexes, et notamment dans cette fameuse liste de son comité de soutien. Ce document n'apparaissait pas dans la version, très expurgée, remise, sous la contrainte, par son avocat.

Glombard et Marc étaient la clé pour comprendre pourquoi ces individus, qu'il ne connaissait pas, s'étaient ainsi engagés financièrement pour le faire sortir de prison. Glombard était un dur qui avait frayé avec les criminels de la pire espèce et il ne parviendrait pas à le faire parler sous la contrainte. Marc ne lui révélerait plus jamais rien. Et Bastogne se demandait si la raison de sa mort n'était pas justement de le réduire au silence.

L'hypothèse que Marc ait simplement réussi à fédérer ses relations dans ce comité n'était pas à exclure. Il savait être persuasif et insuffler aux autres son énergie et ses convictions.

Il aurait fait un excellent politique, pensa Éric pendant une seconde.

Sauf qu'il ne savait pas mentir.

Bastogne avait d'abord capté puis identifié la gêne de son ami lorsqu'ils évoquaient Élisabeth.

Il avait compris qu'il s'était passé quelque chose entre eux.

Elle était bien plus rodée à l'art de la dissimulation.

Il ne lui avait pas dit qu'il savait.

Et elle n'avait rien avoué malgré les heures passées à évoquer la mémoire de Marc. Pour cela aussi il lui en voulait. Comme il lui en voulait toujours d'avoir suggéré que son innocence avait été fabriquée. Il lui pardonnait d'autant moins que, désormais, il se posait des questions sur ce témoin providentiel.

Trop de questions sans une ébauche de réponse. Il ne savait pas par où commencer et, surtout, il n'avait pas les moyens d'effectuer ces recherches. Deux de ses proches avaient été assassinés. Si le mode opératoire était différent, il y avait un point commun entre ces crimes : lui.

Le bruit de la sonnette le fit sursauter et le ramena un peu plus de deux ans en arrière. Cette fois il quitta son bureau pour jeter un œil par la fenêtre. Une personne de taille moyenne, assez forte, attendait devant le portail. Malgré sa vue plongeante, Bastogne ne l'identifia pas. Il vit Élisabeth, qui avait passé un gilet, se diriger vers le visiteur. Elle l'embrassa sur la joue sans toutefois trop s'attarder. Bastogne examina son langage corporel. Les mains jointes devant son ventre, les pieds parallèles et rapprochés, Élisabeth semblait embarrassée. À l'inverse, son interlocuteur, dont les poings ne quittaient pas le fond de ses poches, donnait l'impression d'être à l'aise, comme s'il évoluait dans un environnement connu. Bastogne ne ressentit aucune jalousie, mais une pointe de curiosité. L'entretien ne dura pas plus de deux minutes. Élisabeth avait été la seule à parler. Le visiteur s'était contenté de hocher la tête. À la fin du monologue, il avait effectué de la main ce que Bastogne crut identifier comme un geste de dépit, puis il était reparti en direction de sa voiture garée devant la rangée de troènes.

Au moment d'entrer dans son véhicule, il avait levé la tête en direction de Bastogne et l'avait fixé pendant quelques secondes. Le temps pour Éric de s'apercevoir que, derrière les habits amples et la coupe de cheveux courts, dissimulait une femme. Elle avait esquissé un sourire avant de se mettre au volant de son Alfa Romeo rouge et d'effectuer un demi-tour sec pour quitter le cul-de-sac. Éric Bastogne avait eu le réflexe de noter mentalement sa plaque d'immatriculation. Il commençait à apprendre le métier.

La sonnerie stridente du portable de son adjoint l'incommoda. Mougin leva la tête de son ordinateur et lança un regard de reproche à Revelle, qui adopta une moue interrogative. Le capitaine passa la main dans ses cheveux blonds clairsemés, comme pour vérifier qu'ils étaient de plus en plus rares, avant de se replonger dans le nouveau jeu qu'il venait de télécharger.

— Tu n'as pas autre chose à faire que de t'amuser avec ce fichu téléphone ? lança son supérieur.

Sans même quitter son écran des yeux, le policier répondit par un laconique :

— J'attends le rapport d'autopsie.

Mougin mit quelques secondes à se remettre les idées en place. Comme d'habitude, ils étaient au taquet. Ils bossaient sur deux affaires différentes dont un double homicide sur une jeune femme et son enfant de quatre ans, retrouvés sans vie à leur domicile de Courbevoie. Le père restait introuvable. Ils attendaient de savoir ce qui avait provoqué la mort des deux victimes. En ce 22 décembre, on ne pouvait pas dire que l'esprit de Noël régnait. C'était la pire des périodes. Pas de trêve des confiseurs. Les familles les plus désagrégées faisaient l'effort de se réunir et de se parler. Pas toujours une bonne idée. Les ressentiments et les frustrations, imbibés d'alcool, resurgissaient à cette occasion et s'exprimaient parfois dans la violence. Le boulot sur cette affaire était déjà bien assez conséquent. Le divisionnaire leur avait collé en plus un autre dossier. Une vieille dame retrouvée morte à son domicile. Planning de vacances mal fichu ou volonté de les submerger, c'était beaucoup trop pour espérer faire du bon travail. D'autant que, depuis quelques semaines, Revelle ne paraissait pas disposé à bousculer sa nature nonchalante. Garcia faisait ce qu'il pouvait. Et Mougin profitait du moindre moment de libre pour tenter d'avancer sur le meurtre de Justine Fréger. Le délai fatidique se rapprochait. Si d'ici quelques jours il n'avait rien à proposer de plus aux services du procureur général, il n'y aurait pas d'appel et Bastogne s'en sortirait.

Mougin avait eu des infos de son récent ami du Chêne-Pointu. Les El Moutari n'étaient pas réapparus. Un cul-de-sac. La dernière piste exploitable, pour le moment, était celle de la taupe qui avait livré les clichés aux détectives engagés par Delvain. Mougin avait répertorié les flics présents ce soir-là sur la scène de crime. Entre les types du commissariat de l'arrondissement, qui avaient découvert le corps, les gars de la scientifique et sa propre équipe, ils étaient une dizaine à avoir tourné autour du corps de la petite. Revelle et Garcia écartés, Mougin avait tenté de glaner quelques renseignements sur les autres protagonistes. Leur dossier professionnel était *clean*. Il s'était penché de plus près sur le profil du photographe de la scène de crime qui avait réalisé les clichés de la poubelle contenant la boîte de pizza. Il s'agissait d'un jeune Savoyard qui n'avait pas deux ans d'expérience dans le métier. Ses supérieurs n'avaient jamais rien eu à redire sur son travail. Seul un technicien de laboratoire, spécialiste du Luminol, avait déjà eu affaire aux Bœufs (la police des polices). Il avait été suspecté du vol d'une montre de grande valeur alors qu'il faisait des prélèvements dans une salle de bains d'un appartement de la très chic avenue Foch. La veuve accusatrice du très fortuné macchabée avait retrouvé, quelques semaines plus tard, l'objet dans la veste de l'un des nombreux costumes de son défunt époux. Mougin n'avançait pas et il ne devait pas compter sur l'aide ou la compréhension du parquet. Malgré le meurtre de Delvain, qui jetait un voile supplémentaire sur la personnalité et les agissements de Bastogne, le procureur et ses sbires n'étaient pas prêts à lui mettre une pression supplémentaire. Mougin était seul sur ce coup. Il avait dû prendre sur l'une de ses rares journées de repos pour se rendre sur l'île d'Yeu. Il en était reparti avec une sensation étrange après le pétage de plombs de Bastogne. Il l'avait trouvé sincère. Alors qu'il avait catalogué le prof dans la catégorie pervers manipulateur, il devait, désormais, peut-être admettre qu'il s'agissait plus simplement d'un timbré. Il n'en était pas moins dangereux.

Une nouvelle sonnerie plus grave retentit. Mougin fusilla de nouveau Revelle du regard. Ce dernier leva sa seule main disponible en l'air pour montrer que, cette fois, il n'y était pour rien. Mougin s'aperçut qu'il s'agissait de son propre téléphone. Avec son doigt il fit glisser maladroitement la flèche verte. Il colla l'appareil à son oreille et entendit la voix d'Éric Bastogne.

Mougin avait mis quelques heures à accepter le principe d'une rencontre. Mais la curiosité et l'envie d'avancer l'avaient emporté. Ils avaient convenu de se voir sur un terrain neutre dans le quartier de la Défense. À midi, au cœur de la foule des employés sortant déjeuner et des retardataires effectuant les derniers préparatifs de Noël, ils passeraient inaperçus.

Dire que l'appel de Bastogne l'avait intrigué était un doux euphémisme. Il ne comprenait pas. Il l'avait menacé s'il ne cessait pas de le harceler et aujourd'hui, après l'épisode de l'île d'Yeu, il voulait le rencontrer. Rien ne se tenait. Mougin avait songé à un piège. Il ne craignait pas pour son intégrité physique. Mais Bastogne était assez tordu pour imaginer un stratagème visant à prouver qu'il le tourmentait. Mougin avait conservé précieusement l'enregistrement de leur conversation téléphonique, qu'il avait déclenché lorsqu'il avait compris l'identité de son interlocuteur. Il était couvert. L'opportunité était trop belle. Bastogne était une énigme. Le rencontrer en dehors du cadre légal lui permettrait de mieux le jauger. D'autant plus que c'était lui qui l'avait sollicité. Il serait, pour la première fois, dans une position différente. Il ne serait pas à la manœuvre et c'était peut-être l'idéal pour pousser Bastogne à se découvrir.

La pression de la main posée sur son épaule était à la fois souple et ferme. Lorsqu'il se retourna, Mougin fit face à Bastogne. Ses yeux le troublèrent une nouvelle fois. Il était très sensible aux regards. Celui de Bastogne était un mélange de défi, de peur et d'espoir. Il le retrouvait tel qu'il était lorsqu'il l'avait interrogé pour la première fois. Ils n'échangèrent pas un mot et prirent sans se concerter la direction de la Grande Arche, remontant l'esplanade. Fidèle à sa stratégie, Mougin garda le silence, ce qui ne parut pas décontenancer Bastogne. Ils déambulèrent quelques mètres dans les allées du marché de Noël. Devant le stand de crêpes, l'ex-taulard s'arrêta et demanda tout naturellement, au flic qui voulait le plus sa peau, s'il pouvait l'aider.

Attablé dans une brasserie du centre commercial des Quatre Temps, Mougin observait son adversaire. Bastogne semblait à la fois détaché et préoccupé. Comme s'il hésitait entre se battre et se laisser aller. Il fixait sa serviette en papier rouge et appuyait sur le bout du manche de sa fourchette. Une certitude, il était réellement amoché. Il ne pouvait pas jouer la comédie. L'idée que ce type souffrait d'une pathologie psychiatrique faisait son chemin dans l'esprit de Mougin.

Il était tôt et le restaurant était désert. Le serveur s'approcha de l'étrange duo. Il leur distribua la carte et annonça le plat du jour. Pas un mot, pas un regard de la part de ces deux clients. Il repartit avec l'air encore plus renfrogné.

— Vous avez faim ? finit enfin par lâcher Bastogne. Je vous offre l'apéritif, ajouta-t-il comme s'il s'adressait à son meilleur ami.

Il leva la main à l'adresse du serveur qui s'approcha en traînant les pieds.

— Je prendrai un jus d'orange. Vous désirez un alcool ?

Mougin déclina poliment.

— Pas d'alcool. Un Coca, merci.

L'homme au tablier blanc douteux tourna les talons en lâchant une grande expiration.

Bastogne s'empara d'un pilulier dans la poche intérieure de son manteau. Il laissa tomber deux cachets dans sa main, les goba et se servit un verre d'eau qu'il but d'un trait. Il secoua la tête vigoureusement.

— Je déteste prendre des médicaments et pourtant, aujourd'hui, j'y suis bien obligé.

Il n'y avait pas l'ombre d'un reproche ou d'une plainte dans sa voix. C'était comme s'il s'était parlé à lui-même. Mougin l'observait. Il ne savait pas où il voulait en venir et cette situation commençait à le mettre mal à l'aise. Il eut l'impression que les rôles étaient inversés et que c'était lui qui était manipulé. Il s'empara de la carte pour se donner une contenance.

— Vous êtes pressé ? interrogea Bastogne.

— Pas le moins du monde. Et vous ? fit le policier sans arrêter sa lecture.

Bastogne esquissa un sourire.

— J'apprends à prendre mon temps et à profiter.

Son attitude disait exactement l'inverse. Mougin hocha la tête et posa le menu comme s'il avait fait son choix. Bastogne le fixait, cherchant à attraper son regard. Mougin le lui donna. Il pouvait voir son reflet dans ses yeux trop brillants. On aurait pu croire qu'il avait de la fièvre. Il s'adossa sur sa chaise. Il était impatient d'en découdre. Bastogne n'allait pas le décevoir. Le sourire aux lèvres, le professeur lui demanda :

— Pourquoi croyez-vous encore que je suis coupable ?

Mougin fit mine de peser le pour et le contre. Bastogne l'enregistrait peut-être. Il devait rester très prudent dans ses propos. Il lâcha simplement :

— Les faits sont là.

— Ils n'étaient pourtant pas suffisants pour que la cour d'assises m'envoie en prison.

— Personne n'a dit qu'un jury populaire était infaillible. Un autre pourrait prendre une décision différente.

— Alors que vous, vous l'êtes. Infaillible.

— J'ai mon expérience.

Bastogne, les coudes sur la table, sembla se satisfaire de la réponse et se cala, à son tour, au fond de sa chaise.

— Vous êtes toujours aussi pugnace ou c'est moi qui vous rends comme ça ? enchaîna-t-il.

— J'essaie juste de bien faire mon métier.

Bastogne approuva.

— Qu'est-ce que cela peut bien vous faire que je sois coupable ou pas ? Ça ne change rien pour vous, je veux dire dans votre travail.

Mougin ne répondit pas, impassible. Bastogne poursuivit :

— Vous gagnez bien votre vie ?

Cette fois, Mougin eut du mal à contenir sa surprise. Était-il sérieux ? Bastogne pensait-il sérieusement pouvoir l'acheter ? Il n'avait pas anticipé une seconde ce type de proposition. Mais en y réfléchissant, ça se tenait. Bastogne disposait des moyens nécessaires pour se payer un flic. Qu'allait-il lui proposer ? Bastogne semblait hésiter à emprunter ce chemin dangereux. Laisse-le venir, s'exhorta Mougin. Il pensa au micro que le professeur pouvait dissimuler. Il se mordit la lèvre pour ne pas l'insulter. Comment pouvait-il imaginer qu'il était corruptible ? Cette idée le mit en rogne. Il était à deux doigts de le planter là. Une fois encore, la curiosité l'emporta.

— Vous n'aimez pas parler d'argent, n'est-ce pas ? Vous êtes l'un de ces flics qui font passer le devoir avant tout ? J'admire ce genre de comportement. Probablement parce qu'il m'est totalement étranger. J'avoue avoir une morale parfois fluctuante. Disons plutôt que j'ai ma propre morale. Mais la violence et le crime me sont totalement étrangers.

Bastogne battait en retraite. En revanche, s'il voulait le convaincre de son innocence, se dit Mougin, il s'y prenait comme un pied. Bastogne était pourtant intelligent, bien plus fin que cela. Il avait pu le voir à l'œuvre. Sa maladresse le rendait presque crédible. Ce type était à la ramasse et vulnérable. Probablement en raison du meurtre de Marc Delvain. Cet événement avait tout changé.

C'était pour cela que Bastogne l'avait contacté, réfléchit Mougin.

Pas pour le corrompre.

Il voulait vraiment son aide.

C'était le moment d'en profiter pour l'enfoncer.

Il le faisait très bien tout seul pour l'instant, alors il le laissa parler.

— Si vous êtes si attaché à la vérité, vous ne verriez donc pas d'inconvénients à m'aider à prouver mon innocence ?

Mougin en eut d'un coup la certitude. Bastogne était cinglé. Il était fou. Sa crise à l'île d'Yeu l'avait fait basculer. Il était dégoûté. Dans cet état de confusion, il ne pourrait rien tirer de valable de cet homme. Cet entretien ne menait à rien. Peut-être devrait-il abandonner ? Bastogne était coupable, il en était plus que jamais persuadé, mais l'homme qu'il avait devant lui n'était certainement plus accessible à la justice. Il lui faisait presque pitié.

Bastogne se pencha sur son cartable en cuir et en retira deux feuillets. Il les posa face à Mougin qui ne cilla pas.

— Je vous offre la liste complète des membres de mon comité de soutien, lança Bastogne.

— Je les ai déjà, répondit Mougin.

— Avec leurs numéros de compte en banque ?

— Quelle différence ? Ils comptent faire des dons aux orphelins de la police ?

Le commandant se redressa et prit du bout des doigts le premier feuillet. Il y avait effectivement des combinaisons de chiffres et de lettres en face des noms. Mougin avait bluffé. Il n'avait jamais eu entre les mains cette liste exhaustive. Ils avaient enquêté rapidement sur les quelques patronymes auxquels il avait eu accès. Mais cela n'avait mené à rien. Faute de temps ils n'avaient pas creusé davantage.

— Que voulez-vous que je fasse avec ça ? demanda Mougin, rattrapé par une grande lassitude.

— Ces personnes, je ne les connais pas. Je ne sais pas pourquoi elles ont décidé de m'aider.

Seul Marc Delvain pourrait le dire. Et vous savez ce qui lui est arrivé. Je crois qu'on a voulu le faire taire. J'ai effectué mes propres recherches mais j'ai trop peu d'éléments. Je ne sais même pas si ces noms correspondent à de véritables identités. Je n'ai pas pu entrer en contact avec un seul d'entre eux. En revanche, les numéros de compte, s'ils sont exacts, pourraient m'aider à les identifier.

Ce dernier élément ralluma un peu la flamme chez Mougin. Il est vrai qu'en identifiant ces donateurs, d'autres pistes pourraient s'ouvrir. Une interrogation le saisit. Bastogne se croyait-il réellement innocent ? Était-il si dingue qu'il ne se souvenait plus de ce qu'il avait fait ? Ou n'était-ce que sa façon à lui de se protéger de l'indicible ? Le commandant se rapprocha de la table et adopta le ton de la confidence.

— Pourquoi faites-vous ça, Bastogne ? Après tout, dans quelques jours vous serez définitivement libre. Que cherchez-vous et pourquoi vous adressez-vous à moi ? À quel jeu pervers jouez-vous encore ?

Bastogne partit dans un éclat de rire qui n'avait rien de joyeux.

— Parce que vous croyez qu'avec des fouille-merde dans votre genre je peux être tranquille ? Vous pensez que je ne vois pas la suspicion des gens à mon égard ? Même mes proches doutent.

Il se redressa d'un coup et tapa violemment du poing sur la table, faisant se retourner les quelques clients qui venaient d'arriver, et sursauter le serveur qui se dirigeait vers eux pour prendre la commande. Ce dernier fit prudemment demi-tour.

Mougin ne broncha pas. Bastogne continua en parlant de plus en plus fort.

— Pensez-vous que je ne veuille pas leur montrer, à tous ces connards, que je n'ai rien fait ? Vous me devez bien ça, bordel. C'est vous qui m'avez envoyé en taule.

Bastogne était en train de perdre le contrôle. Encore une fois. C'était sans doute ce qui s'était passé dans l'intimité de la chambre de Justine Fréger, pensa Mougin. Le professeur tenta de se reprendre, but le reste de son verre d'eau et essuya les commissures de ses lèvres.

— Je ne vois vraiment pas ce que je peux faire pour vous, annonça Mougin. Je ne peux que vous conseiller de vous reposer et de vous soigner.

Il ponctua sa phrase d'un regard chargé de sous-entendus et commença à se lever. Bastogne lui attrapa le bras.

Après une seconde d'hésitation, Mougin se rassit.

— Je vous en prie, aidez-moi ! supplia Bastogne. Je ne crois pas être coupable, je vous assure.

— Vous ne croyez pas, répéta Mougin. Qu'est-ce que cela signifie ? Vous l'êtes ou vous ne l'êtes pas.

Bastogne apparut plus perdu que jamais. Il bredouilla en penchant la tête :

— Je ne me souviens pas l'avoir fait.

Il se redressa.

— Non, je n'ai pas pu faire ça à Justine. C'est impossible, je l'aimais. Et puis j'ai un alibi.

Mougin ne put se contenir.

— Arrangé.

— Pas par moi.

— Par vos amis alors.

— Je n'ai pas d'amis. Le seul que j'avais est mort.

— Et ceux-là, fit Mougin en montrant de l'index les feuilles volantes.

— Je vous l'ai dit, je ne les connais pas. Et vous êtes le seul à pouvoir me permettre de les identifier. Le seul à pouvoir m'aider à comprendre si toute ma défense n'a pas été construite sur du sable.

Malade. Ce type ne pouvait qu'être malade, se répéta Mougin. Et il n'était pas médecin. Il commençait à regretter de s'être engagé dans cette histoire. Il l'avait fait pour Justine Fréger. Il l'avait fait pour sa sœur. Il se leva, décidé cette fois à s'en aller. Il n'avait plus d'appétit et il avait les réponses qu'il était venu chercher. Bastogne ne le retint pas. Il lui tendit simplement la liste des noms.

— Si vous découvrez des éléments compromettants, alors je vous garantis que vous pourrez les utiliser contre moi. Au dos de la deuxième feuille, vous verrez que j'ai signé et daté à aujourd'hui une déclaration sur l'honneur qui stipule que je vous ai donné de mon plein gré ces éléments du dossier et que vous pouvez les utiliser à votre guise.

Mougin hésita. Il s'empara des feuillets.

— Je vais voir ce que je peux faire.

Le coup de klaxon de l'automobiliste le fit tressauter. À trente kilomètres-heure sur la voie unique de la rue du faubourg Saint-Antoine, Mougin s'attirait les foudres des conducteurs qui n'avaient pas une minute à perdre pour regagner leurs pénates de l'Est parisien. Une femme, des enfants, une bouteille, un canapé ou seulement la télévision. Chacun avait son Graal à décrocher pour cette fin de journée. Et ils écraseraient quiconque se mettrait en travers de leur chemin. Mougin raffermit son pied droit sur la pédale d'accélérateur. À hauteur de la place de la Nation, les enragés le dépassèrent de tous côtés, le gratifiant au passage des gestes les plus obscènes. Une jeune femme en tailleur allant même jusqu'à relever sa jupe pour lui montrer son string tout en tenant son volant. Spectaculaire et surtout dangereux. Mougin ne comprit pas la symbolique de ce geste. Il estima que ce devait être une marque d'hostilité. Il n'irait pas chercher plus loin. Il était bien trop préoccupé.

Malgré le travail et les dossiers qui s'accumulaient sur son bureau, il n'avait pas réussi à se concentrer plus de dix minutes d'affilée. Il avait passé et repassé dans sa tête tout l'entretien. Il avait essayé de se remémorer chaque mot, chaque phrase qui avaient été prononcés dans l'espoir de déchiffrer un peu plus l'énigme Bastogne. Le prendre pour un fou était évident, facile. Le doute s'insinuait. Il restait pourtant bien accroché au fait principal. Bastogne avait assassiné Justine Fréger. En était-il pleinement conscient le jour des faits ? Et pouvait-il aujourd'hui se persuader du contraire ? Le commandant devait se résoudre à rencontrer l'un de ces psys pour l'aider à répondre à ses questions. Il plancherait aussi sur du concret. Les feuillets.

Il actionna le premier bouton de la télécommande qui lui ouvrit la porte automatique du parking souterrain. Il ne s'était pas vu arriver à destination. Le rond-point de la porte de Montreuil lui avait échappé. Dans l'ascenseur, il jeta un coup d'œil à son apparence dans le miroir. Il avait l'air juste un peu soucieux. Il tenta de composer un sourire convaincant. Audrey ne devait pas pâtir de ses problèmes de boulot. À peine la main posée sur la poignée, la porte s'ouvrit. Sa femme l'accueillit en le serrant fort dans ses bras comme si elle savait déjà.

— Dure journée ? murmura-t-elle dans son oreille.

— Pas plus que cela, mentit-il.

La vaste salle à vivre de leur loft montreuillois était plongée dans la pénombre. Audrey avait disposé, çà et là, quelques bougies. La table en bois de la cuisine américaine accueillait deux assiettes et deux verres de vin remplis d'un liquide jaune paille. On aurait pu croire qu'Audrey avait eu toute la journée pour penser à la manière dont elle allait faire plaisir à son homme éreinté. Elle n'était à la maison que depuis une demi-heure. Elle avait fait l'effort d'installer cette atmosphère apaisante car elle le sentait plus nerveux que d'habitude. C'était imperceptible, mais elle savait que quelque chose n'allait pas. Elle ne lui poserait pourtant pas de questions. Ils avaient décidé que leurs travails respectifs resteraient sur le palier. Il ne parlerait pas de ses enquêtes. Elle n'évoquerait pas les cadavres qu'elle autopsiait à l'institut médico-légal. Un endroit peu engageant même si c'était dans ce bâtiment qu'ils s'étaient rencontrés pour la première fois. Audrey avait fait preuve d'une humanité et d'une délicatesse rares lorsqu'elle avait évoqué les supplices et les blessures de la victime sur laquelle le policier lui disait enquêter. C'était entre les quatre murs de carreaux blancs de la salle d'autopsie et face au corps de sa sœur allongé sur une table en Inox que Mougin était tombé amoureux.

18

Il fut réveillé par les pleurs. Discrets et profonds à la fois. Puis vint la plainte étouffée, synonyme de douleur.

Ce serait bientôt à son tour.

Il se frotta les yeux pour être sûr d'être bien éveillé. Il étira ses bras et ses jambes.

Il était prêt à le recevoir.

Il essuya une larme qui lui avait échappé. Pas question de pleurer devant lui.

Plutôt crever.

Il tourna la tête sur sa droite et vit l'ombre se détacher du petit corps qu'elle venait de martyriser. Il eut juste le temps de regarder le visage du garçonnet défiguré par la douleur, la peur et la honte. Malgré les traits déformés, il se reconnut. Les mêmes yeux, le même nez, la même forme de visage.

Sans lui dire un mot, le décharné s'allongea sur lui. Il n'eut pas le temps de retenir sa respiration et il huma son haleine fétide. Le frottement de la barbe rougit la peau délicate de ses joues, tandis que les cheveux filasse encadraient son visage creux. Alors seulement il sentit la raideur près de son ventre. C'était à ce moment précis qu'il s'autorisait à fermer les yeux.

Il poussa son cri.

Éric Bastogne se réveilla brusquement, suant, haletant, à la recherche de son souffle. Dans l'encadrement de la porte, une silhouette se dessinait à travers la lumière du couloir. Élisabeth portait une petite nuisette qui lui tombait à mi-cuisses. Elle s'approcha du lit, s'assit au bord et passa la main sur son visage.

— Tu as encore fait l'un de ces affreux cauchemars. Tu semblais pourtant aller mieux ces derniers jours.

Ses cauchemars devenaient de plus en plus réalistes. Bientôt l'Ikhathazo d'André serait inutile. Quelque chose était sur le point de se débloquer. Éric reprit une respiration normale. Il bandait. Ce qui n'échappa pas à Élisabeth, dont les doigts s'attardèrent sur son torse avant de descendre. Bastogne la saisit par les épaules et la retourna. Il passa une jambe de chaque côté de ses hanches, la fixa intensément et lui bloqua les mains. Élisabeth se soumit. Elle n'avait jamais beaucoup aimé faire l'amour. Elle n'avait connu que lui. Ou presque. La courte expérience avec Marc Delvain avait été écœurante. Sa douceur, son romantisme, son attention, sa mièvrerie l'avaient dégoûtée. Elle ne l'avait fait que pour blesser Éric. Elle savait qu'un jour ou l'autre il l'apprendrait. Delvain était une pipelette. Il en souffrirait.

Éric avait toujours été entreprenant et maladroit au lit. Il ne la sollicitait que très peu. Il ne semblait pas apprécier plus que cela de la baiser. Une fois par mois tout au plus. Leur complicité allait bien au-delà du fait d'échanger leurs fluides corporels. C'était par leurs esprits qu'ils s'étaient séduits et c'était tout ce qui comptait.

Alors pourquoi avait-elle été si meurtrie en découvrant sa liaison avec cette petite écervelée dont le niveau de réflexion ne dépassait pas son nombril ?

Elle s'interrogeait encore. Elle chassa ces mauvais souvenirs de son esprit.

À présent, c'était bien elle qu'il recommençait à chevaucher tandis que la petite gourdasse pourrissait dans un cercueil en compagnie des asticots.

Elle écarta les jambes pour mieux s'offrir. Alors, à nouveau, il la retourna et dans le même mouvement la pénétra par-derrière. Élisabeth retint un léger cri.

Elle le laisserait faire ce qu'il voudrait.

Elle désirait que tout redevienne comme avant.

En dehors du lit, elle reprendrait le contrôle de leur vie.

Elle le laissa la pilonner de toutes ses forces. Elle s'accrochait aux barreaux du lit afin que sa tête ne heurte pas le montant. Il accompagnait chaque coup de boutoir d'un grand râle. Elle sentit le sperme couler entre ses cuisses. Un dernier coup pour expulser sa rage et il se laissa choir sur le dos.

Les yeux rivés sur le plafond, Éric Bastogne ne se sentait pas mieux pour autant. Il n'échapperait pas à un passage par la salle de bains. Brûlure, coupure, il avait le choix des mutilations. Il avait donné à Élisabeth ce qu'elle cherchait, l'illusion que tout redevenait comme avant. Mais rien ne serait plus comme avant. Elle l'avait trahi, lâché, condamné et il ne l'oublierait pas. Il avait simplement besoin d'un peu de temps pour voir son fils, pour retrouver un équilibre psychique et social. Une fois qu'il aurait remis de l'ordre dans sa vie, repris son travail, il lui échapperait définitivement et il emmènerait Sam avec lui. En attendant, il pouvait bien lui faire croire qu'il était sa chose. Elle était tellement sûre d'elle, de sa force. Il retint un sourire car il savait que, dans la pénombre, elle l'observait.

19

« Et surtout, joyeux Noël ! »

La blague fusait dans les couloirs du Bastion. Les fonctionnaires de police réquisitionnés pour le 25 décembre maniaient la dérision pour mieux faire passer la pilule. Il ne s'agissait pas d'une journée comme les autres et le travail consistait surtout à faire acte de présence.

Mais quitte à être là, autant avancer sur les dossiers, avait décidé Mougin. Bosser le jour de Noël ne le dérangeait pas. Il n'avait pas d'enfants et Audrey était descendue, la veille, chez sa sœur au Pays basque avec des cadeaux plein les bras destinés à ses neveux et nièces.

Lui n'avait plus de famille et il détestait cette période de l'année. Hier soir, quand minuit avait sonné, il était, une nouvelle fois, plongé dans le dossier Bastogne. Un peu plus tôt dans la journée il avait pris contact avec un ancien ami de commissariat aujourd'hui à la brigade financière. Il lui avait envoyé par mail la liste remise par Bastogne. Il n'aurait pas de réponse avant deux jours. La course contre la montre était lancée. Il était momentanément bloqué et il en profitait donc pour faire de la paperasse avec à ses côtés un

Revelle qui récupérait, les pieds sur son bureau, de sa gueule de bois.

Garcia entra dans la pièce comme une tornade. Ses longues boucles brunes lui tombaient devant les yeux. Célibataire, sans enfant, il avait également été réquisitionné. Revelle leva une paupière tandis que Mougin l'interrogea du regard.

— On a du nouveau dans l'affaire de la petite vieille trucidée rue Magenta ! s'exclama-t-il.

Une quinzaine de jours auparavant une dame de quatre-vingt-cinq ans avait été retrouvée morte à son domicile, lardée d'une vingtaine de coups de couteau. Sa voisine et meilleure amie, inquiète de ne pas entendre de bruit dans l'appartement, l'avait découverte en utilisant le jeu de clés qu'elle avait en sa possession. Pas de traces d'effraction alors que la demoiselle était très méfiante. Des bijoux d'une valeur surtout sentimentale avaient disparu. L'enquête s'était orientée vers les proches et les connaissances. Mais sa copine, depuis plus de trente ans, avait affirmé qu'elle était le seul être humain qu'elle supportait encore.

« La vieille était acariâtre », avait-elle glissé sournoisement à l'oreille des enquêteurs.

« Il n'y avait plus que moi pour encore l'écouter se plaindre. »

« À bien y réfléchir, peut-être lui restait-il un vague cousin », s'était-elle finalement souvenue.

Le fameux cousin venait d'être localisé par Garcia.

— Tu crois que c'est un motif suffisant pour me réveiller ? gronda Revelle.

Garcia ne le regarda même pas et s'adressa directement au chef de section.

— Je lui ai téléphoné et il est actuellement chez lui en banlieue parisienne. Il se dit prêt à nous recevoir. Il a des informations qui pourraient nous intéresser.

— Sans moi, soupira Revelle.

— Je ne te demande pas ton avis, rétorqua Mougin à l'adresse de son capitaine.

Garcia poursuivit.

— J'ai discuté quelques minutes avec le père Minos, c'est son nom. Le bonhomme m'a signalé l'existence d'un petit-neveu qui aurait eu des problèmes de drogue. Le gamin a repris contact récemment avec lui en cherchant à lui soutirer de l'argent. Il se serait renseigné également sur la situation de la vieille tante. Il semblait vraiment aux abois. Minos lui a révélé qu'elle était toujours vivante, en prenant bien soin cependant de ne pas lui communiquer son adresse. Mais il a pu la trouver par lui-même.

— Tu as le nom du môme ? interrogea Mougin.

— Valaire Bougrit, inconnu de nos fichiers, répondit Garcia.

— Une photo disponible ?

— M. Minos en a de récentes, m'a-t-il dit.

— Il ne peut pas nous les envoyer par mail ? asséna Revelle qui n'avait pas capitulé.

Garcia le fixa avec mépris. Revelle avait dû être un bon flic. Mais il se laissait de plus en plus aller.

— Il a presque quatre-vingt-dix ans, il vit seul, et il ne peut plus se déplacer, asséna Garcia.

— Nous allons donc lui rendre visite, trancha Mougin.

— Et merde, rugit Revelle. Faut vraiment que j'y aille aussi ?

— À ton avis ? lui demanda son supérieur, la parka déjà sur le dos. T'as mieux à faire ?

— J'ai compris.

Revelle ouvrit le dernier tiroir de son bureau. Il tapa les quatre chiffres du code qui ouvrait la boîte métallique où traînaient quelques papiers et son Sig Sauer. Il vérifia qu'il était chargé. Il le mit dans son holster, et sourit à ses deux partenaires qui l'attendaient sur le pas de la porte.

— On ne sait jamais, s'il prenait l'envie à ce vieux saligaud de tous nous buter.

— Merde, t'avais dit en banlieue, glapit Revelle, affalé sur la banquette arrière, à l'attention de Garcia, qui avait pris le volant.

— Techniquement nous y sommes encore, répondit le jeune officier. La grande banlieue certes, mais la banlieue quand même.

— Mais il n'y a plus un mètre carré de béton ici, pleurnicha Revelle. Il y a de l'herbe partout, fit-il, écœuré.

« À cinq cents mètres, tournez à droite », ordonna le GPS.

Garcia suivit les instructions et ils distinguèrent dans la brume de fin d'après-midi les premiers toits du hameau d'Abbeville-la-Rivière. Quelques guirlandes lumineuses en fin de parcours étaient accrochées sur les gouttières ou sur les portails des modestes masures.

La maison du père Minos était un peu à l'écart du bourg. Le mot maison était d'ailleurs exagéré. Il s'agissait plutôt d'une bicoque délabrée, entourée de deux dépendances qui avaient dû être des granges dans leurs bonnes heures. L'une n'avait plus de toiture, tandis que les murs de l'autre menaçaient de s'écrouler. La cour de ferme envahie par les herbes folles ne ressemblait plus à rien. La 308 rebondit sur un premier nid-de-poule avant de s'immobiliser devant un tas de briques rouges qui avait dû être prélevées directement de la demeure principale, la rendant encore plus branlante.

Garcia sauta hors du véhicule. Mougin le rejoint et lui demanda de faire le tour de la propriété. Il attendit que Revelle veuille bien se bouger pour prendre la direction de la porte d'entrée. Les volets étaient fermés. Impossible de voir ce qui se passait à l'intérieur. Mougin frappa une première fois. Pas de réponse. De son côté, Garcia était déjà en train de visiter l'intérieur de la grange sans toit. Mougin tenta une nouvelle fois sa chance sans plus de succès. Revelle ne cacha pas son exaspération.

— Ne me dis pas qu'on est venus pour rien, ça va m'achever. Ma tête va éclater, je te jure.

— Si t'arrêtais de picoler, ça irait peut-être mieux.

Revelle prit l'air offusqué.

— Si on ne peut même plus faire la fête le soir de Noël.

— Tu ne trouves pas que, tout seul, c'est un peu glauque ?

— Comment tu sais que j'étais seul ?

— Ta femme et tes gosses sont revenus habiter dans ton studio ?

— Ça, c'est bas, fit Revelle d'un air dégoûté avant de taper plus vigoureusement à la porte.

— Minos, ouvrez, c'est la police !

Le pêne céda sous la pression et la porte s'entrouvrit.

Les deux policiers s'interrogèrent du regard et dans un même mouvement décidèrent de pénétrer dans l'habitation. L'adrénaline fit dessaouler Revelle instantanément. Ils laissèrent la porte ouverte derrière eux afin de leur offrir un peu de luminosité. La maison était plongée dans le noir. Revelle se dirigea à droite et Mougin à gauche. L'un et l'autre interpellèrent Minos. Sans réponse. Le petit-neveu était-il revenu avec des intentions plus malveillantes ?

La main sur la crosse de son Sig Sauer, le commandant progressa, la paume sur le mur, à la recherche d'un interrupteur. Il sentit alors comme un courant d'air au niveau de sa jambe. Le contact froid du métal le fit tressaillir. Il entendit à peine le souffle de la pression pneumatique et son corps fut parcouru par un choc électrique.

Sa jambe gauche céda, il bascula sur le dos et ce n'est que lorsqu'il toucha le sol que la surprise laissa la place à la douleur. Une douleur aiguë qu'il eut d'abord du mal à situer.

Son genou.

Il avait quelque chose dans le genou.

Il n'eut pas le courage de toucher. Il devina le sang couler le long de sa jambe. Il était paralysé par la peur et par cette atroce souffrance. Il avait un corps étranger en lui et il n'avait aucune idée de ce que cela pouvait être.

Sa tête était une chambre de percussion, ses oreilles bourdonnaient, il était au bord de l'évanouissement. Son estomac se retourna et il dut faire un prodigieux effort pour pencher la tête vers la droite afin de ne pas s'étouffer avec son vomi.

Pourquoi Revelle ne venait-il donc pas l'aider ?

Il avait dû l'entendre hurler pourtant.

Avait-il hurlé ?

Ce fut sa dernière pensée avant de perdre connaissance.

Garcia passa devant la maison et constata que ses deux partenaires étaient entrés. Il ne s'attarda pas et se dirigea vers la deuxième grange, qui ne semblait tenir debout que par miracle. Il hésita à pousser la porte de peur de prendre ce qui restait de la charpente sur la tête. Il pénétra sur la pointe des pieds, prenant bien garde de ne rien toucher, guidé par les dernières lueurs du jour qui traversaient les vieux châssis privés de leur fenêtre. Il fut d'abord saisi par une forte odeur de fumier. Mais il oublia vite ce léger désagrément lorsque la tranche de la hachette déchira ses intestins. C'était tellement incongru qu'il esquissa un sourire. Il regarda une nouvelle fois son ventre comme s'il ne voulait pas y croire. Mais c'était bien vrai, il avait une hache plantée dans le bide. Il voulut la retirer mais en fut empêché par une énorme main qui maîtrisa les siennes telle une grosse pince.

Alors seulement Garcia leva les yeux sur son agresseur. Il remarqua sa carrure et son ignoble jogging bleu électrique Sergio Tacchini.

Comment pouvait-on se fringuer aussi mal ?, pensa-t-il.

Le géant lui passa une chaîne autour des poignets et le jeta au sol.

Curieusement, il n'avait pas mal. Cette hache dans ses entrailles ne le faisait pas souffrir.

Il fut soudain projeté vers le toit dans un grand fracas métallique. À l'aide d'un système de poulie, le colosse tirait comme un forcené sur une chaîne. Garcia eut l'impression que ses bras allaient se désolidariser de ses épaules. Le bourreau joggeur attacha l'autre extrémité de la chaîne à un anneau en fer et, les mains sur les hanches, apprécia le spectacle.

Ce fils de pute de flic se balançait à un mètre du sol, la hachette figée dans la paroi abdominale. S'il ne la lui enlevait pas, il aurait peut-être une chance de s'en sortir. Pollux le lui avait expressément demandé.

« Son sort dépendra de Dieu », avait-il ajouté.

Son frère et son mysticisme ! Il avait abandonné l'idée d'en comprendre son origine. La psychologie de Pollux était bien trop complexe pour son modeste cerveau.

Mougin était allongé à terre sur le dos. Il ouvrit les paupières et fut aveuglé par l'intensité crue de la lumière dégagée par l'ampoule du plafonnier de la pièce. À ses côtés, écroulé dans un fauteuil pourpre, le corps décharné d'un vieil homme. Il semblait dormir, sauf que sa poitrine ne se soulevait pas. Mougin, lui, respirait encore. Rapidement. Beaucoup trop rapidement.

Était-il en panique ou était-ce son corps qui réagissait à la présence étrangère de cette pointe de fer plantée juste au-dessus de sa rotule ?

Un clou.

Ce même type de clou de six centimètres de longueur était enfoncé dans la paume gauche de la main de Revelle, piqué à un panneau en bois comme un vulgaire papillon.

Le capitaine de police Jérôme Revelle geignait.

Le bas de son visage était maculé de sang. Malgré la douleur, il tentait coûte que coûte de rester debout pour que le clou ne déchire pas plus de tissus. Avec son bras droit laissé libre, il tenta de retirer ce bout de ferraille incrusté dans sa chair. Il cria sans que le clou ne bouge d'un millimètre. Lorsqu'il ouvrit la bouche, Mougin remarqua, avec effroi, que son équipier avait eu la langue tranchée.

Il aurait voulu lui parler, le rassurer, lui dire qu'il allait s'en sortir, mais toute son énergie était consacrée à rester conscient. Peut-être aurait-il été d'ailleurs plus judicieux d'arrêter de se battre, de se laisser aller, de partir pour ne plus avoir mal ?

Il était paralysé et désarmé. Une sueur froide envahit son corps. Sa vue se brouilla. Il perçut alors sur sa droite un léger frottement qui précéda l'apparition d'un homme avec un chapeau.

La frêle silhouette de Pollux était absorbée par le martyre de Revelle.

Son œuvre.

Il pencha la tête comme pour juger de l'esthétique d'un tableau. Il semblait s'en délecter. Il se retourna et fixa Mougin avec intensité. Son visage était doux, fin, féminin. Ses lèvres minces étaient surmontées d'un léger duvet d'adolescent. Il inclina son chapeau sur le côté pour le saluer. Il portait un élégant costume trois-pièces et un long manteau en cachemire noir.

Le pistolet à clous entre ses mains manucurées était grotesque.

Pollux se concentra de nouveau sur Revelle. Il se dirigea jusqu'à sa victime. Il semblait presque léviter. Sur la pointe des pieds, il murmura pendant de longues secondes à l'oreille du capitaine.

Dans un réflexe de survie, et malgré ses forces qui l'abandonnaient, le policier tenta, de son bras libre et valide, d'asséner un coup de coude à l'homme au chapeau, qui le para sans difficulté. Il accompagna le mouvement et plaqua la main droite de Revelle au panneau, avant d'actionner le pistolet. Le cri de gorge de Revelle hanterait Mougin jusqu'à la fin de sa vie. Tout comme l'image de son ami crucifié dans cette vieille bâtisse perdue au fin fond de l'Essonne.

Pollux sortit de sa poche un chapelet et se mit à psalmodier. Ses doigts glissaient sur les billes de nacre. Lorsqu'il arriva à la dernière, il remit avec précaution l'objet dans sa poche, releva délicatement la tête de Revelle, à demi-conscient, et, avec sa machine, lui planta un clou entre les deux yeux.

Les traits du policier se figèrent dans un rictus de surprise. Il ne souffrirait plus. Pollux resta face à sa victime pendant encore de longues minutes, se signant à intervalles réguliers. Il déposa un baiser sur la joue du supplicié et prit la direction de la porte d'entrée. Il s'arrêta devant Mougin, s'accroupit et lui souffla doucement :

— Ne vous mêlez plus de nos affaires.

II

20

Éric Bastogne ne pouvait détacher son regard du plafond. Il était plus sensible à la peinture de Chagall qu'à la musique de Mozart. Il avait accepté à contrecœur l'invitation à l'opéra Garnier. Élisabeth avait sauté sur l'occasion pour l'accompagner. Elle ne se souvenait plus de la dernière fois qu'elle s'était autorisé une sortie culturelle. *L'Enlèvement au Sérail* était l'une de ses pièces favorites. En moins de vingt-quatre heures, elle avait trouvé une baby-sitter pour Sam. Éric n'aurait jamais imaginé qu'elle laisserait son fils à une parfaite inconnue âgée d'à peine dix-huit ans.

On l'avait changée.

Il l'avait changée.

Depuis quatre mois et l'enterrement de Marc, ils semblaient de nouveau filer le parfait amour. Élisabeth était comme au premier jour. Mieux encore. Il lui arrivait de lâcher prise. Éric ne l'avait jamais connue comme ça. Il en profitait. Il n'était cependant pas dupe. Sa soudaine envie d'aller à l'opéra était également motivée par la présence, ce soir-là, d'Édouard Furton. C'était lui qui invitait. Élisabeth était impatiente de rencontrer enfin l'homme qui avait permis à Éric de partager à nouveau sa vie. Elle lui en serait à jamais reconnaissante.

Constance clôtura l'acte 2 par sa déclaration d'amour à Belmonte. Éric sentit alors la pression plus forte de la main d'Élisabeth sur la sienne. Elle savourait. Il s'ennuyait. Il jeta un œil sur sa droite. Édouard et son épouse appréciaient le spectacle. Ils louaient une loge à l'année. Ils étaient à leur place dans cet environnement de stucs, de velours et d'or. Vêtu d'un smoking, Édouard Furton avait des allures de lord anglais. Livia, pourtant de vingt ans sa cadette, était parfaite pour le mettre en valeur. Malgré sa plastique irréprochable et ses grands yeux noirs, c'était bien Édouard qui absorbait toutes les attentions. Avec ses cheveux grisonnants, sa peau mate et grêlée et son nez d'aigle, il n'était pas beau. Il était beaucoup plus que ça. Il était magnétique. À la fois attirant et repoussant.

Leur première rencontre, quatre mois auparavant, avait mis Éric Bastogne très mal à l'aise. C'était probablement le but de cet entretien initial : affirmer qui menait le jeu. Le garde du corps et chauffeur de Furton avait pratiquement kidnappé le professeur à la sortie de l'université pour l'emmener voir son patron. Dans son appartement du 16e arrondissement, l'homme d'affaires lui avait révélé, entre deux portes, que c'était lui et sa fortune personnelle, estimée à près de trente milliards d'euros, qui étaient derrière la mystérieuse liste de contributeurs à son comité de soutien. Les noms d'emprunt cachaient un seul et même donateur : Édouard Furton. Il l'avait ensuite congédié comme un simple domestique, le laissant à son mal-être et à ses interrogations. Le pourquoi et toutes les autres questions de Bastogne attendraient. Un mois plus tard, jour pour jour, une mystérieuse invitation avait été déposée dans sa bannette de professeur et, le soir même, Éric Bastogne dînait en tête à tête avec le milliardaire dans un restaurant privatisé.

À cette occasion, Furton s'était montré un peu plus loquace, évoquant notamment ses liens, d'abord commerciaux, puis amicaux, avec Marc Delvain. Éric Bastogne n'y avait pas cru. Il ne pouvait imaginer personnes plus différentes que ces deux-là. Il avait tenté de soutirer quelques informations supplémentaires. Mais on ne prenait à Édouard Furton que ce qu'il voulait bien nous laisser. Le plus souvent des miettes. Il devrait s'en contenter.

Pourquoi avait-il décidé de payer la totalité de la défense d'un parfait inconnu ?

Furton avait répondu simplement que son histoire l'avait intéressé. Sans aucune autre précision. Comme si lui sauver la vie n'avait été qu'un passe-temps, un jeu clandestin auquel il semblait aujourd'hui ne plus goûter. Alors il avait choisi de lui révéler la vérité.

Quant à connaître la raison de sa discrétion, Bastogne ne tenta même pas sa chance. Au moment de se séparer, Furton lui avait glissé qu'ils se reverraient. C'était un ordre.

Un rendez-vous toutes les semaines, parfois deux, c'était le rythme imposé par Furton. Un repas, une exposition, une balade, un simple trajet en voiture, leurs rencontres étaient souvent très étranges, quel que soit le contexte. Furton parlait peu. Lorsqu'il le regardait, Éric avait l'impression d'être passé au scanner. Il le jaugeait et le jugeait. À quoi cela rimait-il ? Il n'en savait rien et pourtant il l'acceptait. Mieux, il appréciait. Ces mises en scène et ces rendez-vous clandestins l'intriguaient et mettaient un peu de piquant dans sa vie redevenue routinière.

Jusqu'à ce qu'il échafaude une théorie sur les motivations de son mystérieux bienfaiteur.

Ne voulait-il pas, en le rencontrant régulièrement, s'assurer ainsi qu'il ne s'était pas trompé en l'extirpant de la cellule dans laquelle il était condamné à passer les prochaines années ?

La parano était revenue au galop.

« Furton veut savoir afin d'avoir la conscience tranquille. »

Coupable ou innocent ?

Dans le doute, le milliardaire s'y prenait à sa manière pour connaître le fin mot de l'histoire. Quand on possède tellement d'argent on ne fait jamais les choses comme les autres, s'était persuadé Éric.

Il avait tort.

Car même au cours de sa jeunesse misérable, Édouard Furton avait toujours été différent.

C'était à son tour d'avaler des cachets. Il avait repoussé le siège de son nouveau véhicule au maximum. Mais bloqué depuis plus de deux heures derrière le volant, sa jambe lui faisait un mal de chien. Marcher aussi était un supplice. Il oublia momentanément la douleur lorsqu'il vit les deux couples emprunter le grand escalier et s'engouffrer dans la berline noire qui les attendait. Il se rapprocha du pédalier, mit le contact et appuya sur l'accélérateur. Sans résultat. Fichue boîte automatique. Il avait du mal à la domestiquer. Avec sa patte folle, il devrait pourtant oublier les pédales d'embrayage. Après plusieurs hésitations il trouva enfin la position *Drive*. Il fit demi-tour sur l'avenue de l'Opéra et laissa la limousine le dépasser. Il la suivit à distance respectable. Il savait où elle allait. Direction le 16e arrondissement et le boulevard Suchet, à l'orée du bois de Boulogne. Bastogne et Furton ne se quittaient plus. Depuis qu'il était de nouveau en état de se déplacer, Étienne Mougin n'avait pas lâché le professeur d'une semelle. Sa méthode toute personnelle de rééducation après avoir été cloué au lit pendant plus de trois mois.

Il n'avait pourtant pas à se plaindre. Garcia serait relié à vie à une poche dans laquelle il pisserait et déféquerait. Même si le jeune lieutenant faisait encore officiellement partie des effectifs de la police nationale, la hiérarchie lui avait retiré son arme de service. Elle ne voulait pas prendre la responsabilité qu'il l'utilise pour mettre fin à sa misérable existence. Bien motivé, il devrait pouvoir s'en procurer une par ses propres moyens. Fussent-ils réduits. Ce qu'il ne manquerait pas de faire tôt ou tard. La solitude aurait sa peau. Quelle fille s'intéresserait à lui et à sa pochette-surprise ? La hache avait également endommagé sa prostate. Il était déjà mort et il ne le savait pas.

À bien y réfléchir, Revelle s'en était bien tiré, songea Mougin. La mort plutôt que le handicap et le déshonneur. Il lui en voulait tellement. Comment avait-il pu se laisser corrompre, accepter de fournir ces foutus clichés ?

Mougin avait retrouvé des doubles de ces fameux tirages de la scène de crime dans le petit coffre-fort de Revelle, pratiquement exposés à la vue de tous. La combinaison de sa boîte en ferraille – 000 – n'était un secret pour personne et faisait même l'objet de moqueries. Revelle y planquait notamment sa flasque de whisky qu'il était prompt à partager avec qui voulait bien l'écouter.

Mougin ne s'était pas aperçu à quel point le départ précipité de sa femme et de son gosse l'avait anéanti.

Était-ce pour cela qu'il avait succombé à la tentation ?

Revelle n'attachait que peu d'importance à l'argent et c'était surtout un sacré bon flic. Avait-il fallu qu'il soit paumé pour frayer avec ces défroqués devenus privés ? Ils représentaient tout ce qu'il détestait. Pour tout cela, pour la mémoire d'un père et d'un mari aimant, dont le métier avait fait fuir ses proches, Mougin avait décidé de prendre des libertés avec l'éthique.

En sa qualité de collègue proche, et surtout parce qu'il n'y avait personne d'autre à qui s'adresser, on avait apporté à Mougin, sur son lit d'hôpital, les dernières affaires de Revelle qui traînaient encore dans son bureau. Il fallait bien débarrasser pour laisser la place à un autre. La femme du capitaine tué en service ne voulait plus rien avoir affaire avec la police. Elle avait même refusé les obsèques nationales. Elle n'arrêterait jamais de haïr les flics. Ils avaient détruit sa vie.

Un soir où la déprime flirtait avec le désespoir, Mougin avait ouvert la fameuse boîte de Revelle, à la recherche de bons souvenirs aux vertus thérapeutiques. Il y avait découvert les clichés, une lettre d'accusation rédigée de la main de Revelle et une clé USB. Après avoir pris connaissance des documents, il avait tout détruit. Sans hésiter. Après tout, l'affaire Bastogne était officiellement classée. Plus personne ne voulait en entendre parler. Lui seul saurait. Il devrait faire avec sa conscience.

Quelques collègues de la brigade avaient rendu visite à Mougin. Ils l'avaient trouvé, lui d'habitude si solide, très marqué. Ils étaient ressortis de l'hôpital plus légers. Ils avaient fait leur devoir et constaté avec un certain soulagement qu'ils étaient tous logés à la même enseigne face aux drames qui pouvaient jalonner un parcours d'enquêteur. Mougin n'était pas au-dessus. Il ne flottait plus. Sa morale, son détachement, son professionnalisme ne l'avaient pas empêché de retomber brutalement sur le plancher des vaches.

Il devait assumer de ne pas avoir pu secourir ses coéquipiers, pensaient-ils.

Ils se trompaient.

Ce n'était pas ce qui plombait Mougin.

Dans cette ruine de l'Essonne, il n'y avait rien eu à faire. C'était un guet-apens. S'il s'en voulait d'une chose, c'était d'avoir embarqué Revelle, et surtout Garcia, dans sa vendetta personnelle. Il en avait fait des victimes collatérales de son obsession de coincer Bastogne. S'il avait lâché l'affaire, rien de ceci ne serait arrivé.

Pour survivre à cette écrasante culpabilité, il avait décidé de partager son fardeau avec le professeur. Il était au moins aussi responsable que lui. Il devrait payer. Même si, légalement, il ne pouvait plus rien faire contre lui. Désormais ce n'était plus derrière les barreaux qu'il voulait l'envoyer, mais directement en enfer. Il lui suffirait de lui dire la vérité. C'était bien ce qu'il lui avait réclamé, assis à cette table de brasserie où il lui avait joué la comédie du fêlé.

Mougin y avait cru.

Pourtant, depuis quelques mois, Bastogne semblait avoir récupéré toute sa raison et son équilibre psychique.

Il se fichait bien, désormais, de savoir s'il était coupable ou innocent. Bastogne était redevenu le mari et le père modèle. Mougin ne pouvait l'accepter. Il allait lui jeter la réalité à la gueule. Qu'il le veuille ou non, il l'entendrait. Il avait eu trois longs mois pour réfléchir à tout cela et démêler l'écheveau.

Mougin raccompagna Éric Bastogne et Élisabeth Klein jusqu'à leur domicile de Rueil-Malmaison. Les phares éteints à l'abri de la lumière des réverbères, il les observa. Élisabeth était au volant d'un véhicule flambant neuf que le professeur s'était offert, Bastogne avait sans doute un peu trop bu. Citoyen exemplaire. Le couple abandonna le coupé-sport et, bras dessus bras dessous, se dirigea vers le portail de la maison. Elle l'embrassa et ils se dépêchèrent de rentrer. Étienne Mougin, lui, n'était pas pressé. Audrey, sa merveilleuse épouse, s'était lassée de l'attendre.

21

Le coup de pied retourné enchaîné avec un direct du droit acheva Erron Black. Le chasseur de prime n'avait pas eu le temps de dégainer son flingue. Le légendaire Johnny Cage l'avait envoyé au tapis, à la plus grande joie de Sam, qui ponctua sa victoire par un grognement saccadé destiné à son père. Dans le combat des mâles dominants, le fils avait pris le dessus.

— Je t'avais bien dit que j'étais imbattable à Mortal Kombat.

— Ouais, t'as surtout eu beaucoup de chance, maugréa Éric dans un excès de mauvaise foi.

— De la chance ! T'es un ouf ! C'est le sixième KO que je te mets, éructa Sam.

— Attends un peu que je m'entraîne et tu verras que je te ficherai bientôt une tôle.

— T'inquiète. De toute façon, la console, c'est pas un truc pour toi. Je t'ai goumé.

Éric Bastogne mit quelques secondes à comprendre que son fils, avec son langage à lui, l'avait traité de vieux et qu'il se vantait de lui avoir mis une raclée. Lorsqu'il le comprit, il se rua sur lui, le balança sur son épaule et le jeta sur le canapé. Hilare, Sam n'était plus en mesure de se défendre des chatouillis de son père. La voix d'Élisabeth mit un terme au chahut.

— Sam, j'ai besoin de toi pour mes plantations.

Le jeune garçon n'accueillit pas cette demande avec enthousiasme. Il n'avait cependant pas le choix. Sa mère commandait. Depuis que son père était revenu à la maison, il ne l'avait jamais vu la contredire. Il tenta son regard le plus triste, celui qui faisait renoncer sa maîtresse à le punir, mais Éric ne prit pas son parti. Tout en lui passant la main dans les cheveux il lui promit un autre combat avant la fin de la soirée. Le fils rejoignit sa mère au fond du jardin.

André surgit alors de nulle part.

Éric tressauta. Il ne l'avait pas entendu arriver.

L'Homme-Lune le toisait. Éric mit sa main à sa poitrine.

— Tu m'as encore fichu une de ces trouilles ! Tu ne peux pas faire comme tout le monde et t'annoncer ?

Bastogne jeta un coup d'œil dans le jardin. Sam et Élisabeth étaient déjà affairés.

— Ce serait beaucoup moins drôle, répondit son ami, stoïque.

André n'était jamais resté loin d'Éric Bastogne ces derniers mois. Il avait fait quelques apparitions en évitant toutefois soigneusement de croiser Élisabeth. Inutile et même dangereux. Elle n'avait pas besoin de connaître son existence. André avait la fâcheuse manie de toujours dire la vérité. Mieux valait les tenir à distance l'un de l'autre.

— Ça te tente, une petite partie ? demanda Éric, la manette dans la main.

André le regarda comme s'il venait d'insulter sa défunte mère.

— Je suppose que tu n'aimes pas beaucoup jouer à la console.

André lui arracha l'objet sans ménagement.

— Je vais te défoncer, annonça-t-il.

— Eh, tu te défends ! Où est-ce que tu as appris à jouer comme ça ? demanda Éric tout en appuyant frénétiquement sur la touche du triangle de la PS4.

— Parfois, dans les maisons, il y a des consoles, se contenta de répondre André.

Ces fameuses maisons qu'il s'appropriait en l'absence de leur propriétaire. Éric ne savait pas où André avait dormi ces dernières semaines. Il lui aurait bien proposé de l'héberger. S'il avait été seul.

Kotal Kahn et son masque aztèque était en train de mettre une rouste au pauvre Erron Black qui n'en finissait pas de morfler. André appuya simultanément sur trois commandes différentes et Kotal Kahn se mit à tournoyer sur lui-même. Le chasseur de prime ne s'en relèverait pas.

— Mais qu'est-ce que tu m'as fait, là ? C'est interdit ! s'insurgea Éric.

André esquissa un sourire.

— Ça s'appelle « une brutalité ». Un coup spécial.

Éric haussa les épaules en admettant sa défaite.

— C'est vrai qu'en termes de « brutalité », t'es un expert.

André ne broncha pas. Il n'y avait pas de tabous entre les deux hommes. Ils se connaissaient trop bien. Les mois de détention à veiller l'un sur l'autre en avaient fait des frères. Bastogne avait été le témoin privilégié de la façon dont André savait se faire respecter lorsque l'intimidation ne fonctionnait pas. Les inconscients ne manquaient pas en prison.

André n'était pas homme à regretter. Il avait fait du mal. Mais sans jamais y prendre de plaisir. C'était juste nécessaire dans le contexte où il évoluait. Il essayait désormais d'entraîner son ami sur ce chemin de l'acceptation, de la rédemption et de la résilience.

Avait-il réellement tué cette gamine ?

Il n'en savait rien et il s'en fichait.

Qui était-il pour le juger ?

Il ne lui avait même jamais demandé.

Il était persuadé, en revanche, qu'Éric Bastogne ne se sortirait de cet abîme dans lequel il était plongé qu'en comprenant qui il était réellement.

— La violence ne t'est pas étrangère non plus, asséna André sans souci de ménagement.

Éric Bastogne marqua un temps d'arrêt et Kotal Kahn en profita pour de nouveau malmener Erron Black.

Après un moment de réflexion, il répondit.

— Elle n'est tournée que vers une seule personne : moi-même, tenta-t-il de se justifier.

— Certains détenus de Nanterre, qui t'ont asticoté, ne sont pas de cet avis.

Éric Bastogne sembla ne pas comprendre cette remarque. André n'insista pas. Contrairement à lui, Éric Bastogne avait toujours du mal à assumer.

Erron Black prenait une nouvelle correction lorsque le téléphone portable de Bastogne sonna. Il mit leur jeu sur pause et prit l'appel.

Édouard Furton voulait le voir immédiatement. Il planta André et sa famille pour répondre à l'injonction de l'homme d'affaires. André n'aimait pas l'ascendant que cet individu pouvait avoir sur Éric. André n'aimait tout simplement pas Édouard Furton. Il n'avait pas eu besoin de le rencontrer pour se faire son opinion. L'observer avait suffi.

L'appartement d'Édouard Furton était décevant. Pas de piscine intérieure, de hammam ou de simple jacuzzi. Aucune excentricité de milliardaire. Même pas un malheureux tableau de maître. Il s'agissait certes d'un duplex à la surface respectable dans un beau quartier de Paris. Mais rien à voir avec ce que l'on pouvait attendre de la demeure principale de l'une des plus grosses fortunes européennes. Lorsqu'il y avait mis les pieds pour la première fois, Éric Bastogne avait également été frappé par la décoration minimaliste. Peu de mobilier et surtout aucune personnalisation. Rien qui ne rappelle l'extraordinaire réussite de ce gamin de banlieue parisienne, parti de rien, qui avait construit un véritable empire.

Édouard Furton était à la tête de dizaines de holdings et d'une centaine de sociétés à travers le monde. Il vendait de tout, partout. Il possédait les plus beaux fleurons du luxe à la française, mais aussi des enseignes ultra-discount. Un patrimoine iconoclaste à l'image de son propriétaire et de son parcours.

Édouard Fourton avait décidé, dès l'âge de seize ans, de quitter un univers étriqué qui comprimait sa poitrine et son cerveau. Sans diplôme, ni formation, il était parti. Une question de survie. Il ne parvenait plus à respirer au sein de cette famille recomposée et misérable, parquée dans une bicoque délabrée de Nanterre, bidonville qui laisserait bientôt place à des tours immondes sorties de l'imaginaire d'un architecte mégalo.

Édouard n'aimait pas beaucoup sa mère et surtout son statut de femme soumise. Son père, il ne l'avait jamais connu. Il savait juste qu'il était métis, haïtien, ce qui expliquait le hâle de sa peau. Ses beaux-pères successifs et ses nombreux demi-frères et sœurs ne l'avaient pas maltraité. Ils en avaient eu la tentation. Il ne leur en avait pas laissé l'occasion. Édouard avait réussi à se faire respecter par la force ou par la ruse. Il était tellement plus intelligent qu'eux. Il leur avait juste permis de passer dans sa vie, indifférent à leurs existences de pauvres et à leur mauvaise éducation.

Édouard avait eu une chance : son grand-père maternel.

Il s'y était accroché.

Il lui avait tout appris. À lire, à penser, à entreprendre. Le retraité habitait seul dans un petit appartement à Asnières. Il avait refusé qu'Édouard vive avec lui. Il disait que c'était le rôle de sa mère de l'élever. C'était sa fille et il ne pouvait pas lui enlever son enfant. Dans les faits, Édouard, qui avait déserté l'école publique et sa rigidité, passait ses journées avec cet ancien ouvrier qui s'était cultivé au cul des machines. Il avait transmis à son petit-fils des valeurs de travail, des principes et les quelques centaines de francs qui lui permettraient de prendre le ferry pour Londres. Édouard ne le reverrait jamais. Ni lui ni sa mère. Il avait retenu la leçon de son grand-père. Ne pas se retourner, ne pas s'attacher.

Cette sécheresse imprégnait encore aujourd'hui celui qui était devenu Édouard Furton en traversant la Manche, se délestant de ses origines et de ce maudit « o », source de jeux de mots obscènes, qui l'avait fait souffrir étant jeune. Ce nouveau nom aux accents anglo-saxons l'aiderait à construire sa nouvelle existence.

Édouard Furton entra dans le salon d'un pas vif. Il salua Éric Bastogne d'un simple mouvement de tête. Il portait un costume d'une marque de haute couture italienne qu'il venait de racheter. Édouard Furton portait ses produits. Il n'achetait que ce qu'il aimait. Ce qui l'avait condamné à passer à côté de belles affaires, mais aussi à réaliser de très bons coups avec des marques qu'il avait rendues sexy. Il détestait la technologie et s'était refusé à investir dans le numérique. Il était le symbole d'un capitaine d'une industrie d'un autre temps qui était aujourd'hui supplantée par la puissance économique des GAFA. Les patrons de ces entreprises étaient bien plus riches que lui. Il était considéré comme un dinosaure. Une race en voie d'extinction. Il en était conscient et s'en fichait. Il n'avait pas le souci de la transmission. Sa fille unique ne reprendrait pas le flambeau et il lui était plaisant de songer que rien ne lui survivrait. Son empire serait démantelé. Mais ses héritiers auraient de quoi vivre, dans la plus totale oisiveté, sur des dizaines de génération. Son nom disparaîtrait comme il était apparu. Subitement. Il pousserait ainsi son individualisme forcené jusqu'à son paroxysme. Tout ce qu'il avait construit ne l'avait été que par lui et pour lui. Il avait réussi son pari de la réussite. Le reste importait peu.

Il invita Éric Bastogne à s'asseoir à une table ronde en verre. Il demeura debout.

— Je veux que vous travailliez à mes côtés, lança-t-il.

Furton l'avait décidé ainsi. Même s'il commençait à s'y habituer, Éric Bastogne fut une nouvelle fois séché. Tant par la forme que par le fond de la proposition.

En quoi cela pouvait-il bien consister de travailler avec Édouard Furton ?

Il n'en avait aucune idée.

Bastogne y décela surtout une porte ouverte sur l'intimité de ce solitaire.

Pourquoi avait-il ce privilège ? Il était en train d'y réfléchir lorsque Furton asséna :

— Je vous laisse 48 heures pour y réfléchir.

Bastogne fut pris de court, déstabilisé par l'aridité de l'annonce et de l'ultimatum. Il perdit une nouvelle fois ses moyens et balança une ânerie.

— Vous savez que je n'ai jamais rien vendu de ma vie ?

Stoïque, Furton plissa cependant imperceptiblement les yeux, signe chez lui d'un certain agacement.

— Me prendriez-vous pour un marchand de tapis, monsieur Bastogne ?

La question avait claqué comme un coup de fouet. Bastogne adopta l'attitude de l'écolier surpris par son maître en train de tricher. Une sensation très désagréable qui se rapprochait de ce qu'il avait connu lors de sa garde à vue.

Sauf que Furton était d'un tout autre calibre que ces flics, songea Bastogne.

Il chercha au fond de lui les restes du docteur en histoire qui électrisait, par son charisme et son éloquence, les amphis bondés. Ce souvenir lui permit de se redresser légèrement. Furton ne lui laissa pas le temps d'aller jusqu'à s'expliquer.

– Savez-vous que j'ai créé à travers toute la planète de nombreuses fondations ? Art pictural, art moderne, écologie, patrimoine, j'essaie d'ouvrir l'esprit de mes contemporains. Je ne veux pas simplement en faire des consommateurs. Vous concernant, j'avais pensé à ce grand projet de musée de l'Histoire de France que je compte construire dans le bois de Vincennes. Mais si cela vous paraît trop restrictif ou pas assez clinquant au regard de vos compétences, je comprendrai. Je vous suggère toutefois d'y réfléchir plus sérieusement.

Fin de la leçon. Furton se retira sans en rajouter, laissant Bastogne à sa condition de crétin décérébré.

« Évidemment » qu'il avait entendu parler de ce nouveau musée que le milliardaire voulait ériger. Un chantier pharaonique auquel pas grand mondene croyait. Rassembler en un seul et même lieu la grande histoire de ce pays paraissait irréalisable. Mais s'il y en avait un qui pouvait y parvenir, c'était bien Furton. Bastogne se fustigea. Il fut un temps où il aurait devancé cette proposition en posant sa candidature. Il aurait eu cette audace, même face à Édouard Furton. Il était le candidat idéal pour ce poste.

Mais il devait bien admettre qu'il n'était plus que l'ombre de cet homme sûr de lui, arrogant, entreprenant, ambitieux et surtout opportuniste. La prison l'avait amoché. Ou était-ce la douceur et la tranquillité de cette nouvelle vie de famille qui l'ankylosaient ?

Le constat lui sauta aux yeux. Quatre mois de recherche, coincé entre un bureau exigu et des archives poussiéreuses, l'avaient anesthésié. Aujourd'hui il en voulait beaucoup plus. Ça, c'était plutôt bon signe, jugea-t-il.

Cela lui remit un peu de baume au cœur au moment de quitter cet appartement où il venait de se faire humilier. La blessure narcissique guérirait vite.

L'effet Furton, pensa-t-il.

Il n'avait plus qu'une idée en tête, rattraper le coup et sauter sur la proposition qu'il venait de recevoir.

Accaparé par ses réflexions, il ne vit pas la fine silhouette qui venait d'entrer à son tour dans le grand salon.

— J'espère que papounet ne vous a pas trop malmené ? Vous verrez, à la longue on s'y habitue.

Lorsqu'il leva la tête, Éric Bastogne fit face à une jeune femme, mélange malheureux d'Édouard et de Livia. Stella Furton était osseuse comme son père et avait également hérité de son nez cabossé. Les beaux cheveux bruns et la jolie peau ambrée de sa mère n'avaient sans doute jamais été qu'un fantasme. Elle ne faisait rien pour mettre en valeur son maigre corps, en s'accoutrant de vêtements sans forme. Pourtant Éric ne put détacher son regard du sien. Il possédait une profondeur et une intensité qui reflétaient d'emblée toute la complexité de sa personnalité.

Il était à la fois grave et mutin. Il lui tendit la main.

— Je m'appelle…

Il n'eut, cette fois encore, pas le temps de terminer sa phrase. C'était décidément de famille.

— Je sais qui vous êtes, l'interrompit-elle en regardant son poing se refermer dans le vide. Papa s'intéresse beaucoup à vous. Je ne sais pas pourquoi. Ce n'est pourtant pas son genre. J'aimerais bien vous connaître. On se voit demain ? 15 heures au café Pim's, rue Sorbier, c'est à côté du cimetière du Père-Lachaise.

Elle le planta à son tour, le laissant ahuri.

Avait-elle l'habitude, comme son père, que personne ne lui résiste ou était-elle simplement provocatrice ?

Bastogne venait d'apprendre qu'Édouard Furton avait une fille. Et maintenant elle l'avait invité à boire un verre, soi-disant pour le connaître. Un traquenard. Une connerie à ne pas faire, se martela Bastogne. Surtout s'il voulait décrocher le job. Non, cette fille, il ne devait pas la revoir.

22

Mougin avait trop de temps pour réfléchir. Cela le consumait à petit feu. Après avoir tourné et retourné le problème dans sa tête, il était persuadé que c'était le bon endroit et le bon moment. Bastogne avait pris l'habitude, une fois par semaine, d'enfiler sa tenue de jogging, de prendre sa lampe frontale et d'aller, à la nuit tombée, dans le bois de Saint-Cucufa. De son domicile de Rueil-Malmaison, il en avait pour à peine quinze minutes en course soutenue.

Mougin s'était interrogé.

Pourquoi cette sortie nocturne alors que son emploi du temps de professeur au placard lui laissait le loisir d'entretenir sa forme dans la journée ?

Au lieu d'emprunter le chemin balisé des coureurs à pied, Bastogne contournait la petite pièce d'eau et s'enfonçait au cœur de la forêt pour n'en ressortir qu'une heure plus tard. Mougin était allé inspecter les lieux en plein jour pendant que les retraités promenaient leur chien et les cadres au chômage leur spleen. La descente était encore plus terrible que celle provoquée par la cocaïne qu'ils se fourraient dans le nez à la belle époque où ils avaient encore un travail.

Mougin s'était engagé sur le sentier et il avait eu, avec sa jambe raide, les plus grandes difficultés à se frayer un passage au cœur d'une végétation basse et tassée.

De nuit c'était bien pire, même si sa lampe de poche et sa canne l'aidaient à conserver son équilibre et à aplatir les arbustes obstruant son avancée. Il se battit ainsi contre la nature une dizaine de minutes avant d'atteindre les abords d'une minuscule cabane en bois. Il perçut, à travers ce qui ressemblait plus à une meurtrière qu'à une fenêtre, la faible lueur orangée d'une bougie.

Bastogne était un homme d'habitudes et il lui facilitait le travail.

Le commandant éteignit sa lampe et, avec toute la latitude que lui laissait son handicap, tenta de s'approcher discrètement de la porte d'entrée, tenant fermement d'une main sa canne et de l'autre la crosse de son Sig Sauer dont une balle était engagée dans le canon. Il stoppa sa progression à mi-chemin et tendit l'oreille. Pas un bruit.

Il fut assailli par un doute.

Et si Bastogne n'était pas seul ?

S'il donnait rendez-vous chaque semaine à quelqu'un ?

Ah, il était beau le grand flic !

Il avait attendu d'être devant cette porte pour s'en inquiéter. C'était à la fois inconséquent et très imprudent. Tout le contraire de ce qui le caractérisait. Mais ça, c'était avant. Avant que Bastogne ne croise son chemin. Il avait laissé son antipathie à l'égard de cet homme obscurcir son jugement. Son ressentiment avait pris le pas sur la réflexion. Il se rassura en s'accrochant à cette certitude que, d'une manière ou d'une autre, dans quelques minutes, il en aurait fini avec lui. Il raffermit sa prise sur la crosse et fit irruption dans la cabane.

Bastogne était assis sur un vieux lit de camp, occupé à tirer sur un pétard. Le joint scotché au coin des lèvres, il jeta un bref coup d'œil à l'homme qui venait de s'incruster dans son antre. Il resta dans sa position mais reporta le poids de son corps sur sa fesse droite pour se décaler et esquiver un éventuel assaut. Il s'attendait à voir surgir une colonne de flics masqués du RAID. Plus rien ne pouvait le surprendre.

Finalement le type était seul. Mais il le menaçait avec un flingue. Dans une semi-obscurité, le visage de l'individu qui le braquait lui disait vaguement quelque chose, mais son allure voûtée, l'espèce de canne qui le soutenait, lui étaient étrangères. Bastogne venait de débuter sa séance hebdomadaire de lâcher-prise et il n'était pas encore totalement défoncé. Il réussit à mobiliser les quelques neurones encore disponibles pour identifier Étienne Mougin. Ou du moins ce qu'il en restait. Avec sa troisième jambe, ses cheveux plus longs et son visage bouffi par les antidouleur, il avait perdu de sa superbe. Même ses fringues ne lui ressemblaient plus. Elles semblaient sortir d'une friperie.

Mougin le menaçait mais sa main tremblait. À moins d'un mètre, il n'était pas certain de pouvoir atteindre une cible immobile. Il ne pouvait pas se stabiliser avec sa seconde main qui tenait sa canne et qui lui permettait de rester debout. Le manque de réaction de Bastogne le déstabilisa.

À quoi s'attendait-il au juste ?

À ce que le professeur se rue sur lui pour le désarmer ?

C'eut été plus simple. Il aurait tiré au jugé et en légitime défense. Avec un peu de chance il l'aurait touché et ça aurait été terminé. À présent, il ne savait plus quoi faire car il mettait en joue un camé qui semblait au moins aussi débarqué que lui.

Pour se redonner un peu de contenance, il haussa la voix et menaça :

— Écrasez-moi cette saloperie. Je veux que vous soyez pleinement conscient de ce qui va vous arriver.

Le rire de Bastogne fut étouffé par les épaisses planches en bois de la cabane. Le professeur prit appui sur sa main droite et se leva péniblement. Son joint tomba. Il le chercha des yeux, puis abdiqua. Il était trop las pour s'agenouiller. Il se dirigea à pas lents et en fermant les yeux vers Mougin qui brandissait toujours son arme. Il ne s'arrêta que lorsqu'il sentit le froid du canon sur son front. Il ouvrit alors les paupières et vit le cylindre de métal, dont la proximité le faisait loucher, et, dans son prolongement, un bras qui ne cessait de s'agiter.

« Il serait bien capable de me louper », songea Bastogne.

Il enferma la main du flic entre les siennes afin de stopper le tremblement.

— Maintenant vas-y, tu peux tirer. Tu ne me louperas pas.

Depuis des semaines, Éric Bastogne était traversé par des envies contradictoires de vie et de mort. Il ne parvenait pas à retrouver son équilibre psychique. Le matin, il se levait abattu.

L'après-midi, il avait envie de bouffer la terre entière, de se bâfrer, de baiser, de faire des tas de projets. Mais cela restait à l'état d'envie. Et le soir, il voulait crever, violemment si possible.

Pas simplement s'endormir pour ne plus se réveiller.

Non, se coller une balle dans la tête ou se pendre, il avait vu une corde dans le cabanon.

Mougin lui offrait cette opportunité. Pourquoi ne pas la saisir ?

Mais malgré tout le dégoût et même la haine qu'il pouvait inspirer au commandant, il savait qu'il ne tirerait pas. Car c'était un lâche camouflé sous des airs de Don Quichotte. Il n'en avait ni le courage ni la folie.

À sa place, et après ce qu'il venait de traverser, il l'aurait buté sans hésiter. Bastogne était tenté de le faire pour lui. Une pression sur l'index de Mougin et c'en était fini. Comme toujours, il se raccrocha à son fils et à la journée qui viendrait, où des opportunités s'ouvriraient à lui, à l'image de la bouée lancée par Furton. Alors il lâcha sa prise et retourna s'affaler sur son vieux lit de camp.

« Que Mougin fasse le boulot après tout. »

Il lui donna une dernière chance en le provoquant.

— Quand on braque quelqu'un, il faut au moins être sûr d'avoir la hardiesse d'aller jusqu'au bout. Vous en avez toujours manqué.

Bastogne a raison, se dit Mougin. Il n'avait jamais eu la volonté de le tuer. Sa posture de cowboy était ridicule. Il baissa son arme. Son corps en fut soulagé. Rester debout sans bouger le bras tendu avait provoqué des tensions et des douleurs dans tous ses membres. Le courant électrique partait du haut de la cuisse et remontait jusqu'au front. Son dos et sa nuque étaient aussi raides que du carton séché. Il sentit des gouttes de sueur perler sur son front. Il était au bord de l'évanouissement. Il était venu pour confronter Bastogne à la vérité. Il fallait qu'il le fasse avant de s'écrouler.

— Vous puez la mort, Bastogne, et vous ne le sentez même pas. Elle vous entoure, vous enveloppe et vous faites comme si cette odeur était naturelle.

Bastogne, penché en avant, cherchait son joint entre ses pieds. Il le trouva et le brandit triomphalement.

— Si vous êtes venu discuter de la mort avec moi, vous avez trouvé le bon interlocuteur. Cela fait déjà quelque temps que je m'interroge sur son imminence.

— Et celles de ceux qui vous étaient chers ? Qu'en est-il ? Vous les passez par pertes et profits ? C'est dur, n'est-ce pas, de se dire que l'on est à l'origine de tout cela.

Bastogne ressentit un léger étourdissement, les effets de la plante d'André. Il regarda la cigarette. Elle était éteinte. Il décida d'écourter sa séance thérapeutique pour cette semaine. Après tout, Mougin pourrait faire office de psy. Il se recula jusqu'à sentir le contact du bois dans son dos. Il releva les genoux pour y poser ses bras.

— Que faites-vous là, Mougin ? Il faudra bien un jour vous résoudre à vivre sans moi. Vous savez que tout est terminé, que vous ne pouvez plus rien contre moi. Alors à moins que vous ne vouliez me descendre, et vous venez de prouver que vous n'en aviez pas les couilles, je ne vois pas ce que je peux faire pour vous.

— Je veux que vous ayez mal, grogna Mougin. Et vous voir dans cet état est déjà un réjouissement.

Bastogne ricana.

— Regardez-vous, Mougin. Quel est le plus amoché des deux ? Peut-être devrions-nous partir ensemble. Ce serait beau, non ? Allez, je vous fais confiance. Vous me tuez et ensuite vous vous suicidez. Ça vous tente ?

— Pas avant de vous avoir mis face à vos responsabilités. Et peut-être qu'après, vous me supplierez de vous laisser mon flingue. Ce que je ferai avec plaisir.

Bastogne secoua la tête, l'air navré.

— Des paroles, toujours des paroles. C'est votre problème, Mougin, vous ne faites que menacer. Et je vous ai assez entendu, vous tournez en rond. Vous ne pouvez pas me faire plus de mal.

Éric Bastogne s'empara de sa veste de survêtement, qui traînait à côté de lui, et se leva. Mougin tenta de le retenir en saisissant l'autre manche du jogging. Il n'avait plus aucune force dans les bras. Bastogne aurait pu l'envoyer valser d'une simple pichenette. Le rapport de force s'était inversé.

Bastogne avait l'attitude de celui qui n'avait plus rien à perdre, se dit Mougin. Il était sur le point de renoncer. Il semblait si indifférent. À tout. Même à sa propre vie. Il n'avait pas le comportement d'un homme qui cherchait à se reconstruire. Cependant le professeur avait raison sur un point. Une nouvelle fois, il s'était fourvoyé. Il pensait le faire souffrir. Au lieu de cela il s'apprêtait à lui tendre une perche à laquelle il pourrait s'accrocher. Le policier sentit sa volonté vaciller. Pourtant il poursuivit. Les deux hommes se faisaient désormais face. Mougin était nettement plus grand mais c'était bien Bastogne qui le dominait de toute sa morgue et de son détachement.

— Vous êtes au courant de ce qui m'est arrivé ? demanda Mougin.

Bastogne fit un signe de tête affirmatif.

— Mon avocat m'en a informé. Il dit que tout ce qui vous concerne me concerne aussi un peu. Mais pour être tout à fait honnête, votre sort m'indiffère. La compassion n'est pas mon fort. J'ai bien assez à faire avec moi-même.

Bastogne se dirigea vers la porte. Mougin ne tenta pas de le retenir.

— Votre avocat est perspicace. Nous sommes en effet liés. Ma jambe, la mutilation et la mort de mes coéquipiers. Tout ceci a un rapport direct avec vous.

Bastogne se retourna et lâcha un sifflement.

— Vous délirez, Mougin. Vous devriez arrêter les médocs. J'espère ne plus jamais vous revoir. Vous fermerez derrière vous.

— Le capitaine Revelle, mon coéquipier qui a été tué, était un indic. C'est lui qui a fourni à votre défense les clichés vous disculpant.

Mougin avait élevé le ton pour être sûr d'être bien entendu. Bastogne s'arrêta sur le seuil. Il se retourna et fixa Mougin. Il avait réussi à l'appâter. Le flic poussa son avantage.

— Vos amis ont rapidement identifié le maillon faible dans l'équipe d'enquêteurs que nous formions.

Bastogne referma la porte.

— Ils ont approché le capitaine Revelle au moment où son couple battait de l'aile. Il était très affaibli psychologiquement. Ils lui ont proposé une belle somme d'argent en échange du dossier d'enquête où apparaissaient ces fameuses photos. C'est comme cela qu'ils sont remontés jusqu'au jeune El Moutari, le livreur de pizzas.

Bastogne hocha la tête. Il fit un pas supplémentaire vers Mougin, dans une attitude menaçante, jusqu'à toucher le policier. Ses pupilles étaient dilatées. Mais ce n'était pas simplement par la drogue. L'intérêt y transparaissait également.

— Et alors ! Ils ont soudoyé un flic ripoux pour faire ressortir la vérité. La belle affaire !

Mougin ne cilla pas. Les jointures de sa main gauche étaient blanches à force de s'appuyer sur sa canne. Il pouvait céder à tout moment.

Pas maintenant.

Il se redressa légèrement.

— Sauf que le flic ripoux en question et votre témoin tombé du ciel ont été assassinés. Tout comme Marc Delvain. Il ne fait décidément pas bon vous aider.

Bastogne vacilla à son tour, recula de quelques centimètres et tendit le bras pour se retenir au rebord de la fenêtre.

Un vertige.

Provoqué par la fumette ou par ce qu'il venait d'apprendre.

Le petit El Moutari avait été tué ?

Devait-il le croire ?

Ce serait facilement vérifiable. Mougin ne pouvait pas le baratiner. Pas sur ça.

— Vous comprenez qu'il y a un tueur en liberté qui élimine un par un les témoins et les acteurs de votre affaire, continua Mougin. Et le prochain ce pourrait bien être vous.

Bastogne s'en fichait d'être sur la liste. Par défi il rétorqua :

— Ou peut-être vous ?

Mougin esquissa un sourire amer. Il regarda sa jambe.

— Je l'ai déjà rencontré, mais je ne sais pas pour quelle raison, il a décidé de me laisser la vie sauve.

Bastogne haussa les épaules.

— Je n'ai aucune réponse à vous donner. Il est tard et j'ai une famille. Je dois rentrer. Gardez tout ça pour…

Il prit deux secondes pour réfléchir.

— Pour le cinéma. La justice ne s'y intéresse plus.

Il tendit le doigt en direction de Mougin.

— Tiens, faites-en donc un roman. Je vous assure que l'écriture est une excellente thérapie. C'est bon pour ce que vous avez. Je sais reconnaître un homme déglingué. J'en vois un chaque jour dans la glace.

— Si vous n'avez rien à me dire, laissez-moi donc parler, fit Mougin.

Un homme moins intelligent et moins torturé aurait pu faire un trait sur tout ça et passer à autre chose. Mais pas Bastogne. Malgré son indifférence apparente, il sentait que la seule issue passait par la connaissance de cette vérité.

— Si vous savez quelque chose, dites-le une bonne fois pour toutes ou fermez votre foutue gueule. Je n'ai plus de temps à perdre.

Mougin était là pour ça. Alors il s'exécuta, ignorant la violence de l'injonction.

Il révéla d'abord à Bastogne être en contact avec un ami d'enfance de Youssef El Moutari. Il lui raconta ce que Goldfinger lui avait balancé. Le jeune caïd avait fouiné, s'était renseigné. Il avait appelé le jeune frère de Youssef en Algérie, qui lui avait confirmé que son frangin avait bel et bien disparu. Goldfinger en était sûr, son pote avait été tué et son corps ne serait jamais retrouvé. Pourquoi cette certitude ? Tout simplement parce que Youssef lui avait tout balancé. Et à son tour, il lui avait tout craché, pour la mémoire de son ami. Il lui avait expliqué que Youssef avait été approché et payé pour faire un faux témoignage au procès d'un type accusé de meurtre. Il avait dû mentir sur son emploi du temps. Il avait livré une pizza à une jeune fille qui avait été retrouvée morte. Il avait sonné à sa porte à 21 heures et non pas à 22 heures comme il l'avait affirmé à la barre du tribunal.

Mougin laissa planer un silence. Malgré son esprit embrumé, Bastogne comprit ce que cela signifiait. Son alibi ne tenait plus.

Mougin poursuivit. Après sa livraison, lui avait indiqué Goldfinger, Youssef s'était réfugié dans un café pour potasser ses cours. C'était quelque chose qu'il faisait régulièrement. Il avait ensuite, sur les coups de 22 h 05, appelé son manager pour lui signifier qu'il rentrait la bécane. Le type, à l'autre bout du fil, devait à la fois s'occuper du conditionnement des pizzas et gérer l'emploi du temps de six gars en mobylette. Il ne s'était pas aperçu du trou dans celui d'El Moutari. Le gamin avait identifié cette faille dans l'organisation et il en profitait régulièrement pour s'aménager du temps pour réviser. Il fallait simplement ne pas disparaître des radars plus d'une heure. Ainsi, officiellement, Youssef El Moutari avait remis sa pizza en main propre à Justine Fréger à 22 heures et était rentré. Lorsqu'ils l'avaient débusqué, les conseillers de Bastogne l'avaient incité à garder cette position, même si ce n'était pas la vérité.

« Youssef était un gars *clean* », avait insisté Goldfinger, mais il était ambitieux et voulait se sortir de son milieu. Les types lui proposaient de prendre en charge des frais de scolarité qu'il n'aurait jamais pu se payer. Ils avaient également fait jouer quelques relations pour tirer du pétrin le petit frère de Youssef qui ne manquait jamais une occasion de faire des conneries, avait conclu Goldfinger.

Bastogne s'appuya contre le chambranle de la porte et défia Mougin du regard. Il était secoué, un peu déchiré, mais il ne voulait rien laisser paraître. L'arrogance était une défense efficace, il le savait pour l'avoir beaucoup expérimentée.

— Alors c'est fait, vous l'avez enfin, votre preuve. Dommage qu'elle arrive trop tard. Mais moi je vous le dis et je vous le répète. À 21 heures comme à 22 heures, je n'ai pas tué Justine. Il se réveille tard votre fameux informateur.

Mougin avait désormais les deux mains sur le pommeau de sa canne pour essayer de répartir équitablement le poids de sa jambe douloureuse.

— Sur ce point, je suis d'accord avec vous. Pensez que si j'avais eu cette information dans le délai légal de l'appel, je serais allé directement chez le procureur. Malheureusement, j'ai eu un petit empêchement.

Il regarda son membre raide.

— Et c'est à l'hôpital, où il est venu me rendre visite, qu'il m'a tout révélé. Youssef est censé avoir quitté la cité pour suivre sa famille au bled. Sauf qu'il n'est jamais parti avec eux et que personne ne l'a revu au Chêne-Pointu. Il s'est littéralement volatilisé.

Bastogne ne voulait pas encore abdiquer.

— Peut-être avait-il juste envie de prendre le large en évitant de mettre sa famille en danger. Il a senti que ça pouvait mal tourner, mais il va bientôt réapparaître. Rien ne prouve qu'il a été tué.

— Cela fait déjà plus de trois mois que l'on est sans nouvelles.

Bastogne insista :

— Et sa famille n'a pas appelé la police pour enquêter sur sa disparition ?

— Peut-être en ont-ils été dissuadés ?

— De retrouver leur fils ?

— Par la menace et l'argent.

— De qui ?

— De vos amis. De ceux qui vous ont sorti de ce pétrin.

Les traits de Bastogne se crispèrent soudainement. Son corps se raidit et il se jeta sur Mougin. Il prit son visage entre ses mains comme pour l'éclater. Mougin ne pouvait se défendre sans risquer de s'effondrer.

— Vous m'emmerdez, Mougin, avec vos insinuations ! « Vos amis », « vos complices », « vos bienfaiteurs ». Vous les voyez ici avec moi ? Où sont-ils ? Je n'ai pas d'amis ! hurla-t-il.

Le policier sentit la pression des doigts sur ses tempes et des paumes sur ses joues. Il ne chercha pas à s'en défaire. Il n'en avait pas les moyens.

— Même pas Édouard Furton ? répliqua Mougin.

Bastogne serra les dents, tentant de se maîtriser. Et s'il s'occupait de ce flic, là, maintenant ? Ce serait facile. Dans son état il ne pourrait pas lui opposer grande résistance. Il lui fracasserait le crâne et n'aurait qu'à enterrer son cadavre, il y avait une pelle dans le cabanon.

Qui se soucierait de lui ?

Pas sa hiérarchie, en tout cas.

Sa femme peut-être.

Il était tellement diminué. Il fallait qu'elle soit très amoureuse pour continuer à le supporter avec ses obsessions.

Le suicide.

C'était une meilleure idée encore.

Il n'aurait qu'à lui maintenir la tête sous l'eau et attendre qu'il se noie pour jeter son corps dans le petit étang. Après tout, il était tellement déprimé. Ça n'étonnerait personne.

Mais il ne ferait rien de tout ça. Il n'était pas un tueur.

Du moins c'est ce dont il essayait de se persuader depuis trois ans.

Son cœur battait fort contre sa poitrine. Il ferma les yeux quelques secondes et lâcha sa proie.

Comme si rien ne s'était passé, le policier reprit exactement là où il en était. Il enfonça le clou.

— Vous savez, évidemment, qu'Édouard Furton a financé votre défense. C'est sans doute ce qui explique votre récent rapprochement.

Bastogne sentit la crise monter. Il n'était plus en état de batailler.

— Pourquoi l'a-t-il fait à votre avis ? Pour éviter la prison à un innocent ? Par philanthropie ou par humanisme ? Ce sont de bien jolis sentiments qui n'ont pas grand-chose à voir avec notre affaire où une jeune fille a été martyrisée et où au moins deux autres personnes ont été tuées.

Mougin était, lui aussi, à bout de forces. Il avait dû résister à l'assaut inattendu de Bastogne sans tomber. Il plia la jambe droite et s'assit à son tour sur le lit de camp, toisant le professeur qui, les yeux dans le vide, essayait de retrouver une respiration normale. Le commandant décida d'asséner le coup de grâce. Il retrouvait ses réflexes de garde à vue.

— Revelle, le policier qui a balancé, avait beaucoup de défauts mais c'était avant tout un bon flic, assura Mougin. Il avait gardé les traces sur une clé USB de tout ce qu'il avait fait. Il n'avait rien dissimulé, comme s'il voulait laisser quelque chose derrière lui s'il lui arrivait malheur. Il était conscient du danger, mais il avait pris aussi un énorme risque en collectant les preuves de sa propre corruption.

Mougin interprétait ce geste comme un suicide programmé.

— Deux individus l'ont approché à deux reprises. Il les a décrits très précisément. Ils ont des physiques spéciaux. Et ils ressemblent, trait pour trait, à l'assassin de Revelle et au monstre qui a enfoncé une hache dans le ventre d'un jeune et remarquable policier. Il leur a remis les documents de l'enquête en mains propres. Mais il ne s'est pas contenté de ça. Après avoir pris son enveloppe, et parce qu'il voulait probablement savoir à qui il avait affaire, réflexe de policier, il a filoché les deux gars. À chaque fois, après ces rendez-vous, ils se sont rendus immédiatement dans un immeuble à Asnières. Comme s'ils remettaient le colis à son destinataire. Revelle, pour ne pas être repéré, n'a jamais pu déterminer dans quel appartement ils se rencontraient. Il a commencé à identifier un par un les propriétaires des différents lots. Mais il n'a pas réussi à aller plus loin, rattrapé par ses démons. Au même moment, sa femme lui faisait parvenir par son avocat une demande de divorce. J'ai poursuivi ses investigations. J'ai ainsi pu isoler un appartement vide appartenant à une société immobilière danoise. Avec l'aide d'un collègue de la financière, je suis remonté jusqu'au propriétaire. C'était un montage compliqué, très élaboré. Mais derrière se dissimulait un nom. Celui d'Édouard Furton. Le corrupteur et probablement le commanditaire des assassinats de Revelle, du jeune El Moutari et de votre ami Marc Delvain.

Mougin laissa l'idée infuser dans la tête de Bastogne, qui s'affaissa un peu plus contre la porte. Mougin éprouva une pointe de satisfaction. Il porta alors l'estocade.

— Édouard Furton, ou plutôt ses hommes de main, éliminent un à un les témoins gênants de cette affaire. Le flic corrompu, le môme retourné, l'ami manipulé. Pourquoi fait-il cela à votre avis ? Pour vous protéger ? Si vous n'avez rien à vous reprocher ? Justine Fréger a été tuée. Et si ce n'est pas vous l'assassin, s'agit-il de Furton ? Pourquoi l'aurait-il fait ? Aucun lien proche ou lointain ne semblait le lier à cette fille. Et quand bien même il l'aurait fait tuer, on lui servait un coupable idéal avec vous. Il n'avait aucun intérêt à vous défendre, bien au contraire. Édouard Furton est incontestablement impliqué dans cette histoire. Sinon pourquoi lâcherait-il ses chiens pour faire le ménage ? Je suis convaincu que Furton connaît l'identité du véritable coupable et qu'il a tout fait jusqu'ici pour le protéger.

Mougin se releva péniblement en prenant appui sur sa canne. Il s'approcha de Bastogne en claudiquant.

— J'étais venu ce soir pour tout vous jeter à la figure, quitte à utiliser la force pour que vous l'entendiez. Je voulais vous extirper du petit confort de votre vie retrouvée, vous faire souffrir à votre tour. Je pensais que vous vous étiez détaché de toute cette affaire maintenant que vous aviez retrouvé votre fils, votre femme et un nouvel ami riche. Encore une fois je dois bien admettre que je me suis trompé à votre sujet. Vous êtes loin d'en être sorti. Je n'ai fait que me tromper dans cette histoire. Jusqu'à croire que vous pouviez être coupable.

23

Il kiffait sa vie de nouveau riche. Il était sûr, dans ces moments-là, d'avoir fait le bon choix. Même s'il ne pouvait pas se permettre trop de déballage pour ne pas éveiller les soupçons, il s'autorisait parfois certains écarts. Sinon à quoi tout cela aurait-il servi ? Ce n'était pas avec sa modeste paie de substitut qu'il aurait pu s'offrir, pendant une semaine, la location de ce joli deux-mâts et encore moins le mouillage à Portofino. En étant avocat, il aurait mieux gagné sa vie. Mais la proximité des crapules en tout genre le salissait. Il préférait les envoyer en taule ou leur faire cracher leur pognon. Jusqu'ici ils n'avaient pas exigé grand-chose de lui. En comparaison des sommes qu'il recevait en contrepartie, c'était presque de l'extorsion de fonds. Il sourit. Deux ou trois secrets d'instruction balancés. Qui ne le faisait pas aujourd'hui ? Quelques rumeurs rapportées. Il jetait un voile pudique sur la tuerie dans ce village de l'Essonne. Lui n'avait fait que donner à son commanditaire une affaire sur laquelle les flics travaillaient. Le reste, le traquenard, le meurtre d'un vieux bonhomme, victime collatérale, et celui d'un policier, cela ne le concernait pas. Il ne voulait pas savoir.

Dans le domaine juridique on avait soit le pouvoir, soit l'argent, en fonction de sa place d'un côté ou de l'autre de la barre. Grâce à sa moralité à géométrie variable, il aurait bientôt les deux. Le substitut étendit ses bras et ses jambes. Le soleil sur sa peau lui procurait une douce sensation de bien-être. Sassia, sa nouvelle amie danoise – à moins qu'elle ne soit hollandaise –, était descendue à terre faire quelques emplettes. Elle n'avait plus rien à se mettre, lui avait-elle dit. Tant mieux, c'était à poil qu'elle prenait toute sa dimension. Il avait compris le message et lui avait, à contrecœur, lâché quelques billets pour faire ses achats. Il apprenait les codes des fortunés et c'était un élève appliqué.

Il l'attendait sur le pont arrière du bateau, pas question de s'offrir au regard désargenté des badauds déambulant sur le port. Il se força à goûter de nouveau le caviar. Il fit une grimace. Non, décidément il n'aimait pas. Comme il détestait « cette saloperie de risotto » que l'obligeait à ingurgiter chaque semaine ce porc de procureur. Il lui collait des aigreurs d'estomac. Il essaya de penser à des choses plus agréables, comme le corps de Sassia.

Une ombre couvrit le soleil. Il ouvrit les yeux. Le majordome, planté devant lui, tenait un cocktail sur un plateau. Il l'évinça de quelques mots et retourna à sa rêverie. Pourtant le soleil ne revint pas.

« Il n'avait donc pas compris ce qu'il lui avait dit ? »

« À ce prix-là le personnel mis à sa disposition ne devait-il pas au moins parler anglais ? »

Il allait réitérer son ordre plus sèchement quand il sentit la pression forte de deux mains sur ses épaules puis sur ses poignets. Un poids sur son estomac. Quelqu'un était assis sur lui à califourchon, tandis qu'un souffle chaud caressait sa nuque. Il espéra un instant que Sassia était de retour. Qui sait, peut-être avec une amie ? Il mit quelques secondes à déterminer le sexe de la personne qui était juchée sur lui. Il blêmit lorsqu'il aperçut le fin duvet du majordome. Il essaya de débloquer ses bras. Il faillit se démettre une épaule. Ils étaient comme enserrés dans un étau. Un homme derrière lui l'entravait. Il tenta d'appeler au secours, un cercle de métal entoura l'intérieur de sa bouche pour l'empêcher de la refermer. Il sentit la texture gluante et le goût très salé sur sa langue. Il n'aimait définitivement pas le caviar, surtout quand on l'obligeait à en avaler. Méticuleusement, à l'aide d'un abaisse-langue, l'homme à la moustache le gava jusqu'à ce qu'il s'étrangle et qu'il ne puisse plus respirer. Avant de succomber, son assassin lui murmura dans le creux de l'oreille :

— Tu vas mourir par où tu as péché.

24

Mougin l'avait disculpé et pourtant il se sentait encore plus mal. Il ne pensait pas que ce serait possible. Le flic l'avait baisé. Il l'avait empêché de prendre du champ. Comment le pouvait-il alors qu'il lui avait tout déballé ? Son histoire semblait se tenir. Quel intérêt aurait-il eu à broder ?

— Tu veux boire quelque chose avant de déjeuner ?

Bastogne tenta de composer un sourire à l'attention d'Élisabeth.

— Je te remercie mais je ne me sens pas très bien. Je crois que je ne déjeunerai pas. Je monte me reposer un peu.

Bastogne quitta sa chaise de jardin et, en passant devant Élisabeth, qui l'observait l'air inquiète, lui déposa un baiser sur le front.

— Ne te fais pas de soucis, je gère.

Il grimpa les escaliers, appuya sur le boîtier qui commandait les volets roulants automatiques et s'allongea, tout habillé, sur le lit conjugal qu'il avait réintégré. Dans le noir, cette satanée migraine lui laisserait peut-être enfin du répit.

Mougin avait raison, Furton était la clé. Le milliardaire avait réglé la note et avait utilisé des moyens illicites pour le faire innocenter.

C'était établi. Si, comme le suggérait le policier, c'était pour le disculper parce qu'il connaissait le vrai coupable, alors pourquoi prenait-il la peine aujourd'hui de tuer tous ceux qui l'avaient aidé ?

Rien ne se tenait. Furton aurait eu assez de morale pour tenter d'éviter la prison à un innocent qui lui était totalement inconnu et, en même temps, il aurait fait assassiner, sans aucun scrupule, trois personnes ? Cela n'avait aucun sens.

D'autant que Bastogne ne s'expliquait pas non plus pourquoi Mougin avait échappé à la mort alors que son collègue y était resté. Probablement, comme l'affirmait Mougin, Revelle était-il directement impliqué dans cette affaire de corruption. Il n'avait aucune raison de ne pas le croire. Après tout, c'était son ami.

Mais le vrai fouineur, le caillou dans la chaussure, c'était bien Mougin. Lui était dangereux. Et il l'aurait épargné ?

Sur cet aspect-là de l'affaire, le commandant avait également sa théorie.

Se débarrasser de lui aurait été trop voyant et aurait nourri la suspicion et peut-être même relancé une enquête, déjà bouclée et en partie jugée, menée par un policier, en marge, lâché par ses collègues, et obsédé par un dossier qui avait fini par lui grignoter le cerveau.

Mougin avait été cloué au lit pendant trois mois. Trois longs mois pendant lesquels il avait eu le temps de faire et refaire l'enquête. Il était aujourd'hui persuadé d'être dans le vrai. Mais il manquait d'éléments de preuve et surtout de recul.

Tout comme lui, songea Bastogne.

Ces deux paumés étaient aujourd'hui les seuls à vouloir découvrir la vérité. Une quête personnelle dont Mougin avait exclu ses collègues qui enquêtaient sur le traquenard d'Abbeville-la-Rivière. Le commandant ne leur avait pas tout dit. La corruption de Revelle, ses certitudes sur les connexions avec l'affaire Bastogne. La brigade criminelle était sur les traces d'un réseau de trafiquants de drogue d'Europe de l'Est ultra-violent. Le petit-neveu du propriétaire de la maison était un junkie et un dealer qui aurait pu bosser pour eux. Un règlement de compte dans lequel des flics se seraient retrouvés impliqués en étant au mauvais endroit au mauvais moment.

En ne lui cachant rien, Mougin avait réussi à faire de Bastogne un allié objectif. Il l'avait mieux cerné que ce qu'il disait. Il savait qu'il voudrait aller jusqu'au bout, surtout au vu des nouveaux éléments qu'il lui avait apportés.

Il se le devait. Il le devait à Marc.

Il ne pensait pas qu'il lui manquerait autant.

Sa présence, son optimisme, sa bienveillance, sa luminosité. Il ne s'était pas rendu compte à quel point il lui faisait du bien.

La mort de Marc avait encore moins de sens que celle des autres.

Bastogne en était persuadé, même pour le sortir de prison, Marc n'aurait pas pu se compromettre dans une histoire de corruption de témoin et encore moins de meurtre. Il se battait car il était sûr de son innocence. C'était bien le seul.

Alors pourquoi l'éliminer ?

Bastogne jeta un œil au radio-réveil. Il était déjà 14 h 15. Il fit l'effort de se lever. Dieu sait qu'il n'en avait pourtant pas envie. Il redescendit l'escalier. Il attrapa sa veste et ses papiers au passage et informa Élisabeth qu'il ressentait le besoin de prendre l'air. Il évita son regard de mère poule : il ne le supportait plus.

Le Pim's n'avait rien du bar lounge que s'était imaginé Éric Bastogne. Ce n'était même pas un troquet. Le mot rade était encore trop raffiné pour décrire cet établissement. Il n'y avait pas de devanture, juste une porte vitrée tellement sale qu'il était impossible de distinguer à l'intérieur autre chose que des formes et des ombres. Sans le panneau de la licence IV, vissé au mur, Bastogne aurait passé son chemin. Il se risqua à entrer et fut saisi par le silence. Aucun bruit de verre, ni de machine à café. Pas d'éclats de voix. Pas même un murmure. Assis derrière des tables bancales, trois types sans âge scrutaient leurs bocks de bière comme s'il s'agissait de boules de cristal. Quatre planches en contreplaqué faisaient office de bar. Même le patron avait déserté cette ambiance de damnés. Tout était grisâtre. Le sol, les murs, le teint des clients. Dans ce décor postapocalyptique, une petite tache verte, tout au fond de la pièce, près de l'écriteau en laiton désignant les toilettes, agitait la main. Stella Furton, fille à papa, n'aurait pu trouver un endroit plus anachronique. Elle y semblait pourtant parfaitement à son aise. Dans son élément. Bastogne se faufila entre les tables, prenant garde à ne pas glisser sur le sol graisseux. Il salua les zombies qui, en retour, ne lui accordèrent même pas un regard. Stella affichait un sourire qui donnait un autre éclat à son visage.

Bastogne se dit alors qu'il avait été sévère dans son premier jugement. Ses habits d'aujourd'hui lui allaient plutôt bien. Elle avait troqué ses fringues sans forme pour un blouson en cuir cintré couleur grenouille. Un maquillage léger appliqué sur ses joues rehaussait son teint pâle. Elle avait l'air et l'attitude d'une gamine qui viendrait de faire une bonne farce. Bastogne ne sut comment la saluer. Sa main tendue hésitante fut balayée par une étreinte aussi courte que chaleureuse.

— En voilà un grand timide, gloussa-t-elle en reprenant sa place. Je ne t'imaginais pas comme ça.

Bastogne tira à lui une vieille chaise qui traînait le long du mur. Il s'y assit sans être bien sûr qu'elle résisterait à son poids. Il tenta de paraître « cool ». Puisqu'elle l'avait d'emblée tutoyé, il resterait sur ce registre en adoptant un ton qui se voulait tout aussi léger.

— Et comment m'imaginais-tu, alors ?

Stella resta silencieuse quelques secondes. Elle semblait vouloir peser chaque mot. Puis elle lâcha :

— Sûr de toi, comme tous les tueurs sanguinaires.

Bastogne chercha sur le visage juvénile une trace de moquerie. Mais Stella resta grave. Et d'un coup, au moment où il s'y attendait le moins, elle partit dans un grand éclat de rire.

— Détends-toi, je déconne.

Bastogne était à deux doigts de se lever et de partir. Elle voulait s'amuser avec lui, ou pire, s'amuser de lui. Il n'y était pas disposé. Mais il resta assis. Il en avait assez de jouer les carpettes. Il attendait des excuses. Elle ajouta :

— Tu l'as trucidée, cette minette ?

Ce n'étaient pas des excuses. Et cette fois, elle paraissait vraiment sérieuse.

« Cette gamine déjantée veut vraiment savoir si elle parle à un meurtrier ? s'interrogea Bastogne. Cette perspective la fait sûrement mouiller. » La colère le rendait vulgaire.

Il n'en revenait pas. Comment pouvait-elle oser ? C'était donc pour cela qu'elle l'avait invité. Il aurait aimé la gifler. Puis il se rappela qu'elle était la fille d'Édouard Furton. C'était tellement incongru qu'il l'avait oublié l'espace d'un instant. Comment avait-il pu engendrer un tel phénomène ?

Bastogne pensa alors que son père l'avait peut-être envoyée en mission commandée pour savoir. Il chassa cette idée saugrenue et avec elle son envie de se débiner. Elle voulait faire la maligne. Il allait la prendre à son propre jeu. Il essaya de se détendre. Si au moins il avait eu un verre, il aurait pu se composer une posture. Il ne pouvait même pas appeler le patron pour commander. Il ne savait plus quoi faire de ses mains. Il était consterné, furieux et terriblement gêné. Ce n'était pourtant pas à lui de l'être. Il posa ses paumes à plat sur la table, dans une attitude à la fois professorale et menaçante et, tout en l'examinant, il lui lança :

— Et si je l'avais vraiment fait ? Tu devrais peut-être prendre garde.

Sa réponse ne se fit pas attendre.

— T'es sérieux, là, avec ton faux air de psychopathe ? Tu voudrais vraiment me faire peur ? Je crois qu'il y a confusion. Je me fous de savoir si tu l'as démontée cette fille. Je souhaitais juste te mettre à l'aise en évacuant le sujet. J'ai pensé que ça devait te gonfler tous ces gens qui faisaient semblant de ne pas s'y intéresser alors qu'ils crèvent d'envie de te le demander. Je n'aime pas la dérobade.

Bastogne fut alors saisi par une évidence. Si Stella lui paraissait tellement déglinguée, c'était parce qu'elle était honnête. C'était sa différence. Elle disait la vérité et il n'avait plus l'habitude. Marc, Élisabeth, Glombard, Furton, ils biaisaient tous. Elle n'était pas comme eux. En un sens elle lui rappelait Justine. Pas physiquement, évidemment. Mais elle avait cette franchise saisissante qui pouvait blesser. À la différence près que Stella ne semblait pas vouloir lui faire mal intentionnellement. Alors que Justine prenait son pied à l'humilier.

— Je crois que nous ne sommes pas partis sur de bonnes bases, admit Bastogne.

Il se pencha par-dessus la table et lui claqua une bise.

— Je m'appelle Éric Bastogne et je n'ai jamais tué personne.

Stella était allée chercher deux canettes de Coca derrière le bar. Dans ce bistro très particulier, le choix était limité et le service n'était pas compris. Elle avait laissé un billet de cinq euros dans une petite coupelle. Le prix était également à discrétion.

— Ça te va ? demanda-t-elle en désignant la boîte rouge et blanche.

Bastogne acquiesça, même si cela faisait bien longtemps qu'il n'avait pas touché à un soda. Il abandonnait peu à peu son régime drastique et avait repris quelques kilos qui le rendaient plus présentable. Au moins ces interlocuteurs ne s'interrogeaient plus sur son état de santé. Les verres étaient également en option.

Ils devaient être réservés aux trois buveurs de bière, se dit Bastogne.

Un bien précieux qu'ils ne lâchaient toujours pas des yeux.

Étaient-ils vraiment vivants ?

Lors de son vif échange avec Stella, pas un ne s'était retourné. Pas la moindre réaction.

Bastogne tira sur l'opercule de la canette et avala une gorgée de la boisson brune. Il ne put retenir une grimace. Le gaz, l'acidité lui irritèrent la gorge. Il articula avec difficulté :

— Quel drôle d'endroit. Tu viens souvent ici ?

Stella faisait glisser le long de son doigt une alliance qu'elle portait à l'annulaire gauche. Elle paraissait à son tour rattrapée par la nervosité.

— Tu n'aimes pas.

— Disons que c'est un peu spécial. Les clients ne sont pas très causants.

Stella balaya la remarque d'un revers de main.

— C'est parce qu'ils sont muets. Et sourds également.

Bastogne ne put dissimuler sa surprise.

— Ce bar leur est réservé ?

Stella trouva la question stupide.

— Non, puisque nous sommes là.

Imparable. Avec cette jeune fille il fallait éviter les questions sans objet et les formules à l'emporte-pièce. Elle donnait l'impression de n'avoir pas de temps à perdre avec les banalités.

Elle s'affranchissait de la plupart des convenances sociales. Bastogne aimait ça, même si ça l'obligeait à plus réfléchir avant d'ouvrir la bouche ou alors à trouver un naturel qu'il n'avait jamais eu. Elle poursuivit.

— J'aime cet endroit parce que j'y suis au calme. Je ne supporte pas les bars. La lumière tamisée et la musique de fond abrutissante des endroits à la mode m'irritent. Les discussions ineptes d'un cafetier qui se sent obligé, avec sa grande gueule, de donner son avis sur tout. Les serveurs qui vous balancent du « voilà ma petite dame » à tout bout de champ pour faire croire qu'ils font bien leur travail et qu'ils sont sympathiques. Les relous qui pensent qu'ils peuvent avoir une chance avec vous. Franchement, on est bien plus tranquille ici. Ce n'est pas ton avis ?

Bastogne opta pour une moue perplexe.

— Comment as-tu découvert ce bar ?

— Ça n'a pas l'air, parce qu'ils ne sont pas très expansifs, mais les gars là-bas ce sont mes potes. Ce sont eux qui m'ont amenée ici.

— Et tu les as connus comment ?

— J'interviens de temps en temps dans une association d'handicapés. Je fais de l'éveil sensoriel.

— C'est ton travail ? fit Bastogne, accompagnant sa question d'un sourire d'admiration forcé.

La mimique feinte n'échappa pas à la sagacité de Stella qui expira longuement.

— Ah non, non, non. Je t'arrête. La petite gosse de riche qui s'investit auprès des nécessiteux, ce n'est pas moi ça. Je le fais parce que ça me fait marrer et que ça m'occupe un peu. On en est réduit à ça lorsque l'on n'a aucune aptitude ni talent particulier.

— Tu ne fais rien d'autre à côté. Pas d'études ?

— Je bricole un peu.

— Et ton père ne te dit rien ?

La question avait fusé, sans filtre. Bastogne commençait à se mettre au diapason. Cela ne parut pas offusquer la jeune femme. Bien au contraire, son sourire s'élargit et elle fronça légèrement le nez.

— Je suis sa petite merveille. Je ne sais pas pourquoi mais je dois être la seule personne sur cette terre envers laquelle mon père n'a aucune exigence.

— Parce qu'il t'aime, tout simplement.

Bastogne se rendit compte, en l'énonçant, de la vacuité de son propos. Il s'attendait à être repris de volée. Au lieu de cela, son avis bancal plongea Stella dans une profonde réflexion comme si elle n'avait jamais pensé à la nature des sentiments de son géniteur. Elle joignit ses mains sous son menton puis décréta que le type en face d'elle n'était pas un con.

— Tu dois avoir raison. Il faudra que je le dise à ma daronne, peut-être qu'elle comprendra mieux pourquoi il la traite si mal.

— Parce qu'il ne l'aime pas ? s'étonna Bastogne.

Stella pouffa.

— C'est vrai que tu ne connais pas encore bien Édouard Furton. C'est un homme exclusif. Son affection l'est aussi. Il est manichéen. Il n'aime que moi et déteste le reste du monde. Et c'est pour cette raison que tu m'intrigues. Tu sembles te situer dans une zone grise où mon père n'a pas l'habitude de s'aventurer.

Bastogne prit un air faussement déçu.

— Tu m'as donc fait venir pour m'étudier comme un vulgaire animal de laboratoire.

Stella se tortilla sur sa chaise.

— Et toi, tu n'aurais pas accepté de venir pour me tirer les vers du nez sur mon cher *daddy* ?

Cette gamine était bien trop maligne. Elle avait tout compris avant lui.

25

Édouard Furton faisait les cent pas devant les grandes fenêtres de son salon. Il regarda une nouvelle fois sa montre. Il était plus d'une heure du matin et sa fille n'était toujours pas rentrée. Il connaissait l'absolue nécessité de cloisonner. Pourtant, il était prêt à solliciter Castor et Pollux pour la ramener. Il était toujours inquiet pour elle. Il détestait se sentir aussi vulnérable. Ce n'était pas lui. Il avait réussi en ne se préoccupant pas des autres.

Édouard Furton avait débarqué à l'âge de seize ans à Londres sans un sou en poche. Il avait d'abord vécu d'expédients. Il ne parlait pas un mot d'anglais. Il s'était rapproché d'une petite communauté de marginaux francophones qui squattaient un appartement délabré d'Oxford Street. Le chef de groupe, un Canadien à l'accent québécois ridicule, dealait chaque soir quelques grammes d'héroïne dans des boîtes de seconde zone. Le Swinging London pointait le bout de son nez et avec lui toute cette vitalité culturelle et les excès qui l'accompagneraient.

Luc de Montréal voyait petit. Édouard de Nanterre allait impulser une nouvelle ambition à son trafic. Il l'avait d'abord incité à diversifier son réseau de fournisseurs avant de le court-circuiter et de lui piquer ses contacts. Il leur avait proposé de leur acheter, en plus grande quantité, non plus de l'héro, mais de la cocaïne, pourtant moins populaire à l'époque.

Édouard Furton venait de faire ses premiers pas dans le business. Pour rentabiliser un prix d'achat plus élevé, le jeune Français s'était fixé comme cible les night-clubs les plus branchés de Canarby Street. Il avait investi dans un costume chic et s'était fait passer pour un *frenchy* plein d'oseille venu s'encanailler outre-manche. Il avait la chance de paraître bien plus vieux que son âge. Après avoir fait ami-ami avec les videurs des boîtes, en leur distribuant des petites doses gratuites, il avait réussi à faire ses premiers pas dans ce qu'il considérait comme le grand monde. L'aristocratie pop de l'époque. Deux mois plus tard il tapait dans le dos du prometteur Mick Jagger et roulait des pelles à tout ce qui ressemblait à un mannequin. Il profitait de cette proximité pour leur refiler sa marchandise à prix d'or. En deux années il s'était constitué une jolie cagnotte. Il était temps de couper avec cette vie de débauche qu'il détestait. Édouard Furton avait déjà, à l'époque, la rigueur d'un vieux pasteur luthérien. Il n'aimait pas l'accessoire, les futilités, les récréations. Mais il était encore plus ambitieux et pragmatique que dogmatique. Il avait forcé sa nature pour la bonne cause.

C'était en déshabillant, sans grande conviction, une énième fille à qui il avait refilé sa poudre magique que l'idée avait jailli. Une énorme étiquette affichait fièrement les origines de sa robe hors de prix. Édouard avait constaté que le tissu n'était pas d'une grande qualité. La fille avait surtout payé le *Made in England* très recherché. Il avait su dès ce moment qu'il serait bientôt millionnaire. Pour fêter cet événement, il avait fait cadeau à la jeune anorexique des trois grammes de cocaïne et s'était dispensé de la baiser.

Avec ses économies, il avait engagé ses premières ouvrières dans la banlieue de Shanghai. Il avait été un pionnier en la matière. Le premier à délocaliser sa production de prêt-à-porter. À même pas vingt ans, Édouard Furton avait créé l'ancêtre de Zara. Les jeunes Londoniennes qui n'avaient pas les moyens avaient adoré ses vêtements et ses accessoires bon marché copiés sur les modèles de haute couture. Quand elles les portaient, elles se prenaient pour Twiggy. Pourtant Édouard Furton n'avait jamais eu beaucoup de goût en matière de mode. Cela ne l'intéressait pas. Il s'était contenté de pomper les plus grands créateurs anglais, qui n'avaient même pas eu l'idée de l'attaquer tellement ils le trouvaient insignifiant et extérieur à leur monde.

Il avait ouvert sa première boutique dans un modeste local sur Regent Street. Les vingt mètres carrés appartenaient à un nuisible blindé qu'il avait rencontré au cours de ses délires éthyliques. Furton n'avait jamais plus avalé une seule goutte d'alcool depuis cette période. Le type, dont il n'avait jamais su quel métier il exerçait réellement, avait été le seul à bien vouloir lui tendre la main. Ses anciennes connaissances lui avaient majoritairement tourné le dos. Il était devenu vulgaire et infréquentable avec ses nippes fabriquées chez les niakoués. Une preuve de cette magnanimité et de cette grande ouverture d'esprit dont ils se vantaient pourtant à longueur de nuit.

Furton se fichait de ces gens-là. Ils les avaient toujours méprisés. Il n'avait qu'une obsession : réussir. Un deuxième, un troisième puis un quatrième magasin virent le jour à Londres. Grâce à ce début de succès, Furton s'assura les services de jeunes couturiers désireux de se faire un nom dans un milieu ultra-concurrentiel et développa sa première marque, dont le succès traversa rapidement la mer du Nord et la Manche.

Presque cinquante ans plus tard, Édouard Furton était devenu le pape incontesté du luxe, avec à son catalogue les noms les plus prestigieux dans des domaines aussi différents que la bijouterie, l'horlogerie, les alcools, la restauration, l'hôtellerie, sans oublier le textile. Il avait racheté des marques internationales non par vanité, il ignorait ce sentiment car le regard des autres lui était indifférent, mais parce qu'elles étaient rentables. Elles lui permettaient de réinvestir en permanence dans d'autres secteurs d'activité.

Un claquement de portière. Furton reconnut, garée en double file, le nouveau bolide d'Éric Bastogne. Il vit Stella en sortir et en fut encore plus contrarié. La jeune fille savait que son père l'attendrait. Il le faisait tout le temps les rares fois où elle sortait le soir. Il ne pouvait pas se coucher avant son retour à la maison. Elle fut toutefois saisie par ses traits crispés. Il était en colère. Très en colère. Il ne lui avait jamais lancé pareil regard.

Malgré tout il s'approcha d'elle, la prit tendrement dans ses bras et lui murmura à l'oreille :

— Je ne veux plus jamais que tu voies cet homme.

C'était la première fois qu'il lui donnait un ordre.

Elle le préférait encore dehors. Depuis des jours, Étienne ne sortait plus de leur appartement. Il traînait sa peine et sa jambe de leur chambre jusqu'au canapé, où il restait des heures durant, les yeux dans le vide. Elle avait tout tenté pour l'extirper de ce marasme. Rien n'y avait fait. La douceur, la compréhension, la dureté, elle avait forcé sa nature bienveillante dans le seul but de le faire réagir. Mais, depuis ce qu'ils appelaient pudiquement « son accident », Étienne n'était plus que l'ombre de lui-même. La culpabilité le rongeait, s'était-elle persuadée. Mais Audrey s'occupait des corps, pas des esprits. Elle n'avait pas perçu que c'était tout autre chose qui le dévorait de l'intérieur. Leur complicité n'était plus qu'un souvenir. Ils étaient devenus des étrangers. Elle lui parlait. Il ne répondait pas. Comment le pourrait-il ? Il n'avait jamais évoqué son travail lorsque tout allait bien, c'était leur règle. Il n'allait pas commencer à s'épancher aujourd'hui. Elle ne comprendrait pas. Audrey avait espéré que, sa convalescence terminée, elle le retrouverait, tel qu'il était, au sein de l'univers douillet qu'ils s'étaient aménagé. Mais à peine quitté son lit d'hôpital, Étienne avait eu la curieuse idée d'acheter une nouvelle voiture. Elle ne l'avait plus revu pendant des semaines. Elle était parvenue, à une ou deux reprises, à le coincer, souvent au petit matin. Il n'avait répondu à aucune de ses questions. Sans être agressif – il était toujours aussi doux –, il l'avait mise à distance. Le psy l'avait prévenue.

« Votre mari est trop renfermé, même après avoir subi un tel traumatisme, ce n'est pas normal », lui avait-il martelé.

Étienne avait refusé toute aide de spécialistes, il s'en méfiait. Et aujourd'hui, il était dans cet état.

Une loque.

Elle avait dégagé des heures dans son emploi du temps surchargé pour rester à ses côtés. Elle avait cru déceler, à un moment, une lueur d'espoir dans son regard qui s'était éteint au fur et à mesure qu'il fixait son téléphone portable silencieux. Il semblait attendre quelque chose. Elle avait attendu à ses côtés sans savoir quoi. Elle en avait eu assez. Elle avait repris le cours de sa vie sans lui.

26

C'était la troisième fois cette semaine qu'il lui faisait le coup. Il était avec eux, il semblait bien. Puis son portable se mettait à sonner et il partait sans plus d'explications, à n'importe quelle heure de la journée. Furton sifflait et Éric rappliquait. Du moins, c'était ce qu'Élisabeth croyait. Elle essayait de faire preuve de mansuétude et de compréhension. L'homme d'affaires avait su l'hameçonner avec son projet de musée de l'Histoire de France. Éric avait un projet et cela ne pouvait être que bénéfique. Sauf que, plus il voyait Furton, et plus il se détachait d'elle et de Sam. Il les négligeait. C'était inacceptable. Élisabeth n'était pas femme à laisser faire sans réagir. Elle était allée à la source du problème, en affrontant Édouard Furton. Malgré ce qu'il représentait, elle ne le craignait pas. Elle n'avait peur de personne. Elle savait être charmeuse et diplomate et avait insisté auprès du milliardaire afin qu'il ménage Éric. Édouard Furton avait semblé surpris et intrigué par cette requête. Il n'avait pas vu Éric Bastogne depuis des jours. Il y avait donc autre chose. Ou plutôt quelqu'un d'autre.

« Une femme », avait immédiatement imaginé Élisabeth.

Il recommençait. Cette idée lui était insupportable. Elle avait décidé de ne pas agir à chaud. Elle ne voulait pas commettre les mêmes erreurs, pour le bien de Sam, pour son bien à elle. Mais ce matin-là, elle n'était pas prête à le laisser filer. Elle lui demanderait des comptes. Leur fils venait de partir à l'école, elle en profita.

— Où vas-tu encore comme ça ?

Bastogne stoppa momentanément la recherche de ses clés de voiture. Élisabeth se tenait toute droite à proximité de la porte d'entrée. Dans son tailleur gris, elle était plus stricte que jamais. Bastogne la regarda. Cela faisait bien longtemps qu'il ne l'avait plus fait. Elle n'avait rien à envier aux matons les plus sévères qu'il avait croisés. Il la trouva à la fois décalée et pathétique. Chaque matin, elle s'habillait comme si elle partait travailler alors qu'elle passait ses journées à la maison à se donner l'illusion d'être utile. Son unique sortie consistait à aller chercher Sam à l'école. Que cachait-elle derrière ce déguisement de femme active ? Il n'avait ni l'envie ni la force de répondre à cette question. Tout ce qu'il souhaitait, c'était retrouver « ces putains de clés de bagnole ». Il décida qu'il n'avait pas de temps à perdre à lui répondre. C'est alors qu'il la vit agiter son trousseau dans sa main. Son arrogance, sa moue méprisante lui firent l'effet d'un chiffon rouge. Il se précipita sur elle, la plaqua contre la porte et posa ses mains à plat de part et d'autre de son visage. Il hurla.

— À quoi tu joues bordel ?

Leurs poitrines se touchaient. Si le visage d'Élisabeth restait stoïque, Bastogne pouvait sentir son souffle s'accélérer et sa cage thoracique se soulever. Elle avait peur et il aimait ça. Alors il continua.

— Qu'est-ce que tu cherches, encore ? Cela ne te suffit pas de m'avoir à ta botte toute la journée ? Il faut que tu m'humilies !

Élisabeth ne répondit pas. Elle cherchait à se dégager et à mettre un peu d'espace entre eux.

— Je t'ai laissée faire mais maintenant c'est terminé. Tu ne me traiteras plus comme tu l'as fait.

Il recula d'un pas et baissa d'un ton.

— C'est fini, Élisabeth. Je vais partir et demander la garde alternée de Samuel.

La claque fut aussi forte que soudaine. Bastogne ne put l'esquiver. Courbé, la main sur la joue, une pluie de coups s'abattit sur lui. Il mit ses bras en opposition pour se protéger et aperçut les traits d'Élisabeth déformés par la haine. Une démente. Il parvint à prendre un peu de distance avec la furie. Il esquiva quelques coups de poing avant de réussir à se saisir des poignets de sa femme et à la retourner pour mieux la maîtriser.

Elle essaya de se dégager en y mettant toute l'énergie dont elle disposait encore. Malgré sa grande taille, elle ne faisait pas le poids. Elle aurait voulu l'insulter, le maudire. Mais les mots et les cris restèrent coincés dans le fond de sa gorge. Elle sentit alors entre ses jambes le renflement. Il la désirait donc encore. C'était tout ce qu'elle voulait. Elle cessa de se débattre. Il comprit sa démission et la bascula par-dessus le dossier du canapé. Il lui arracha sa culotte et la pénétra par-derrière. Elle émit un son rauque. Entre douleur et plaisir. Il jouit presque immédiatement, se réajusta, s'empara des clés qui traînaient par terre et referma la porte brutalement. Décoiffée, la jupe relevée sur les reins, Élisabeth sourit. Tout n'était donc pas perdu. Une nouvelle fois, il reviendrait vers elle. À condition qu'elle fasse le nécessaire.

L'adrénaline inondait encore ses veines. Éric Bastogne conduisait trop vite, même si à 10 heures du matin la circulation n'était plus aussi dense. Cette femme était folle. Complètement folle. Et il ne valait pas beaucoup mieux.

Ils étaient peut-être faits pour finir leurs jours ensemble, songea-t-il.

Du plat de la main, il frappa un grand coup sur le volant.

Il gueula « Non ! ». Il refusait de la laisser l'entraîner vers le fond.

Elle l'avait déjà fait et il s'était retrouvé derrière les barreaux. Cette fois, il maîtriserait et Stella l'aiderait. Elle lui faisait tellement de bien. Il avait besoin d'elle. Malgré Élisabeth, malgré Édouard Furton, ils avaient décidé qu'ils se reverraient. Et c'était ce qu'ils avaient fait ces dernières semaines. Dès qu'elle échappait à la vigilance de son père, elle l'appelait et il arrivait. Ils avaient beaucoup marché, très peu parlé. Surtout pas de son père. Bastogne n'en avait plus rien à fiche. Il était bien en sa compagnie et cela semblait réciproque. Une relation pure, débarrassée de tous les apparats et de toutes les escroqueries de la séduction. Elle ne l'attirait pas. Et Stella, fidèle à ce qu'elle était, lui avait rapidement signifié qu'elle n'aimait pas les hommes. Pas plus que les femmes. Elle se suffisait à elle-même. Une connexion s'était établie entre eux. Ils étaient incapables d'en déterminer la nature et ça n'avait finalement aucune importance. C'était simple et naturel.

La tension qui l'habitait encore disparut à la minute où il la vit déambuler sur le trottoir. Le printemps n'était pas particulièrement clément et pourtant elle portait un jean et un simple débardeur échancré jaune canari. Elle poussait l'excentricité jusqu'à rire aux éclats au milieu de passants fermés qui la prenaient pour une folle. Elle fut surprise de le voir à bord de sa voiture. Il se gara comme il put, provoquant l'ire du conducteur derrière lui qui dut piler. Stella accourut à la portière passager dont la vitre était baissée.

— Je t'emmène en week-end à la campagne, ça te dit ?

Elle ne prit que deux secondes de réflexion. C'était un mardi et elle n'avait que ces vêtements légers sur elle. Elle accepta avec enthousiasme. Elle ouvrit la porte du véhicule et, avant de s'engouffrer dans l'habitacle, gratifia le type qui ne cessait de klaxonner d'un majestueux doigt d'honneur.

— Tu ne veux pas savoir où nous allons ?

— Non, puisque c'est une surprise.

Bastogne hocha la tête.

— C'est improvisé.

Elle haussa les sourcils pour bien souligner combien elle s'en fichait.

— Ta femme t'a mis dehors ?

Bastogne lâcha des yeux le ruban gris de l'autoroute pour la regarder. Elle semblait absorbée par le moucheron éclaté sur le pare-brise. Elle avait balancé ça sans arrière-pensée, machinalement. Éric se contenta d'opiner.

— C'est à peu près ça.

— Tu veux en parler ?

— Non.

— Tant mieux, ça m'aurait emmerdé.

— Et ton père, il ne va pas te chercher ?

Elle souleva les épaules.

— Chacun sa croix. Il va probablement mettre tous les flics de France à nos trousses. D'autant que c'est ma première fugue.

— Une fugue à vingt ans, ironisa Bastogne.

— Mieux vaut tard que jamais. J'ai toujours été un peu lente. Il est temps de faire ma crise d'ado. Jusqu'ici, je n'avais eu que peu de motifs de me rebeller. Je crois que c'est le premier vrai conflit qui m'oppose à mon père et c'est à cause de toi.

— Tu m'en vois désolé.

— Ne le sois pas, c'est follement amusant.

Elle lui passa vigoureusement la main dans les cheveux noirs, parsemés de blanc, qui commençaient à repousser, comme elle le faisait parfois avec « ses handicapés » pour leur signifier qu'elle se sentait bien en leur compagnie. Stella maîtrisait mieux le langage corporel. Bastogne reçut le message. Il fut submergé par une vague de bonheur comme il n'en avait plus connu depuis…

Comme il n'en avait pas connu du tout.

C'était fou l'effet qu'elle lui faisait. À cet instant précis, les crises d'angoisse et les mutilations étaient très loin derrière lui. Il aurait parié qu'il n'en connaîtrait plus les affres. Tout aurait été parfait s'il avait pu avoir Sam avec lui. Il ne demandait rien d'autre.

— Je ne comprends pas pourquoi mon père ne veut pas que je te fréquente. Il y a quelque chose d'excessif dans sa réaction. Des garçons qui tournent autour de moi, il y en a déjà eu, et il ne s'est jamais montré possessif.

— Tu en as eu beaucoup ? interrogea Bastogne sur un ton qui flirtait avec le reproche.

Stella fit mine de ne pas le sentir.

— Regarde-moi bien. Je suis une bombe non ? Pas de nichons, la gueule de travers, je suis irrésistible. En revanche, j'ai un énorme compte en banque.

Elle tapa sur le genou de Bastogne qui fit une légère embardée.

— Tu crois que c'est ça qui attire les mecs ?

— Moi c'est ce qui m'a plu en tout cas, asséna Bastogne avec le plus grand sérieux.

Stella éclata de rire.

— T'es bien con alors. Avec mon père tu aurais touché bien plus gros. De ce côté-là, j'ai bien peur que tu aies désormais hypothéqué toutes tes chances. Il te hait, sois-en sûr.

Bastogne ne le craignait plus. Ils poursuivirent le voyage dans le silence jusqu'à une aire d'autoroute où il s'arrêta pour faire le plein d'essence. Stella en profita pour aller dans la boutique Total et en ressortit avec tout un tas de vêtements aussi kitsch que dépareillés. Elle exhiba fièrement un polo rouge siglé du logo du pétrolier et un pantalon qui ressemblait à un bleu de travail.

— Je suis certaine que tu seras super mignon là-dedans. Ça ira parfaitement avec tes rangers. D'ailleurs, tes rangers, il va falloir qu'on en parle. Ce n'est pas possible de porter ces pompes au

XXIe siècle quand on n'est pas militaire ou punk à chien. Je vais m'occuper de ta garde-robe. Nous avons du change pour quelques jours. En revanche, ils n'avaient pas de sous-vêtements. Il ne faudra pas faire de cochonneries dans ton caleçon.

Éric Bastogne pilotait la voiture avec dextérité sur les petites routes du bocage normand. Stella lut à la volée le panneau indiquant la direction de Deauville.

— Tu ne vas tout de même pas me faire le plan du week-end sur les planches. Ce serait indigne de toi.

Bastogne ne répondit pas, se contentant d'appuyer un peu plus sur l'accélérateur. Il était pressé d'arriver. Alors que le port de plaisance était en vue, il prit sur la droite vers Trouville. Il s'engagea sur la route d'Honfleur.

Après un kilomètre et demi, il bifurqua une nouvelle fois à droite pour rattraper le chemin de la forge.

Il ouvrit sa vitre et respira un grand coup. L'odeur mélangée du bois en décomposition et de l'herbe mouillée des pâturages envahit l'habitacle et le saisit. Il y avait si longtemps. Ces souvenirs olfactifs étaient les seuls gravés dans sa mémoire. Le véhicule longea les murets de pierres, puis fut happé par la voûte végétale formée par les frênes. Il était de retour chez lui.

La maison de ses parents trônait fièrement au centre d'une petite clairière. Le chemin pour y accéder était en terre. Bastogne gara la voiture sous le préau, à l'endroit où son père remisait la Peugeot.

Stella n'avait pas posé de question. Elle descendit du véhicule comme si elle était arrivée chez elle. Elle s'étira.

— Tu veux déjà me présenter à tes parents ? Je te préviens, je suis contre le mariage.

— Ne t'inquiète pas, ils sont morts et je n'ai aucune envie de t'épouser.

Bastogne prit du recul afin d'inspecter l'ensemble de la bâtisse. Elle était impeccable. Le crépi blanc se tenait et le joli bleu azur des volets éclatait. Il s'attendit presque à voir sa mère les accueillir sur le pas de la porte. Il ne savait pas pourquoi il avait eu envie d'amener Stella ici. Peut-être était-il plus attaché à cette demeure qu'il ne voulait se l'avouer ? Cela faisait des mois qu'il aurait dû s'y rendre. Trois agences immobilières de la région le harcelaient pour qu'il mette le bien en vente chez eux en exclusivité. Bastogne les avait envoyés bouler. Il n'était pas prêt. Pas prêt à admettre que sa mère était morte.

Il n'avait pas obtenu la permission d'être présent à son enterrement. L'administration pénitentiaire avait considéré le risque d'évasion trop important.

« Trous du cul ! »

Il n'était pas un terroriste. Ils avaient voulu le démoraliser, le briser encore un peu plus avant son procès. Paradoxalement, ce manque d'humanité l'avait servi. Il n'avait pas vu sa mère dans son cercueil et pour lui, elle était encore vivante quelque part. Il n'avait pas trouvé le courage de se rendre sur sa tombe.

Il grimpa sur la grosse pierre qui trônait à droite de la porte d'entrée. Il allongea le bras jusqu'à atteindre la petite niche où ses parents avaient l'habitude de cacher un double des clés. Elles étaient à leur place. Avec sa mère, chaque chose était toujours à sa place. La serrure accrocha un peu. Il força pour l'ouvrir. Il chercha l'interrupteur. L'électricité avait été coupée. Stella se tenait à ses côtés, l'air aussi concernée que si elle visitait son premier appartement avec son petit ami. Elle prit l'initiative d'ouvrir les volets. Éric resta médusé. C'était comme s'il était entré dans une maison étrangère. Il n'y avait plus un meuble. Les deux grandes pièces du rez-de-chaussée, qui servaient de salle à manger et de salon, étaient vides.

— Très épuré comme style. Tout ce que j'aime, balança Stella.

Éric tentait mentalement de remettre les meubles à leur place. Il fit un rapide calcul. Cela devait faire au moins cinq ans qu'il n'avait pas remis les pieds dans cette bâtisse. Le temps de sa détention ajouté à celui pendant lequel M. Bastogne, docteur émérite très occupé, ne trouvait pas un instant dans son agenda surchargé. Il avait toujours pensé que le cadre dans lequel il avait grandi était trop étriqué. Il y avait eu une erreur d'aiguillage. Il n'était pas né au bon endroit. Même sa mère, qui l'adorait, semblait en être persuadée. Elle ne l'avait pas traité comme un petit garçon, mais presque d'égal à égal. Du moins jusqu'à ses douze ans. Ensuite, elle l'avait installé sur un piédestal dont il était descendu brutalement pour atterrir dans les geôles de la République. Malgré cette déchéance, jamais il n'avait vu dans son regard une once de déception. C'était bien la seule. Et ça l'avait aidé à tenir. Elle avait été présente à ses côtés jusqu'à ce que son cœur, épuisé par un combat de deux ans, cesse de battre. Pour la première fois aujourd'hui, il se sentait profondément coupable. Submergé, non pas par une vague de sentiment de responsabilité, mais par une réelle indignité. Il avait tué sa mère. Elle avait tout quitté pour le soutenir dans son épreuve. Elle avait vendu les meubles de la maison, avait fermé les beaux volets bleus et, avec ses maigres économies, avait loué une petite chambre à Nanterre pour être présente chaque semaine au parloir. Éric Bastogne, si focalisé sur sa grande personne, n'avait pas réfléchi aux efforts qu'elle avait dû consentir. Comme si ce qu'elle avait fait était normal. Comme s'il avait été le seul à souffrir. Il ne l'avait même pas remerciée. Il sentit les larmes affleurer. Stella aussi. Elle lui prit la main et le tira de son immobilisme.

Ils empruntèrent l'étroit escalier en bois qui menait aux chambres. Bastogne stoppa devant le dernier barreau, plus patiné que les autres, où il avait pris l'habitude, petit, de poser sa tête pour tenter d'apercevoir la télévision devant laquelle son père s'endormait tous les soirs. L'ancienne chambre de ses parents, comme la sienne, ne contenait que quelques cartons. Les maigres souvenirs d'une vie. Sa mère savait qu'elle ne reviendrait pas. Qu'elle ne résisterait pas. Alors elle avait soigneusement rangé et étiqueté les reliques familiales avant de s'en aller sur la pointe des pieds. Il fut tenté de les exhumer. Il y renonça. Il jetterait tout. La nostalgie n'avait pas de place dans sa psyché. La grande histoire le passionnait. La sienne, pas du tout. Elle n'avait aucun intérêt.

Son passé, et plus précisément son enfance, était entouré d'un halo grisâtre et flou qui ne lui donnait aucune envie d'y trouver refuge.

Pour y chercher quoi ?

Le bonheur ?

Éric Bastogne n'avait pas été un enfant heureux. Ni malheureux d'ailleurs.

Il avait le sentiment d'avoir grandi dans l'attente de devenir un jour un adulte reconnu et respecté. Il n'avait aucun ami d'enfance et peu de sensations vivaces auxquelles il pouvait repenser avec tendresse. Il était incapable de citer le nom, ni même le prénom, d'un ou d'une camarade d'école. À l'exception de cette gamine qui lui avait brisé le cœur. Ses congénères ne l'avaient jamais intéressé. Et il était bien trop spécial pour s'attirer leur sympathie. Au mieux il provoquait la crainte.

Stella n'était pas disposée à se contenter de cartons fermés. Il l'entendit en ouvrir un. Il la rejoignit dans ce qui avait été sa chambre. Il observa les murs. Ils étaient immaculés. Pas une trace d'enduit pour recouvrir les trous. Les posters, les photos, ça n'avait jamais été son truc. Il fit un effort. Qui admirait-il lorsqu'il était gamin ? Un chanteur, un acteur, au moins un sportif ? La réponse fut sèche. Personne. Stella découvrit rapidement ce qui avait été l'unique source de plaisir du jeune Bastogne : les livres. Les cartons ne contenaient que ça. Stevenson, Jules Verne, Jack London pour les premiers. Platon, Horace, Ésope, Michelet, Chateaubriand, Tocqueville étaient aussi en bonne place. Elle ne cacha pas sa déception lorsqu'il s'accroupit à ses côtés.

— Pas une petite voiture, pas une peluche, pas un gadget, même pas de photos ? Rien. Ta mère a tout jeté ?

Bastogne réfléchit un instant. Il ne se souvenait pas avoir vu un appareil photo dans cette maison. Il revit sa petite bibliothèque surchargée, coincée au pied d'un lit recouvert d'une couette au ton neutre. Son grand bureau qui n'était encombré que par ses cahiers d'école. Il se contorsionna pour attirer vers lui une boîte en plastique collée à l'angle des murs. Il l'ouvrit avec précaution et y découvrit un tas de papiers. Ses bulletins de notes classés méticuleusement du CE1 jusqu'à la terminale. Sa mère avait tout conservé. Stella se jeta dessus avec avidité et commença à lire tout haut les commentaires des professeurs d'année en année.

— « Excellent travail, mais Éric est un petit garçon réservé. » « Élève brillant qui devrait cependant travailler sa sociabilité. » « Élève très sérieux, peut être trop. » « Doué mais attention à ne pas verser dans l'arrogance. » « Éric doit faire un gros effort pour maîtriser son comportement en classe. » « Éric semble se moquer totalement des mathématiques. » Perspicace, le corps enseignant. C'est tout toi. Heureusement que l'avocat général n'a pas eu accès à tout ceci avant ton procès. Tu aurais été à coup sûr condamné. T'as le profil type du sociopathe.

Bastogne ne s'en formalisa pas. Elle avait raison. Il avait toujours été différent. Stella continua de fouiner à la recherche d'une nouvelle pépite. Lui était passé à autre chose. Debout devant la fenêtre, il se demandait où ils allaient passer la nuit.

— Qu'est-ce que tu es allé faire au Liechtenstein ?

Bastogne se retourna et haussa les épaules.

— Je n'y ai jamais mis les pieds.

— C'est que tu as un frère jumeau alors.

Bastogne, intrigué, se rapprocha d'elle et de la feuille au format A4 qu'elle tenait entre ses mains. Agrafée en haut à gauche, il y avait la photo d'un petit garçon dont il ne pouvait pas ignorer l'identité. C'était lui, sans aucune discussion. Il se saisit du feuillet pour mieux l'étudier. Il s'agissait d'un bulletin d'inscription pour une école privée située au Liechtenstein. Le prénom était le sien. Pas le nom. Les deux signatures de bas de page n'étaient pas celles de ses parents. Il n'était jamais allé au Liechtenstein et sa famille n'aurait jamais eu les moyens de l'inscrire dans ce type d'établissement. C'était la première fois qu'il voyait ce document. Il l'examina attentivement. Quelle était sa destination ? Et pourquoi sa mère l'avait-elle conservé ? Il n'était plus en mesure de lui poser la question. Malgré ses interrogations il s'agissait d'un passé auquel il ne souhaitait plus songer. Il décida donc qu'il s'en fichait. Il chiffonna la feuille, en fit une boulette, et la balança dans un carton ouvert.

Assise en tailleur sur le parquet, Stella évita le missile et le regarda avec une intensité troublante.

— Emmène-moi dans un endroit où tu as été très heureux.

Il souffla. Il n'avait aucune chance de la décourager. Il réfléchit. Il avait passé le plus clair de son temps dans cette demeure à lire, à étudier, et à rêver d'un avenir glorieux. Il se souvint alors de l'étang. Il y avait connu d'agréables moments. Ce n'était certainement pas ce que Stella définissait comme un endroit où il avait été très heureux mais ça pourrait être une jolie balade de fin de journée.

Éric Bastogne avait toujours détesté la mer. Petit, il était persuadé que c'était parce qu'elle lui prenait son père qui partait pour de longues semaines de pêche. En grandissant, il avait été contraint de se rendre à l'évidence. Il n'en avait rien à fiche de son père. Il faudrait trouver une autre réponse à son aversion pour la grande bleue. Cependant il aimait l'eau. Il avait même appris à naviguer. Sur un étang. Il avait donc décidé d'y amener Stella dans l'espoir que ça la calmerait.

La pièce d'eau, nichée au creux des collines normandes, n'avait jamais été très fréquentée. La mer et les immenses plages n'étaient qu'à dix kilomètres. Curieusement, la Fédération française de voile y avait installé une école.

Il roulait à faible allure, cherchant l'entrée du parking.

Existait-elle encore seulement ?

L'endroit, en ce début de soirée, était désert. Les essuie-glaces se mirent en marche automatiquement pour chasser les premières gouttes de pluie.

— Tu tiens vraiment à ce qu'on se prenne la flotte ? interrogea Bastogne.

Pour seule réponse, Stella enfila le sweat pétrolier qui traînait sur la banquette arrière. Bastogne se fit une raison et gara la voiture dans l'herbe sur le bas-côté. Un chemin de marche, mal entretenu, serpentait autour de l'étang. Stella s'y engagea tandis que Bastogne fermait la voiture. Il était en polo. Il hésita à mettre le nez dans le coffre pour trouver une quelconque pelure de station-service pour affronter la fraîcheur. Il y renonça. Il espérait que la lubie de Stella ne durerait pas trop longtemps. Un panneau en bois indiquait que le tour de l'étang faisait un peu plus de deux kilomètres.

— On se le fait ! commanda Stella.

Bastogne allait répondre que c'était trop long, mais elle était déjà partie. Résigné, il la rejoignit en trottinant.

— Tu fais toujours ce que tu veux !

Stella marchait à vive allure et ne ralentissait pas le pas.

— J'ai presque toujours été seule. J'ai pris de mauvaises habitudes sans doute. Pour une fois que j'éprouve de l'intérêt pour quelqu'un qui n'est pas trop amoché.

Elle fit demi-tour et se mit à marcher en arrière en le dévisageant.

— Physiquement, du moins, ajouta-t-elle. Tu ne vas tout de même pas me blâmer.

Bastogne sourit. Cette fille serait capable de lui faire faire n'importe quoi. Il s'en moquait car il savait aussi qu'elle ne le manipulerait pas, qu'elle ne lui ferait jamais de mal. Le regard de la jeune femme se figea soudain derrière l'épaule de Bastogne. Elle poussa un cri aigu et se mit à courir dans la direction d'où ils venaient. Elle passa devant le véhicule en agitant les mains.

— Suis-moi.

Bastogne, vaguement inquiet, se mit à sa poursuite. Elle se planta devant un antique 470, vestige de l'ancienne école de voile. Ses yeux brillaient.

— Tu m'as affirmé que tu étais un marin remarquable. Fais-moi rêver !

Ils portèrent l'esquif jusqu'au rivage. Bastogne le mit à l'eau. Le vieux bateau était déglingué. Seul le mât, de guingois, refusait de céder à la loi de l'attraction et tentait de s'accrocher au fond de la coque. Les voiles s'étaient envolées. À la place une paire de rames qui devait servir aux amoureux du dimanche venant s'encanailler. Avant d'y mettre un pied, Bastogne testa l'étanchéité de l'embarcation. Stella battait des mains comme une gamine. Elle était prête à sauter dedans. Il n'était pas moins heureux. Par précaution, il prit place le premier et lui tendit la main afin qu'elle le rejoigne. Ils s'assirent simultanément en tentant de ne pas chavirer. Bastogne se plaça côté safran et Stella s'installa à l'autre extrémité. Elle s'allongea, bascula la tête en arrière, hors du bateau, et ferma les yeux comme si elle voulait profiter d'un soleil invisible.

— Il n'est pas beau, notre yacht ?

— À toi de me le dire. Je ne suis jamais monté sur un yacht.

— Moi non plus. Mon père a une aversion pour la mer. L'unique fois où je l'ai vu sur un bateau c'était sur une vieille photo. Je jouais dans son bureau – j'étais la seule à avoir cette autorisation – lorsqu'il m'a surprise en train de fouiller dans ses affaires. Je devais avoir une dizaine d'années. Le cliché le représentait dans une barque de pêcheur. Il ne m'a pas engueulée et au contraire il m'a expliqué qu'il avait été pris dans le village natal de son père, à Haïti, près de Port-au-Prince. Il en a profité pour me donner un cours de géographie. Je ne connaissais pas Haïti. Il ne m'en a plus jamais reparlé. Mon père est un homme plein de secrets.

Une évidence. Malgré les renseignements qu'il avait pu glaner sur lui, Bastogne ignorait les origines haïtiennes d'Édouard Furton. Il l'imaginait mal dans ce pays qui était l'un des plus pauvres du monde. Le bonhomme ne semblait pas non plus très attaché à ses racines. Mais après tout, il le connaissait mal. D'ailleurs, personne ne connaissait Édouard Furton. Même pas sa fille. Il cessa de penser à lui, il était décidé à profiter du moment.

En quelques coups de rames Bastogne les propulsa au milieu de l'étang. Il lâcha les avirons. Ils rirent en même temps du ridicule de la situation. Stella se leva et commença à se tortiller dans tous les sens pour faire bouger le bateau. Elle agissait souvent comme une gamine.

La balle désintégra sa clavicule gauche. À quelques centimètres près c'était sa mâchoire qui était emportée. Sous la violence du choc, Stella poussa un hurlement et faillit passer par-dessus bord. Bastogne la retint par le bras et crut d'abord à une de ses nouvelles facéties avant de voir la tache rouge grossir sur le sweat blanc. La seconde balle la toucha à hauteur de la hanche. Cette fois, elle ne dit rien. Tétanisée par ce qui lui arrivait, Stella lança seulement un regard implorant à Bastogne. Il la plaqua dans le fond de l'embarcation et se coucha sur elle en l'enveloppant. Il tendit tous ses muscles, se demandant où il serait touché en premier. Les bords du 470 n'étaient pas assez relevés pour le protéger. Ils étaient à la merci du tireur. Il sentait sous lui la respiration saccadée de Stella. Elle geignait. Il attendit quelques secondes. Rien ne se passa. Il leva légèrement la tête en direction de la petite colline d'où il pensait que les tirs pouvaient provenir. Le tireur devait être en hauteur pour avoir un meilleur angle. La visibilité était mauvaise à cause de la bruine. C'était probablement ce qui les avait sauvés. Momentanément. La troisième tentative fit voler en éclat la base du mât qui bascula dans l'étang. Ils n'avaient plus le choix. Ils devaient se mettre à l'eau en utilisant la coque comme bouclier s'ils voulaient avoir une chance de s'en sortir. Bastogne souleva légèrement Stella et passa ses bras dans son dos. Il la serra fort et pivota d'un coup sec sur lui-même.

Il fut cueilli par la température de l'eau. Le poids de Stella les entraîna vers le fond. Il ne parvenait pas à s'équilibrer mais il ne voulait pas la lâcher. Désorienté, immergé dans le liquide saumâtre, il commençait à suffoquer. Ils allaient se noyer. Il essaya de ne pas paniquer et raffermit sa prise autour de la poitrine de la jeune femme. Il parvint par de petits battements de pieds à passer d'une position horizontale à la verticale. Il replia les jambes et les déplia brusquement en se servant de toute la force de son bassin et de ses abdominaux. Ils retrouvèrent enfin la surface.

Bastogne s'agrippa à l'embarcation pour ne pas couler de nouveau. Par chance ils étaient bien orientés. Comme il l'avait imaginé, ils étaient désormais protégés de la vue du tireur. Une protection toutefois bien fragile. Les balles déchiquetteraient le bateau.

— On va s'en sortir, tu vas voir, dit-il à Stella autant qu'à lui-même pour s'encourager.

La jeune femme avait perdu connaissance. Sa blessure à l'épaule saignait abondamment. Dans cette eau à quinze degrés, elle ne tiendrait pas longtemps. Et lui non plus, il était en polo. Il commençait déjà à grelotter. En étant patient, le tueur n'aurait même plus à tirer une balle supplémentaire. Une seule solution s'offrait à Éric. Rejoindre le rivage opposé en restant à l'abri de la coque du bateau retourné. Bastogne perçut les premiers bénéfices de son séjour en prison. Il s'y était forgé un physique qui lui donnait aujourd'hui une chance de ne pas se faire trouer la peau. D'une main il maintenait Stella à flot et de l'autre il s'accrochait à l'embarcation. Sur le dos et à la seule force de ses jambes, il dirigea le curieux cortège hors de portée de fusil. Du moins l'espérait-il. L'ancien Éric Bastogne aurait coulé à pic. Il s'appliqua à inspirer et à expirer régulièrement pour trouver son rythme. Il ne devait pas s'arrêter, il avait froid et Stella ne supporterait pas un séjour prolongé dans l'étang. Elle était toujours inconsciente et ses lèvres bleuissaient. Il eut peur un instant qu'elle ne soit déjà morte. Il l'attira un peu plus vers lui jusqu'à ce que leurs têtes se touchent. Il sentit alors un filet de souffle traverser les fines lèvres de la jeune femme. Il trouva un regain d'énergie. Il n'était plus qu'à une centaine de mètres du bord et leur assaillant n'avait rien retenté.

Avait-il lâché l'affaire ? Il en doutait. Il ne pouvait plus voir la colline. La moitié de la tête immergée, il n'entendait plus rien et il n'avait que le ciel gris et menaçant comme horizon. Il avait cessé de pleuvoir. Il se retourna l'espace d'un instant et constata que la rive n'était plus qu'à une dizaine de mètres. Il redoubla d'efforts. Trente secondes plus tard, sa tête heurtait la berge.

Il avait atteint son premier objectif.

De ce côté-ci de l'étang, une petite plage de galets avait été aménagée en contrebas d'un talus qui affleurait la route. En traversant la départementale, derrière la rangée de peupliers, se situaient les premières habitations au sein desquelles ils pourraient trouver refuge. Trois maisons individuelles. C'était leur planche de salut. Bastogne hissa d'abord Stella hors de l'eau et la rejoignit. Il se mit devant elle en protection. Ils étaient de nouveau à découvert. Il analysa rapidement la situation. Il ne vit rien bouger sur le tapis vert de la colline d'en face. Il prit Stella dans ses bras et, alors qu'il se retournait pour se diriger vers la route, son regard fut accroché par un mouvement.

Sur sa gauche, à deux cents mètres environ, une silhouette se déplaçait en souplesse et à toute vitesse dans les hautes herbes. Elle se dirigeait vers eux et elle tenait à deux mains ce qui était, sans aucun doute possible, un fusil.

Courir, grimper et frapper à une porte. C'était tout ce qui lui restait à faire. En espérant que la motivation du tueur n'aille pas jusqu'à s'incruster chez l'habitant et procéder à un carnage collectif. Il n'avait plus le choix. Avec Stella dans les bras, il sprinta. Il se tordit une première fois la cheville sur un galet poli. Une autre pierre vicieuse le jeta à terre. Dans sa chute il eut l'instinct de protéger la tête de Stella. Il mit son épaule en avant, qui craqua sous le choc. L'intensité de la douleur ne lui fit pas perdre de vue l'essentiel. La silhouette se rapprochait. Il ne pouvait plus porter Stella qu'avec un seul bras. Son épaule gauche le faisait trop souffrir. Heureusement, elle n'était pas bien épaisse. Ils atteignirent enfin le pied du talus, qui prit alors des allures d'Everest. Ils n'arriveraient pas à en venir à bout. Pas dans son état. Avec Stella inerte et une herbe rendue grasse par la pluie, ils ne pourraient jamais l'escalader assez vite. Ils se feraient tirer comme des lapins. Son instinct de survie lui commanda alors de se diriger vers un cabanon abandonné à quelques mètres seulement. Encore fallait-il pouvoir l'atteindre. D'un coup d'œil il vérifia la progression de l'agresseur. Il ne le vit plus. Avant de s'apercevoir que la forme noire s'était arrêtée et agenouillée. Son arme à l'épaule, elle était prête à faire de nouveau feu. Malgré l'acide lactique dans les jambes, il courut vers la petite bâtisse en s'attendant à être cueilli par un tir qui irait de toute façon toujours plus vite que lui. Il se demanda quelle impression cela pouvait faire de se prendre une balle ?

Une décharge aiguë ou sourde ?

Même de dos, est-ce qu'elle pourrait atteindre son cœur ?

Il l'espérait. Il ne sentirait rien. Il ne se verrait pas mourir. L'arme était munie d'un silencieux. Pas de coup de semonce. Le cœur qui explose. Et puis plus rien.

Il était preneur.

Mais, à son grand étonnement, il parvint à rejoindre le refuge indemne. Le cabanon, qui n'avait plus de porte, ne devait pas mesurer plus de quatre mètres carrés. Il déposa délicatement Stella sur le sol et regarda par l'unique petite fenêtre orientée vers l'étang. En se contorsionnant, il put voir l'ombre noire qui se rapprochait. Elle n'était plus qu'à une centaine de mètres. Elle semblait avoir adopté une autre stratégie. Les finir à bout portant. Elle progressait tranquillement, le fusil à la hanche. Bastogne détailla cette silhouette massive mais pas très grande dont le visage était dissimulé par un masque et une capuche. La cabane n'était pas Fort Alamo. Il n'avait rien à opposer à son agresseur. Juste son courage. Et il n'était pas sûr qu'il lui en restât beaucoup. La présence de Stella l'aiderait à crever dignement en essayant au moins de la défendre. Ça ne changerait cependant rien à l'issue. Ni pour lui ni pour elle. Il scruta plus attentivement son environnement. L'endroit où ils se trouvaient devait être un ancien atelier destiné à réparer les bateaux, devenu la propriété des jeunes de la région. Des cadavres de bière étaient exposés sur des étagères rouillées. Sous un matelas piqué par les moisissures, un vieux bidon gisait. Un fond de liquide jaunâtre croupissait à l'intérieur. L'idée jaillit alors dans la tête de Bastogne. La proximité de la mort le rendait intuitif. Il ôta son polo et le déchira avec les dents en tirant si fort qu'il crut se déboîter la mâchoire. Il s'empara d'une des bouteilles de bière, balança le matelas, et ouvrit précipitamment le bidon. L'odeur qui s'en dégagea le fit basculer dans l'euphorie. Il versa un peu de son contenu dans le réceptacle en verre. Puis il fourra à l'intérieur une bande de tissu, arrachée à son Ralph Lauren, qu'il laissa dépasser. La mèche était prête. Il ne restait plus qu'à l'allumer. Et pour cela il comptait sur Stella. Il l'avait vu une fois ou deux tirer sur un cigarillo. Il la fouilla et trouva dans la poche arrière de son jean un briquet Zippo. Le tissu épais semblait l'avoir protégé de l'humidité.

Il ouvrit le clapet et fit tourner la roulette. Rien. Il recommença l'opération. La flamme jaillit. Il s'empara de la bouteille de bière et mit le feu au tissu. Il n'avait plus de temps à perdre.

L'irruption, hors du cabanon, de Bastogne ne troubla pas le tireur. Il avait l'habitude de gérer ces situations où le gibier tentait un baroud d'honneur pour échapper à son funeste destin. Il avait pris Bastogne pour un pleutre. Il ne pensait pas qu'il aurait « les couilles » de se défendre. Cela n'avait aucune importance. Il épaula son fusil. Il n'était qu'à une vingtaine de mètres. Même en mouvement, dans cette position, il atteindrait la tête sans problème. Mais il avait ordre de le neutraliser, pas de le tuer. Ce n'était pas lui la cible. Il visa le tibia droit. Il s'aperçut alors que Bastogne tenait quelque chose dans sa main. Cette seconde d'hésitation, pendant laquelle il ne pressa pas la détente, laissa le temps à Éric Bastogne d'expédier dans sa direction le cocktail Molotov improvisé. Le verre éclata sur un galet aux pieds de l'assaillant. Et soudain ce fut l'embrasement. Le bas de son pantalon prit feu. Sans paniquer, il posa son fusil hors du brasier et tenta d'étouffer les flammes avec ses mains gantées. Lorsqu'il releva la tête, il vit Bastogne balancer un autre de ses cocktails maison. Il put cette fois l'esquiver et la bouteille se cassa à quelques mètres de lui sans que les flammes ne l'atteignent. Il n'avait cependant pas eu le temps de ramasser son fusil et l'arme en matériau ultraléger composite de haute technologie s'enflamma instantanément. Les fusils de précision des tireurs d'élite sont des machines très fragiles. Il hésita un instant. Au corps à corps il était à peu près sûr d'avoir le dessus grâce à son entraînement. Mais Bastogne s'était révélé bien plus coriace qu'il ne le pensait. Il l'avait sous-estimé et c'était une grave erreur. Il la paierait. S'il était blessé dans sa fierté, il craignait surtout la réaction de son commanditaire, qui ne lui ferait pas de cadeau. Mais il devait renoncer. D'autant plus que ce joli feu de joie avait dû attirer l'attention des riverains. Les flics ou les pompiers ne tarderaient pas et il devait récupérer son véhicule garé de l'autre côté de la colline. Il avait échoué. Pour cette fois. Mais, d'une façon ou d'une autre, il honorerait son contrat.

La sédation continue l'avait plongé dans un univers ouaté dont il n'avait pas envie de s'extirper. Il était tellement bien à ne plus penser à rien. Il se fit violence et s'obligea à ouvrir les yeux. Ils l'avaient gavé de médocs pour le calmer et accessoirement pour remettre en place son épaule déboîtée.

Éric Bastogne était arrivé au CHU de Caen dans un état d'excitation proche de l'hystérie. Ils avaient survécu. Ou plutôt, il avait survécu. Stella avait été transportée dans une autre ambulance. Elle était dans un état critique. À leur arrivée à l'hôpital, il avait exigé de la voir. Il n'y avait pas été autorisé. Il se sentait, à ce moment-là, invincible. Rien ne pouvait l'arrêter. Et ce n'était pas les deux misérables aides-soignants qui allaient l'en empêcher. Il s'était énervé. Ils l'avaient shooté.

Perché, il avait eu du mal à comprendre le médecin quand celui-ci était venu l'informer dans sa chambre que l'opération de Stella s'était bien déroulée. Elle était désormais hors de danger. Il avait mis une bonne paire d'heures à intégrer la bonne nouvelle. Mais l'essentiel était qu'elle s'en était tirée. Son sourire intérieur s'était encore élargi. Extérieurement la morphine avait figé ses traits.

Il n'avait aucune idée du jour ni de l'heure qu'il était. Combien de temps avait-il été dans les vapes ? Par la fenêtre, il vit qu'il faisait nuit. Au prix d'un gros effort, il parvint à arracher sa perfusion. Il releva la couverture et balança ses jambes hors du lit. Il porta immédiatement les mains à sa tête. Elle allait exploser. Les vagues de douleur déferlaient les unes après les autres sous son crâne. Il souffla profondément et se dirigea, à pas comptés, vers le placard de la chambre. Il n'était pas aussi faible qu'il le pensait. Il tenait debout. Il tâta son épaule. Elle n'était plus douloureuse. Il ôta sa blouse d'hôpital et enfila son pantalon encore humide. Par précaution, il s'assit de nouveau pour mettre ses rangers. Son polo dépecé, il fut contraint de se rabattre sur un vieux T-shirt mauve qui traînait, accroché à la penderie.

Les couloirs de l'hôpital étaient presque déserts. Il croisa une infirmière qui afficha un air suspicieux en le toisant. Il la salua aussi naturellement que possible et elle passa son chemin. Il opta pour les escaliers afin de rejoindre l'accueil du rez-de-chaussée. Une femme mûre aux cheveux tirés en queue-de-cheval s'affairait sur un Mac qu'elle semblait avoir du mal à domestiquer. Bastogne la salua :

— Bonjour, j'aurais souhaité prendre des nouvelles de Mlle Stella Furton. Pourriez-vous s'il vous plaît m'indiquer le numéro de sa chambre ?

L'hôtesse, qui portait mal son nom, le fusilla du regard. Qui était-il pour oser venir la déranger dans son combat impitoyable contre la machine ? Elle aboya :

— Quel nom avez-vous dit ?

— Furton, F-U-R...

Elle l'interrompit.

— Je sais encore écrire.

Elle cliqua plusieurs fois sur sa souris et au bout d'une petite minute cracha :

— Elle a été transférée.

Bastogne, dont le cerveau tournait au ralenti, ne comprit d'abord pas.

— Ce n'est pas possible qu'elle soit déjà sortie, elle était gravement blessée.

Face à cet homme aux facultés mentales visiblement altérées, le visage du dragon se radoucit quelque peu. Comme si elle s'adressait à un débile, elle détacha chaque syllabe.

— J'ai dit qu'elle avait été transférée. Elle est dans un autre hôpital.

— Mais qui l'a emmenée ?

— Vous êtes de la famille ?

Bastogne hésita et pensa qu'il serait plus facile de mentir.

— Je suis son frère.

La harpie, exaspérée, reprit sa mine revêche. Elle ne voulait qu'une chose. Venir à bout de ce foutu tableau Excel qui la torturait. Pour cela il fallait qu'elle se débarrasse du crétin. Elle prit dans le tiroir du bureau un registre qu'elle ouvrit à la page des sorties. Elle mit le doigt sur une ligne précise et tourna le grand cahier afin que Bastogne puisse le voir.

— Constatez vous-même. Quelqu'un a bien signé son autorisation de transfert. Mais je ne peux pas vous dire qui ni où.

Ce ne serait pas nécessaire. Cette signature. Cette misérable patte de mouche tarabiscotée. Il la connaissait. Elle était apposée au bas d'un formulaire d'inscription pour une école du Liechtenstein.

27

Éric Bastogne planquait en bas du 15, boulevard Suchet depuis plus de quarante-huit heures. Mais l'appartement des Furton restait désespérément déserté par ses occupants. Il tombait systématiquement sur la boîte vocale du téléphone de Stella. Il ne possédait pas le numéro de son père. C'était toujours Édouard qui le joignait, en appel masqué.

Sans tenir compte des injonctions du SRPJ de Caen, qui voulait l'interroger sur les événements de l'étang, Éric Bastogne s'était enfui de l'hôpital. Il avait retrouvé son véhicule garé sur le parking des visiteurs et avait regagné Paris au plus vite. Il était inquiet pour Stella et voulait, avant tout, avoir de ses nouvelles. Furton lui devait également des explications. Mais l'homme d'affaires et sa famille étaient introuvables. Volatilisés.

Bastogne avait retenu une chambre dans un hôtel à proximité de leur domicile. Il voulait les coincer quand ils reviendraient. Mais ils ne revenaient pas. Il s'était rendu dans tous les plus prestigieux établissements de santé de Paris et de sa banlieue afin de retrouver leur trace. Stella était obligatoirement hospitalisée. Mais soit elle avait été admise sous un faux nom, soit elle était à présent loin de la capitale. Les Furton ne manquaient pas de moyens.

Le professeur sortit de la voiture tout en scrutant les immenses fenêtres de l'appartement qui restait plongé dans le noir. Il était plus de 23 heures et il tombait de fatigue. Il décida de regagner son hôtel à pied. Dans le quartier, un quatre étoiles était le minimum requis. Grâce à Marc, il disposait encore de fonds substantiels. Il était hors de question qu'il retourne chez Élisabeth.

L'établissement, discret et de petite taille, offrait des prestations honorables pour sa catégorie. Bastogne songeait à s'y poser encore quelques jours, quelle que soit l'issue de ses recherches. Il avait besoin de se retrouver seul pour réfléchir et surtout se calmer. Son corps lui envoyait des signaux alarmants. Il avait frôlé la panique à plusieurs reprises ces dernières heures.

Il salua le jeune réceptionniste de nuit d'un mouvement de tête. Il emprunta l'escalier. Il n'avait que deux étages à monter. Lorsqu'il ouvrit la porte de sa chambre, il sut immédiatement qu'il était là. Dans la pénombre il distingua les contours de son corps fiché dans le fauteuil.

— Je ne te demande pas comment tu m'as retrouvé.

André se leva nonchalamment.

— Je pourrais te débusquer au bout du monde s'il le fallait.

Bastogne opina et inséra la carte dans le lecteur. La lumière s'alluma.

Il s'effondra sur le lit, les bras en croix. Il était tellement las. Pas seulement de ces dernières heures passées à attendre. Il cherchait à donner un sens à tout cela. Était-ce si important de savoir ? Ne devrait-il pas se contenter d'essayer de vivre, simplement, sans chercher à tout prix à comprendre ? Il pourrait supporter une vie sans relief à condition d'être entouré d'un minimum d'amour. Mais il n'avait plus que Sam.

La présence d'André était une réponse en soi. S'il était là, c'était qu'il y avait crise. Bastogne se demandait s'il en avait conscience. Il apparaissait toujours lorsqu'il était au plus bas. Puis disparaissait lorsque les choses semblaient s'arranger. Malgré cela, il était soulagé de le savoir à ses côtés. Avec lui, il se sentait plus fort et prêt à agir et non plus seulement à réagir. Tout en demeurant couché, il extirpa le téléphone de sa poche et composa le numéro de la seule personne qui pouvait encore l'aider.

Le coup de téléphone était arrivé au moment où il commençait à flancher. La tentation avait été forte d'abandonner et de se retirer, à défaut de pouvoir oublier. Mais Étienne Mougin était, par essence, un être raisonnable. Les tentations de l'excès, nombreuses dans son métier, ne l'avaient qu'effleuré. Grâce à cette propension à la mesure, il se tenait aujourd'hui debout et non pas allongé au fond d'une caisse en bois avec des fragments de neuf millimètres dans le cerveau. Il était encore loin de pouvoir reprendre ses fonctions au sein de la brigade. Sa hiérarchie ne le souhaitait pas et lui non plus. Il fallait solder pour tout recommencer.

Un état d'esprit commun aux deux hommes qui s'étaient donné rendez-vous dans les allées du parc Monceau. Éric Bastogne oscillait entre nervosité et détermination. Il n'avait qu'une obsession : localiser Édouard Furton.

« Lui seul a les réponses », était-il persuadé.

Mougin le pensait aussi, même s'il doucha les attentes de Bastogne.

— Je n'ai pas repris le travail et je ne dispose donc pas des systèmes d'information qui pourraient vous aider. Même si j'y avais accès, je ne pense pas que cela changerait grand-chose, avoua le commandant. Furton n'est pas recherché par la police. Il est libre de ses mouvements et il est capable d'organiser sa disparition sans laisser la moindre trace. Avec son jet privé, il peut aller n'importe où. Nous n'avons aucune possibilité de le trouver.

Contre l'évidence, Bastogne insistait et insistait encore. Interpol, le FBI, les services secrets français, tout y passait. Sa pensée n'était plus structurée. Mougin tenta de le recadrer et posa alors la seule question qui comptait vraiment.

— Pourquoi le cherchez-vous ?

Bastogne s'arrêta de marcher comme si la réponse à cette question était évidente.

— Vous me l'avez dit vous-même et sans ménagement. Furton est au centre de tout.

— Il l'est depuis déjà longtemps. Pourquoi réagissez-vous aujourd'hui ?

— Parce que j'ai sans doute établi le lien que vous recherchiez entre moi et Furton, annonça Bastogne.

— De quel ordre ? questionna calmement Mougin qui sentait pourtant la sensation familière de l'excitation de l'enquêteur poindre.

— Familial, répondit Bastogne.

Mougin évalua la portée de cette révélation. Cela expliquerait pourquoi Furton avait voulu protéger Bastogne. Un attachement. Il fit glisser le pommeau de sa canne de doigt en doigt. Il sentait qu'il serait bientôt en mesure de remarcher sans, même s'il garderait une légère claudication.

— Vous pouvez être plus précis ?

— Seul Furton pourrait m'en dire plus.

Mougin insista.

— Qu'est-ce qui vous faire croire à l'existence de ce lien familial ?

Éric Bastogne avait, plus que jamais, besoin de Mougin même s'il le sentait toujours hostile. Il lui raconta par le menu toute sa virée normande sans oublier d'évoquer le formulaire d'inscription retrouvé dans la maison des Bastogne et signé par Édouard Furton et son épouse.

Le policier prit de longues minutes pour assimiler ces nouveaux éléments. Il était abasourdi.

Cette affaire ne cesserait donc jamais de rebondir.

Il venait d'apprendre d'abord que Bastogne pourrait être de la famille de Furton. Ensuite que le professeur frayait avec la fille de Furton et que cette relation ne semblait guère plaire au paternel. Pour cause. Et enfin que Stella Furton, désormais proche de Bastogne, avait, elle aussi, fait l'objet d'une tentative d'assassinat. Il pensait, sans arrogance, être un bon flic, et même un excellent flic. Mais là, il était largué. Les deux hommes continuèrent leur déambulation et Mougin voulut verbaliser afin de tenter d'analyser.

— Une nouvelle tentative de meurtre avec, cette fois, la fille de Furton et vous comme cibles.

Furton ne peut pas en être à l'origine. Jusqu'ici, il a tout fait pour vous protéger. Et même s'il était mécontent de la relation que vous entreteniez avec sa fille, il n'aurait pas pu s'en prendre à vous deux. C'est inconcevable.

Bastogne acquiesça. Mougin continua, concentré sur son raisonnement.

— Ce qui signifie qu'il y a quelqu'un d'autre qui vous en veut et qui essaie d'éliminer ceux qui vous sont proches. Stella Furton, Marc Delvain…

Dans les affaires criminelles, Mougin avait souvent été confronté au manque de pistes. Là, ils en avaient trop. Avec un homme au centre de tout : Éric Bastogne. Un type qui semblait de moins en moins comprendre pourquoi il occupait cette place centrale. Si Mougin était obligé de l'aider pour le savoir, il le ferait. Même s'il ressentait toujours une profonde aversion et une solide méfiance envers cet individu. Au terme de sa réflexion, le flic décréta :

— Vous avez raison. Le seul fil que nous soyons en mesure de tirer aujourd'hui c'est celui qui mène à Furton. Et si nous ne pouvons pas l'attraper, au moins pouvons-nous en apprendre un peu plus sur vous et lui, sur la nature de votre relation. Vous m'avez bien dit que cette école au Liechtenstein existait toujours ?

— Oui, j'ai vérifié.

— Alors nous devons nous y rendre.

— Nous y rendre ? reprit Bastogne en insistant bien sur le « nous ».

— Vous dites n'y avoir jamais mis les pieds. Mais il y a ce formulaire officiel d'inscription avec votre photo et la signature de vos tuteurs légaux, les

Furton. Nous trouverons peut-être des réponses là-bas. Mais ce type d'établissement pour jeunes milliardaires ne va pas nous ouvrir ses portes sans y être, sinon contraint, du moins incité. Ils ont la culture du secret. Mes relations à Interpol vont nous permettre d'obtenir le soutien de la police locale.

Éric Bastogne fut soulagé de comprendre qu'il pourrait désormais compter sur un allié de circonstance pour trouver la vérité. Même s'il savait aussi que ce partenaire et cette vérité le détruiraient probablement.

28

André ne faisait que sommeiller. Il restait en alerte. Éric Bastogne était rentré de son rendez-vous encore plus épuisé. Une fatigue nerveuse. Il s'était allongé sur le lit et s'était assoupi avant même d'avoir eu le temps de se déshabiller. André avait pris un oreiller et s'était installé à ses côtés sur l'épaisse moquette de la chambre. Il avait connu des endroits bien plus inconfortables pour dormir.

L'oreille au ras du sol, il entendit d'abord les pas. Silencieux. Mais pas assez pour son ouïe exercée. Puis il vit l'ombre sous la porte. Il se leva, sans faire un bruit, et se cacha dans la petite salle de bains attenante à l'entrée. Le bruit métallique de déclenchement de la serrure électronique s'activa et la porte s'ouvrit. L'intrus ne pénétra pas immédiatement. La lumière du couloir trancha l'obscurité de la chambre et lorsque la haute silhouette se dessina dans l'encadrement, André sortit de sa cachette et asséna une manchette à la glotte de l'individu. Castor se plia en deux et porta la main à sa gorge. André enchaîna avec un coup de pied sur la tempe droite qui fit se coucher le colosse.

Dans le couloir, le petit homme au chapeau mou avait observé la scène avec détachement. À présent il fixait André tout en effectuant des moulinets avec un chapelet étonnamment long à l'extrémité duquel pendait une croix. Une croix particulière puisque les pieds du Christ, taillés en lames de rasoir, faillirent crever l'œil d'André.

Un petit pas de recul lui permit d'esquiver. Il n'eut pas le temps de s'interroger sur la symbolique de cette arme inattendue, Pollux lança une seconde fois son Christ vengeur à hauteur de visage. André parvint à le stopper avec la paume et referma la main sur la croix. À l'autre bout du chapelet, Pollux tira de toutes ses forces. Malgré la douleur, André ne lâcha pas et, en un bond, fondit sur son agresseur, le colla contre le mur, et lui administra un coup de poing dans le plexus. Pollux lâcha son chapelet. André le récupéra avant qu'il ne tombe à terre et planta la croix dans la carotide du tueur.

Pollux ouvrit grand la bouche et cligna des yeux. Il sentit le froid l'envahir et la vie se retirer de son corps au fur et à mesure que le sang jaillissait de sa gorge. Il allait enfin savoir. Le seigneur le rappelait à lui. Est-ce qu'il lui pardonnerait ?

Il s'affaissa le long du mur et André s'écroula à son tour à côté de sa victime. Sa paume avait été labourée par la lame. Il saignait abondamment. Il avait mal. Il gardait un œil sur le gros tas de muscles qui commençait à reprendre conscience.

Castor émit un grognement lorsqu'il vit le corps de son frère sans vie. Malgré les ordres du patron, qui le voulait vivant, il aurait broyé un à un les os de l'homme responsable de la mort de son frangin si ce dernier n'avait pas eu le chapelet en sa possession. Il connaissait sa redoutable efficacité et l'individu avait démontré qu'il savait se battre. Castor et Pollux ne portaient jamais d'armes à feu. D'abord parce qu'ils aimaient improviser avec les objets qu'ils avaient sous la main, c'était bien plus excitant et créatif – tuer ou mutiler était un art. Et accessoirement parce que cela évitait les embrouilles avec la police en cas de contrôle.

Castor pensa à leur pauvre mère. Elle avait toujours affirmé que sa témérité le ferait mourir bien avant son frère. Elle avait été aveuglée par l'amour qu'elle portait à Pollux. Elle préférait sa douceur et son raffinement. Lui n'était qu'un rustre. Mais il était vivant et il comptait bien le rester. En titubant et sans un regard en arrière, il prit la direction de l'ascenseur. André le laissa filer, il ne se sentait pas en mesure de l'arrêter. L'assaut n'avait pas duré plus d'une minute et aucun client n'avait été dérangé dans son sommeil.

29

Ils étaient désormais complices. Au sens légal du terme. Les policiers normands recherchaient Éric Bastogne pour l'interroger. Et Étienne Mougin, un flic de la brigade criminelle, avait décidé, sans hésiter, de le soustraire. Pire, il avait accepté de le transporter dans son véhicule personnel, Bastogne n'étant pas en mesure de conduire le sien. Il s'était abîmé la main droite la veille au soir et portait un épais bandage. S'il se faisait arrêter alors qu'il se dirigeait vers la frontière suisse en compagnie d'un fuyard, il aurait bien du mal à convaincre ses collègues de sa bonne foi. Ce serait la retraite anticipée. Il accepterait la sanction, à condition de boucler son affaire. Peut-être qu'il demanderait à quitter définitivement la police. Il ne se sentait déjà plus flic.. Une seule chose importait : trouver au Liechtenstein la preuve de ce lien qui unirait Bastogne à Furton. S'il était établi, alors l'affaire se dénouerait. La personne que le milliardaire voulait protéger, c'était Bastogne, un membre de sa propre famille. Bastogne aurait tué Justine Fréger et Édouard Furton aurait œuvré pour disculper un proche. Arrêter et faire payer Furton serait difficile, sinon impossible. Mais la vérité éclaterait. Il le devait à Justine Fréger, à sa sœur aussi. À toutes ces femmes victimes de la violence et de la perversité des hommes.

L'un de ces spécimens méprisables était probablement vautré sur la banquette arrière de sa Citroën. Mougin ne savait plus quoi penser de lui. Il était traversé par des sentiments contradictoires. Dans un sens il plaignait Bastogne, mais il voulait aussi le mettre devant ses responsabilités. Même s'il avait douté, un temps, de sa culpabilité, il était clair désormais, à la lumière des nouveaux éléments, que Bastogne avait bien tué Justine Fréger. Il ne niait d'ailleurs plus. Il affirmait ne pas se rappeler lui avoir fait du mal.

Était-ce possible ?

Sans doute.

Mougin n'était pas psychiatre. Seule certitude, en revanche, le professeur était prêt à tout pour connaître la vérité. Quitte à découvrir qu'il était un monstre. Si c'était le cas, il ne s'en remettrait pas. À défaut d'aller en taule, ce serait sa punition. Vivre avec ça sur la conscience. Ou mourir pour ne plus avoir à le supporter. Ce serait son choix, même si Mougin avait une idée de l'issue.

Bastogne sortit de sa léthargie pour constater qu'ils entraient sur le territoire suisse. Il s'était écroulé. Il avait l'impression qu'il ne se remettrait jamais de cette nuit de cauchemar, cette fois bien réel, au cours de laquelle il avait été réveillé en sursaut par André qui lui avait annoncé tranquillement qu'il avait tué un individu et mis en fuite un autre. Les hommes de main de Furton.

Ainsi Édouard voulait désormais se débarrasser de lui.

Après l'avoir protégé.

Qu'est-ce qui expliquait ce changement d'attitude ?

Probablement les blessures de sa fille.

Furton avait fait un choix. Et il n'avait pas tranché en sa faveur. Bastogne se rappela les propos de Stella. Il n'y avait qu'elle qui comptait pour son père. Lui n'était que dans une zone grise.

André et lui avaient caché le cadavre du petit homme au chapeau dans la salle de bains de sa chambre. Pour gagner un peu de temps. Le corps serait découvert rapidement. La moquette du couloir était maculée de sang. De celui du cadavre, de celui d'André, et même du sien puisque, dans la précipitation, il s'était coupé profondément en ramassant un étrange objet qui ressemblait à un chapelet.

Bastogne avait fait ses bagages et ils s'étaient éclipsés par une porte de secours sans que le concierge ne les voie. Mais il ne se faisait guère d'illusions. Même s'il s'était inscrit à l'hôtel sous un faux nom, il ne s'était pas caché et les flics remonteraient à lui. Il y avait ses empreintes partout. André avait été plus prudent. Personne ne pourrait attester de sa présence cette nuit-là, il avait l'art de passer inaperçu malgré son physique particulier. Et ce n'était certainement pas Bastogne qui le dénoncerait.

André lui avait sauvé la vie.

Pour sa fuite et le corps dans sa chambre, Éric Bastogne retournerait en prison. Il assumerait et endosserait toutes les responsabilités. Il évoquerait la légitime défense. Mais avant de se livrer, il devait savoir. Peut-être qu'après il n'aurait même pas à se rendre. Il s'infligerait lui-même son châtiment.

Bastogne avait de plus en plus de mal à discerner le vrai du faux.

Était-il vraiment dans cette voiture avec Mougin ?

Il se souvenait l'avoir appelé au petit matin dans un état second.

« Nous devons nous rendre sans délai au Liechtenstein », lui avait-il asséné.

« On risque ensuite d'en être empêché. »

Il ne lui avait pas révélé pour autant ce qui s'était passé dans ce couloir d'hôtel. Mougin était policier. Il n'aurait pas pu fermer les yeux. Il aurait cessé de l'aider et il ne saurait jamais s'il était un monstre ou simplement le pion d'une affaire qui le dépassait.

Il reprit une position assise. Mougin jeta un coup d'œil dans son rétroviseur. Bastogne lui demanda :

— Comment procédera-t-on une fois sur place ?

Mougin avait eu tout le début du trajet pour y penser.

— J'ai pris contact avec un policier local qui nous ouvrira les portes de l'école. Il nous fera passer pour de simples visiteurs curieux de connaître le fonctionnement de l'établissement.

— Quel type de visiteurs ?

— Des Français qui désirent créer ce même type d'institution dans leur pays. Ils viennent pour apprendre, ça passera mieux ainsi.

— Nous aurons accès aux registres ?

— Il faudra nous débrouiller une fois sur place.

— Sommes-nous sûrs du contact ?

Mougin fut agacé par ces interrogations.

— Le policier a décidé de nous aider parce qu'il rêve de sortir de son trou où il n'y a ni criminel ni délinquant. Flic au Liechtenstein, c'est un calvaire. Interpol pourrait constituer une porte de sortie pour lui. Je pourrais l'aider à la prendre. Vous êtes rassuré ?

Bastogne secoua la tête.

— Vous ne m'aimez pas, n'est-ce pas ?

— Ce n'est pas la question.

— Vous croyez de nouveau que je suis un assassin ?

Cette fois Mougin prit son temps pour répondre. Bastogne était une grenade dégoupillée qui pouvait lui péter à la gueule à tout moment. Il devait le ménager.

— Comment le saurais-je ? À vous entendre, même vous vous n'avez pas la réponse.

— Vous le pensiez quand vous m'avez envoyé en prison, insista Bastogne.

— J'en étais persuadé, en effet, ne cacha pas Mougin. Et, pour être tout à fait honnête, je me pose encore beaucoup de questions.

— Pourquoi m'aidez-vous alors ? Juste pour avoir le plaisir de me voir anéanti ? Vous savez que je ne pourrai pas être rejugé pour ce crime.

Mougin n'avait aucune envie de se confier à ce type. Il avait raison, il ne l'aimait pas. Dès le début il s'était méfié de lui, en partie parce qu'il n'était pas parvenu à le cerner. Il était trop complexe, trop paradoxal, peut-être trop intelligent aussi, ou trop déséquilibré. Il n'aurait jamais confiance en lui car, il en restait persuadé, c'était un tueur en puissance.

— Nous avons tous notre histoire, avança Mougin pour mettre fin à cette conversation.

Bastogne sembla s'en contenter. Il demanda toutefois à Mougin de s'arrêter car il avait envie de pisser. Le commandant n'avait pas fait de pause depuis le départ de Paris et ses paupières s'alourdissaient. Ils étaient désormais à l'abri sur le territoire suisse.

Schaan était la plus grande ville du Liechtenstein. Plus grande que Vaduz, la capitale. Ce n'était pourtant qu'une bourgade d'à peine six mille habitants au pied des montagnes. Elle était à l'échelle de ce pays timbre-poste coincé entre la Suisse et l'Autriche. Le Liechtenstein était une anomalie. Une principauté de trente-six mille âmes qui n'était devenue indépendante que par la grâce de Napoléon qui lui avait permis de s'exonérer de la tutelle du Saint-Empire en démantelant le territoire des Habsbourg.

Elle devait sa prospérité à son régime fiscal copié sur celui de la Suisse. Le Liechtenstein ne connaissait pas la crise. La population du pays bénéficiait d'un des niveaux de vie les plus élevés de la planète. À l'égal du sultan de Bruneï, le prince Hans-Adam II comptait parmi les chefs d'État les plus riches du monde.

Pourtant, rien n'était étalé. À l'inverse de Monaco, pas de signes extérieurs de richesse. Tout restait planqué bien à l'abri dans les coffres-forts des banques. Schaan n'avait aucun charme. Même pas celui de la tranquillité qui, dans son cas, confinait à l'ennui. Les rues étaient vides, les magasins rares.

L'hôtel Linde, sa couleur rose pastel, apportait une touche d'originalité. Il était situé au cœur d'un centre-ville imaginaire.

Mougin y avait réservé deux chambres pour la nuit, le rendez-vous au Feuerstein n'étant programmé que pour le lendemain. Le parking de l'établissement était vide. À cette période de l'année, que pouvait-on faire au Liechtenstein ? Marcher peut-être. Il faudrait attendre l'hiver et l'attrait des montagnes pour que quelques touristes pointent le bout de leur nez.

La réception était minuscule et qui plus est encombrée par un grand gaillard qui avait du mal à se mouvoir dans cet environnement si étriqué. Avec l'arrivée des Français, le Linde avait fait le plein. L'homme, souriant, s'approcha d'eux en leur tendant la main.

— Commandant Harold Schäfer de la police de Schaan, se présenta-t-il.

— Étienne Mougin, ravi de faire votre connaissance.

Puis se tournant vers Bastogne.

— Mon collègue Éric.

— Bienvenue, messieurs, je suis heureux de pouvoir vous aider.

L'enthousiasme n'était pas feint. La présence de ces deux policiers venait le tirer de sa routine. S'il était efficace, Schäfer tenait là une occasion unique de partir enfin d'ici. L'antenne d'Interpol à Vienne recrutait. Son rêve. Il ferait tout pour que les Français repartent satisfaits. Au Liechtenstein, à Schaan et Vaduz en particulier, les deux villes n'étant distantes que de trois kilomètres, il connaissait tout le monde. Il avait passé les trente premières années de sa vie dans cette vallée.

Il avait cependant dû solliciter les gens les plus importants de son réseau pour convaincre le directeur de Feuerstein d'accorder une visite de son école à des étrangers. Au Liechtenstein, le secret, pas seulement bancaire, était érigé en religion. Accroché aux pentes du mont Garsellakopf, le Feuerstein vivait hors sol. Aucun contact avec la population locale. Les enseignants, les administratifs, les élèves étaient tous des étrangers. Ils vivaient sur place. En vase clos. Rien ne filtrait jamais de ce qui pouvait se passer là-haut. Le premier magistrat du tribunal de Vaduz était intervenu en personne pour décrocher cet entretien. Schäfer se réjouissait à l'avance à l'idée de pouvoir enfin mettre les pieds dans un endroit qui faisait l'objet de tellement de fantasmes. Il dut revenir à la réalité.

— Nous vous remercions de votre implication. Pourriez-vous nous fournir quelques indications pour nous rendre demain à l'école? demanda Mougin.

La main du policier battit l'air.

— Ce n'est pas la peine, je vous accompagnerai.

L'expression du visage de Mougin suffit.

— Vous souhaitiez y aller seul?

— C'était l'idée, confirma Mougin.

Schäfer se permit d'insister malgré sa nature réservée et respectueuse.

— Je pourrais vous être utile…

Mougin le coupa.

— C'est très gentil de votre part mais nous saurons nous débrouiller.

Schäfer fit un trait instantané sur la soirée qu'il avait organisée pour ses hôtes. Ils ne semblaient pas prêts à apprécier les folles nuits de Schaan. Il était très déçu. Il avait préparé leur venue avec beaucoup de soin et tout était fichu par terre. Il devait désormais s'assurer que sa contribution serait appréciée à sa juste valeur.

— Votre rendez-vous, si rapide, a été très difficile à décrocher.

Mougin reçut le message. Il tenta un sourire.

— Nous savons ce que nous vous devons, jeune homme. Ne vous inquiétez pas, dès que nous sortirons de Feuerstein, j'appellerai mon ami d'Interpol.

Schäfer devrait faire avec. Son enthousiasme était retombé. Il serra la main à ces deux flics ingrats et antipathiques et regagna à pied le commissariat

Le Garsellakopf culminait à plus de deux mille mètres. Un massif alpin classique dont l'accès était cependant facilité par une route étonnamment large et bien entretenue. Un tapis d'asphalte déroulé sous les roues des grosses berlines des milliardaires qui accompagnaient leur progéniture jusqu'au Feuerstein. Au prix de l'année de scolarité, qui flirtait avec les 100 000 euros, rien n'était trop beau pour les accueillir. La veille au soir, Bastogne et Mougin avaient dîné chacun dans leur chambre. L'heure n'était pas au rapprochement. Les deux hommes connaissaient trop leur dangerosité respective. Ils étaient convenus que le lendemain le commandant mènerait les discussions avec le directeur. Pour le reste ils devraient improviser. L'objectif était d'accéder aux archives, et plus particulièrement à l'année 1990, qui correspondait à la date de la page de garde du dossier d'inscription découvert dans la maison de Normandie.

Dans les lacets sinueux, la petite voiture automatique de Mougin broutait. Au sortir d'un virage en épingle à cheveux, ils distinguèrent le toit en ardoise grise de l'établissement. L'entrée n'était pas explicitement indiquée. Mais aucun doute possible sur la destination du large portail en pierre saignant l'alignement régulier des sapins. Mougin immobilisa son véhicule devant le visiophone. La voix le devança en lui ordonnant de décliner leurs identités. Il s'exécuta et les portes s'ouvrirent. Mougin engagea la Citroën sur un sentier aménagé lui aussi comme une autoroute, avec de hauts réverbères et des espaces de dégagement.

Bastogne commença à ressentir les premières suées.

Un énorme 4×4 vint à leur rencontre. Deux hommes distingués en descendirent et leur firent signe de s'arrêter. Malgré leur cravate et leurs chaussures bien cirées, le renflement à leur ceinture trahissait leur fonction. Ils assuraient la sécurité des lieux. Le plus grand des deux se pencha à la portière et les salua en anglais.

— Messieurs, bonjour, voulez-vous nous suivre s'il vous plaît.

Sans plus d'explication ils regagnèrent leur bolide et firent demi-tour. Mougin cala son véhicule derrière le mastodonte.

À mesure qu'il s'engageait dans la forêt, le rythme cardiaque de Bastogne s'accélérait. Ils firent deux cents mètres et bifurquèrent à droite, empruntant une route plus étroite et moins bien carrossée.

Ils n'auraient droit qu'à l'entrée de service, songea Mougin.

Bastogne tentait de réprimer les premiers tremblements.

Plus ils avançaient sur ce chemin de traverse et plus les arbres semblaient se rapprocher pour former une voûte végétale impénétrable à la lumière. Les phares de la Citroën s'allumèrent automatiquement et, au même moment, Bastogne poussa un cri profond et guttural. Le policier pila et vit le visage blafard de son passager se découper dans l'obscurité. Ses yeux papillonnaient et son corps était soulevé par des spasmes.

Bastogne convulsait.

Mougin détacha sa ceinture de sécurité et en fit de même avec celle du professeur. Il essaya de lui parler mais Bastogne ne faisait plus que râler. Il était aussi raide qu'une planche. Des larmes inondaient ses joues.

Le coup fort sur la vitre fit sursauter Mougin.

— Que se passe-t-il ?

Le gentleman au 4×4 n'avait plus l'air si avenant. Mougin baissa sa vitre.

— Je crois que mon ami est en train de faire un malaise.

L'homme de la sécurité jeta un coup d'œil à Bastogne. Son teint finit de le convaincre qu'il était urgent d'agir.

— Ok, suivez-nous ! J'appelle le service médical.

Un flash, puis le trou noir. Lorsqu'il reprit connaissance, l'engourdissement refluait lentement de la tête en direction des membres inférieurs. Éric Bastogne était ballotté en tous sens, incapable de bouger les bras et les jambes encore paralysés par le torrent de terreur qui avait submergé son organisme. Il vivait son cauchemar. Et les plantes d'André, cette fois, n'y étaient pour rien.

Pendant des années, toutes les nuits, il avait couru sur ce sentier forestier pour échapper à une force maléfique qui finissait inexorablement par le happer. Aujourd'hui, il y était. Et il était épouvanté. Une peur viscérale qui envahissait tout son corps, chaque membre, chaque organe, chaque cellule, et qui l'empêchait de respirer.

Était-il en train de dormir ?

Le sentiment était trop fort, trop réel.

Allait-il se réveiller en nage dans sa chambre ?

Pas cette fois.

Il était confronté à ce qu'il avait enfoui et qui, aujourd'hui, remontait. L'enfant qu'il avait été. Éric Bastogne était face à lui-même. Et cette perspective le pétrifiait.

Il rouvrit les yeux et vit Mougin accroché à son volant. La Citroën effectuait des embardées. Le commandant lui lançait de temps en temps quelques coups d'œil. Il lui parlait mais il ne l'entendait pas. Il semblait paniqué.

Bastogne comprit alors que c'était lui l'objet de son inquiétude. Il tenta de se redresser. Sa bouche était un désert et sa langue pesait une tonne. Ses lèvres étaient scellées. Il pensa, sans pouvoir le formuler : « Nous avons trouvé ce que nous étions venus chercher. »

Bastogne était allongé sur la banquette arrière de la C3. Il avait la sensation d'avoir pris un camion de plein fouet. Il avait mal partout, mais au moins avait-il retrouvé l'usage de la parole. Il l'utilisa pour minimiser la crise.

— Ce n'était qu'un simple malaise vagal, insista-t-il.

Un type en blouse blanche n'était pas de cet avis. Il l'ausculta, prit sa tension. Elle était basse, mais rien de catastrophique ou d'inquiétant. Il penchait pour une crise d'épilepsie.

— Il serait plus prudent de le faire hospitaliser, indiqua-t-il en se retournant vers l'homme dégarni aux lunettes d'acier qui se tenait aux côtés de Mougin.

Stephen Bancroft, le directeur de la très prestigieuse institution Feuerstein, acquiesça et s'adressa à Mougin.

— Je crois qu'il serait plus sage de remettre notre entrevue, affirma le maître des lieux dans un français impeccable.

Mougin était perplexe. Tout ce chemin pour rien. Une piste qui s'évanouissait. Il était partagé. Bastogne lui avait fichu une sacrée trouille. Même s'il n'avait pas pu lui parler, sa réaction en disait long. Son corps avait reconnu les lieux et il ne semblait pas en garder de bons souvenirs.

Bastogne interrompit le débat qui commençait à s'engager entre Mougin et Bancroft. Il se redressa et se remit sur ses pieds. Le médecin tenta de l'en dissuader, il insista. Il vacilla, mais finit par tenir debout. Il se composa un sourire et fit signe de la tête que tout allait bien. Il s'excusa du dérangement et prétexta la fatigue du voyage, le petit-déjeuner escamoté, pour expliquer sa défaillance. Il assura que désormais tout était rentré dans l'ordre. Bancroft ne parut pas convaincu.

Il avait accepté, à contre-cœur, de recevoir ces étrangers, faisant ainsi une entorse au règlement. Il n'avait pas été en mesure de refuser la demande du haut magistrat qui était un proche du Prince. L'incident qui venait de se dérouler avait bouleversé le bel ordonnancement de son établissement. Au Feuerstein, chaque chose, chaque personne était à sa place et chaque instant de la journée était consacré à une tâche bien précise. Il n'y avait pas de place pour le désordre et l'improvisation.

Bastogne prit appui sur le toit du véhicule afin de s'assurer une meilleure stabilité et regarda l'environnement autour de lui. Ils étaient au pied d'un grand manoir de style architectural élisabéthain, vaisseau amiral d'une dizaine de bâtiments qui s'étalaient sur plus de cinquante hectares.

Bancroft, après une dernière hésitation, finit par leur indiquer la volée de marches en pierres qui menait à l'entrée principale. Mougin, claudiquant, et Bastogne, tanguant, suivirent le directeur. Ils traversèrent le grand hall d'entrée et passèrent devant l'imposant double escalier en bois qui distribuait les étages. Pas de trace du moindre élève. À cette heure matinale, les garçons – l'établissement leur était réservé – étaient en cours entre les mains des professeurs les plus réputés de la planète.

Ils empruntèrent un long couloir marqueté où s'affichaient les portraits de tous les prédécesseurs de Stephen Bancroft. Leur nom était accompagné d'une croix noire. Sauf le dernier. Bastogne y jeta un œil à la volée, il ne reconnut pas le visage. Il était déçu. Ces lieux n'évoquaient rien. Si ce n'est cette fichue forêt. Il douta même avoir jamais mis un pied dans ce bâtiment construit, s'il en croyait la plaque à l'entrée, en 1770. Il espérait un nouveau déclic. Peut-être moins violent.

L'antre de Bancroft était à son image. Austère. Du bois foncé partout et comme seule touche de couleur des dessins d'enfants punaisés sur un grand tableau blanc. Le directeur les invita à prendre place sur les chaises qui faisaient face à son bureau massif. Il s'assit à son tour, croisa les jambes, joignit les mains sur sa cuisse droite et attaqua, impatient.

— Alors, que puis-je faire pour vous ? Le juge Finkel m'a soufflé que vous souhaitiez ouvrir une école privée en France.

Comme convenu, Étienne Mougin s'y colla.

— C'est tout à fait exact et nous souhaiterions nous inspirer de votre environnement, comme de vos méthodes pédagogiques.

— Vous venez nous piller, en quelque sorte ! lança Bancroft en fronçant les sourcils.

Le sifflement qui suivit laissa à penser qu'il s'agissait d'un trait d'humour. Bancroft était à cataloguer dans la catégorie pince-sans-rire. Difficile de l'imaginer s'esclaffer. L'homme était dans la retenue. Mougin émit à son tour un petit gloussement pour signifier qu'il avait compris la plaisanterie.

— Nous voulons nous inspirer des meilleurs.

Bancroft n'était pas sensible à la flagornerie. Son léger accent, probablement suisse-allemand, s'accommodait mal d'un ton mielleux. Il était également très occupé et n'avait pas de temps à perdre.

— Que voulez-vous savoir exactement ?

Mougin avait préparé son laïus.

— Nous sommes impressionnés par votre capacité à accueillir et à proposer des projets éducatifs pointus sur des classes d'âge aussi disparates. Si je ne m'abuse, vos élèves ont entre cinq et dix-huit ans ? interrogea Mougin.

— C'est exact, confirma Bancroft, qui encouragea Mougin à accélérer en tapotant son sous-main en cuir du bout des doigts.

Mougin poursuivit :

— C'est pourquoi nous aimerions voir concrètement comment vous vous organisez sur un plan matériel et éducatif pour leur proposer cet enseignement si performant.

L'impatience fit place au scepticisme et Bancroft laissa échapper une moue désapprobatrice. Il n'était pas prêt à retracer les cent années d'histoire de l'institution.

— C'est dans notre ADN. Tout simplement. Il est difficile comme cela de le transmettre. Comme je le dis souvent à mes protégés, l'expérience est le meilleur des apprentissages. Êtes-vous prêt à vous glisser pendant une année dans la peau d'un étudiant monsieur Mougin ? Avec les 95 000 euros qui vont avec, ajouta Bancroft.

— Je ne vous cache pas que le temps comme l'argent risquent de me manquer. En revanche, si nous avions la possibilité de visiter vos locaux, de jeter un œil à vos archives, cela pourrait grandement nous aider.

Bancroft se raidit encore plus.

— Les archives, ce sera impossible. Question de confidentialité. Les noms de nos élèves y apparaissent.

Mougin comprit qu'il était allé trop vite, mais il sentait l'empressement de leur interlocuteur à se débarrasser d'eux. Il n'avait pas l'habitude de ne pas être le maître du temps lorsqu'il interrogeait quelqu'un. Il se reprit.

— Je songeais plutôt aux journaux que ces jeunes gens éditent chaque fin d'année et qui reprennent les événements écoulés, c'est souvent révélateur de l'état d'esprit d'une promotion ou de l'institution elle-même. Comprenez bien, c'est cette philosophie, qui est la vôtre, que nous aimerions capter pour pouvoir nous en imprégner. C'est très immatériel, je l'admets, mais nous voudrions toutefois en saisir sinon l'essence, du moins la fragrance.

Bancroft montra son premier signe tangible et manifeste d'agacement en claquant la langue sur son palais à deux reprises comme il devait le faire lorsqu'il réprimandait ses ouailles indisciplinées.

— Je dois vous dire que je ne m'attendais pas à une requête de cette nature. Je pensais qu'il s'agissait d'une simple visite de courtoisie. Vous savez sûrement que nous plaçons la sécurité de nos pensionnaires au-dessus de tout. Il vous sera donc impossible de les rencontrer et vous ne pourrez avoir accès à aucun nom. La position de leurs parents les rend très vulnérables. Notre premier devoir est de les protéger.

Mougin sauta sur l'occasion.

— Je crois savoir que pour respecter cet anonymat, les noms d'emprunt sont d'usage chez vous ?

L'agacement de Bancroft laissa alors place à la suspicion.

— C'est exact et même nos professeurs, en qui nous avons pourtant une totale confiance, ne connaissent pas leur véritable identité. Le nom est quelque chose de sensible et il est impossible que des personnes de l'extérieur, comme vous, en prennent connaissance. Des vrais comme des faux.

Bancroft avait légèrement élevé le ton pour bien faire comprendre son irritation tout en conservant un vernis de bonnes manières. Il se montra aussi plus explicite dans le verbe.

— C'est en assurant cet anonymat que nous avons construit notre réputation. La première leçon dont vous pourriez vous inspirer est : méfiez-vous des curieux !

— Je comprends parfaitement, fit Mougin en signe d'apaisement et pour gagner du temps.

Il aurait aimé que Bastogne vienne à sa rescousse, mais ce dernier semblait avoir du mal à récupérer. Il n'avait pas ouvert la bouche et paraissait se désintéresser de la conversation.

— Très bien. Je ne doute pas que vous ayez compris nos obligations, conclut Bancroft.

Il se tapa sur les genoux et se leva.

— Avant que vous ne partiez, je peux tout de même vous proposer une visite des lieux.

— Avec plaisir ! s'enthousiasma Mougin, qui comprit qu'il n'obtiendrait rien de plus qu'une flânerie. Tout ça pour ça.

Il masqua sa déception par un grand sourire à l'adresse de Bancroft et tenta d'accrocher le regard de Bastogne. Il était éteint.

Les trois hommes reprirent la direction du grand hall et croisèrent un vieux monsieur courbé qui semblait davantage trottiner que marcher. Arrivé à sa hauteur, Bancroft fit les présentations d'usage.

— Notre doyen, le très honorable Simon Salinger. Mon prédécesseur. Aujourd'hui il est président d'honneur de notre vénérable institution.

Le vieil homme releva la tête dans un numéro de contorsionniste et serra la main d'Étienne Mougin. Ses yeux malicieux s'arrondirent lorsqu'il croisa le regard de Bastogne. Ce changement d'attitude n'échappa ni au commandant ni au professeur. Bancroft était déjà reparti. Simon Salinger poursuivit son chemin.

Au pied du grand escalier, Bancroft proposa de débuter le tour du propriétaire par la bibliothèque, sa fierté. Bastogne s'appuya alors contre la rambarde.

— Je suis désolé mais je ne me sens pas très bien. Pourriez-vous poursuivre sans moi ? Je crois que je vais vous attendre. J'aurais dû écouter les conseils du médecin.

L'exaspération de Bancroft grimpa encore d'un cran. Il était inconcevable de laisser un étranger seul dans son établissement.

— Nous pouvons nous arrêter là et vous reviendrez une autre fois, proposa le directeur.

— Ce serait dommage, nous avons fait une si longue route, répliqua Mougin.

Bancroft ne voulut pas se montrer trop discourtois. Il évalua la situation et, à regret, décréta :

— Je vais vous mener à notre infirmerie.

Sur le palier du premier étage, Bancroft indiqua, à une dizaine de mètres, une porte en bois surmontée d'une croix rouge.

— Dites à notre infirmière que vous venez de ma part. Reposez-vous, nous ne serons pas longs.

C'était son vœu le plus cher.

Il se retourna vers Mougin et imita un sourire.

— Vous me suivez.

Éric Bastogne, l'air contrit, remercia Bancroft et se dirigea vers l'infirmerie. Il n'aurait jamais l'occasion de rencontrer la jeune femme brune, objet de tous les fantasmes des puceaux locaux. Il se planta devant la porte pour donner le change, surveillant Bancroft et Mougin du coin de l'œil. Quand ils disparurent dans l'escalier, il se précipita derrière eux en prenant garde de ne pas se faire repérer. Son empressement faillit le mettre à terre. Pris de nouveaux vertiges, il s'appuya sur le mur en lambris afin de récupérer.

Bastogne attendit que les voix des deux hommes s'évanouissent, puis il descendit à son tour l'édifice en bois et reprit le chemin qu'ils venaient d'emprunter. Il pria pour ne croiser personne car il savait qu'il serait alors soumis à la question. Cet endroit était plus surveillé qu'une prison. Il dépassa le bureau de Bancroft et déboucha devant une grande baie vitrée où il serait à découvert. Il n'était pas en état de sprinter. Le patio extérieur était, heureusement, désert. Il s'engagea dans l'autre aile du manoir sans se faire remarquer.

La plaque en laiton brillait. Le nom en noir laqué se détachait. « Simon Salinger. »

Ce patronyme ne lui disait rien, mais il ne pouvait pas s'être trompé. Mougin avait eu la même réaction. Salinger l'avait reconnu.

Il frappa à la porte et un « entrez » clair et distinct lui répondit.

Simon Salinger était assis sur une méridienne en velours marron. Il semblait attendre quelqu'un ou récupérer d'un choc. Peut-être les deux. Ses cheveux blancs, longs, et clairsemés, partaient sur les côtés et lui donnaient des airs d'Einstein. Malgré son âge, sa peau était remarquablement lisse et ses yeux bleu vif scannaient son visiteur.

Aucun doute, c'était bien lui. L'heure de rendre des comptes avait sonné. Pendant des années il avait vécu dans la hantise de voir entrer un jeune homme dans son bureau. Le temps était passé et il avait presque oublié. Aujourd'hui il avait devant lui un adulte en pleine force de l'âge et déterminé. Simon Salinger, dont la verve était une marque de fabrique, demeura muet.

Que pouvait-il lui dire ?

C'était injustifiable.

Alors il décida qu'il n'aurait qu'à répondre à ses questions.

— Vous m'avez reconnu ? lança Bastogne.

Simon Salinger l'invita à venir s'asseoir à ses côtés. Bastogne s'exécuta volontiers. Il n'aurait pu demeurer debout plus longtemps. Salinger porta une tasse de thé brûlant à sa bouche, comme pour s'accorder un répit, esquissa une grimace et reposa le breuvage sur la table basse.

— Vous avez été l'un de mes très jeunes élèves.

— Éric Durlinger, précisa Bastogne.

C'était le nom qui apparaissait sur la fiche d'inscription.

— Je me souviens parfaitement de votre nom d'admission, mais aussi de votre vrai patronyme, monsieur Furton.

C'était la première fois que quelqu'un l'appelait ainsi. Éric Bastogne retrouvait sa véritable identité. Il était bien le fils d'Édouard Furton lorsqu'il était arrivé dans ce pensionnat. Une nouvelle conflagration. Il s'y était préparé mais il en fut secoué. Il sentit d'un coup un regain d'énergie. Son organisme oscillait entre l'écroulement et l'euphorie. Un équilibre précaire qui lui redonna toutefois un peu de lucidité. Il en profita pour poursuivre son interrogatoire.

— Vous ne semblez pas heureux de me revoir.

Salinger voulut reprendre sa tasse mais sa main tremblait à présent. Son corps le trahissait, alors que son esprit était clair. Pour la première fois, il le déplora. Il aurait aimé ne plus se souvenir.

Salinger se tordit le cou pour fixer Bastogne droit dans les yeux. Son regard était d'un bleu intense.

— Que cherchez-vous à savoir ? Quelles que soient vos questions j'y répondrai. J'ai passé l'âge de jouer aux devinettes et j'ai assez usé de ma respectabilité. Je n'ai plus grand-chose à craindre, ni à espérer du reste.

Bastogne opina.

— Que savez-vous de moi ?

Cet homme était encore en quête d'identité, songea Salinger. Il n'était pas au stade de la démarche vengeresse, ce qui ne manquerait pas d'arriver lorsqu'il connaîtrait la vérité.

Il était étonné que l'enfant ait pu survivre. C'était un rescapé. Il imagina que l'individu face à lui s'était probablement battu toute son existence et avait fait preuve d'une résilience hors du commun pour être encore de ce monde. C'était éminemment respectable.

Simon Salinger s'était distingué de ses prédécesseurs par son humanité et sa compassion. Il ne faisait pas passer le devoir avant la compréhension. Sauf peut-être une fois. Une fois de trop. Il pouvait aujourd'hui se rattraper. Ce garçon méritait la vérité. Le vieillard se cala contre les coussins et décida de se confesser. Il ne savait pas par où commencer car il ne savait pas ce que savait son interlocuteur. Et il ne voulait rien lui cacher.

— Quels sont vos souvenirs exacts de votre passage au Feuerstein, mon jeune ami ?

Bastogne ne pouvait pas s'exonérer d'être franc s'il voulait tout connaître. Par ailleurs, le vieil homme ne semblait pas vouloir s'échapper.

— Je ne me souviens de rien ou presque. Juste des sensations et un traumatisme.

Salinger acquiesça et sentit des larmes affleurer. Il n'avait pas le droit de pleurer. Pas devant ce gamin. C'était encore l'image qu'il en avait. Il aurait pu décrire le gosse trait pour trait. Il déglutit et se releva légèrement.

— Vous êtes arrivé dans notre institution à l'âge de cinq ans. Et vous en êtes reparti deux ans plus tard.

Bastogne s'étonna.

— Pourquoi si tôt ?

— Parce qu'il y a eu un terrible accident.

Bastogne sentit d'un coup sa détermination vaciller. Il ânonna :

— Quel accident ?

Salinger s'aperçut qu'il bavait. Il s'essuya la bouche d'un revers de manche.

— Vous avez été abusé sexuellement.

Mougin essayait de gagner du temps en abreuvant Bancroft de questions. Mais le directeur n'était pas homme à se laisser manipuler et ses réponses, pour le moins sibyllines, démontraient sa nervosité. Quand il jugea qu'il en avait assez fait afin de ne pas être pris en défaut de discourtoisie, il pressa Mougin vers la sortie du laboratoire.

— Je vais malheureusement devoir vous abandonner. J'espère pour autant que votre visite vous aura apporté quelques éléments de réflexion. Où comptez-vous implanter votre école, m'avez-vous dit ?

— Dans le Jura, mentit Mougin.

— Très belle région, affirma Bancroft. Je connais bien sa partie suisse. Allons voir comment se porte votre ami.

Le directeur grimpa les escaliers quatre à quatre, la jambe de Mougin ne lui permettait pas de le suivre. Bancroft entra sans frapper dans l'infirmerie. Il surprit la jeune infirmière en train de placer un pansement sur le genou râpé d'un petit garçon. Bancroft balaya la pièce du regard.

— Où est l'homme que je vous ai envoyé tout à l'heure ? rugit-il.

Apeurée, la jeune femme ne comprenait pas. Elle craignait les colères de son patron qui pouvaient être homériques.

— Je n'ai vu personne, monsieur le directeur.

Bancroft sortit de la pièce en trombe et tomba sur un Mougin qui traînait de plus en plus la jambe.

— Où est passé votre ami ? lança-t-il d'une voix forte.

Mougin joua l'apaisement.

— Calmez-vous, je vais vous expliquer.

Mais Bancroft n'était pas prêt à écouter.

— Très bien, j'appelle la sécurité.

Il avait déjà retiré de sa ceinture le petit talkie-walkie noir. Mougin l'empêcha de poursuivre son geste en retenant son bras. Bancroft le regarda, outré, comme s'il venait de se faire gifler.

— Je vous conseille de me lâcher.

— Et moi, je vous conseille une nouvelle fois de vous calmer, répondit Mougin du tac au tac.

— Comment osez-vous ? Je vais vous faire foutre dehors à grands coups de pied au cul. Si vous êtes des satanés espions, vous n'êtes pas tombés au bon endroit, je vous l'affirme.

Ses éclats de voix avaient incité l'infirmière à passer une tête par la porte. Dans cette atmosphère feutrée il allait ameuter tout le château, se dit Mougin. Il devait le raisonner, et vite. Il tenta donc un coup de poker sans connaître ses cartes.

— Fichez-moi dehors et dans une heure tous les médias locaux, et je pense qu'ils ne sont pas si nombreux, seront au courant de ce qui se passe ici. Ce sera ensuite une traînée de poudre.

Bancroft était rubicond.

— Nous n'avons rien à nous reprocher. Mais qui êtes-vous donc ? De fichus journalistes ?

— Pire que ça. Nous sommes ceux qui demandent réparation pour le jeune Éric Durlinger.

L'évocation de ce nom agit comme un électrochoc. Les épaules de Bancroft s'affaissèrent. Cette sale affaire finissait par resurgir et il avait fallu que cela tombe sur lui.

Son rêve, les révélations de Salinger, tout s'éclairait d'une lumière blanche abrasive et brûlante.

L'homme aux allures christiques couché sur lui.

Le soir, après le dîner, le surveillant général faisait sa tournée d'inspection dans les dortoirs et s'attardait un peu plus longtemps dans la chambre des petits.

Bastogne chercha son nom. Pouvait-il l'avoir oublié ? Il était si jeune. Même pas six ans.

Les effluves de son parfum dégueulasse, ses cheveux filasse sur son visage, il fut pris d'un haut-le-cœur.

Salinger lui demanda s'il allait bien.

Évidemment qu'il n'allait pas bien. Ces cauchemars, ce sentiment permanent d'insécurité, il pouvait désormais les expliquer. Cet aveu allait finir de le briser. Il n'était en vérité qu'une victime de la perversité d'un adulte déviant.

Éric Bastogne était furieux après ce gosse qui s'était laissé faire.

Furieux après l'homme qu'il était devenu, un monstre empli de haine et de violence capable de tuer et de défigurer une jeune femme parce qu'il ne se souvenait plus ou n'avait pas compris ce qu'il avait subi. Comment était-ce possible ?

Il oublia les responsabilités de Salinger et de sa clique qui avaient tout fait pour cacher cette affaire. Ils n'avaient aucune importance. Ils n'étaient rien.

En revanche, il en voulait à Édouard Furton. Son supposé père l'avait abandonné à la maltraitance d'un inconnu, avant de l'abandonner tout court.

Éric Bastogne se leva du canapé. Il sembla découvrir que Simon Salinger était encore à ses côtés. L'ancien directeur ne ressemblait plus qu'à une vieille feuille fripée tombée au pied de l'arbre. Tel un automate, Bastogne se dirigea vers la porte sans dire un mot. Salinger ne pouvait pas le laisser partir ainsi. Il l'interpella.

— Et ton frère Xavier, comment va-t-il ?

Encore une heure auparavant, Éric Bastogne ne connaissait pas son existence. Et il était devenu l'être le plus cher à ses yeux. Son frère. Ce visage familier couché auprès de lui qui sanglotait chaque soir. Son frère qui l'avait sorti des griffes de ce prédateur. Son frère qui, pendant que le monstre abusait de lui, avait poignardé dans le dos ce salopard et fait jaillir son sang.

Salinger s'était débarrassé de son fardeau. Il n'avait rien occulté. Pas même sa propre lâcheté lorsqu'il avait fallu transiger. Feuerstein était frappé par une affaire de pédophilie et par un meurtre perpétré par deux enfants. Les malheureuses victimes de ce porc.

Que fallait-il faire ?

Tout révéler et fermer l'institution en exposant sur l'autel médiatique deux gamins tueurs ?

Ou trouver une solution avec les parents ?

Édouard Furton, le père, ne lui avait pas laissé le choix. Il ne s'était pas mis en colère, n'avait pas menacé comme il aurait été en droit de le faire. Édouard Furton avait seulement exigé. Exigé que tout soit effacé. La meilleure façon, pour lui, d'épargner ses enfants et d'escamoter sa propre souffrance. Il aurait aimé s'en prendre à cet infâme violeur, le torturer et le tuer de ses mains. Ses enfants s'en étaient déjà chargés.

Pas d'abus, pas de meurtre, ce fut le *deal*.

Les deux jeunes garçons quittèrent l'institution et Feuerstein continua de prospérer. Wolfgang Wolfhart, surveillant général et maître d'étude, avait officiellement disparu du jour au lendemain. Le vice isole. Personne ne l'avait jamais recherché.

C'était donc ça sa vie. Éric Bastogne ne cessait de se répéter cette phrase. Enfant abusé, gamin meurtrier et adulte cabossé. C'était l'équation diabolique. Tous les éléments qui avaient fait de lui, quelques années plus tard, un assassin.

Il avait tué Justine. Mais il ne s'en rappelait plus. Comme il ne se rappelait plus avoir été violé et avoir aidé son frère à trucider un homme alors qu'il n'avait pas sept ans. Il s'habillait tout juste seul et il avait déjà tué un être humain.

Qu'avait-il bien pu faire d'autre d'indicible dont il ne se souvenait pas ?

Cette interrogation le hantait. Il était redevenu un petit garçon et il réclamait son frère. Pour qu'il le protège à nouveau. Il n'avait plus que cette idée en tête : le retrouver. La seule chose à laquelle se raccrocher pour ne pas totalement sombrer.

Bastogne était prostré dans le fauteuil de l'hôtel, sous le regard apitoyé de Mougin. Cette pitié-là, il ne la supporterait pas, songea Bastogne. Pas de la part de ces gens qui, après l'avoir traité de monstre, lui trouveraient désormais toutes les circonstances atténuantes. Il voulait les fuir. Il ne désirait que serrer son frère dans ses bras et pleurer jusqu'à ce qu'il ne lui reste plus une larme. Pleurer jusqu'à s'en dessécher et jusqu'à mourir.

Étienne Mougin avait insisté pour se reposer une paire d'heures avant de reprendre la route. Il était resté aux côtés de Bastogne, craignant qu'il ne commette l'irréparable. Il se sentait responsable de lui. Il l'avait convaincu, pratiquement obligé, de trouver la vérité et elle était en train de le dissoudre de l'intérieur.

C'était ce qu'il avait tant espéré. Mais maintenant, il regrettait.

Cette affaire Bastogne ne lui appartenait plus. Il en était dépossédé par l'infinie douleur d'un homme. Il sentit qu'avec ce pas de côté, il retrouvait aussi de la lucidité et son instinct de flic. Il avait profité du mutisme et de l'apathie de Bastogne pour réfléchir comme un policier. Comme il le faisait avant. En n'occultant aucune hypothèse. Même les plus improbables. Il s'était focalisé sur ce frère, le nouvel inconnu. Il avait été, selon les dires de Simon Salinger, l'instigateur du meurtre de Wolfgang Wolfhart. Celui qui avait délivré par-derrière le premier coup de couteau de cuisine volé quelques instants plus tôt au réfectoire. Bastogne l'avait aidé à l'achever. Xavier Furton était l'aîné. Il avait deux ans de plus qu'Éric et le devoir de veiller sur son jeune frère.

Et s'il ne s'était jamais départi de ce devoir ?

Cette extrapolation était folle, Mougin s'en rendait compte. Peut-être son esprit cherchait-il, par culpabilité, à dédouaner à tout prix Bastogne. Mais cette image le poursuivait.

Un flash.

Wolfhart sur le petit Éric.

Justine Fréger ondulant au-dessus de Bastogne.

Cette projection mentale de la jeune femme avec le professeur, il se l'était passée et repassée des centaines de fois dans sa tête. Pas par perversité, mais pour mieux comprendre comment l'homicide avait pu se dérouler. C'était ainsi qu'il fonctionnait. Par image.

Celle de l'assassinat de Justine se juxtaposait naturellement sur les événements de Feuerstein.

Et si ce frère mystérieux et inconnu avait récidivé ?

Éric faisant l'amour avec Justine Fréger et Xavier venant la frapper avec l'idée, dans sa tête de malade, de défendre son frère.

Édouard Furton volant au secours de ses deux fils.

Mougin poursuivit son délire.

Peut-être même que Bastogne avait dit vrai depuis le début ?

Il avait quitté Justine en pleine santé et quelqu'un l'avait assassiné après son départ ?

Xavier ?

L'idée était séduisante, mais surtout absurde et improbable. Il n'y avait pas le début du commencement d'une preuve allant dans ce sens. Surtout, cela supposait l'existence de ce frère, dont personne n'avait jamais entendu parler, qu'Édouard

Furton aurait caché, et qui se serait tapi dans la vie de son cadet, le suivant comme une ombre pour le protéger du danger.

Mougin se dit qu'il délirait. Le choc de ce qu'il venait d'apprendre sans doute. Il avait toujours été attaché au concret, au tangible, et voilà qu'il échafaudait les scénarios les plus fous. Mais la folie était partout dans cette affaire.

30

À défaut de pouvoir retrouver son frère, Éric Bastogne voulait rencontrer « l'autre ».

Lui cracher à la gueule son dégoût et son abjection. La plante magique d'André n'avait plus d'effet. L'alcool était une piste sérieuse pour la remplacer. Il n'avait jamais beaucoup bu. Il supportait mal. En s'enivrant, jusqu'au coma éthylique, peut-être parviendrait-il à l'attraper et à lui parler. Il n'avait plus que lui.

Depuis son retour du Liechtenstein, Éric Bastogne se planquait dans un hôtel du neuvième arrondissement en attendant de faire connaissance avec le tueur qu'il était. C'était son obsession en attendant des retrouvailles avec Xavier qu'il savait impossibles. Comment aurait-il pu le débusquer sans l'aide d'Édouard ?

Bastogne avait étudié son propre profil psychologique dans un manuel de criminologie.

Les experts affirmaient que face à des actes insupportables, le psychisme de l'homme sécrétait des mécaniques de défense comme les globules blancs avec les virus.

L'ultime mécanisme de défense étant le clivage, le déni de l'acte, et la personnalité qui se coupe en deux.

Ainsi le criminel se défendait en racontant que « ce n'était pas lui qui l'avait fait mais *l'autre* ».

Une manière de dire : « Je sais que je l'ai fait mais je ne me reconnais pas dans ces actes. »

« Je suis celui qui a fait ces actes graves. Mais une partie de moi ne se reconnaît pas comme quelqu'un capable de l'avoir fait. »

Voilà à quoi il en était réduit aujourd'hui pour ne pas se buter. S'excuser, s'exonérer. Comment en était-il arrivé là ? Le surattachement à sa mère adoptive, l'abandon de ses parents naturels, les traumatismes du viol et du meurtre de Wolfhart. Il avait l'embarras du choix.

Tous étaient des facteurs de passage à l'acte chez les tueurs en série, concluaient les psys.

À l'intérieur de sa chambre sordide, « l'autre » ne semblait pas vouloir venir malgré la bouteille de whisky ingurgitée. Peut-être l'attrait d'une fin de printemps parisien le ferait-il sortir de sa tanière ? Il décida de prendre l'air.

Éric Bastogne sombrait dans la folie.

L'universitaire rigoureux et méthodique cherchait à entrer en contact avec son double maléfique. Grotesque et pathétique.

Avec ce qui lui restait de discernement, Éric Bastogne espérait surtout que « l'autre » ait le courage de faire ce dont il était incapable. Se jeter d'un pont ou sous les roues d'une voiture ou d'un métro. Ce n'était pourtant pas difficile. Jusqu'ici son narcissisme l'en avait empêché.

Il chercha la tentation en déambulant dans les rues de Paris. La mort était partout. Il avait mille opportunités d'en finir. Il ne les saisit pas et se contenta de continuer à boire.

Bastogne avait hurlé le nom de Mougin à la face des policiers qui l'avaient arrêté pour ivresse sur la voie publique, avant de s'allonger sur le banc en béton de la cellule de dégrisement et de sombrer. À son réveil, il n'était plus seul. Un type obèse le serrait de près. Il ronflait comme un réacteur d'A380. L'odeur était insoutenable. Il avait déposé, avec parcimonie et un sens certain de l'esthétisme, des petits tas de vomi. Éric Bastogne se leva en essayant d'éviter les mines. Il se sentait curieusement frais. Pas de maux de tête. Juste un petit élancement au-dessus du sourcil droit. Il jeta un œil par le carré vitré de la porte de la cellule. Il tomba nez à nez avec un policier sur le point d'engager la clé dans la serrure. Il demanda à Bastogne de reculer. Il s'exécuta. Il le fit sortir, referma derrière lui, et le précéda dans les escaliers qui remontaient jusqu'aux bureaux. Un homme en civil l'attendait. Il lui demanda de joindre ses mains dans le dos et lui passa les menottes. Bastogne protesta.

— Vous ne me libérez pas ?

Le flic le prit par les épaules sans dire un mot. Il récupéra un sac plastique avec ses effets personnels et salua d'un signe de tête ses collègues en uniforme. Dehors un conducteur dans une voiture banalisée patientait. Le soleil était rasant. Bastogne en conclut qu'il avait dû dormir longtemps. Il n'avait plus de montre. Le policier ouvrit la portière arrière, mit la main sur la tête de Bastogne afin qu'il ne se cogne pas, et prit place à ses côtés. Cinq minutes plus tard leur véhicule s'engouffrait dans le parking du Bastion.

La même salle, la même chaise, la même attitude, courbée. Éric Bastogne se payait un flashback dont il se serait bien passé. Étienne Mougin le redoutait aussi. Il était tendu par ce retour précipité. Dans les couloirs, les collègues essayaient de ne pas trop appuyer leur regard. Leurs sourires étaient forcés.

Avec sa claudication, il ressemblait à un grand échalas blessé. Il avait épaissi. Surtout du visage.

Le commandant distribua quelques tapes amicales à ceux qu'il connaissait le mieux mais ne s'attarda pas. Il fut soulagé d'atteindre la salle d'interrogatoire n° 3.

Pas pour longtemps.

Lorsqu'il entra et vit Bastogne, les souvenirs le happèrent. Il pensa d'abord à Garcia. Il n'avait toujours pas osé l'appeler. Il avait honte. Le jeune gars qui surveillait Bastogne lui ressemblait. Cheveux mi-longs noirs bouclés et surtout cette lueur entreprenante dans les yeux. Il fit un effort de mémoire. Il s'appelait Paul quelque chose. Le nom de famille ne lui revint pas. Il lui demanda de retirer les menottes au prévenu et, comme trois ans auparavant, il s'assit sur le coin de la table, pile en face de Bastogne. Les deux hommes se scrutèrent. Les positions étaient les mêmes, mais les forces avaient bougé. Bastogne n'était plus que le souvenir du professeur inquiet, empâté et arrogant. Mougin n'était plus un policier malgré ce que suggérait sa présence.

Il avait été cueilli par le coup de fil de l'officier de permanence qui lui avait demandé de rejoindre au plus vite le Bastion.

Éric Bastogne avait été arrêté, lui avait-il dit, et le chef voulait que ce soit lui qui l'interroge en attendant les policiers du SRPJ de Caen. Un dernier égard. La cigarette du condamné.

— Paul, peux-tu aller nous chercher deux cafés s'il te plaît ?

Sa voix n'était pas aussi assurée qu'il l'aurait souhaité. Paul s'exécuta. Ils se retrouvèrent alors tous les deux.

— Comment allez-vous ? demanda simplement Mougin.

Bastogne inspira longuement en se redressant.

— Je gère.

— En vous enivrant.

C'était une simple constatation, pas un reproche.

— Vous avez une meilleure idée ?

— Pourquoi ne pas rentrer chez vous et retrouver votre famille ?

Bastogne se leva et vint s'asseoir à côté de Mougin. Il en avait assez de leur face-à-face version western. Ce type n'était pas son ennemi. Il avait seulement tout compris avant tout le monde.

— J'ai peur de leur faire du mal, avoua Bastogne.

— Pourquoi le feriez-vous ?

— Parce que, à priori, je ne me contrôle pas.

— Pas avec ceux que vous aimez.

— Et Justine ?

Mougin prit appui sur ses deux mains pour soulager sa jambe. Ce que Bastogne avait appris en moins d'une semaine aurait brisé n'importe quel être humain normalement constitué. Lui était encore debout. Ça forçait le respect.

— Je ne suis pas certain que vous ayez tué Justine Fréger.

Bastogne laissa échapper un rire. Il se pencha un peu en avant pour attraper le regard de Mougin.

— Vous êtes vraiment un type étonnant. Alors que vous n'aviez aucune preuve, vous m'avez pourchassé pour me faire endosser ce crime. Et maintenant que vous possédez mes aveux, que vous connaissez mon histoire mieux que n'importe qui, vous me dites que vous me croyez innocent contre toute évidence. Vous prenez plaisir à me tourmenter.

Mougin haussa les épaules.

— C'est ma conviction, affirma-t-il.

Il fit une pause, puis reprit.

— Êtes-vous vraiment sûr de l'avoir tuée ? Des images vous sont-elles revenues ?

Bastogne fit signe que non de la tête. En tout cas pas celles-là.

— Alors continuons à chercher, proposa Mougin.

Bastogne ne cacha pas son exaspération.

— C'est inutile. Qui d'autre aurait pu faire ça ?

— Votre frère, lâcha Mougin.

Bastogne ouvrit de grands yeux.

— Mon frère, répéta-t-il incrédule.

— C'est juste une intuition.

— Fondée sur quoi ? s'emporta Bastogne.

— Sur les similitudes des crimes.

— Xavier Furton n'a aucune existence. Édouard Furton n'a pas de fils.

— Vous êtes son fils, rétorqua Mougin.

Le commandant continua.

— Pourquoi Edouard n'aurait-il pas agi avec votre frère comme il l'a fait avec vous ? Il l'a peut-être également confié à quelqu'un ? Imaginez un peu que Xavier ait eu accès avant vous à ses origines. Il aurait alors appris votre existence et peut-être vous a-t-il retrouvé ? Il est même possible que vous connaissiez cet homme sans savoir sa véritable identité.

— Ridicule ! asséna Bastogne. Et pourquoi aurait-il tué Justine ?

— Parce ce qu'il vous a senti en danger, comme au Feuerstein.

Bastogne prit en considération la remarque du commandant. Il poussa son raisonnement.

— Notre père l'aurait su et il aurait agi pour nous sortir lui et moi de cette situation ? Ce qui signifierait qu'Édouard Furton, qui nous a abandonnés, aurait toujours gardé un œil sur nous ?

Bastogne agita les mains devant lui comme pour repousser cette hypothèse farfelue.

— Vous vous rendez compte que c'est totalement abracadabrantesque.

— Il l'a bien fait pour vous.

La porte s'ouvrit. Paul portait deux gobelets chauds qu'il déposa sur la table. Mougin le remercia et leva son index à l'adresse de Bastogne. Un geste qui signifiait « plus un mot ».

Les deux policiers du SRPJ de Caen ne s'étaient pas attardés dans les nouveaux locaux de la brigade criminelle qu'ils trouvèrent à la fois moins spectaculaires et bien trop aseptisés par rapport au Quai des Orfèvres.

Ils avaient d'emblée sermonné Bastogne en lui rappelant ce que cela coûtait pénalement de se soustraire à la police. Mougin, qui assistait à l'interrogatoire, était dans ses petits souliers. Bastogne aurait pu le balancer. Il n'en fit rien.

Avait-il des nouvelles de Stella Furton ? lui avaient-ils demandé. Ils étaient à sa recherche.

Bastogne leur avait répondu que lui aussi.

Ensuite, Bastogne avait livré, sans grande conviction, son témoignage sur les événements de l'étang. Il répondit aux questions, la plupart du temps, par des « je ne sais pas ». Dans son récit plat et linéaire, dénué d'affect, il avait seulement livré une impression. Le professionnalisme du tueur. Le duo normand s'était alors regardé en surjouant la connivence. Dans le brasier provoqué par le cocktail Molotov, ils avaient retrouvé les résidus du fusil. Ils les avaient fait analyser et avaient ainsi pu remonter jusqu'au type d'arme utilisé par l'individu qui les pourchassait. Un Galil Marksman, l'artillerie des tireurs d'élite de Tsahal, l'armée israélienne. Les munitions, du 5,56, correspondaient à celle fichée dans le mât du bateau. Effectivement, ce n'était pas du matériel d'amateur. Ils transmettraient naturellement cette information au commandant Mougin lorsqu'ils en auraient fini avec Bastogne.

Ils avaient d'abord pris le détachement du bonhomme pour de la sidération. Normal après avoir vécu un tel événement. Mais très vite, ils avaient perçu de la mauvaise volonté ou une absence d'intérêt. Ils l'avaient alors bousculé. Pas trop. Il n'était pas en garde à vue, juste entendu comme témoin. Et ils n'étaient pas chez eux.

Bastogne n'avait pas réagi, comme si cela ne le concernait pas. Il était étonné que ces deux flics n'en sachent pas plus. Il était surpris aussi de ne pas partir en prison. Il s'attendait à ce que d'autres policiers entrent dans la salle pour lui demander des comptes pour le meurtre du petit homme. Apparemment ils ne l'avaient pas encore débusqué.

C'était dément.

Il se demanda si tout ceci n'était pas une farce. Un polar raté. Une série B. Une mauvaise pièce de boulevard sans les rires. Peut-être une caméra cachée.

Cette idée le fit sourire.

Les deux enquêteurs eurent l'impression qu'il se foutait de leur gueule.

Après deux heures d'audition, les flics caennais avaient relâché Bastogne. Ce type les avait clairement menés en bateau ou il était totalement inconscient. Ils s'interrogèrent sur sa raison. Ils n'avaient rien contre lui. Ils devaient le laisser filer. Provisoirement. Le commandant Mougin s'était porté garant de sa pleine et entière collaboration dans l'enquête à venir.

« Collaboration, mon cul. »

Il y avait un lien entre ces deux-là qu'ils n'avaient pas été capables de définir. Ils l'avaient senti pendant leur interrogatoire. Mais après tout, ce n'était pas leur boulot de le déterminer. Leur travail c'était de remonter jusqu'au tireur et ils étaient sur sa piste.

Il était un peu plus de 20 heures et Éric Bastogne était planté devant le grand portail blanc. Il hésitait. Devait-il entrer ? Il voulait voir Sam. Peut-être une dernière fois. Mais il n'aurait pas la force d'affronter Élisabeth, surtout après leur dernière querelle. Elle devait lui en vouloir à mort. Pendant la semaine où il avait disparu, elle n'avait pas cherché à le contacter. C'était un signe. Il souffla un grand coup et prit les clés dans sa poche.

Il trouva la mère et le fils allongés dans le canapé devant la télévision. La lumière était tamisée. Sam s'aperçut le premier de sa présence. Il poussa un cri et se précipita sur lui.

— Papa, t'es revenu. T'étais où ?

Bastogne lui ouvrit grand les bras et l'enlaça si fort que le garçon pouvait à peine respirer. Il resta comme ça pendant de longues secondes, fermant les yeux. Il savait que lorsqu'il les rouvrirait il serait soumis au regard d'Élisabeth. Il retarda l'inéluctable jusqu'à ce que Sam commence à gigoter, signe que l'étreinte devenait contrainte. Élisabeth était debout devant eux. Plus radieuse que jamais. Elle portait une petite robe d'été blanche qui mettait en valeur son teint légèrement hâlé. Elle était belle. Et souriante. Elle s'approcha d'Éric et lui déposa un baiser sur la joue.

— Tu nous as manqué.

Ses lèvres étaient chaudes et humides. Pourtant, Éric Bastogne ne put réprimer un frisson. La nouvelle Élisabeth, devenue si imprévisible, lui foutait encore plus la trouille.

— Tu as pu régler toutes tes affaires ? lui demanda-t-elle d'un ton badin.

— Pas tout à fait, répondit-il.

Ça n'eut pas l'air de l'affecter. D'un pas léger elle se dirigea vers la cuisine.

— Je suis sûre que tu n'as rien mangé. Veux-tu que je te fasse réchauffer les lasagnes ?

Pris au dépourvu, Bastogne accepta alors qu'il savait que le nœud dans son ventre l'empêcherait d'avaler la moindre bouchée. Sam le bombarda de questions sur les raisons de son absence et surtout sur ses projets pour le lendemain. C'était samedi, avait insisté Sam, et il était convoqué pour jouer le match de foot avec l'équipe première. Ses yeux brillaient. Bastogne tendit la main et Sam checka.

— Tu veux que je t'accompagne pour ton match ?

Sam n'osait même pas en rêver. Il poussa un « ouais » retentissant et se précipita dans l'escalier.

— Je vais te montrer les nouvelles chaussures de foot mortelles que maman m'a achetées.

Pourquoi ne pouvait-il pas être un père de famille comme les autres ? se tança alors Bastogne. Une superbe épouse, un gosse adorable, une belle maison et un job respectable. Il avait tout. Malgré ce qui lui était arrivé, il avait cette chance incroyable de pouvoir repartir à zéro. Il aurait voulu une fois encore tout oublier. Pour de bon. C'en était risible. Devrait-il tuer quelqu'un d'autre pour se réveiller demain matin, léger, sans plus aucun souvenir ?

À chaque mort une amnésie. C'était commode.

Il avait assassiné le surveillant et s'était réveillé enfant unique et choyé dans une famille normande. Il avait massacré Justine Fréger et il s'était retrouvé à corriger ses copies en pensant à elle comme si elle était vivante.

Qu'avait-il fait d'autre ?

Le cerveau humain était bien fait. Du moins le sien, qui lui permettait de ne pas faire face à ses responsabilités. Pratique. Pas de remords à avoir. Seuls quelques cauchemars à supporter. Un prix très raisonnable à payer. Seulement, aujourd'hui il savait. Et il ne pouvait pas prendre le risque de rester auprès des siens. Il était nuisible même envers ceux qu'il aimait.

Élisabeth l'interpella.

— Veux-tu passer à table ?

Bastogne s'exécuta et prit place sur un tabouret de cuisine. Élisabeth lui apporta une pile de courrier.

— Ton travail a appelé à plusieurs reprises. Ils s'inquiétaient.

Bastogne leva les yeux sur elle. Elle était incroyable. Elle faisait comme si rien ne s'était passé. Elle semblait sincère.

Il jeta un œil distrait aux premières lettres sans les ouvrir. Un opérateur téléphonique, un concessionnaire de voitures, plus tout un tas de publicités. Et au milieu une carte postale timbrée et libellée à son nom.

Qui envoyait encore des cartes postales ?

Le texte se résumait à une adresse. Il la retourna. La photo représentait la ville de Port-au-Prince. Il comprit instantanément. Il l'appelait de nouveau. Comme à chaque fois, il lâcherait tout pour le rejoindre.

— Je crois que je tiens quelque chose ! éructa Fatni.

Le lieutenant du SRPJ de Caen cliqua pour lancer l'impression. Il fit rouler sa chaise jusqu'à la machine, s'empara du papier et rejoignit son collègue qui l'observait depuis son bureau, l'air dubitatif.

— Qu'est-ce que tu as trouvé ? interrogea Mycène en soufflant.

Fatni s'approcha de lui jusqu'à le coller.

— Un petit topo sur le Galil Marksman, le fusil israélien. Il ne s'agit pas d'une arme classique. Seul Tsahal l'utilise. La version tireur d'élite est encore plus rare. Ce n'est pas une kalachnikov, il n'y a pas de contrebande sur ce modèle. Tu comprends ce que cela implique ?

Mycène regarda son jeune coéquipier de travers.

— Tu sais que je ne suis pas encore complètement sénile.

— Tant mieux, sourit Fatni, espiègle. Tu vois donc qu'il n'y a pas trente-six solutions pour se procurer ce genre d'arme. Il faut avoir été en contact d'une manière ou d'une autre avec Tsahal. Si on extrapole, on peut penser que notre suspect est un militaire israélien. Et même un tireur d'élite. À l'étang il a touché sa cible par temps de pluie sur une butte à plus de quatre cents mètres. Ça corrobore aussi les propos de Bastogne qui parlait de son attitude très professionnelle.

Mycène passa les mains derrière sa tête et s'étira.

— Eh bien si tu as raison, on n'est pas près de le choper. Si c'est un ressortissant israélien et qu'il est reparti dans son pays, on ne le reverra jamais.

Fatni faisait toujours le malin, ce qui énervait prodigieusement Mycène.

— Tu as autre chose à me dire ? bougonna-t-il.

Fatni ne se fit pas prier.

— Qu'est-ce qu'un militaire israélien viendrait foutre avec son fusil sur le territoire français ? Il n'était pas en mission. Bastogne et Stella Furton ne sont pas de dangereux terroristes palestiniens ou d'anciens nazis.

Mycène opina.

— Je pense que notre homme est un ancien militaire et qu'il a déserté.

Mycène le toisa, cette fois, avec circonspection.

— Qu'est-ce qui te fait dire ça ?

— C'est logique ! s'emporta Fatni. Si le type se retrouve avec ce fusil dans les mains ce n'est pas un hasard. Il connaît cette arme, son maniement. Et là il l'a utilisée sur le sol français. C'est clair, pour moi c'est un ancien militaire reconverti en tueur à gages. On est d'accord que ce qui s'est passé à l'étang ressemble à un contrat ?

Mycène commença à se redresser. Il n'avait pas abandonné sa moue dubitative. Fatni lui tapa dans le dos.

— Eh gros, tu piges. Je suis un génie. Il ne reste plus qu'à interroger les Israéliens en leur soumettant le profil de notre suspect. Ils ne doivent pas être légion les militaires d'élite israéliens qui se cassent avec leur arme sans rien dire à personne.

— Tu as peut-être raison, admit enfin Mycène. Je dis bien, peut-être. Sauf que, si tu as vu juste, nous n'obtiendrons jamais rien sur cet homme. Israël n'a pas pour habitude de collaborer, surtout lorsqu'il s'agit d'attraper l'un de ses citoyens.

— À moins qu'eux ne le recherchent aussi, s'enflamma Fatni. Ce qui doit être le cas. Tu laisserais dans la nature, toi, un mec qui s'est tiré avec ton artillerie ? Surtout quand tu t'appelles Israël et que tu as le culte du secret. Et pas n'importe quelle artillerie. Ce n'est pas un glock. C'est une arme rare et très identifiable. C'est ce qui nous a mis sur cette piste. Nous, nous avons des informations à son sujet qui pourraient se révéler très utiles pour eux. Ça peut être du donnant-donnant.

Mycène demeura perplexe. Il garda cette attitude blasée en apparence. Mais au fond il devait admettre que l'hypothèse de son jeune lieutenant se tenait. Il rétorqua pour avoir le dernier mot :

— Si on doit discuter avec les flics israéliens, tu me laisseras faire. Ils n'aiment pas trop les arabes.

31

Lors de ces deux derniers jours passés en famille, Éric Bastogne avait senti le besoin de se confier à Élisabeth. Comme pour mettre ses affaires en ordre avant de disparaître. Il lui avait tout raconté. Sa relation particulière avec Stella Furton, les découvertes du Liechtenstein, son errance éthylique. Il avait juste occulté les exactions d'André à l'hôtel. Il aurait été difficile de lui expliquer qui était André. Il lui avait avoué également qu'il croyait avoir tué Justine Fréger, mais qu'il ne s'en rappelait pas. Ils avaient beaucoup parlé. De sa maladie, de son comportement, de ses souffrances d'enfant qui expliquaient bien des choses, de ce que signifiait l'existence de ce frère. Il avait tout soldé. Il s'attendait à ce qu'Élisabeth le mette dehors et lui jette à la figure qu'il ne les reverrait plus jamais, elle et son fils. Au lieu de cela, elle l'avait écouté patiemment, consolé quand il avait craqué, et assuré de son soutien quoi qu'il ait pu faire. Elle l'avait même encouragé à se rendre à Port-au-Prince pour trouver les réponses à ses questions.

Éric Bastogne avait alors pris conscience d'une réalité qu'il n'avait jamais vraiment intégrée. Cette femme l'aimait sincèrement. Passionnément. C'était la raison de ses excès. Il avait toujours été tellement autocentré qu'il ne se préoccupait pas des sentiments des autres.

Élisabeth le manipulait.

Élisabeth le contraignait.

Élisabeth le dominait.

Il avait oublié que, d'abord et avant tout, Élisabeth l'aimait.

Il était parti, soulagé.

Il avait ressenti le besoin d'appeler Mougin. Le policier avait répondu dès la première sonnerie, comme s'il attendait son coup de fil. Ils n'avaient pas parlé de l'affaire. Bastogne n'avait pas évoqué la carte postale. Il s'était appliqué à rassurer Mougin sur son état psychique. Il était rentré chez lui comme il le lui avait conseillé. Le commandant s'était laissé aller à quelques confidences. Il lui avait révélé qu'il partait se reposer pour quelques semaines dans sa maison de famille au bord d'une falaise un peu à l'écart du village de Saint-Lunaire.

« J'en ai bien besoin », avait-il ajouté.

Ils avaient ainsi devisé comme deux vieux amis.

La mer avait été une barrière. Un obstacle à son imagination alors que les gens du pays où il avait grandi la considéraient, unanimement, comme une richesse ou la promesse d'un avenir meilleur, là-bas, quelque part à l'horizon. Le petit Éric Bastogne avait toujours trouvé ce raisonnement facile, improbable et dénué de bon sens. Les plus hardis l'avaient traversée pour rejoindre une autre terre, preuve pour cet enfant pragmatique que la mer ne devait pas être si formidable puisque personne ne voulait rester dessus. Les pêcheurs se dépêchaient de rentrer tant ils la trouvaient dangereuse. Non, décidément, cette mer, qui avait colorié son quotidien, n'avait rien de formidable. Il la détestait même. Un point commun avec Édouard Furton.

Bastogne ferma le volet de son hublot. Il ne voulait plus voir la mer. L'hôtesse lui rappela courtoisement que c'était interdit en phase d'atterrissage.

L'aéroport Toussaint Louverture avait été réhabilité après le terrible tremblement de terre de 2010 qui avait laissé Haïti, et particulièrement sa capitale, Port-au-Prince, exsangue. Plus de 220 000 personnes avaient été tuées. La ville, à l'image de l'ensemble du pays, déjà touché par une pauvreté endémique liée à son histoire et à son instabilité politique, s'était transformée en un vaste cimetière. Les premières images à la télévision et sur internet avaient déclenché dans le monde entier des vagues de commisération qui se briseraient sur la réalité locale. L'aide était arrivée rapidement. Anarchique, disproportionnée, inadaptée aux besoins de la population et détournée par ceux qui savent toujours profiter du malheur lorsqu'il surgit.

Port-au-Prince était, encore aujourd'hui, le royaume des humanitaires et des ONG. Leur terrain de jeu favori. Certaines s'étaient créées uniquement pour Haïti. Et elles y avaient élu domicile en se frottant les mains en attendant la prochaine catastrophe. La ville leur appartenait. Leurs 4×4 se pavanaient dans les rues défoncées. Ils avaient confisqué le pays à ses habitants. Mais c'était pour leur bien.

Après tout ils n'avaient jamais su s'y prendre avec leur bout de terrain, coupé en deux, arraché à la domination des envahisseurs successifs, qu'ils fussent espagnols, français ou américains. Aujourd'hui les colons avaient repris possession de leur bien mais ils portaient des uniformes blancs, bleus ou kaki selon qu'ils distribuaient des médicaments, de la nourriture, la paix ou le choléra, cadeau des soldats de l'ONU à l'île qui avait pourtant réussi jusqu'ici à tenir cette catastrophe-là loin de ses côtes. La maladie finirait de tuer les survivants du séisme les plus affaiblis.

Haïti était un paradoxe. La première république noire indépendante en 1804. C'était sa gloire, son éclat. Une bande d'esclaves avait fait plier le tout-puissant Napoléon Bonaparte à des milliers de kilomètres de la France. Mais ça avait mal tourné. Haïti s'était transformé, au fil des années, en petit laboratoire des ambitions, des égoïsmes, de la corruption et des bonnes intentions mal dirigées. Elle avait payé le prix fort de son indépendance. Pas seulement les 150 millions de francs-or (l'équivalent de 17 milliards de nos euros) réclamés par Charles X, roi de France. Cette dette d'argent avait certes plongé l'île dans la misère, mais les charognards s'étaient ensuite repus des restes. Haïti n'avait jamais pu être un pays comme les autres. Ne pouvant même pas profiter de l'intégralité d'une terre qu'il devait encore aujourd'hui partager avec sa voisine de la République dominicaine. Elle avait vu sa jumelle développer un tourisme de masse qui lui rapportait gros, tandis qu'elle n'avait jamais attiré que la misère, la violence, les coups d'États – le dernier président de la République venait d'être assassiné par des mercenaires étrangers – et les ouragans. Les Souloque, empereur autoproclamé sous le nom de Faustin 1er, Duvalier, dictateurs et tueurs de masse de père en fils, et autre Cédras avaient mis Haïti à genoux. Mais sa population était restée debout. Elle idolâtrait la vie à force de se jouer de la mort.

Bastogne récupéra son unique valise sur le tapis roulant et prit la direction de la sortie. La bouffée de chaleur le cueillit encore plus que la pluie. Au-delà des murs climatisés de l'aéroport c'était le choc. Le thermomètre atteignait presque les 40 degrés. Sans parler de cette humidité ambiante qui avait réussi aujourd'hui à percer les nuages. Un petit métis aux cheveux longs lissés, habillé en costume, chemise et cravate noires, l'attendait avec à la main une tablette numérique où était inscrit son nom. C'était son chauffeur. L'homme l'invita à le suivre. Il demanda au professeur sa destination. Bastogne lui répondit qu'il séjournait au Oloffson, un choix que Mani sembla approuver.

En temps normal, la circulation à Port-au-Prince était déjà des plus anarchiques avec toutes sortes de véhicules qui tentaient de s'approprier le moindre espace disponible. Les fameux tap-taps, de vieux bus multicolores retapés, y faisaient la loi. Lorsque la pluie tombait, la situation devenait carrément apocalyptique. Bastogne et son chauffeur étaient pris dans un blocus, l'embouteillage version haïtienne. Comme ils n'avançaient pas, Éric Bastogne eut tout le loisir de s'imprégner de l'atmosphère de la ville par la vitre de la voiture. Malgré son travail, il n'avait que peu voyagé. Il trouva, dans ce changement radical d'environnement, un peu de réconfort. Il fut frappé par l'absence de trottoirs et, de manière générale, de bitume, d'asphalte. Tout ici semblait nu, exposé à la fureur de la terre. Les bâtiments étaient soumis à sa loi. Rien de solide ne résistait longtemps à Haïti. Sauf les hommes. Lorsque eux aussi tombaient, c'était qu'ils étaient morts. Et encore. Les zombies prouvaient le contraire. Ils se relevaient toujours très vite. Bastogne songea que c'était peut-être son sang haïtien qui l'avait aidé à tenir jusqu'ici.

Mani avait allumé la radio. On y diffusait le prêche des nouveaux prédicateurs. Dans leur stratégie expansionniste et prosélyte, les protestants adventistes, et autres nouvelles sectes du même genre, dispensaient leurs ordres et leurs volontés. Ils venaient chasser sur les terres ancestrales du vaudou en piétinant sa culture et son patrimoine. Ils convertissaient à tour de bras, surtout les plus démunis et les plus influençables. Derrière ce vernis de compassion et de bienveillance ces églises cachaient leur profond manque de tolérance. Dans la culture vaudou, vous chantiez toujours ce qui vous habitait au plus profond. Les évangélistes aussi aimaient chanter. Mais ce n'était que l'amour de leur Dieu. Bastogne croyait beaucoup plus en l'homme qu'en Dieu. Il se méfiait de toutes les religions. Par politesse, il laissa Mani s'imprégner de la bonne parole.

Ils contournèrent Cité-Soleil, le plus grand bidonville de l'hémisphère nord, et empruntèrent la Grande Rue, l'artère principale qui longeait le littoral, pour entrer enfin dans la commune de Port-au-Prince. Bastogne ne voyait pourtant plus la mer, invisible derrière le paysage fracturé. Des bâtiments partout. Parfois debout. Le plus souvent à terre. À Port-au-Prince, pour bien voir l'océan il fallait prendre un peu de hauteur et monter sur les douces collines qui surplombaient la ville. C'est seulement en s'élevant que l'on prenait conscience du superbe paysage caribéen. C'était sur l'une de ces collines, à Boutilliers, qu'habitait Furton. Cette montagne appartenait aux riches. Les demeures cossues et leurs piscines étaient en partie masquées par une végétation tropicale caractéristique qui avait déserté le bas de la ville. La populace des campagnes démunies ayant envahi la capitale, les élites étaient montées toujours plus haut pour se mettre à l'abri. Le coût se payait en heures d'embouteillages. Mais c'était le prix pour respirer et rester entre soi. Le véhicule traversa ou passa à proximité des quartiers de Babiole, Bas Peu de Chose, Bois-Patate ou Canapé Vert. Ici on nommait ce que l'on voyait.

L'hôtel Oloffson était un mythe. Construit à la fin du XIXe siècle par un ancien président haïtien, le lieu avait été une résidence privée avant d'être transformé en hôpital militaire par les troupes américaines qui occupaient alors l'île. C'est en 1935 que Walter Gustav Oloffson, un capitaine de bateau suédois, acheta la propriété et en fit un hôtel. Il fut le repaire privilégié des artistes. Aujourd'hui encore c'était un endroit prisé des intellectuels haïtiens auxquels se mêlaient les journalistes, les voyageurs, les diplomates et les incontournables ongistes. Oloffson était aussi un miraculé du tremblement de terre de 2010. Secoué mais pas abattu. Son architecture Gingerbread, avec ses dentelures en bois, ses tourelles et ses balcons, avait résisté. Devant le porche accueillant de l'hôtel, Mani déposa son passager bien peu bavard. Il descendit pour aller chercher sa valise dans le coffre. Éric Bastogne régla son chauffeur, avec un supplément que ce dernier sembla apprécier. Mani empocha les billets sans tarder tout en regardant autour de lui si personne ne convoitait son précieux trésor.

Bastogne s'engagea dans l'allée bétonnée de l'hôtel et passa entre les deux grands palmiers qui encadraient l'escalier principal. Sur sa droite quelques clients s'ébattaient dans la vieille piscine autour de laquelle avaient été disposés quelques tables en plastique, une balancelle et des transats. Parmi eux, un homme de haute stature sembla particulièrement s'intéresser au nouvel arrivant.

À la réception, Bastogne fut accueilli par le sourire d'une métisse. Elle lui parla en anglais et il lui répondit en français, sachant qu'elle serait probablement plus à l'aise dans cette langue. C'était le cas. Elle prit son nom, vérifia la réservation sur son ordinateur et alla lui chercher la clé de sa chambre dans les petites boîtes en bois derrière elle. Elle lui indiqua qu'elle se trouvait au premier étage avec une vue imprenable sur les beaux jardins exotiques et leurs bassins à fontaine au débit relaxant. Sa chambre était pittoresque. Le papier peint jaune décoré de feuilles vertes était raccord avec le dessus-de-lit et les appliques en forme de tulipe. Mais il y avait la terrasse. Sublime. En bois, évidemment. Presque aussi grande que la chambre. Elle accueillait deux chaises, une table ronde et un rocking-chair. Mais Bastogne ne s'y attarda pas. Il prit une douche rapide et enfila un pantalon de lin beige et une chemisette noire. Il chaussa des tennis, prit son portable, et téléchargea le plan de la ville. Il sortit de l'hôtel, suivi à distance par l'homme de la piscine.

Éric attaqua par les voies escarpées de Bourdon. Son objectif était de rejoindre Pétion-Ville. Chaque quartier de la ville avait son propre rythme, comme des battements de cœur. La place Saint-Pierre de Pétion-Ville frôlait la tachycardie. C'était un carrefour des transports où les véhicules de toute sorte se défiaient en duel à celui qui passerait le premier. Il y avait des vendeurs partout qui proposaient de tout à même le trottoir. Télé à tube cathodique, radio à longue antenne, lecteur de compact disque. « Les dernières technologies » ne parvenaient toutefois pas à faire de l'ombre « aux librairies par terre » comme on les appelait ici. Dans un pays au taux d'analphabétisme gigantesque elles étaient le symbole de cet amour, incommensurable et paradoxal, des Haïtiens pour les livres, les mots, et l'art en général. Embourbés dans un quotidien sordide, ils se jetaient sur la moindre parcelle de beauté. Ils le faisaient à la mesure de leurs moyens. Certains s'imprégnaient du rythme des mots à défaut de pouvoir les lire. D'autres se gavaient des couleurs des fresques urbaines réalisées par des artistes bienfaiteurs. Bastogne poursuivit sa route en passant sous les balcons des villas de style « pain d'épice » identique à celui de l'hôtel Oloffson. Du victorien à la sauce caraïbe, d'où transpiraient l'indolence, la quiétude et la tranquillité comme un couvercle sur le feu du volcan que constituait Port-au-Prince.

Du charme en cache-misère pour une population qui ne vivait que de débrouille. Chacun devant installer ses pylônes et ses câbles s'il voulait recevoir l'électricité.

Mais à Port-au-Prince on n'abandonnait pas. La créativité débridée permettait de donner des couleurs à la misère. Jalousie était le bidonville le plus célèbre de Pétion-Ville. C'était la carte postale de la ville. Les peintures des maisonnettes jaunes, bleues, vertes, roses, lilas, inspirées des tableaux de Préfète Duffaut, tapaient dans l'œil des clients de l'hôtel de luxe voisin qui les admiraient comme un trompe-l'œil d'une réalité bien moins colorée, où les habitants étaient principalement occupés à survivre en vendant n'importe quoi.

Jalousie. Certains disaient que le bidonville avait été baptisé ainsi parce que ceux qui y vivaient avaient bien des raisons de jalouser les belles maisons environnantes qui avaient trouvé leur place au milieu des montagnes. Jalousie était un bras d'honneur aux riches. Bastogne se perdit dans la contemplation de cette ville si singulière et oublia même, pendant quelques minutes, l'objectif final de son périple. Il n'était pas en balade, mais en mission. Il se perdit dans la cohue des rues étroites où il était impossible de se croiser à plus de trois. Malgré son portable, il était paumé. Il déboucha sur une petite place et héla une voiture qui portait à son rétroviseur un mince ruban rouge. C'était ce qui distinguait les taxis à Port-au-Prince.

La villa d'Édouard Furton était grande mais sobre. À l'image de son propriétaire. Pas de style architectural tarabiscoté, juste une touche coloniale. Pas de piscine non plus, mais, derrière la propriété, un immense parc de palmiers dattiers. Bastogne attendait, devant le portail en bambous, de prendre la bonne décision. Un homme noir, habillé en majordome, vint lui ouvrir comme s'il l'attendait. Il l'invita à emprunter l'allée qui jouxtait la maison sur la droite. Il lui demanda de se rendre à l'autre bout de la palmeraie.

Bastogne traversa un jardin tropical composé de fougères et d'orchidées blanches zébrées de jaune et de mauve. Les odeurs étaient enivrantes et pourtant c'était un goût de bile qu'il avait dans la bouche. Furton ne s'était même pas donné la peine de venir l'accueillir. Cela augurait de la nature de leur prochain entretien. Il était en sueur. La chaleur ou la trouille ? Il avait du mal à distinguer.

Il avait rêvé de retrouver son père, son frère et sa demi-sœur pour une réunion de famille déchirante. Ça n'en prenait pas le chemin. Cependant Édouard Furton ne pourrait pas se débiner. Il l'avait fait mander, comme on fait venir un collaborateur ou un domestique, mais il devrait à présent répondre à ses questions, et notamment à celle qui ne cessait de tourner dans sa tête : qu'était devenu son frère ?

Un tueur, espérait-il secrètement.

Peut-être même celui de Justine.

Il s'accrochait à cet ultime espoir de ne pas être un monstre.

Il marcha encore quelques minutes pour atteindre une petite clairière en herbe qui était protégée du soleil par l'ombre de quatre immenses pins d'Hispaniola. Elle était clôturée par une palissade de bois blanc. Au centre trônaient deux grosses pierres en granit surmontées chacune d'une croix.

Bastogne s'approcha. Sa main tremblante ne parvint d'abord pas à soulever le loquet de la barrière. Quand il réussit enfin, pris d'un vertige, il bascula vers l'avant et manqua de tomber. Il se stabilisa et continua d'avancer. Chaque pas sur l'herbe rase était une épreuve, comme si son corps refusait l'inéluctable. Il raidit ses jambes et planta ses talons dans le sol pour parvenir, tel un robot, à marcher en agitant les bras comme un balancier pour ne pas trébucher. Il s'aperçut qu'il ne respirait plus. Il aspira de l'air et progressa lentement vers la vérité. La sueur lui piquait les yeux. Une douleur brève et fulgurante le frappa alors à l'estomac et le plia en deux. Il perdit l'équilibre et s'affala à un mètre à peine de l'une des deux grosses pierres. Lorsqu'il releva la tête il put lire sur la croix le prénom de son frère Xavier, né deux ans plus tôt que lui, et décédé en 1995.

Assis contre la pierre, Éric Bastogne vit la silhouette progresser vers lui d'un pas assuré. Édouard Furton portait un pantalon blanc et un polo bleu marine. Froid et resplendissant. Indestructible face à la tombe de sa première femme et de l'un de ses fils, mort prématurément, et devant le second qui l'était déjà presque à moitié. Sans un mot, il s'accroupit et pivota pour prendre place à son tour contre l'autre sépulture.

— Tu as déjà une partie de tes réponses, attaqua Furton sans même jeter un regard à Éric.

— Et toi, comme à ton habitude, tu arrives après la bataille. Comme un lâche, rétorqua-t-il.

Édouard acquiesça, semblant abonder dans son sens.

— Tu peux m'insulter, me traiter de tous les noms, m'agonir, mais ça ne calmera pas ta fureur et encore moins ton désespoir.

Éric tourna la tête vers son père.

— Qu'est-ce que tu sais, toi, de mes sentiments, de ce que je ressens, de ce qui est bon pour moi ? Tu ne me connais pas.

— Peut-être plus que tu ne le penses.

— Parce que tu as toujours gardé un œil distant et bienveillant sur moi ? C'est ça qui te permet de penser que tu me connais ? Mais ce n'est pas ça être un père.

— Quelle que soit ton opinion, je suis bien ton père.

— Mon géniteur, le coupa aussitôt Bastogne.

— Ton père, insista Furton. Peut-être pas celui que tu aurais espéré, mais en tant que tel je fais partie de ta vie. Que tu le veuilles ou non. Mon père m'a abandonné à ma naissance et pour tout dire il ne m'a jamais manqué. Et regarde-moi. Où vais-je trouver refuge ? Où vais-je me planquer ? Où ai-je enterré les êtres qui me sont les plus chers au monde ? Sur les terres où mon père est né et a grandi. On n'échappe pas à ça et toi non plus puisque tu es là.

Éric poussa un soupir empli de dégoût. Il avait besoin d'expulser. Il se sentait plein de trop de sentiments. D'amour, de haine, de peine, de compassion, d'espoir, d'abattement. Il aurait voulu hurler, se débattre, frapper Furton.

Il était où ce monstre en lui, « l'autre » ?

Ne pouvait-il pas se manifester maintenant pour faire rentrer à coups de poing dans la gorge les mots de cet homme qui lui parlait comme à un étranger ?

Ne pouvait-il pas espérer de ce père qu'il se lève et qu'il prenne son fils dans ses bras pour lui demander pardon ?

Au lieu de cela, Édouard Furton exposa sa manière de voir les choses, froide et distante.

— Nous pouvons aussi nous parler avec franchise en évitant de perdre du temps avec les jérémiades, les reproches attendus, et les excuses qui ne seraient pas sincères.

Éric capitula provisoirement. Son état émotionnel ne lui permettrait pas de prolonger cet entretien. Il avait peur de perdre le contrôle, de s'enfoncer dans des abîmes de douleur qui lui fassent perdre la raison pour de bon et de ne plus être en mesure d'entendre les réponses à ses questions. Alors il alla au plus simple, à l'existentiel :

— Pourquoi m'as-tu abandonné ? Est-ce que cette question te paraît acceptable ? lança Éric sur un ton sarcastique qui dissimulait mal son immense chagrin, et surtout la crainte de la réponse.

Elle fut encore plus déchirante que ce qu'il craignait.

— Parce que j'ai dû faire un choix.

Le reste d'air quitta les poumons d'Éric qui chercha un souffle qui ne vint pas. Il parvint tout juste à murmurer comme une supplique :

— Pourquoi moi ?

— Parce que tu étais le plus fort des deux. Ta présence aujourd'hui sur la tombe de ton frère prouve que je ne me suis pas trompé.

Infaillible Édouard Furton, songea Éric. Pragmatique, organisé, calculateur. Tel un bon financier il avait estimé, évalué les chances de ces deux gamins, et il avait tranché en espérant avoir misé sur la bonne valeur. Les choses étaient si simples dans sa bouche alors qu'elles étaient si compliquées dans la tête de l'enfant qu'Éric était redevenu à cet instant. Les vagues de sentiments déferlaient dans son cerveau sans qu'il ait le moindre contrôle sur elles. Comme un bon universitaire qu'il avait été, il s'était pourtant promis de respecter une hiérarchie précise de questions. Chacune découlant d'une autre. Mais tout se mélangeait à présent. Il ressentit simplement une envie impérieuse, supérieure aux autres : mieux connaître ce frère qui venait de le quitter définitivement.

— En quoi était-il si différent de moi ?

Pour la première fois, Édouard Furton sembla buter sur les mots.

— Bien qu'il ait été l'aîné, il a toujours été plus sensible, plus craintif, plus fragile aussi. En cela il ressemblait à sa mère. Tandis que toi…

Éric finit la phrase de Furton.

— Je te ressemblais.

— C'est exact.

Éric reçut cet aveu comme une première marque d'affection dissimulée. Édouard Furton fut soulagé de l'avoir formulé. Il n'était pas certain de pouvoir le faire. Il sembla moins raide et poursuivit sa confession.

— Ma rencontre avec ta mère est la plus belle chose qui me soit arrivée. C'est l'unique femme que j'ai aimée. Sa mort m'a brisé.

Ce mot dans la bouche d'Édouard Furton prit des allures de fissure au cœur de la forteresse. Il passa machinalement sa main sur la pierre froide sous laquelle reposait le corps de sa première épouse. Il continua.

— Elle a été terrassée par un cancer et je n'ai rien pu faire. Malgré tout mon argent, malgré toutes mes connaissances, mes contacts, mes relations, j'ai dû me résoudre à la laisser partir. C'est la seule fois de mon existence où j'ai eu tellement de chagrin que je n'ai pas su quoi faire. J'étais perdu. On m'avait enlevé la seule personne qui avait réussi à m'aimer tel que j'étais. Elle était parvenue à ce que je fasse des concessions. Notamment celle d'avoir des enfants, ce qui n'était pas du tout dans mes intentions. Mais elle a disparu. Subitement. Je ne pouvais pas m'occuper de vous. Je n'en avais ni la force ni l'envie. Alors j'ai décidé de vous envoyer dans cette école pour gosses de riches en pensant que vous y recevriez la meilleure éducation, celle que je ne pouvais pas vous donner, et que vous y seriez en sécurité.

Dans cette tempête qui l'emportait et le ballottait depuis des mois et des semaines, Éric Bastogne s'aperçut qu'il n'avait jamais songé à cette mère dont il ne gardait aucun souvenir. Il avait fait une fixation sur son père, puis sur son frère. Jeannine Bastogne avait comblé ce vide par son amour et il fut assailli par le besoin de la revoir. Ou à défaut d'évoquer son souvenir.

— Comment est-ce que je me suis retrouvé chez les Bastogne ?

Édouard Furton ne supportait pas d'être immobile. Alors il se releva, épousseta soigneusement son pantalon blanc. Il joignit les mains derrière le dos et fixa la cime du pin sur laquelle un pipirit s'était perché.

— À votre retour du Liechtenstein j'ai consulté les plus grands pédopsychiatres. Ils étaient unanimes. Après avoir été abusés et avoir tué ensemble cette ordure, vous deviez être séparés, ton frère et toi. En restant collés l'un à l'autre vous auriez pu vous nourrir de ce crime. C'était pour votre bien. Je t'ai alors confié à Jeannine Bastogne. Je savais qu'elle s'occuperait bien de toi. Elle vous avait vus grandir et avait aidé votre mère, déjà malade, à vous élever lorsque nous habitions Guernesey. Elle était votre gouvernante et elle vous aimait comme ses propres fils. Elle faisait partie de la famille. Il y avait en elle une brisure. Elle ne pouvait pas avoir d'enfants. Cette solution m'est apparue comme la plus évidente et la meilleure pour tout le monde. J'ai fait jouer mes relations afin qu'elle puisse t'adopter légalement.

— Et tu as gardé Xavier auprès de toi.

Malgré la mort de son frère, Bastogne ne culpabilisait pas d'être jaloux. À son tour, il se leva et passa son index sur les lettres du prénom de Xavier. Édouard Furton se retourna et pour la première fois les deux hommes se firent face. Éric se chercha dans le visage de son père, sans rien trouver.

— Même si tu sembles le penser, je ne t'ai pas abandonné. Je t'ai fait soigner. Jeannine était évidemment au courant de ce qui t'était arrivé. Peut-être que tu ne t'en souviens plus, mais elle t'emmenait régulièrement à Paris pour consulter un spécialiste, un psychiatre. Il s'agissait d'un traitement expérimental à l'époque. Il te soumettait à des séances d'hypnose afin de chasser de ton esprit le souvenir des abus et du crime. Contrairement à ton frère, tu as bien réagi à ce programme. Tu as oublié. Mais tu as aussi rapidement développé un trouble dissociatif de la personnalité. Peut-être les conséquences de cette thérapie innovante ? Ou un réflexe de protection ? Quelle que soit l'hypothèse, cette violence liée au traumatisme de l'agression et au meurtre, au lieu qu'elle te ronge de l'intérieur, comme ton frère, tu l'as projetée sur une autre personnalité que tu t'es créée. Un double qui absorbait cette fureur et qui te permettait ainsi de vivre à peu près normalement. Prendre des médicaments aurait pu t'aider à t'en défaire, mais ils auraient aussi rendu ton inconscient inaccessible à l'hypnose. Alors tu risquais de te souvenir de tout. Il a fallu choisir. Grâce à son amour et à son attention, Jeannine réussissait à canaliser tes accès de colère. Nous étions persuadés d'avoir fait le bon choix.

Cette dernière phrase, restée en suspens, renvoya Éric Bastogne à ce qui avait tout fait basculer. Le meurtre de Justine. Il n'avait désormais plus d'échappatoire. Son père venait de lui signifier qu'il était bien un assassin. Sans sourciller. Sans plus d'émotions. Sans même le formuler. Il l'avait condamné. À vie. Une bouffée délirante l'assaillit. Il voulait qu'il souffre lui aussi. Il se jeta sur Édouard Furton, le gifla, l'attrapa par le col de son polo, et lui décocha une droite qui l'envoya à terre. Il hurla :

— Et tu crois que ça va me suffire vieux salopard ?

Édouard s'était laissé frapper sans réagir. Peut-être fallait-il en passer par là ? Il était prêt. Il avait vu sur le visage de cette fille les conséquences des colères de son fils. Il pourrait, lui aussi, le tuer à mains nues. Il s'y était préparé. Il avait fait en sorte qu'ils soient isolés tout au fond du parc. Là où tout pourrait se passer. Mourir au pied des siens n'était pas absurde.

Mais les coups s'arrêtèrent. Bastogne resta figé face à lui, les poings serrés, attendant qu'il se relève. Ce qu'il fit. Édouard passa l'index sous son nez. Il saignait. Il s'attendait à être encore une fois cueilli par un poing rageur. Au lieu de cela, Éric Bastogne lui tourna le dos.

— Tu t'es arrangé avec ta conscience en m'évitant la prison, cracha Bastogne.

Édouard Furton se réajusta. Son nez le faisait souffrir, mais il aurait souhaité avoir plus mal. Une douleur physique intense qui l'aurait allégé puisque, psychologiquement, il était hermétique, inatteignable, intouchable. Il était dénué d'empathie. Même pour son fils. En l'absence de sentiments, il essaya les mots.

— Tu ne méritais pas d'y aller.

Éric était au bord des larmes. Il se balançait d'avant en arrière comme un boxeur qui tenterait d'esquiver les coups.

— Et le jeune Youssef El Moutari et le flic, ils méritaient de mourir peut-être ?

— Je protégeais ma famille.

— Tu es un assassin. Comme moi, éructa Éric. Tu avais raison. On se ressemble. Sauf que je ne fais pas faire le sale boulot par les autres. Tes deux détraqués, ils sont venus me rendre visite à mon hôtel en pleine nuit pour voir si j'étais bien installé peut-être ?

— Oublie ces deux gars et ce qui s'est passé dans cet hôtel. J'arrangerai les choses. Ils étaient chargés de t'amener à moi afin que nous ayons cette conversation.

La colère céda au désespoir. Éric Bastogne avait désormais les réponses à toutes ses questions. Mais il ne savait pas quoi en faire. Comme un enfant implorant l'aide de son père, il le regarda et lui demanda :

— Et moi, qu'est-ce que je deviens maintenant ?

— Tu retrouves ta famille et tu prends soin d'eux.

— Et si je m'en prends à eux ?

— Tu ne le feras pas.

— Comment le sais-tu ?

— Parce que tu n'es pas fou et que tu n'es pas un assassin. Tu as tué cette fille parce qu'elle était toxique. Elle te faisait du mal. Tu t'es défendu, comme à Feuerstein.

Bastogne croyait entendre les mots d'Étienne Mougin.

— Tu ne ferais jamais de mal aux tiens, poursuivit Furton. Tu dois comprendre que tu as mis en place tes propres protections pour surmonter cette terrible épreuve. Il y a eu cet accident, mais ce n'était qu'un accident, scanda-t-il. Tu as eu cette chance.

— Et quelle chance, siffla Bastogne.

— Ton frère ne l'a pas eue. Il n'a jamais rien pu oublier de toute cette histoire et le soir de ses douze ans, après avoir soufflé les bougies de son gâteau, il est monté tranquillement dans sa chambre et il a passé sa corde à sauter autour de son cou.

Éric s'imagina la scène. Il en fut anéanti. Édouard Furton le scruta, ne sachant quoi faire de cette tristesse infinie qu'il lisait dans ses yeux. Il aurait pu le prendre dans ses bras. Il ne le fit pas. Il resta sur le seul registre qu'il connaissait.

— Tu es un homme désormais, plus un enfant. Tu dois pouvoir le gérer.

— Et si je recommençais à tuer ?

— Alors je prendrais de nouveau soin de toi. Si tu le désires je peux te faire rencontrer les meilleurs spécialistes pour continuer à travailler sur ta pathologie. Tu guériras, je le sais. Je serai là pour toi.

— Et Stella.

— Quoi Stella ?

— Elle pourra m'aider aussi ?

— Laisse-la à l'écart de tout ça, lâcha Furton en retrouvant un ton dur.

Sans le vouloir, Éric lui avait tendu un piège et son père était tombé dedans. Sans l'ombre d'une hésitation. Bastogne comprit. Édouard Furton voulait la protéger de lui. Il avait peur de lui. Tout son discours sur la rédemption, la prise en charge de la maladie, la certitude qu'il ne ferait jamais de mal aux siens, c'étaient des conneries pour le rassurer, le désamorcer et surtout l'éloigner. Il ne voulait pas qu'il côtoie Stella. Il savait qu'il pourrait lui faire du mal. Il voyait en lui un prédateur. Une nouvelle fois, comme trente ans auparavant, il venait de choisir et il l'écartait des siens afin de ne prendre aucun risque. Pouvait-il lui en vouloir ? Lui-même avait pris cette décision pour Samuel et Élisabeth.

Tout était dit. Les portes s'étaient refermées les unes derrière les autres. Éric Bastogne se dirigea vers le portillon et sans se retourner lança :

— Adieu papa.

La première et la dernière fois de sa vie qu'il prononçait ce mot. Charles Bastogne n'avait jamais eu la chance de l'entendre. Édouard Furton le laissa partir.

En quittant la maison, Éric aperçut Stella, installée sur la terrasse, assise sur un fauteuil roulant. Elle avait pris du poids et ça lui allait bien, pensa Bastogne. Il croisa ce regard à la fois profond et impertinent qui l'avait chamboulé. Elle lui adressa un signe. Il ne lui répondit pas.

L'homme l'intercepta alors qu'il redescendait à pied en direction de Pétion-Ville. Il l'attrapa et le colla au mur d'une maison en construction. Une nouvelle demeure de riches qui grignoterait encore un peu plus sur l'espace des pauvres. Il lui glissa un couteau sous la gorge. L'endroit était désert.

— Tu me reconnais ?

Le type était grand et taillé comme un culturiste. Le chapeau, bien trop petit pour sa grosse tête, ne protégeait que la moitié de son crâne chauve. Le feutre tranchait avec le t-shirt et le bermuda bariolé.

— T'as buté mon frère.

Bastogne comprit qu'il s'agissait de l'un des deux tueurs engagés par Édouard Furton. Ce gars allait probablement le tuer. Sa chance tournait enfin.

— Possible, lâcha Bastogne, laconique.

Castor lui saisit le menton entre le pouce et l'index de sa main gauche et l'examina de si près que leurs nez se touchaient presque. Il plissa les yeux.

— Tu te fous de ma gueule, c'est ça. Tu te crois malin.

Il appuya la lame sur la carotide.

— Je vais te saigner comme un porc. Comme tu as saigné mon frère ce soir-là avec le chapelet.

Bastogne ferma les yeux en attendant de sentir jaillir son sang et de se vider enfin de tous ses maux. Mais Castor relâcha sa pression. Il reprit un pas de recul et examina le regard de cet homme qui n'avait pas peur. Il le prit pour ce qu'il était : un fou.

— Je ne suis pas venu là pour toi. Tu as de la chance car je me suis aperçu que la vie était bien plus douce sans la présence encombrante de mon frangin. Tu m'as rendu service en quelque sorte. Alors à mon tour je vais t'en rendre un. Je vais t'épargner. Mais tu vas me dire où je peux trouver le responsable de tout ce merdier.

Éric Bastogne réfléchit un instant. Il chercha le moyen de le mettre en colère.

— Je ne sais pas où est André, répondit-il. Et je ne crois pas que vous pourrez le trouver.

Castor contorsionna sa grosse tête et afficha une moue interrogative qui le rendit encore plus laid.

— C'est qui cet André ?

— Celui qui a tué votre frère. Sur mon ordre, ajouta Bastogne provocateur.

Castor prit un air dégoûté et pointa son couteau en direction de Bastogne.

— Mon frère avait raison. T'es vraiment ravagé toi. Ce que tu as fait à cette gamine… T'assumes que dalle ou t'es complètement à la masse. C'est toi que j'ai vu, ce soir-là à l'hôtel, planter le Christ dans la gorge de Pollux. Il n'y avait pas… d'André.

Ce tueur professionnel était un psychopathe mais certainement pas un menteur. Il n'était pas outillé pour ça. Et ce qui était une intuition, une sensation diffuse, qui s'insinuait dans le cerveau de Bastogne depuis quelques jours, se transforma alors en évidence. André n'avait jamais existé. Le professeur pencha la tête sur le côté pour mieux appréhender cette réalité. Les éléments s'assemblèrent naturellement comme si quelque chose s'était enfin débloqué. Ce que lui avait dit son père prit également tout son sens. André, cet ami si fidèle, toujours présent lorsqu'il le fallait, prêt à donner et à prendre les coups pour lui. André, l'exécuteur des basses œuvres, son ami secret qui surgissait et disparaissait aussi vite. André n'était en fait que l'incarnation de ce double violent qu'Édouard Furton avait évoqué. La manifestation de son esprit dérangé. Il était allé jusqu'à le doter d'une vie propre, d'une histoire, alors que cet homme n'avait jamais existé que dans son cerveau malade. Une grande tristesse le rattrapa. Il venait de nouveau de perdre un ami. Son dernier ami.

Castor le regardait à présent comme une bête curieuse. Durant sa carrière d'assassin il n'avait jamais été face à un homme n'ayant pas peur de mourir. Même les plus durs et les plus courageux avaient eu la frousse. Il ne pensait pas que ce serait lui « le spécimen ». Il n'insista pas. Il ne tirerait rien de cet individu. Et puis ce ne serait pas si difficile de localiser sa cible. Il habitait probablement dans l'une de ces trois immenses baraques à flanc de colline. C'était de là que venait le barjot.

M. Smith lui devait de l'argent, des excuses et, plus que tout, du respect. Ce qu'il n'avait jamais eu envers lui ou son frère. Il les avait traités comme des merdes, des exécutants. C'était son plus grave péché à ses yeux.

« Putain, voilà que je raisonne comme mon frère », se dit Castor.

Édouard Furton fut retrouvé mort par sa fille et une gouvernante, lardé de dix-huit coups de couteau à proximité de la tombe de sa première femme et de son fils. L'enquête, sensible, comme l'étaient les relations entre la France et Haïti, fit grand bruit dans un pays pourtant habitué à la violence. Elle démontra que le riche homme d'affaires ne s'était pas défendu.

32

L'ambassade d'Israël ne s'était pas montrée très ouverte à l'idée de divulguer l'identité de l'un de ses ressortissants, qui plus est accusé d'une tentative d'homicide. Coup de chance cependant, l'individu en question était un binational, un Franco-Israélien, ce qui lui conférait une valeur moindre. Les Israéliens avaient fini par céder lorsqu'ils avaient pu établir le profil exact de la personne concernée. Et, comme le lieutenant Fatni l'avait supposé, il s'agissait bien d'un déserteur qui avait fui le pays avec son arme. Un camouflet pour Tsahal dans un contexte international toujours aussi tendu. L'image d'union, de cohésion et de détermination protégeait le pays contre ses ennemis. Elle ne devait en aucun cas être brouillée par ce genre d'affaire. Tout traître à la cause devait être éliminé. Ils avaient donc décidé de le lâcher et avaient révélé son patronyme aux policiers français.

Surprise. L'homme en question était une femme. Une Franco-Israélienne de 35 ans qui avait grandi en France et qui était partie s'installer en Israël dix ans auparavant. Elle y avait effectué, comme il se devait, son service militaire.

Elle s'était découvert des aptitudes pour le combat opérationnel et notamment le tir de précision. Elle s'était engagée définitivement dans les rangs de Tsahal et était devenue la première et la seule femme tireur d'élite.

Un symbole repris opportunément par Israël pour sa propagande d'État. Sa militaire avait fait l'objet de nombreux reportages. Mais après quatre années de bons et loyaux services, elle n'était jamais revenue d'une permission. Pire, elle avait dérobé son outil de travail, un Galil Marksman. Communication maîtrisée. La presse du pays n'avait jamais rien su de cette désertion. La fille n'avait pas de famille en Israël. Donc pas de réclamations. Pour éviter toute contagion de l'information, Israël avait renoncé à la poursuivre hors de ses frontières. Surtout ne pas faire de vagues. Comment était-elle entrée en France avec ce fusil dans ses valises ? C'était de la responsabilité des flics français. Les Israéliens avaient fini par fournir toutes les données nécessaires. Ils avaient coopéré. En échange, les liens de cette criminelle avec Tsahal ne devaient jamais apparaître.

La femme ne se cachait pas. Elle vivait en France sous sa vraie identité, se pensant à l'abri, sur le territoire national, du courroux israélien. Elle avait raison. Elle était un tout petit poisson qui pouvait cependant provoquer un tsunami d'un battement de queue si sa désertion devait être rendue publique. Elle en avait profité. Dans l'Hexagone, son casier judiciaire était vierge. Elle exerçait officiellement la profession de tatoueuse. Et, à ses heures perdues, elle ne rechignait pas à abattre des gens pour de l'argent. Elle possédait un salon qui avait pignon sur rue dans le quartier du Marais.

Les policiers de la brigade criminelle s'étaient déployés autour de la petite place de Bourg-Tibourg. Couple d'amoureux, livreur, personnel de la voirie ou simple badaud, ils étaient partout. Ils avaient mobilisé les grands moyens car l'individu était dangereux. À cause de sa jambe, Étienne Mougin était en retrait du dispositif, à la terrasse d'un café. Il n'interviendrait pas directement. Il gardait un œil sur le véhicule de la tatoueuse garé à quelques mètres de lui, une Alfa Romeo rouge. Le lieutenant Clara Chiquevetadze avait été désignée pour aller au contact du suspect. C'était une femme, plus rassurant si l'individu était aux aguets, et surtout elle avait sur l'avant-bras droit un superbe dragon. Lorsqu'elle fit, à travers la vitrine, le signe convenu que tout était ok, la dizaine de policiers déboula dans le salon. Valérie Dupailler se laissa arrêter sans résister.

Éric Bastogne profitait du paysage. Il conduisait à faible allure, le nez à la fenêtre. Il venait de passer l'estuaire de la Rance et longeait à présent les falaises abruptes et sauvages de la côte d'Émeraude en direction de la pointe de la Garde Guérin. Il était soulagé. La boule dans son ventre avait disparu. Il était en paix. Comme il ne l'avait jamais été. Il ne subissait plus. Il était désormais maître de son destin. Un sentiment déroutant, irréel. Il flottait. Il roula encore cinq kilomètres et atteignit les abords de la plage de Port Hue. La petite maison blanche paraissait être en équilibre, toute prête à basculer dans la mer. On y accédait par un chemin de terre qui coupait le tapis vert de la prairie en deux. De plus près, la bâtisse n'était pas si petite. En revanche, sa proximité avec le vide était, elle, bien réelle. Le jardin attenant n'était protégé que par une modeste barrière en bois ne mesurant pas plus d'un mètre cinquante. Pas très prudent pour les enfants. Mais le propriétaire n'avait pas d'enfants. Éric Bastogne gara son véhicule à côté d'une Twingo jaune. Malgré la présence de la Renault il crut d'abord qu'il n'y avait personne. Puis une femme à la longue chevelure rousse apparut derrière une fenêtre. Elle hésita un instant, puis sembla céder face au visage ouvert et au sourire franc de son visiteur. Elle lui ouvrit la porte. Elle se faisait confiance. Elle avait rarement été trahie par son intuition. Elle avait vu bien trop de morts pour ne pas faire attention aux vivants. Elle fut toutefois surprise lorsque l'homme se présenta. Il n'avait rien d'un monstre. C'était pourtant comme cela que son mari, Étienne Mougin, le lui avait décrit.

Valérie Dupailler était excitée. Elle s'imprégnait des lieux, des murs nus de la salle d'interrogatoire, de la moquette neuve, du visage de chaque flic. Ils ne seraient pas déçus. Elle leur dirait tout. Méticuleusement, précisément, mais lentement, pour bien profiter du moment et ne rien oublier. Elle les impressionnerait ces policiers d'élite, leur montrerait qu'elle aurait pu être des leurs si un psy à la con n'avait pas mis son véto à son intégration dans la police nationale. Trop fragile psychologiquement, avait-il affirmé ! Elle rigola doucement. Ils allaient pouvoir juger de sa fragilité. Elle était si euphorique que même son corps lourd, soudé à la chaise, semblait gagné par la légèreté de son esprit. Elle voulait les séduire. Fini la disgracieuse petite fille que personne ne regardait. Même pas ses parents qui l'avaient considérée comme le brouillon des trois magnifiques enfants qu'ils avaient eus par la suite. Elle ne pleurnichait pas parce que sa mère ne l'avait pas aimée. Élisabeth, sa seule véritable amie, l'amour de sa vie, avait aussi connu ces affres du manque d'affection et elle s'en était bien sortie. Après tout, sa si dévalorisante maman lui avait fait, sans le vouloir, un cadeau extraordinaire. Sa judéité. Grâce à elle, elle avait trouvé sa voie : tuer des êtres humains.

Tsahal lui avait offert cette incroyable opportunité et elle avait adoré ça. Qu'il se fût agi de terroristes arabes avérés ou pas n'avait eu aucune importance. Elle ne s'était jamais posé la question du statut de sa victime lorsqu'elle avait appuyé sur la détente. Elle n'était mue par aucune idéologie. Elle aurait pu tout aussi bien assassiner des juifs, des innocents. Même des enfants. Cette fichue politique avait enrayé la belle mécanique. Du jour au lendemain il n'avait plus été question d'assassiner des Palestiniens sans justification. Il fallait désormais choisir ses cibles, l'opinion publique avait les yeux rivés sur Israël, prête à taper sur les doigts de cet État qui ne voulait pas partager sa terre et bafouait toutes les lois internationales. Le bien avait changé de camp. Le bien, le mal, Valérie s'en foutait. Tout ce qu'elle voulait c'était continuer à tuer. La technologie avait fini de la convaincre qu'elle n'avait plus rien à faire dans les rangs de Tsahal puisque c'était désormais les drones qui régnaient sur le royaume du crime à distance. Elle était donc partie exercer sa passion en freelance.

Valérie Dupailler réajusta son polo en tirant sur son col. Si elle avait su, elle se serait habillée pour la circonstance. Un commandant du nom de Mougin lui demanda d'emblée si elle avait quelque chose à voir avec une tentative d'assassinat près d'un étang normand. Elle aurait souhaité un peu plus de préliminaires. Mais elle ne voulait pas non plus indisposer ses interlocuteurs. Elle grimaça. Ils commenceraient malheureusement par son unique raté. Elle admit, sans difficulté, que c'était elle qui avait tiré sur l'embarcation occupée par Éric Bastogne et Stella Furton. À la question suivante, qui avait été de savoir pourquoi, elle avait été désarmante de sincérité, expliquant avec enthousiasme que Bastogne n'était pas la cible.

Elle devait tuer « cette petite salope de Stella » parce qu'elle essayait d'arracher à sa famille aimante un homme trop faible pour résister.

Oui elle avait voulu éliminer « cette gamine ».

Pour Élisabeth.

Audrey fit bouillir de l'eau pour le thé. Elle avait invité Éric Bastogne à rejoindre le petit salon. Il avait choisi de s'asseoir dans le fauteuil hors d'âge face à la mer, l'endroit préféré d'Étienne. Là où il aimait réfléchir. Éric Bastogne s'imprégnait de cette vue imprenable qui s'étendait du cap Fréhel jusqu'à Saint-Malo. Le soleil se noierait bientôt dans la mer. Ses derniers rayons léchaient son visage à travers la vitre. Il était bien, en pleine conscience, et enfin libre. Audrey déposa délicatement la tasse sur la table basse et s'assit sur le canapé en cuir beige. Elle paraissait sereine alors qu'un intrus, un assassin, avait forcé sa porte.

Elle lui avait plu immédiatement. Elle respirait la bienveillance. Son calme le rassurait. Passer ces derniers instants auprès de cette femme était une chance. Bastogne pensa également que le commandant était un veinard.

— Puis-je vous demander ce que vous attendez de moi ? demanda tranquillement Audrey.

Bastogne répondit tout aussi posément, il ne voulait pas l'effrayer, même s'il pensait qu'il en faudrait un peu plus pour la déstabiliser. Elle avait l'air forte.

— Je souhaiterais rencontrer le commandant Mougin.

Audrey trempa ses lèvres dans le liquide brûlant. Elle reposa la tasse.

— Comme je vous l'ai dit, il a été retenu à Paris pour une affaire et il ne me rejoindra pas ce soir.

Éric Bastogne opina et prit un gâteau sec.

— Peut-être pourriez-vous lui téléphoner afin de lui demander de venir au plus vite. Dites-lui que je suis là et que c'est important.

— Pourquoi ne pas le faire vous-même ? Vous avez son numéro ?

— Je préfère, si vous n'y voyez pas d'inconvénient, que cet appel vienne de vous, rétorqua Bastogne en se frottant les mains pour se débarrasser des miettes. Vous pourriez faire ça pour moi ? ajouta-t-il presque en s'excusant.

Audrey savait qu'elle n'avait en réalité pas le choix. Si l'homme était calme et aimable, elle pouvait aussi sentir toute sa détermination. Il ne lui ferait pas de mal, elle en était certaine, mais il n'en était pas moins dangereux. Surtout pour Étienne. Audrey se leva. Elle tira machinalement sur sa robe et se dirigea vers le bar. Elle prit son portable et le montra à son visiteur.

— Je vais lui laisser un SMS.

— Appelez-le, ce sera plus simple.

— S'il est en audition, il ne prend aucun appel. En revanche, il lit les messages.

Bastogne ne sembla pas convaincu. Il ne pouvait cependant pas la forcer.

— Indiquez-lui surtout que nous l'attendons ensemble, dit fermement Bastogne tout en lui adressant un sourire de gratitude.

Audrey fit glisser son doigt sur l'écran, tapota deux fois de suite pour attraper ses contacts, puis elle marqua un temps d'hésitation.

— Un problème ? interrogea Bastogne qui ne l'avait pas quittée des yeux.

Audrey se reprit.

— Non, je cherche simplement ce que je vais lui dire.

Bastogne comprit pourquoi cette femme lui faisait si bonne impression. Elle ne dissimulait pas. Il vit donc à son attitude que quelque chose clochait. Lorsqu'il lui prit le téléphone des mains, le SMS était déjà parti. Audrey le regarda comme une petite fille qui venait d'être prise la main dans le sac à faire une bêtise. Le message était encore affiché. Il était adressé à un certain Fabrice Bourgeois et il était explicite.

« Viens vite chez moi à la plage, je suis en danger. »

Bastogne agita la tête et fit une moue de désapprobation. Il demanda :

— Qui est Fabrice Bourgeois ?

Audrey n'hésita pas.

— C'est mon frère.

Elle ajouta :

— Il est gendarme dans la région.

Bastogne ne sembla pas contrarié. Un gendarme ferait l'affaire.

— Ce n'est pas grave, nous attendrons donc votre frère, fit Bastogne, rassurant.

Ce qui eut l'effet inverse sur Audrey qui, pour la première fois, sembla perdre son sang-froid.

— Vous ne lui ferez pas de mal ?

— Ne vous inquiétez pas.

— C'est à Étienne que vous en voulez, vous voulez vous venger, poursuivit-elle d'une voix qui tremblait un peu trop à son goût.

Éric Bastogne reposa le téléphone sur le bar et s'accouda nonchalamment sur le meuble en acajou. Le pan gauche de sa veste de sport se releva.

— Vous vous trompez sur mes intentions, murmura-t-il sur le ton de la confidence. Je ne veux faire de mal à personne. Surtout pas à votre mari. Peut-être ne vous l'a-t-il pas dit mais il m'a été d'un grand secours lors de ces dernières semaines. Je peux même dire qu'il a été mon seul soutien. Je n'ai aucune raison de lui en vouloir, bien au contraire. Je voulais juste qu'il m'aide une toute dernière fois.

Audrey dirigea son index vers la ceinture de Bastogne d'où dépassait la crosse d'un pistolet.

— Et c'est pour cela que vous avez apporté ça ?

On allait enfin pouvoir passer aux choses sérieuses. Laisser derrière eux ce lamentable ratage. La partie n'avait pas été facile. Mais c'était elle qui avait souhaité la compliquer. Elle aurait pu l'éliminer lorsqu'il était seul dans sa voiture, dans son appartement ou au travail. Mais c'eut été trop simple. Par ailleurs elle aimait les symboles. Élisabeth lui avait raconté la façon dont ils s'étaient rencontrés. Sur les bancs de la fac de Nanterre. Elle avait donc pris, ce jour-là, le premier RER du matin, celui de 5 h 35. À 6 h 05, elle était descendue à la station Nanterre-Université. Avec ses fringues sportswear noires, son étui à guitare dans le dos, et son visage rond sur lequel on avait bien du mal à lire un âge, elle pouvait passer pour une étudiante. À cette heure-ci elle n'avait croisé que quelques clodos échappés du refuge de sans-abri situé à proximité. Elle avait pris la direction du bâtiment E, celui qui était le plus éloigné de la gare RER. C'était aussi le plus haut. Elle ne risquait pas d'être vue. Tout était bouclé. Elle avait forcé la serrure sans difficulté et avait emprunté tranquillement les escaliers jusqu'au dernier étage. Aucun système de sécurité. Il n'y avait rien à voler hormis de vieux ordinateurs. Elle avait mis quelques minutes à trouver la trappe d'accès au toit. Une fois là-haut, elle s'était installée et elle avait attendu. Longtemps.

Dans sa lunette de visée, elle l'avait enfin vu. Élisabeth l'avait informé qu'il avait rendez-vous avec son mari. Le parvis était noir de monde. Il était presque midi. Il trimballait son arrogance de fils à papa parmi les étudiants et les étudiantes qu'il déshabillait du regard. Dégueulasse. Sa libido lui coûterait la vie. Elle avait hésité. Avant, pendant ou après. Puis elle s'était dit que ce serait bien de faire morfler l'autre aussi. Il en sortirait indemne mais traumatisé. Une petite satisfaction à défaut de pouvoir l'éliminer. Elle l'avait toujours détesté et elle ne comprenait pas pourquoi Élisabeth s'était entichée de ce type. Comme d'habitude, lorsqu'elle était concentrée sur une cible, elle avait su par instinct que c'était le bon moment. Une si belle étreinte, preuve de leur amitié virile et indéfectible. Magnifique. Elle était allongée. Elle avait calé son coude contre la chape de béton. Elle l'avait ajusté. Des petites têtes de linottes blondes, brunes, rousses, de toutes les couleurs avaient défilé dans son viseur. Elles ne sauraient jamais qu'elles étaient passées à une phalange de se faire tuer. Les jeunes gens inconscients du danger apparaissaient et disparaissaient dans sa lunette. Une seconde. Puis un trou. Elle avait appuyé sur la détente et la matière grise de Marc Delvain s'était répandue sur l'épaule d'Éric Bastogne. Un coup de maître.

Valérie Dupailler releva la tête et vit six paires d'yeux la regarder, stupéfaits, l'implorant d'expliquer son geste.

Pour Élisabeth, bien sûr.

Delvain avait profité de sa détresse, pendant que Bastogne était en prison, pour lui faire l'amour. Un moment de faiblesse. Et il allait tout révéler à son ami, mettant en péril le processus de reconstruction de sa famille entamé par Élisabeth.

Elle avait donc dû l'éliminer. Elle y avait pris du plaisir, mais ce n'était rien comparé à ce qu'elle avait vécu auparavant. Elle savait que tout ce qu'elle entreprendrait par la suite lui paraîtrait bien fade à côté. La mort de Delvain lui avait changé les idées pendant quelques jours. Mais elle n'avait pas retrouvé le vrai goût de la mort. Cette expérience l'avait changée à jamais. Elle l'avait transformée. Mais aussi déstabilisée. C'était en partie la raison pour laquelle elle avait foiré son contrat sur la jeune Furton. Par manque de concentration. Par manque d'envie aussi. Se faire attraper était la meilleure chose qui pouvait lui arriver.

Fabrice Bourgeois avait rappelé moins d'une minute après avoir reçu le texto de sa sœur. Ils avaient toujours été très liés. Ils avaient essayé de ne jamais rester loin l'un de l'autre. Éric Bastogne avait permis à Audrey de répondre. Fabrice lui avait demandé ce que son message signifiait.

« Si c'est une blague, elle n'est pas drôle », avait-il asséné sèchement.

Audrey était restée muette, interrogeant du regard son drôle de geôlier. Bastogne lui avait fait un signe de la main du style « ne vous gênez pas pour moi, faites comme si je n'étais pas là ». Une réaction étonnante quand elle pensait qu'il la retenait en otage. Mais était-ce bien le cas ? Elle n'en était toujours pas certaine. Ce fut pourtant ce qu'elle affirma à son frère avant de raccrocher sous l'injonction de son invité. Les choses étaient dites. Il ne restait plus qu'à attendre. Éric Bastogne s'était adapté. Ce n'était pourtant pas le scénario qu'il avait imaginé. Il aurait préféré faire ça en petit comité et de la main de Mougin. Qu'importe, la finalité serait la même. Il ne se laisserait pas envahir aujourd'hui par des sentiments négatifs. Pas par une si belle journée. Il jeta un œil par la fenêtre. Le soleil avait disparu et un voile d'obscurité commençait à envelopper la mer. Il respira profondément et demanda à Audrey si elle avait un papier et un crayon.

Il écrivit sa lettre d'un jet, sous le regard intrigué de son hôte. Elle ne lui posa pas de questions. *Timing* impeccable. Il venait juste de coucher les derniers mots destinés à son fils lorsqu'il aperçut les premières lueurs bleutées des gyrophares.

Il faisait nuit quand les trois véhicules de la gendarmerie s'engagèrent sur le petit chemin. Les voitures se garèrent les unes derrière les autres. Six uniformes bleus, bardés de gilets pare-balles, en sortirent et prirent position, arme au poing, derrière leurs portières. Le téléphone d'Audrey sonna de nouveau, faisant sursauter la jeune femme. Le regard de Bastogne était explicite : cette fois elle ne répondrait pas. Il demanda à Audrey d'éteindre les lumières de la maison et d'allumer celle de l'extérieur. Elle s'exécuta et les gendarmes se retrouvèrent alors vulnérables. Ils échangèrent quelques mots et raffermirent un peu plus leur prise sur la crosse de leur pistolet. Il était trop tard pour faire demi-tour. Peut-être s'étaient-ils fourvoyés en se précipitant ainsi à la demande du lieutenant Bourgeois, fou d'inquiétude. Lorsque le coup de feu claqua, ils baissèrent tous la tête et se réfugièrent dans un même mouvement dans les habitacles. Les marches arrière craquèrent. Dans la précipitation, le deuxième véhicule heurta le dernier de la file dans une désorganisation qui n'avait plus rien de militaire. Ils avaient essayé de gérer eux-mêmes cette affaire. C'était un fiasco. Ils devaient se résoudre à appeler du renfort.

À l'intérieur de la bâtisse, Audrey était hypnotisée par l'arme. Il s'en était servie. Elle n'en revenait pas. Bastogne perçut la panique naissante et tenta de la calmer.

— Je ne les ai pas visés, dit-il simplement. Et même si je l'avais fait, je suis tellement mauvais tireur que je les aurais ratés.

Ce trait d'humour ne parvint pas à la décrisper.

— Pourquoi avez-vous fait cela alors ? questionna-t-elle.

— Parce que j'ai besoin qu'ils me prennent au sérieux.

Elle avait tout déballé. Dans une heure elle serait présentée à un juge d'instruction et serait mise en examen puis écrouée. Mougin n'en revenait pas de l'aplomb de cette fille, de son détachement. C'était comme si elle avait pris un énorme pied à tout leur balancer. La copine d'enfance d'Élisabeth Klein aurait perpétré son assassinat et sa tentative d'assassinat par amour. La femme de Bastogne n'échapperait pas à un interrogatoire.

Un nouveau coup dur pour le professeur, songea Mougin. Il le plaignait.

Il demanda à son capitaine de sortir le PV d'audition pour le faire signer à la prévenue. Valérie Dupailler partit dans un grand éclat de rire. Elle déclara avoir encore une petite chose à ajouter. Mougin en fut contrarié. Cette fille jouait avec eux. Elle semblait tellement bien en leur compagnie qu'elle serait même capable d'inventer des histoires, jugea-t-il. Il était presque 22 heures et demain matin il se lèverait tôt pour rejoindre Audrey en Bretagne. Il était allé au bout de cette histoire. Il n'aspirait plus qu'à une chose : retrouver sa femme et tout recommencer comme avant.

— C'est terminé, on passe chez le juge, décréta Mougin en se levant.

Valérie Dupailler le fixa alors, un sourire qui se voulait enjôleur au coin des lèvres.

— Vous ne voulez donc pas savoir comment j'ai massacré Justine Fréger ?

Les militaires du GIGN avaient mis moins d'une heure pour rejoindre le théâtre de l'opération. Un hélicoptère survolait la maison en pointant sur les fenêtres son faisceau lumineux. L'état-major opérationnel, commandé par le capitaine Wiegler, s'était installé dans le gros camion noir qui servait de PC. Les hommes de la force d'intervention étaient en train de délimiter un périmètre de sécurité autour duquel ils disposeraient des murs artificiels en Kevlar de trois mètres sur cinq. Ainsi ils entoureraient les trois façades accessibles de la maison, la principale, celle où se situait l'entrée, ne pouvant être couverte car trop proche de la falaise.

Ils ne pouvaient imaginer pire environnement. Une bâtisse isolée, posée au milieu de nulle part. Ils ne connaissaient rien du profil, ni des motivations du ou des preneurs d'otage. Ils ne savaient même pas combien ils étaient dans cette bicoque. La priorité était d'établir le contact et de demander les revendications. La mission s'annonçait délicate. Les informations étaient parcellaires et surtout soumises à caution car recueillies, certes par un gendarme, mais qui était le frère de l'otage. Trop proche, pas fiable, jugea Christophe Wiegler.

Avant de définir la stratégie de négociations, il fallait d'abord terminer la minutieuse mise en place. Deux camions-grues prirent position. Deux tireurs d'élite appartenant à la cellule « Tirs spéciaux » montèrent sur la passerelle disposée en haut du bras métallique. Ils avaient une vue plongeante sur l'ensemble de la propriété, excepté un petit rectangle de trois mètres sur deux situé dans un angle mort à l'opposé de leur position. Ils pouvaient faire feu à tout moment avec une précision redoutable grâce à leur entraînement et à leurs jumelles à vision nocturne.

Assis sur l'évier, Bastogne assistait par l'embrasure au déploiement de force. Il jetait parfois de rapides coups d'œil plus insistants pour constater que le dispositif se mettait bien en place. Audrey était assise à quelques mètres de lui, au fond du salon, à l'écart de toutes fenêtres et avec dans le dos un épais rempart de briques qui la protégeait. Il était hors de question de lui faire courir le moindre risque. Éric Bastogne tapotait ses doigts en mesure sur le plan de travail. Il avait cette chanson de Jean-Louis Aubert dans la tête : « Voilà c'est fini. »

Il avait tenté, à plusieurs reprises, d'engager la conversation avec l'épouse de Mougin, mais il avait senti sa réticence. Il aurait aimé mieux la connaître. Il était sûr que c'était une bonne personne. Comme il ne voulait pas la contraindre, il s'était tu. Les murs de la maison absorbaient le grand chambardement au-dehors. Seul le ronronnement de l'hélicoptère leur parvenait. Un calme relatif régnait. L'occasion pour Éric de réfléchir une dernière fois à sa situation et de renforcer sa détermination. C'était mieux ainsi. Pour tout le monde. À commencer par Sam. Il ne pouvait s'imaginer lui faire du mal. Mais il n'en était pas certain. Tout aurait été tellement plus simple s'il avait été un tant soit peu courageux.

La surprise sur le visage de Mougin lui avait presque déclenché un orgasme. Désormais elle était certaine d'avoir toute son attention et plus encore. Malgré l'heure tardive elle n'était pas fatiguée. Elle aurait la perpétuité ou au moins trente années pour se reposer.

Que savait-elle sur l'assassinat de Justine Fréger ?

Que la jolie jeune fille n'était plus si belle après être passée entre les mains de son meurtrier.

« Comme quoi la beauté n'a pas que des vertus », avait-elle rajouté, malicieuse, accompagnant son trait d'esprit d'un clin d'œil complice.

Valérie Dupailler continuait de ménager ses effets. Les policiers voulurent revenir à l'essentiel. La victime. Pas de problème. Elle avait son avis sur elle et ne se priva pas de le donner.

Justine Fréger n'était qu'une petite catin opportuniste qui profitait de son physique avantageux pour séduire les hommes et leur soutirer de l'argent ou du pouvoir. Cela ne faisait pas d'elle une mauvaise personne pour autant. Mais Justine Fréger n'était pas qu'une écervelée dénuée de tout scrupule. Elle était méchante. Elle était prête à écraser toutes celles et ceux qui se mettaient sur son chemin. Sans distinction. Les forts comme les faibles. Elle n'avait qu'un seul intérêt. Le sien. Et ça, pour la petite Valérie Dupailler, raillée, ridiculisée, harcelée par ce genre de filles pendant toute son enfance parce qu'elle était simplement différente, c'était inacceptable.

Justine Fréger n'avait peur de rien ni de personne. Valérie devait bien l'admettre. Elle ne manquait pas de cran. Quand elle l'avait surprise, ce soir-là, dans son appartement, allongée nue sur son lit, encore souillée du sperme de Bastogne, elle n'avait pas hurlé, n'avait pas tenté de fuir. Elle lui avait simplement demandé de dégager de chez elle sans se départir de son assurance et de sa morgue. Plus encore, elle avait été provocante en écartant les jambes. Malgré les circonstances elle devait bien avouer qu'elle l'avait trouvée très excitante. Justine avait conservé ce sourire narquois, même après avoir encaissé le premier coup de poing. L'œil poché, les lèvres tuméfiées, elle ne s'était pas plainte, ne l'avait pas suppliée d'arrêter. Non, elle avait, au contraire, encore trouvé la force de lui jeter à la gueule cet air dégoûté qu'affichaient ses camarades d'école pour lui signifier combien elle était repoussante et surtout insignifiante. Alors elle s'était déchaînée pour ne plus jamais rien avoir à lire sur ce maudit visage. Elle avait tapé encore et encore. Et lorsqu'elle n'avait plus ressemblé à rien, elle s'était occupée de sa longue et belle chevelure brune qu'elle avait minutieusement découpée. Mais elle n'avait pas été rassasiée pour autant. Alors elle s'était déshabillée et elle avait fait l'amour à ce corps inerte et si parfait. Elle avait joui. Deux fois. Elle était venue pour lui donner une simple leçon. Elle l'avait massacrée.

Au cours de sa carrière, Mougin n'avait jamais entendu une telle jubilation dans la voix d'un suspect qui passait aux aveux. Et il en avait accouché, des pervers, des tordus, des dingues. Mais là, cela allait bien au-delà. Il était sonné. Il en avait presque oublié la portée de ces révélations. Bastogne était innocent. Il tenta de se remettre la tête à l'endroit. Cette cinglée avait dit qu'elle avait « dû » donner une leçon à Justine Fréger.

Était-ce une nouvelle fois pour protéger son amie, lui demanda-t-il ?

Valérie Dupailler le fixa intensément. Pour la première fois il ne décela dans son regard aucun triomphalisme, mais au contraire un certain trouble. Il n'avait décidément rien compris, lui avait-elle bredouillé. Tout ce qu'elle avait fait, c'était pour Élisabeth. Mais elle n'avait fait qu'obéir à ses ordres. Elle n'avait jamais rien pu lui refuser.

Le téléphone portable de Mougin vibra dans sa poche. Il l'éteignit sans se donner la peine de prendre connaissance du message. Valérie Dupailler avait raison. Il avait toujours été à côté de la plaque dans cette histoire.

Entre deux coups de fil, Audrey était parvenue à s'assoupir. Depuis minuit, et toutes les demi-heures, le téléphone sonnait. Le négociateur cherchait à établir le contact. Bastogne ne répondait pas. Il attendait le petit matin. Il ne voulait pas que cela se fasse en pleine nuit, réminiscence d'une peur enfantine peut-être ? L'heure n'était plus à l'introspection mais à l'action. Il avait accueilli les premières lueurs de l'aube avec soulagement. De l'autre côté de la fenêtre le noir profond virait au gris. Tout était étrangement calme. L'hélicoptère s'était posé. Même le téléphone s'était arrêté de carillonner depuis qu'il avait enfin consenti à décrocher. Il était trois heures du matin. Il craignait que, sans contact, les super-gendarmes n'utilisent la manière forte. Il voulait éviter une intervention violente pour ne pas traumatiser Audrey. À l'autre bout du combiné, la voix assurée, et pas plus impatiente que ça, d'une jeune femme s'était présentée en bonne et due forme. Éric Bastogne en avait fait de même. Après avoir parlé de tout et de rien, pris des nouvelles d'Audrey, qui avait assuré directement à la négociatrice que tout allait bien et qu'elle était bien traitée, la gendarme avait posé la question fatidique.

Que voulait-il ?

Il avait répondu : rien. Puis il avait raccroché. Ils le laissaient désormais tranquille. Sans doute devaient-ils étudier son profil, maintenant qu'ils savaient qui il était. Ils affinaient leur stratégie d'intervention. Il ne leur en laisserait pas le temps.

Éric Bastogne s'étira longuement. Il se sentait calme et reposé, malgré la nuit sans sommeil, l'esprit clair. Audrey était assise sur le canapé. Dormir lui avait fait du bien. Elle semblait avoir retrouvé un peu de sérénité. Elle fit mine de se lever. Bastogne lui demanda de rester à sa place. Il prépara du café et vint lui en apporter une tasse. Elle le remercia. Elle aurait aimé trouver les mots pour le persuader de se rendre. Mais elle savait que ses tentatives seraient vaines. Il avait un plan en tête et il n'en dérogerait pas. Alors elle lui avait simplement souri en le remerciant. Un sourire franc, naturel, dénué de tout artifice. Ce fut le déclencheur. Il partirait avec cette image en tête, c'était décidé. Il lui remit la lettre qu'il avait écrite en lui demandant de la faire parvenir à l'adresse qui était indiquée en en-tête. Puis il se dirigea vers la porte d'entrée. Il mit la main à sa ceinture, s'empara de son arme, et vérifia qu'elle était bien chargée. Il attrapa la poignée. Il était temps d'en finir.

L'irruption intempestive d'un représentant de la police nationale dans son camion exaspéra le capitaine Wiegler. Il n'en montra rien. Il aurait pu le virer sur-le-champ. Mais il s'agissait tout de même d'un commandant de la brigade criminelle, pas d'un simple flic de quartier. C'était surtout le compagnon de l'otage, ce qui ne simplifiait pas les choses. Il avait déjà dégagé le frère, malgré son statut de gendarme, et maintenant il devait se coltiner le mari. Mais ce dernier avait l'air plus calme, maître de lui, et finalement pas très inquiet, ou il le cachait bien. Wiegler décida de l'écouter d'autant plus que le profil du déséquilibré l'inquiétait et l'intriguait. Jugé aux assises puis innocenté. Impliqué comme témoin dans un meurtre et une tentative de meurtre, l'individu était cerné par les morts. Le risque était fort qu'il n'ait plus rien à perdre. Explosif. Il avançait lentement et précautionneusement afin d'éviter la bavure. Wiegler consulta donc le flic de la brigade criminelle qui semblait très bien connaître le forcené. Il l'avait arrêté et l'avait envoyé croupir en préventive. Les deux protagonistes se retrouvaient une nouvelle fois face à face et ce n'était pas une coïncidence. Le scénario d'une vengeance commençait à se dessiner. Pas la situation la plus facile à désamorcer.

Étienne Mougin n'avait pris connaissance de ses messages que vers deux heures du matin. Il avait d'abord fallu terminer la paperasse pour le déferrement, le lendemain, de Valérie Dupailler devant un juge d'instruction. Puis il avait voulu s'assurer lui-même que les conditions d'incarcération de la prévenue pour la nuit étaient bien adéquates. Il ne voulait pas qu'elle puisse faire une connerie. Elle paraissait tellement se foutre de tout. Même de sa vie. Ensuite il s'était autorisé une petite heure pour reprendre ses esprits et faire baisser l'adrénaline. Il avait été secoué par cette garde à vue et ses conséquences. Alors seulement il avait pensé à rallumer son portable. Il avait une vingtaine d'appels en absence. Presque tous provenant du frère d'Audrey. Son cœur s'était emballé. Il s'était assis pour ne pas tomber.

Il était arrivé quelque chose à Audrey.

Il avait écouté fébrilement le contenu des premiers messages vocaux. Fabrice était paniqué. Sa diction était laborieuse et saccadée. Il évoquait une prise d'otage dont Audrey était victime dans leur maison en Bretagne. Il parlait du GIGN, de coups de feu. Son discours n'avait ni queue ni tête. Le gendarme, d'habitude si placide, était chamboulé. Mougin l'avait rappelé. Il avait décroché à la première sonnerie et lui avait tout expliqué. Mougin avait alors sauté dans sa voiture et était resté en contact quasi-permanent au téléphone avec son beau-frère qui était sur place. Lorsqu'il lui avait enfin appris l'identité du preneur d'otage, Étienne Mougin avait levé le pied de l'accélérateur. Il était soulagé.

— Vous connaissez les motivations de ce Bastogne ? demanda le capitaine Wiegler sans même se retourner vers son interlocuteur.

Le gendarme gardait les yeux fixés sur les images des dix caméras à infrarouge que ces hommes avaient disséminées aux quatre coins du terrain. À ses côtés un sous-officier, tel un réalisateur de télévision, jouait, sous ses ordres, avec des manettes pour passer d'un plan à un autre en zoomant et dézoomant. Pourtant il ne se passait rien.

— Je crois que cette situation est le fruit d'un malentendu, répondit Mougin.

Wiegler frotta dans un même geste son crâne rasé et sa mâchoire proéminente. Il se retourna et répéta :

— Un malentendu ? Vous ne vous rendez pas compte de la gravité des faits commandant Mougin. Un type, là, dans votre maison, retient votre femme contre son gré. Il est armé et a déjà tiré sur des gendarmes. Vous n'ignorez pas son identité. C'est un homme que vous avez envoyé derrière les barreaux. Il vous en veut, souhaite probablement se venger, et vous n'êtes pas plus inquiet que ça. Vous parlez d'un simple malentendu ?

— Comme vous l'avez souligné capitaine, il s'agit bien de ma femme dans ma maison. Et pourtant je le répète, la situation n'est pas aussi tendue qu'elle paraît. Laissez-moi parler à Bastogne et je vous promets que tout sera très vite réglé, rétorqua Mougin. Cet homme croit qu'il est un meurtrier, mais j'ai la preuve du contraire.

Devant l'incompréhension du capitaine, Mougin se dit qu'il n'avait pas le temps d'exposer les tenants et les aboutissants d'une affaire complexe. Wiegler n'était d'ailleurs certainement pas prêt à l'écouter. Le policier ajouta :

— Faites-moi confiance, je sais ce que je fais. Je ne manque pas de lucidité parce que ma femme est à l'intérieur. Bien au contraire. Je veux, avant tout, la protéger et la sortir de là. Laissez-moi entrer dans cette maison et le problème sera réglé.

— Impossible, rétorqua Wiegler.

— Alors laissez-moi au moins parler à Bastogne au téléphone.

La négociatrice, à l'écart à l'avant du véhicule, chercha le regard de son chef. Son expression était suffisamment explicite.

— Pas question, trancha Wiegler. Malgré tout le respect que je vous dois, vous n'avez ni les compétences ni le recul nécessaire pour intervenir.

— Vous faites une grave erreur, asséna froidement Mougin. Croyez-moi, j'ai une information qui ramènera Bastogne à la raison.

— Eh bien donnez-la-nous, lança Wiegler sur le ton du défi.

Mougin se raidit un peu plus. Il sentit les picotements sur sa nuque, mais il s'efforça de rester calme. S'énerver ne ferait qu'empirer les choses.

— Ça n'aura aucun sens si ce n'est pas moi qui le lui dis directement. Si cela vient de vous, il ne vous croira pas. Vous avez des difficultés à entrer en contact avec lui. Moi, il me parlera.

Wiegler arrêta alors sa décision. Si ce flic ne voulait pas les aider, il n'avait pas de temps à perdre à l'écouter leur dire comment faire leur travail. Il avait plus d'une cinquantaine d'interventions à son actif en tant que chef de groupe.

— Raccompagnez le commandant Mougin à l'extérieur du périmètre de sécurité, ordonna-t-il à un homme casqué en se reconcentrant sur les écrans.

— Ne faites pas ça capitaine, cria Mougin. Faites-moi confiance. Vous allez provoquer une catastrophe si vous ne m'écoutez pas.

— Sortez-le, nous avons du boulot.

L'homme casqué se planta à quelques centimètres de Mougin sans le toucher et lui indiqua la direction de la sortie. Le policier sembla obtempérer. Mais soudain il fit volte-face. Le gendarme, sur ses gardes, tressaillit et lui porta instantanément la main à la poitrine pour l'arrêter. Mougin le défia du regard et profita de cette diversion pour glisser dans sa poche de manteau un kit de communication qui traînait sur une console.

Dehors Mougin retrouva son beau-frère. Les deux hommes se connaissaient peu et ne s'appréciaient que modérément. Fabrice Bourgeois n'aimait pas beaucoup les airs supérieurs du grand flic parisien. Mougin n'eut cependant aucun mal à le persuader de l'aider. Il lui dit qu'il avait la solution pour faire sortir sa sœur saine et sauve de cette maison. Ils prirent la direction du véhicule de Bourgeois. L'uniforme noir d'intervention de la gendarmerie nationale, le gilet pare-balles, l'arme à la hanche, et le kit de communication vissé sur la tête firent illusion pour passer le premier barrage. Mougin parlait à un interlocuteur imaginaire et n'adressa même pas un regard au second planton chargé de filtrer les entrées et les sorties de la *red zone*. Le brigadier hésita une petite seconde lorsque l'homme passa avec autorité sous le ruban. Mais il l'avait vu sortir du camion de commandement. Il en conclut qu'il devait faire partie du dispositif et le laissa évoluer sans lui poser de question. Mougin se dirigea directement vers l'arrière de la bâtisse. Il passa sans se retourner entre deux unités planquées derrière leurs murs en Kevlar. Lorsqu'il apparut sur les caméras de Wiegler, il était déjà trop tard. La voix du capitaine tonna alors dans tout le camion.

— Qu'est-ce que ce mec fout là ? Je n'ai rien ordonné. Zoomez dessus.

Le sous-officier s'exécuta. Le visage de Mougin apparut alors en gros plan. Wiegler tapa du poing sur la table. Il hurla dans son casque.

— Tireur numéro un en place.

Ses subordonnés lui lancèrent un regard à la dérobée. Wiegler se reprit. Il n'allait tout de même pas faire abattre comme un chien un commandant de la brigade criminelle. Même s'il le méritait.

Six heures pile. Les cinq policiers en uniforme de la BRI escaladèrent le grand portail blanc accompagnés de deux officiers de police judiciaire. Ils remontèrent l'allée et se présentèrent devant la porte d'entrée de la résidence. Il n'y avait pas de raison objective d'employer la manière forte. D'autant qu'il y avait un enfant à l'intérieur de la maison. Ils se contentèrent donc de sonner et de frapper avec insistance tout en criant « Police ! ». Ils attendirent quelques secondes. Puis ils virent, à travers le verre dépoli, une lumière s'allumer. Une silhouette. Un bruit de clé qui tourne dans la serrure et une femme se présenta à eux. Elle n'eut pas de mouvement de recul comme si elle ne voulait pas céder un pouce de son territoire. Elle ne parut pas surprise non plus. Malgré la légèreté de sa tenue et ses cheveux ébouriffés elle gardait une contenance digne d'une reine. Les deux policiers en civil passèrent devant leurs collègues. Ils s'assurèrent de l'identité de la personne qu'ils avaient devant eux. Le plus jeune flic lui passa les menottes. Il ne la regarda pas dans les yeux. Elle était à l'image de ce que leur avait décrit Valérie Dupailler. Belle, froide et impressionnante. L'homme aux lunettes rondes, à ses côtés, lui lut ses droits et l'informa qu'elle était en garde à vue. La femme ne broncha pas, ne protesta pas. Élisabeth Klein assumerait ses actes. Elle ne regrettait rien. Elle devait protéger sa famille. Sa mission, son sacerdoce. Son père, son mari, son fils. Sa sainte trinité. Le sacrifice avait toujours été au centre de sa vie. Les policiers lui permirent d'enfiler une tenue plus adéquate. Toujours sous étroite surveillance elle se rendit dans la chambre de son fils. Il dormait à poings fermés. Comme presque tous les matins depuis onze ans, elle l'embrassa tendrement pour le réveiller. Il lui sourit, lui passa les mains autour du cou, c'était leur rituel. Ses affaires étaient pliées au pied de son lit. Il n'aurait plus qu'à sauter dedans. Mais elle ne lui préparerait pas son petit déjeuner. Le jeune garçon allait devoir apprendre à grandir sans sa mère.

La masse noire n'était qu'à quelques mètres de lui, plaquée contre le mur de la maison. Dans un angle mort. Il ne les pensait pas si proche. Tant mieux, ça irait plus vite. Il n'aurait pas le temps de gamberger. Bastogne mit en joue le gendarme et serra les dents, attendant l'impact des balles. En réponse, l'homme leva les bras en l'air.

Bastogne fut décontenancé. Ce n'était pas le plan. Il ne voulait pas lui faire de mal. Il rabaissa son arme. Le type face à lui ressemblait trait pour trait à Étienne Mougin. Il s'adressa à lui par son prénom comme s'ils se connaissaient.

— Éric, lâchez cette arme, vous n'avez plus besoin de faire ça.

Bastogne plissa les yeux. Le soleil venait de se lever et dardait ses premiers rayons. La journée s'annonçait radieuse. La lumière avait cette teinte d'albâtre qui se conjuguait si parfaitement avec l'émeraude de la mer.

Était-il victime d'une hallucination ? S'était-il endormi ? Ou était-ce bien Étienne Mougin qui lui parlait ?

Il avait échafaudé le plan de le faire venir pour mourir de sa main. Il pensait avoir échoué. Désormais il était là. Et il voulait l'épargner.

— Éric, vous n'avez pas fait ce que vous croyez, vous n'avez tué personne. C'est Éli…

Bastogne ne souhaitait plus l'écouter. Il essayait encore. Par quels truchements malicieux celui qui avait été son pire ennemi n'avait désormais plus qu'une chose en tête : lui sauver la vie? Il avait déjà tenté de le faire en lui vendant son histoire de frère maléfique. Il y avait cru. Et voilà que maintenant il avait trouvé un nouveau coupable. Mais c'était trop tard. Le coupable, il le connaissait, c'était lui et personne d'autre.

Dans le camion de commandement la panique était contenue. Tous sentaient pourtant que la situation leur échappait. Ils étaient à deux doigts de perdre le contrôle. Un étranger s'était introduit dans la *red zone* et la cible venait en même temps de sortir, arme au poing. À présent il braquait le type de la Crim. Ils étaient proches de la catastrophe. Le capitaine Wiegler expira longuement afin de s'octroyer les quelques secondes nécessaires pour prendre la bonne décision. Il n'y avait plus à tergiverser. Il ne pouvait pas laisser la cible agir même si ce fichu commandant de police s'était comporté comme un kamikaze.

— Tireur numéro un. Avez-vous la cible en ligne de mire ?

Petit grésillement.

— Affirmatif.

— Tireur numéro un, neutralisez la cible. Je répète, neutralisez la cible. Équipe d'intervention numéro trois, extrayez le perturbateur.

Les ordres avaient été donnés d'une voix forte et claire sans une once d'hésitation.

Éric Bastogne reçut la balle derrière la cuisse droite au niveau de l'ischio-jambier. Il vacilla puis s'écroula dans l'herbe mouillée par la rosée. Il vit Mougin tendre un bras vers lui avant d'être soulevé de terre par trois colosses en cagoule et de disparaître derrière la maison.

— Équipe d'intervention numéro deux, pénétrez par l'arrière du bâtiment.

Le capitaine Wiegler entendit dans son casque un bruit sec de verre brisé. Quelques secondes interminables puis ce même grésillement :

— Ici équipe numéro deux, nous avons récupéré l'otage. Elle est en bonne santé. Je répète, récupération de l'otage en bonne santé.

Wiegler souffla, les visages s'éclairèrent dans le camion. Restait à gérer la cible blessée et à terre.

— Équipe numéro un approchez-vous de la cible en formation.

La cuisse ! Il avait tiré dans la cuisse. Éric Bastogne était furieux. Il ne l'avait donc pas pris au sérieux. Cette colère lui donna la force de se relever. Il prit appui sur ses mains et sur sa jambe valide. Malgré le choc de l'impact il n'avait pas lâché son pistolet. Des hommes du GIGN, dissimulés derrière des boucliers, fondaient sur lui. Il était inenvisageable de se faire attraper vivant. Il se tourna vers eux et fit feu dans leur direction en faisant en sorte de ne pas les toucher.

— Ici équipe numéro un, la cible nous tire dessus.

— Tireur numéro deux, tir de neutralisation, réagit immédiatement Wiegler.

La deuxième balle déchira les tendons de son épaule droite. Éric Bastogne tournoya sur lui-même comme une toupie et fut de nouveau projeté à terre.

— Équipe numéro un au rapport. Y a-t-il des blessés parmi vous ? interrogea Wiegler.

— Négatif capitaine.

— Appréhendez-le, ordonna Wiegler.

Éric Bastogne gueula.

Ils le prenaient pour un putain de cerf ou quoi ?

Ils se croyaient à la chasse à courre ?

Ils avaient envoyé les chiens lui mordiller les jarrets alors qu'il n'attendait que le coup de grâce. Il essaya de réguler sa respiration. Il ne souffrait pas vraiment. Il était juste engourdi. Un filet de sang coulait de son épaule jusqu'à sa cheville. Il resta couché sur le dos et prit quelques secondes pour se reprendre. Jamais il ne se serait cru aussi résistant. Ou bien devenait-il enfin courageux au moment où sa fin approchait ? Il avait deux balles dans le corps et pourtant il allait continuer. Il était bien décidé à les obliger à sonner l'hallali. La falaise n'était plus qu'à un ou deux mètres. Le petit portillon qui protégeait de l'abîme était ouvert. Ils ne pourraient pas se permettre de le laisser fuir. Il replia sa jambe gauche. Il tâtonna et trouva son pistolet dans l'herbe. Il utilisa son coude pour se relever.

— Ici équipe numéro un, la cible est de nouveau debout. Je répète, la cible est de nouveau debout.

Wiegler comprit. L'individu voulait les obliger à le tuer. Ils n'étaient pas des cow-boys et encore moins des assassins. La mission ne serait pleinement réussie que s'il n'y avait pas de morts.

— Ici équipe numéro un, la cible se dirige droit vers la falaise, il va sauter. Je répète, il va sauter.

Et pourtant Bastogne allait le contraindre à le faire. Ce serait un échec qu'il devrait endosser. Wiegler annonça en détachant bien chaque syllabe :

— Tireur numéro deux, tir létal. Je répète, tir létal.

Il venait de prononcer son arrêt de mort.

Ce fut comme un énorme coup de poing. Éric Bastogne porta sa main à sa mâchoire, il avait entendu les os se briser. Ou était-ce ses dents ? Il n'avait plus qu'un trou béant à la place du menton. Il pensa à Robespierre. L'histoire avait retenu que lui aussi avait pris une balle dans le bas du visage par un certain Charles-André Merda, un gendarme, mais dans l'escadron des hommes du 14 juillet. L'analogie l'amusa. D'autant que l'hypothèse d'un suicide de « l'incorruptible » n'était pas à exclure. En quelque sorte, Bastogne avait également organisé son suicide. Au moins n'aurait-il pas la tête tranchée.

Malgré sa grave blessure et le choc de l'impact, Bastogne resta debout et continua à marcher. Jusqu'à ce qu'il ne sente plus rien sous ses pieds. Il fut alors happé par le vide. La douleur disparut. Elle se transforma en chaleur bienfaisante qui suivit le flux du sang dans son corps. Enfin, il était apaisé. Sa vie ne défila pas sous ses yeux. Quelle vie d'ailleurs ? Il n'en avait jamais vraiment eu. Une illusion. Pas de lumière non plus au bout du tunnel. Juste une sensation indescriptible de légèreté et de plénitude. Il se posa une dernière question. Son cœur s'arrêterait-il de battre avant que son corps ne s'écrase sur les rochers ? Il enclencha un compte à rebours. Une trentaine de mètres. Six secondes devraient suffire.

Cinq. J'espère que mon fils me pardonnera.

Quatre. Si mon père avait pu m'aimer.

Trois. Élisabeth, nous nous retrouverons.

Deux. Son corps fendit l'écume et fut happé par les vagues.

Mauvais calcul.

Encore une fois.

Une dernière fois.

33

Samuel sortit à 16 heures pile de la pension pour garçon de Saint-Germain, un établissement qui dépendait de l'assistance publique. Comme chaque vendredi, Étienne Mougin l'attendait. L'enfant, qui devenait chaque jour un peu plus un jeune garçon, se dirigea vers lui. Il hésita une seconde. Devait-il l'embrasser, le serrer dans ses bras ou lui serrer la main ? Après sept mois il ne savait toujours pas. Étienne Mougin était devenu son tuteur légal mais il n'était pas son père et il n'avait aucune expérience en la matière. Il apprenait.

La décision s'était imposée comme une évidence. Audrey l'avait évoquée la première, Étienne l'avait suivie. Ils s'occuperaient de Samuel. Ils n'avaient pas d'enfant et lui tout le temps nécessaire depuis qu'il avait quitté la police avant d'en être exclu. Il n'avait plus sa place au sein de l'institution. Trop décalé face à la technique devenue reine. Trop vieux comparé aux jeunes loups aux dents longues et aux pattes agiles. Trop marqué par l'affaire Bastogne. À cinquante-cinq ans, il n'avait pas encore décidé de ce qu'il ferait du reste de sa vie. En attendant, il avait la charge de Samuel et il accomplissait sa tâche avec le plus grand sérieux. Sur le trajet qui les menait jusqu'à la nouvelle maison du Vexin, où ils venaient de s'établir, il questionna Samuel sur sa semaine. Ses résultats, son comportement, ses relations avec les autres. Le flic n'était jamais très loin. Ils établirent le programme du week-end. Comme tous les quinze jours, ils iraient rendre visite à sa mère, détenue à la maison d'arrêt de Bois-d'Arcy en attendant son procès. L'assistante sociale avait éludé les responsabilités d'Élisabeth Klein. Étienne Mougin avait été plus explicite, sans entrer pour autant dans les détails. Il pensait que la vérité, aussi cruelle soit-elle, était préférable aux mensonges et aux dissimulations. Il avait été jusqu'au bout de la démarche en assurant au gamin que sa mère avait certes mal agi mais que son intention était de le protéger.

Il l'attendrait, avait affirmé Sam. Il l'aimait tellement. Mougin lui avait expliqué que cela prendrait du temps. Sam serait patient. La vie lui avait appris à l'être.

Ils arrivèrent à proximité de la grande chaumière perdue au milieu des bois. Un homme était occupé à passer la tondeuse dans le jardin. La mer l'avait rejeté, presque mort. Ils l'avaient recueilli. L'individu stoppa la machine lorsqu'il vit la voiture s'engager dans l'allée gravillonnée. Il frotta l'épaisse barbe qui lui mangeait la moitié du visage. Il commençait à reprendre des forces après ses multiples opérations. Audrey avait sollicité son meilleur ami, rencontré à la faculté de médecine, et devenu chirurgien plastique. Il avait admis le patient mystérieux, sous un faux nom, dans son établissement privé. Il n'était pas censé pratiquer ce genre d'intervention de reconstruction. Encore moins sur un patient X. Il ne posa pas plus de questions à Audrey. Elle l'avait, pendant de longs mois au début de sa carrière, soutenu et accompagné pour lutter contre toutes les addictions auxquelles il s'était adonné pour supporter le rythme de l'internat. Il lui devait bien ça. Et puis, après tout, son mari était flic. Audrey l'avait fréquemment assisté dans ses opérations. Cela avait pris du temps, mais le malade était costaud et avait bien supporté les anesthésies à répétition. Il n'avait évidemment pas réclamé d'argent. Il était à la tête d'un cabinet suffisamment prospère. Il l'avait fait par amitié, mais aussi pour le défi. Il avait fallu reconstruire la mâchoire centimètre par centimètre. Mettre du métal à la place des os. Greffer des tendons synthétiques et de la peau prise sur le postérieur du patient en priant pour que ces greffes prennent. Il en avait profité pour modifier deux ou trois petites choses sur le visage. Notamment les pommettes et l'arête du nez. Bien que n'étant pas chirurgien ortho, il s'était occupé aussi de sa jambe et de son épaule. Le résultat était spectaculaire. Le plasticien ne regretta qu'une chose : ne pas avoir pu publier sur ce cas. Cela lui aurait assuré une jolie renommée internationale. L'homme s'était remis de manière exceptionnelle, habité par une volonté que le médecin n'avait jamais rencontrée chez un patient. Il avait travaillé sans relâche, devancé le planning strict de rééducation. Physiquement d'abord, pour pouvoir de nouveau manger, parler et marcher. Psychologiquement aussi, pour s'habituer à ce nouveau visage. De ce côté-là, ce fut plus simple que prévu. L'individu savait désormais que l'apparence n'était rien. Vierge de tout passé, il ne serait que ce qu'il déciderait. Il était chaque jour plus fort, plus autonome. Quand il se sentirait vraiment bien, il partirait à l'étranger. Mougin avait conservé quelques contacts. Chez les flics comme chez les voyous. Il n'irait pas loin, resterait probablement en Europe, pour ne pas trop s'éloigner d'eux, et se construirait une nouvelle identité grâce à des faux-papiers. Il serait à l'abri de la police française. Même s'il n'avait pas grand-chose à craindre d'elle. Il était considéré comme disparu puisque son corps n'avait jamais été repêché. Les flics et la justice étaient passés à autre chose. Sa seule victime présumée était un tueur à gages notoire que l'on avait retrouvé dans une chambre d'hôtel. Sam descendit de la voiture. L'homme alla à sa rencontre en boitant et le serra dans ses bras. Il sentit la douce odeur de camomille de son shampoing. C'était fou comme il poussait. Bientôt il le regarderait dans les yeux. Mais cette fois il le verrait grandir.

Remerciements

Si l'écriture est une aventure individuelle, elle se nourrit de la présence de ceux qui ont la bienveillance de vous soutenir quotidiennement dans cette démarche intérieure, de vous encourager lorsque vous doutez. À cet égard, mon épouse, Juliette, est certainement ce qui m'est arrivé de mieux. Pas simplement dans ma démarche créative. L'envie de toujours l'étonner est mon carburant. Un duo de choc qui s'est transformé en un quatuor irrésistible avec nos deux enfants, Noé et Axel, qui me rendent tellement fier. Je savoure chaque moment passé à leurs côtés. Ils sont mon oxygène.

Si ce roman existe aujourd'hui c'est aussi en grande partie grâce à Anne, Karine et Valérie, mes lectrices et amies, qui ont été les toutes premières, et peut-être encore plus que moi, à croire à mon histoire. Enfin, je veux formuler des remerciements tout particuliers à mon éditrice, Violaine Chivot, dont l'exigence, les conseils avisés et la courtoisie me poussent parfois dans mes retranchements et toujours à être meilleur. Comme une amie lointaine, nous nous donnons des nouvelles régulières par le biais de la création d'un livre. Y a-t-il meilleur moyen d'entretenir une relation ? Je ne crois pas. Elle est ma référence. Si Violaine aime, c'est que c'est bon. Et Violaine n'aime pas toujours tout, alors je retravaille. Elle est la formidable représentante d'une maison d'édition non moins formidable. Être publié au Masque était un rêve pour le dévoreur des romans à couverture jaune que j'étais et que je suis toujours. Un rêve réalisé et une confiance qui, depuis bientôt dix ans, m'honore et me stimule.

CET OUVRAGE A ÉTÉ COMPOSÉ PAR LUMINA DATAMATICS, INC.
ET ACHEVÉ D'IMPRIMER PAR
MAURY IMPRIMEUR – 45330 MALESHERBES (LOIRET)
POUR LE COMPTE DES ÉDITIONS J.-C. LATTÈS
17, RUE JACOB – 75006 PARIS
EN SEPTEMBRE 2021

PAPIER À BASE DE
FIBRES CERTIFIÉES

LE MASQUE
s'engage pour l'environnement
en réduisant l'empreinte carbone
de ses livres.
Celle de cet exemplaire est de :
300g éq. CO_2
Rendez-vous sur
www.lemasque-durable.fr

N° d'édition : 01 – N° d'impression : 257642
Dépôt légal : octobre 2021
Imprimé en France